Jules Verne

Geheimnisse der Tiefe

Die zwei abenteuerlichsten Reisen in einem Band

Dieser Sonderband enthält die Titel:

20 000 Meilen unter den Meeren
Die Reise zum Mittelpunkt der Erde

Arena

In neuer Rechtschreibung

1. Auflage 2005

Aus dem Französischen übersetzt von Joachim Fischer;

Aus dem Französischen übertragen und bearbeitet von Hans Eich.

Einbandillustration: Manfred Rohrbeck
Gesamtherstellung: Westermann Druck Zwickau GmbH
ISBN 3-401-05801-0

www.arena-verlag.de

20 000 Meilen unter den Meeren

Aus dem französischen
von Joachim Fischer

1. Kapitel

Am 20.7.1866 begegnete die *Governor Higgin*son 5 sm östlich der australischen Küste der schwimmenden Masse. Kapitän Baker hielt sie zuerst für eine neue Klippe und wollte gerade ihre Lage in die Karten eintragen, als die Masse zwei Wasserfontänen 50 m hoch in die Luft jagte. Damit sah sich Kapitän Baker vor die Alternative »Inselchen mit periodisch tätigem Geysir« oder »bisher unbekanntes Seesäugetier« gestellt.

Am 23.7.1866 beobachtete die *Cristobal Colon* in den Gewässern des Pazifik das Gleiche. Dieses Tier-Ding musste also extrem schnell sein, denn es hatte in drei Tagen mehr als 700 sm zurückgelegt.

2 000 sm weiter und 14 Tage später signalisierten sich die *Helvetia,* unterwegs nach Amerika, und die *Shannon,* unterwegs nach Europa, bei ihrer Begegnung im Atlantik das Monster unter 45° 15' nördl. Breite und 60° 35' westl. Länge. Auf beiden Schiffen glaubte man die Länge des enormen Säugers mit 100 m richtig zu schätzen. Nicht mal die Wale der Aleuteninseln Kulammak und Umgullick erreichen dieses Ausmaß.

Kurz darauf trafen neue Beobachtungen von Bord der *Pereira* ein.

Dann stieß die *Aetna* mit dem Ungeheuer zusammen.

Dann folgte das Protokoll der Offiziere von der *Normandie*.

Und als die Erhebung des Generalstabs unter Fitz-James an Bord der *Lord Clyde* vorlag, war bis zum Frühjahr des nächsten Jahres das

Monster in Mode. Während der enorme Apparat ruhte, erwachten die Zeitungsredakteure, die Kabarettisten, die Schriftsteller, die Wissenschaftler und die Kaffeehausschwätzer und diskutierten den Überwal, bis er völlig abstrahiert war.
Da wurde das Ding wieder konkret.
Am 5.3.1867 stieß die *Moravian* unter 27° 30' nördl. Breite und 72° 15' westl. Länge nachts gegen einen Felsen, der da laut Karte nicht sein durfte. Nur der starke Rumpf des Schiffes und seine 400 PS retteten die 237 Passagiere.
Einen Monat später, am 13. April 1867, geschah der *Scotia* von der »Cunard-Line« unter 45° 37' nördl. Breite und 15° 12' westl. Länge bei ruhigem Meer, günstigem Wind und vollkommen regelmäßiger Radbewegung das Gleiche. Eine erschreckendere Demonstration seiner Kraft konnte das Untier nicht geben: Die »Cunard-Line« hatte in den 26 Jahren ihres Bestehens noch kein Schiff, keinen Mann, keinen Brief und keine Stunde Fahrtzeit verloren. Wer in der Welt Cunard als Symbol der Sicherheit angesehen hatte, fuhr verstört empor. Die Öffentlichkeit empfand die Existenz des aggressiven Gegenstandes als Bedrohung und mobilisierte eine Reihe von Ausschüssen, die bei den Regierungen den Wunsch nach sauberen Meeren vortrugen und verlangten, dass eine Jagd auf das große graue Ungetüm veranstaltet würde.
Und ich? Was hielt ich von diesen Vorgängen? Ich befand mich im März in New York, hatte gerade eine Nebraska-Expedition im Auftrag der französischen Regierung abgeschlossen und wartete auf das Schiff, das mich wieder in die Heimat bringen sollte. Die Diskussion unter allen Leuten, die von dem Ding gehört hatten und denen es ungeheuer war, langten bereits bei den lächerlichsten ichthyologischen Phantasien an. Die Insel- oder Klippenhypothese, die früher im Umlauf gewesen war, hatte man längst aufgeben müssen, auch die Schiffsrumpf-Theorie war an-

gesichts der frappierenden Ortsveränderungen gefallen. Am längsten hielt sich die Mutmaßung, es handle sich bei dem Unwesen um ein Unterwasserfahrzeug mit außerordentlicher mechanischer Kraft.

Aber: Dass ein Privatmann eine solche Maschine besaß, war unglaubhaft. Handelte es sich um militärische Materialtests irgendeines Landes? Der Glaube an ein Kriegswerkzeug wurde wankend, als die Staaten der Erde ihre Unbescholtenheitserklärungen abgegeben hatten. Sie fühlten sich alle bedroht, was ihren Versicherungen eine gewisse Glaubwürdigkeit verlieh. Außerdem war es unvorstellbar, dass der Bau eines solchen Seeriesen unbemerkt hätte vor sich gehen können. Damit fiel also die Hypothese vom Panzerschiff und nur die Monster-Idee blieb noch übrig. Weiße Wale und Seeschlangen haben die Phantasie der Menschen ja immer sehr stark beschäftigt.

Da ich in Frankreich ein zweibändiges Werk über »Die Geheimnisse der Meerestiefen« veröffentlicht hatte, das von der gelehrten Welt mit großem Lob aufgenommen worden war, wurde ich als Spezialist in diesem noch ziemlich unklaren Teil der Naturwissenschaften häufiger zu den beunruhigenden Vorfällen befragt. Zunächst verweigerte ich jede Stellungnahme, aber nach dem Unfall der *Scotia* war auch ich von der Realität der Erscheinung überzeugt und veröffentlichte schließlich nach langem Bedrängtwerden einen ausführlichen Artikel über die Sache im *New York Herald*, den ich hier in Auszügen wiedergebe:

Nach dem Ausscheiden all dieser Hypothesen bleibt also nur noch das Seetier von extremen Ausmaßen und Kräften übrig.

Noch keine Sonde hat bisher die großen Tiefen der Ozeane erreicht, deshalb wissen wir nicht, was dort unten vorgeht, welche Tiere dort lebensfähig sind. Selbst für Vermutungen gibt es nur geringe Anhaltspunkte. Nähern wir uns dem Problem rein formal, müssten wir von folgender Voraus-

setzung ausgehen: Entweder kennen wir alle Gattungen von Lebewesen, die unsere Erde bevölkern, oder wir kennen nicht alle.
Wenn wir sie nicht alle kennen und die Natur zum Beispiel noch ichthyologische Geheimnisse in ihren Meerestiefen verborgen hält, dann ist es durchaus vorstellbar, dass eines dieser unbekannten Tiere durch Zufälle auch einmal aus den Abgründen an die Oberfläche geworfen werden kann.
Wenn wir aber nicht alle lebenden Gattungen kennen, dann müssen wir das fragliche Tier in diesen Gattungen suchen und da wäre ich bereit die Existenz eines Riesen-Narwals zuzugestehen.
Der gemeine Narwal, das Einhorn der Meere, erreicht eine Länge von knapp 20 m. Die Riesenausführung, die der Scotia *zusetzte, ist demnach 5–10-mal so lang und im gleichen Maßstab vergrößert dürfen wir uns seine Kraft und seine Waffe denken.*
Diese Waffe ist ein Hauptzahn des Narwals, zu einer Art elfenbeinernem Degen ausgebildet, den das Tier sehr sinn- und erfolgreich wie eine Lanze verwendet. Man hat schon des Öfteren solche Zähne in den Leibern von Walen gefunden, andere staken in Schiffskielen. Das Pariser Museum der medizinischen Fakultät besitzt ein Exemplar von 2,25 m Länge, das an der Basis 48 cm Durchmesser hat.
Wie gesagt: Zehnmal so stark, zehnmal so schnell, zehnmal so massig müssen wir uns das fragliche Ungeheuer ausrechnen, und wenn wir die Masse mit der Geschwindigkeit multiplizieren, ergibt das eine sehr ordentliche Stoßkraft, die einen Unfall, wie ihn die Scotia *hatte, durchaus herbeiführen könnte.*
Bis weitere Informationen vorliegen, votiere ich also für ein Meer-Einhorn von kolossalen Ausmaßen mit einem Sporn ähnlich der Rammwaffe von Panzerfregatten, denen es an Kraft übrigens gleichkommt. Das wäre eine mögliche Erklärung des Phänomens, wenn die Einzelbeobachtungen stimmen. Denn dass sie nicht stimmen: Das wäre auch möglich.
Die letzten Worte waren eine meiner typischen Feigheiten: Ich wollte mir eine Hintertür offen halten, denn nichts fürchtet ein Pro-

fessor so sehr wie den Spott des Publikums, wenn die Realität seine Thesen Lügen straft. Und die Amerikaner lachen kräftig, wenn sie lachen.

Der Artikel fand großes Interesse und wurde hitzig diskutiert. Das Geschickteste an ihm war wohl, dass er der Phantasie so großen Spielraum ließ, denn der menschliche Geist berauscht sich gern an derartigen nicht ganz geheuren Vorstellungen unnatürlich wirkender Wesen. Das Meer ist der geeignetste Lebensbereich für sie. Elefanten und Nashörner sind lächerliche Zwerge gegen die Säugetiere, die das Wasser bereits beherbergt hat, und vielleicht finden sich auch heute in seinen unerforschten Tiefen noch Mollusken von unbeschreiblicher Größe oder Schrecken erregende Schalentiere, 100-m-Hummer und Krabben von 200 t Gewicht . . . Die Tiere der Urzeit hatte der Schöpfer in gigantischen Formen gegossen, erst vom Verwitterungsprozess der Jahrmillionen wurde ihr Ausmaß reduziert. Das Meer allein, das sich nie verändert, konnte in seinen unerforschten Tiefen noch einige Warenmuster der urzeitlichen Schöpfungen enthalten. Warum nicht . . .?

Aber ich lasse mich da von meinen privaten Träumereien hinreißen. Das Publikum war viel realistischer. Manchen Leuten erschien das Ganze als rein theoretisches, wissenschaftliches Problem. Die meisten aber, positive Geister vor allem in Amerika und England, forderten eine Säuberungsaktion des Meeres, da sie Handel und Verkehr empfindlich bedroht sahen.

Die Vereinigten Staaten handelten als Erste. Der Kommandant Farragut erhielt den Auftrag, die schnelle Fregatte *Abraham Lincoln* auszurüsten und zum Auslaufen bereitzuhalten.

Merkwürdigerweise war jetzt von dem Tier nichts mehr zu hören und zu sehen. Es schien fast, als habe es von der geplanten Aktion Wind bekommen, durch Abhorchen von Telegrammen am Transatlantikkabel, wie einige Witzbolde meinten. Zwei Monate lag die

Abraham Lincoln auf der Lauer, da kam schließlich am 2.7.1867 die Nachricht, ein Dampfer der Linie Frisco-Schanghai habe das Tier in den nördlichen Gewässern des Pazifik beobachtet. Jetzt erhielt Farragut Befehl, innerhalb von 24 Stunden auszulaufen. Die Mannschaft der Fregatte mit den formidabelsten Fangmaschinen der Neuzeit war komplett, die Vorräte lagen an Bord, Farragut hatte längst Kohlen gebunkert, er brauchte nur noch anheizen zu lassen. Drei Stunden bevor die *Abraham Lincoln* auslief, erhielt ich folgenden Brief:

Monsieur Pierre Aronnax
Professor am Pariser Museum
z. Zt. 5th Ave. Hotel, New York

Monsieur,
wenn Sie sich der Expedition mit der Abraham Lincoln anschließen wollen, würde die Regierung der Vereinigten Staaten sich darüber freuen, dass Frankreich bei diesem Unternehmen durch Sie vertreten wird. Kommandant Farragut hält eine Kabine zu Ihrer Verfügung bereit.

Mit sehr herzlichen Empfehlungen
Ihr J. B. Hobson, Sekretär der Marine

2. Kapitel

Drei Sekunden vor der Lektüre des Briefes war ich ein Mensch mit verhältnismäßig normalen Wünschen und Ansichten. Drei Sekunden danach fühlte ich mich berufen und wusste, dass mein einziger Lebenszweck von jetzt an nur noch die Verfolgung des ungeheuren Einhorns war. Ich kam zwar gerade von einer mühseligen Reise zurück und hatte mich schon auf meine kleine Wohnung im *Jardin des Plant*es gefreut, auf meine Freunde auch und meine kostbaren Sammlungen, aber bei diesem Angebot von Mister Hobson vergaß ich all das kleine Glück.

»Conseil!«

Außerdem, dachte ich mir, führt zu Schiff jeder Weg nach Europa, und wie viel schöner, dort mit einem Stück Riesenzahn anzukommen, mindestens 0,5 m lang, also ohne . . .

»Conseil!«

Es würde natürlich nicht so rasch gehen, denn erst fuhren wir ja mal in entgegengesetzter Richtung, aber was tut man nicht alles für einen so grandiosen Stoßzahn – »Conseil!«

Endlich erschien mein Diener Conseil, das liebe flämische Phlegma.

»Pack unsere Koffer!«

Er begleitete mich auf all meinen Reisen, ohne jemals die geringste Beschwerde über die Dauer oder die Unbequemlichkeit der Expedition zu äußern. Er war so phlegmatisch, dass es ihm völlig gleich schien, ob wir nun nach China oder in den Kongo aufbrachen. Ein ausgeglichener, beständiger, zuverlässiger Mensch, dem die überraschenden Zufälle des Lebens nur geringen Eindruck machten.

Conseil besaß übrigens eine merkwürdige Art von Wissen, das man nicht intelligent nennen konnte: Durch den Verkehr mit den gelehrten Männern in unserer Wohnung im *Jardin des Plantes* und durch den Umgang mit den bedeutenden Stücken meiner naturwissenschaftlichen Sammlung war er ein Spezialist im Klassifizieren geworden, der mit der Zuverlässigkeit einer Tabelle auf ein Stichwort sämtliche Stämme, Gruppen, Unterabteilungen, Ordnungen, Familien, Gattungen, Untergattungen, Arten und Varietäten herbeten konnte. Aber dieses wohlklingende Wissen existierte in seinem Kopf völlig losgelöst von der wirklichen Welt. Er konnte im Aquarium noch keinen Goldfisch von einem Guppy unterscheiden. Conseil war außerdem, wie sich auf mehreren Reisen in den vergangenen zehn Jahren gezeigt hatte, fabelhaft gesund und besaß Nerven aus Stahl. Er zählte dreißig Jahre und sein Alter verhielt sich zu meinem wie 15 : 20. Der Bursche hatte nur einen Fehler, der ihm allerdings nicht auszutreiben war: Er redete mich stets in der dritten Person an.

»Und die Sammlungen von Monsieur?«, fragte er jetzt.

»Bleiben hier. Wir müssen rasch fort.«

»Was? Archiotherium, Hyracotherium, Oreodon und all die anderen Gerippe von Monsieur bleiben . . .«

»Ja!«

»Wie Monsieur beliebt.«

»Also, hör zu, mein Freund: Wir fahren mit der *Abraham Lincoln* . . .«

»Wie Monsieur beliebt.«

»Also, um genauer zu sein: Es handelt sich um dieses Untier da . . . diesen Riesen-Narwal, der verfolgt werden soll . . .«

»Wie Monsieur beliebt.«

»Es ist vielleicht . . . wie soll ich sagen? . . . eine Reise, von der nicht jeder wieder zurückkommt . . .«

»Wie Monsieur beliebt.«

Im Kofferpacken war Conseil mindestens ebenso gut wie im Klassifizieren, denn er ordnete Hemden, Hosen, Socken und Wäsche ebenso geschickt ein wie Vögel und Säugetiere.

Ich zahlte in der Hotelhalle, gab den Auftrag, meine Kisten und Kasten Forschergepäck nach Paris zu verfrachten und sorgfältig meinen Hirscheber zu füttern, für den ich ein Ernährungskonto eröffnete. Ein Pferdewagen brachte uns für 20 Franc über Broadway, 4th Ave. und Katrin Street zum 34. Pier, von wo uns eine Fähre nach Brooklyn übersetzte, in die Nähe des Kais, an dem mit rauchenden Schloten die *Abraham Lincoln* lag.

Ich wurde an Bord gleich dem Kommandanten Farragut vorgestellt und bezog anschließend meine Kabine. Sie gefiel mir, denn sie lag im Heck und stieß an den Offizierssalon.

»Hier sind wir gut aufgehoben!«

»So gut wie der heilige Bernhard in der Muschel.«

Eine halbe Stunde später waren die Haltetaue bereits gefallen, das *Go ahead!* des Kommandanten dröhnte über Deck und wurde über die Sprechanlage in den Maschinenraum weitergegeben. Die Maschinisten setzten das Rad in Bewegung, Dampf zischte und die langen, horizontalen Stempel dröhnten und trieben die Stangen der Welle immer schneller. Das Wasser unter der Schraube rauschte auf, das Schiff löste sich langsam vom Kai und zog majestätisch im Gefolge einer Vielzahl von Fähren, kleinen Schleppern und Barkassen ins offene Wasser.

Die Fahrt über den Hudson glich einem Triumphzug; auf den Barkassen und am Ufer häuften sich die winkenden und Taschentuch schwenkenden Schaulustigen. Die Forts, welche die Fregatte in Richtung New Jersey passierte, grüßten mit Salutschüssen und Farragut ließ zur Antwort dreimal die amerikanische Bundesflagge aufziehen. Am Sandy Hook, einer Landzunge, standen noch einmal tausende von Zuschauern und klatschten Beifall, als die Fregatte vorüberzog. Schlag 15 Uhr ging der Lotse von Bord, der Dampfdruck wurde erhöht, die Schraube lief rascher, das Schiff strich längs der gelben, niedrigen Küste von Long Island und lief abends um 20 Uhr, nachdem die Feuer von Fire Island im Nordwesten zurückgeblieben waren, mit voller Kraft in die dunklen Wasser des Atlantiks.

Farragut war ein tüchtiger Seemann, zusammen mit der *Lincoln* ein Schiff und eine Seele. Wie jeder gute Seemann war er dem Gedanken eines Seeungeheuers gegenüber sehr aufgeschlossen und hatte nicht die geringsten Zweifel an der Existenz des Einhorns, zu dessen Verfolgung er aufgebrochen war. Er hatte geschworen das Meer von dem Monster zu befreien, deshalb gab es nur noch die Alternative Farragut-tötet-Monster oder Monster-tötet-Farragut, eine dritte Möglichkeit war ausgeschlossen.

Selbstverständlich teilten die Offiziere seine Meinung. Die Aussicht auf das bevorstehende Abenteuer war der Gegenstand aller Gespräche an Bord und manch einer offenbarte eine überraschende Neigung für den Dienst im Ausguck des Mastkorbs. Sämtliche Masten mit ihrem Takelwerk hingen tagsüber voller Matrosen, obwohl noch nicht einmal der Pazifik erreicht war – kein Wunder, denn Farragut hatte eine Prämie von 2 000 Dollar für die erste Sichtmeldung ausgesetzt. Auch mich trieben Unruhe und Neugier Tag für Tag an Deck. Conseil war der Einzige, der das Unternehmen gewöhnlich fand.

Ich habe ja die fabelhafte Ausrüstung mit Fanggeräten bereits kurz erwähnt, welche die *Abraham Lincoln* mit sich führte. Von der Harpune bis zu explodierenden Geschossen war alles vorhanden, selbst ein kleinkalibriges, weit tragendes Geschütz, das der Öffentlichkeit auf der Weltausstellung im folgenden Jahr zum ersten Mal vorgestellt werden sollte, war an Deck montiert. Es fehlte also nicht an Mordwaffen neuesten Modells. Aber das Schiff besaß noch mehr: den König der Harpuniere. Ned Land.

Dieser Kanadier war etwa vierzig Jahre alt, eine kräftig gebaute Zweimeterfigur, ernst, wortkarg, reizbar und aufbrausend, kurz: ein Mann, der, wo er ging und stand, Aufmerksamkeit erregte. Er konnte Farragut mit seinem scharfen Blick und sicheren Arm ebenso nützlich sein wie die übrige Mannschaft zusammen. Mir kommt der Vergleich: ein Teleskop, das auch eine stets schussbereite Kanone ist.

Wohl weil ich Franzose war, zeigte Ned Land sich mir gegenüber etwas freundlicher und aufgeschlossener als gewöhnlich; mit mir konnte er reden und er gab mir dabei zugleich Gelegenheit, das rabelaissche Idiom zu genießen, das in einigen Gegenden Kanadas noch gesprochen wird. Er stammte wie die Reihe seiner Vorfahren aus Quebec; und nachdem er aufgetaut war, begann er oft von allein aus seinem Leben zu erzählen, er sprach von seinen Abenteuern und Kämpfen und seine Erzählung, mit der poetischen Kraft des Natürlichen ausgestattet, weitete sich zu einem Epos vom Walfang und den nördlichen Meeren, zur Odyssee eines kanadischen Homer. Ach Ned! Wir sind Freunde geworden und ich wünschte, ich würde noch hundert Jahre leben, nur um zu wissen, dass es dich gibt!

Ans Einhorn übrigens glaubte er nicht. Wir saßen einmal an einem prachtvollen Abend drei Wochen nach unserer Abfahrt gemeinsam auf dem Achterdeck und sprachen miteinander, während wir aufs Meer hinaussahen. Ich wog die Erfolgschancen unseres Unternehmens ab. Land ließ mich reden, ohne zu antworten, und ich fragte ihn geradezu: »Sagen Sie, Meister, warum sind Sie eigentlich so skeptisch, was das Einhorn betrifft? Haben Sie besondere Gründe, nicht an seine Existenz zu glauben?«

Der König der Harpuniere sah mich eine Zeit lang schweigend an, schlug sich dann mit der Hand gegen die hohe Stirn (eine Bewegung, die ihm zur Gewohnheit geworden war) und sagte mit geschlossenen Augen: »Vielleicht schon, Monsieur Aronnax.«

»Aber Sie sollten der Letzte sein, der so was bezweifelt! Sie, ein Jäger von Großsäugern, Sie können sich doch am ehesten ein Bild dieses Einhorns machen ...«

»Umgekehrt, umgekehrt. Die Masse glaubt gern an Kometen, an urweltliche Ungeheuer, aber weder der Astronom noch der Biologe lassen derlei Hirngespinste gelten. Ich habe eine Menge Seetiere erlegt, aber es gab keins darunter, das stark genug gewesen wäre, einem Schiff ernstlichen Schaden zuzufügen.«

»Na, es gibt aber doch durchaus Fälle, wo ein Narwal Schiffe mit seinem Dorn durchbohrt ...«

»Hölzerne vielleicht. Aber keine Eisenplatten. Ich merke schon, dass auch bei Ihnen dieses Seeungeheuer zu den Glaubensartikeln gehört. Narwal mit Riesenzahn! Warum denn nicht ein Riesenpolyp?«

»Nein, Meister, diese Mollusken haben ein viel zu weiches Fleisch. Selbst eine 100-m-Krake könnte Schiffen wie der *Scotia* oder der *Abraham Lincoln* nichts anhaben. Es muss ein sehr kräftig gebautes Säugetier aus der Klasse der Wirbeltiere sein. Es ist doch ganz logisch, wenn ein solches Tier tausende von Metern unter der Wasseroberfläche lebt, dass es sehr widerstandsfähig sein muss.«

»Wieso?«

»Weil es den enormen Druck aushalten muss, der in den tieferen Schichten des Meeres herrscht. Sie wissen, dass man in der Physik den Druck, den 1 kg Wasser, also 1000 cm^3, auf 1 cm^2 ausübt, mit 1 at bezeichnet. Wenn Sie also 10 m tief tauchen, ist Ihr Körper – da seine Oberfläche ca. 20 000 cm^2 misst – einem Druck von 20 000 kp ausgesetzt. In 100 m Tiefe wirken 200 000 kp auf Sie ein, in 1000 m Tiefe

2000 000 kp, in 10 000 m Tiefe 20 000 000 kp! Der Luftdruck ist übrigens etwas größer als 1 at, deshalb lasten in diesem Augenblick schon mehr als 20 000 kp Gewicht auf Ihrem Körper. Nur merken Sie nichts davon, weil diesem Druck der Druck der Luft innerhalb Ihres Körpers entgegenwirkt, der sich mit dem äußeren genau ausgleicht. Darauf können Sie aber im Wasser nicht zählen.«

»Sie meinen, weil mein Körper nicht mit Wasser gefüllt ist, das Gegendruck ausübt?«

»Richtig. 10 km Meerestiefe mit ihrem Druck von 20 000 t würden Sie platt drücken wie eine hydraulische Presse.«

»Den Teufel auch!«

»Und Tiere von der Größe dessen, das wir verfolgen, deren Körperoberfläche Millionen von cm^2 misst, müssen Milliarden kp Druck aushalten. Daraus darf man schon folgern, dass sie recht kräftig gebaut sind. Jetzt stellen Sie sich nur noch vor, dass eine solche Masse Tier mit der Geschwindigkeit eines über Land fahrenden Schnellzugs auf einen Schiffsrumpf stößt, dann werden Ihnen die Beschädigungen nicht mehr so unglaublich erscheinen . . .«

»Tjaaa . . .«, sagte der Kanadier gedehnt.

»Habe ich Sie überzeugt?«

»Sie haben mich davon überzeugt, dass, wenn es in sehr großen Tiefen Tiere gibt, diese einen sehr widerstandsfähigen Organismus haben müssen.«

»Ja, aber wenn es diese Tiere nicht gibt, wie erklären Sie sich dann den Unfall der *Scotia?*«

»Tja . . .«

»Na?«

»Na, vielleicht damit, dass die Geschichte gar nicht wahr ist!«

Aber diese Antwort ließ nur die skeptische Verbohrtheit des Kanadiers erkennen, denn am Unfall der *Scotia* gab es nun wirklich keinen Zweifel. Das Loch war so groß, dass man es stopfen musste, um

nicht abzusaufen; einen besseren Beweis für ein Loch kann ich mir nicht denken. Da es Felsen oder Klippen um die Unfallstelle herum nicht gab, musste es von einem Tier herrühren.
Meiner Ansicht nach gehörte dieses Wesen zu den Wirbeltieren, Klasse der Säuger, Gruppe der Fischförmigen, Ordnung der Walfischartigen. Zur Bestimmung der Familie allerdings hätte man das Untier zerlegen müssen, um es zerlegen zu können, hätte man es fangen müssen, um es fangen zu können, hätte man es harpunieren müssen, um es harpunieren zu können, hätte man es sehen müssen, damit aber haperte es.

3. Kapitel

Augen auf!, hieß die Losung der Mannschaft, aber schon seit Wochen verlief unsere Fahrt ergebnislos. Am 30. Juli begegnete die Fregatte amerikanischen Walfängern bei den Falklandinseln und Ned Land benutzte die Gelegenheit zu einem Probestückchen seiner Kunstfertigkeit. Innerhalb von wenigen Minuten harpunierte er zwei Wale. Am 3. August passierten wir am Cabo Virgenes die Einfahrt zur Magellänstraße, die Farragut aber nicht benutzen wollte. Am 6. August dann, um 15 Uhr, umfuhren wir mit einem Abstand von 15 sm das Kap Hoorn, gingen auf Kurs Nordwest und drangen in die Gewässer des Pazifik ein.

Von der Aussicht auf 2 000 Dollar geweitet, suchten hunderte von Augen jetzt beständig die Umgebung der Fregatte ab. Mich bewegte das Geld nicht, trotzdem war auch ich immer auf Posten, schlang mein Essen in wenigen Minuten hinunter und schlief nur wenige Stunden. Alle falschen Alarme erlebte ich ebenso aufgeregt mit wie Offiziere und Mannschaft.

Nur Ned Land, der Mann mit den schärfsten Augen an Bord, ließ sich kaum an Deck sehen. Von zwölf Stunden brachte er acht Stunden mit Lesen und Schlafen zu. Als ich ihn eines Tages deswegen zur Rede stellte, zeigte sich, dass er statt seiner Augen den Kopf gebraucht hatte, denn er erklärte mir: »Seit das Tier gesehen wurde, sind schon wieder zwei Monate vergangen. Den Berichten nach hält sich das Einhorn aber nicht gern lange an einem Ort auf. Warum sollte es auch? Nach Ihren Berechnungen kann es sich ja sehr rasch fortbewegen, und da wir wissen, dass die Natur nichts Unnützes tut, wird zu dieser Fähigkeit rascher Bewegung auch das Bedürfnis nach häufiger Ortsveränderung gehören. Welche Aussichten haben wir also, das Tier auf unserem braven Kurs zu der Stelle, an dem es zuletzt beobachtet wurde, zu sehen? Alle und keine. Wir können die Dinge also ruhig dem Zufall überlassen.«

Am 20. August überschritten wir den Wendekreis des Steinbocks, am 27. den Äquator am 110. Meridian. Jetzt ging die *Abraham Lincoln* auf vollen Westkurs, denn Farragut war der Ansicht, dass es mehr Sinn hätte, in den tiefen Gewässern des Pazifik zu suchen als in der Nähe irgendwelcher Küsten. Nachdem wir den Wendekreis des Krebses bei 132° Länge überschritten hatten, näherten wir uns den chinesischen Meeren und damit den Gewässern, in denen das Tier zuletzt beobachtet worden war.

Die Aufregung stieg beträchtlich. Die Mannschaft aß nur noch unregelmäßig, was ihre Nervosität steigerte, und mindestens zwanzigmal täglich wurde blinder Alarm gegeben, wurden harmlose Großfische gejagt, bis der Irrtum sich herausstellte und die Fregatte wieder beidrehte. Die häufige Spannung und Enttäuschung blieb natürlich nicht ohne Eindruck auf die Gemüter. Nachdem die *Abraham Lincoln* zwei Monate lang alle nördlichen Gegenden des Pazifiks durchfahren hatte, alle Walfische angelaufen, gekreuzt, gejagt und gewendet hatte, gerast und geschlendert war und keinen Punkt zwischen Japan und Amerika unberührt gelassen hatte, ohne Riesen-Narwal, schweifende Klippen oder sonstige Unnatürlichkeiten zu entdecken, begann die Mannschaft zu meutern. Die anfangs so zuversichtliche Stimmung hatte sich gründlich geändert und der Unmut, mit dem man die Fortsetzung der Fahrt ertrug, bestand zu dreißig Prozent aus Scham, zu siebzig Prozent aus Zorn darüber, dass man »so einfältig gewesen war sich von einer Chimäre narren zu lassen«. Nach der Aufmerksamkeitswelle setzte bei der Mannschaft jetzt eine demonstrative Fress- und Schlafwelle ein.

Am 2. November forderte eine Abordnung von Kommandant Farragut, er solle umkehren. Farragut sah ein, dass ihm angesichts der Erfolglosigkeit ihrer Fahrt nichts anderes übrig blieb, doch erbat er sich wie Kolumbus noch drei Tage. Hatte sich danach das Tier nicht gezeigt, wollte er europäische Meere ansteuern.

Dieses Versprechen besserte die Laune und die Männer gaben sich alle Mühe, die Aufmerksamkeit des Tieres zu erregen. Die Fregatte lag unter nur schwachem Dampf, Boote kreuzten um sie, ungeheure Speckstücke wurden zu Wasser gelassen, zogen allerdings nur Haie an.

Am 5.11. lief der Termin ab. Wir befanden uns damals unter 31° 15' nördl. Breite und 136° 42' östl. Länge. Japan lag kaum 300 sm unterm Wind entfernt. Um 20 Uhr abends war der Mond im ersten Viertel von Gewölk verschleiert, das Meer schlug ruhig an die Spanten. Es war sozusagen der letzte Augenblick, alle Mann befanden sich an Deck und spähten in die Nacht. Conseil, Ned Land und ich beobachteten nach Steuerbord. Conseil hielt mir eine lange Rede über die Unsinnigkeit unseres Tuns, mit der ich sechs Monate meines kostbaren Forscherlebens vergeudet hatte, als Ned Land mit fester Stimme rief: »Das gesuchte Ding ahoi! Querab von uns unter Wind.«

Auf diesen Ruf stürzte alles nach Steuerbord und da sah man, dass sich die trefflichen Augen des Kanadiers trotz der Dunkelheit nicht getäuscht hatten. Zwei Kabellängen von der Fregatte entfernt schien das Meer von innen heraus erleuchtet. Das war kein bloßes Phosphoreszieren, sondern das Ungeheuer unter der Oberfläche warf einen starken Glanz, von dem auch mehrere Kapitäne berichtet hatten, der aber ganz unerklärlich war. Wir sahen jetzt alle das

erleuchtete Oval mit seinem glühenden Zentrum und den stufenweise schwächer werdenden Strahlenringen.
»Phosphoreszierende Einzeller!«, meinte einer der Offiziere.
»Durchaus nicht, Monsieur!«, antwortete ich bestimmt. »Seetönnchen oder Salpen können niemals ein derart starkes Licht erzeugen. Das dort . . . das ist elektrisch!«
Da begann sich die Lichterscheinung auch schon zu bewegen und kam auf uns zu. Farragut ließ sofort die Maschinen rückwärts laufen, der Dampf wurde gehemmt und die *Abraham Lincoln* beschrieb einen Halbkreis nach links.
»Steuer hart steuerbord! Volle Kraft voraus!«
Und die Fregatte entfernte sich rasch von der leuchtenden Stelle. Aber das Untier verfolgte sie, der Abstand verringerte sich rasch wieder, das Tier bewegte sich doppelt so schnell wie wir! Bestürzung und Furcht lähmten uns, denn das Tier beherrschte uns spielend. Es umzog die Fregatte in weiten leuchtenden Kreisen, entfernte sich, nahm Anlauf direkt auf uns zu, tauchte unterm Kiel weg, verlosch, war wieder da und konnte jeden Augenblick mit uns zusammenstoßen. Statt anzugreifen, floh die *Abraham Lincoln,* statt zu verfolgen, wurde sie verfolgt.
Farragut zeigte ein unbeschreiblich bestürztes Gesicht, als ich ihn aufsuchte. Er wollte während der Nacht nicht zum Angriff übergehen, da man nicht wissen konnte, mit was für einem Ungeheuer man es hier zu tun bekam. »Ich kann meine Fregatte nicht leichtsinnig aufs Spiel setzen, Monsieur Aronnax!«, sagte er. »Warten Sie den Tag ab, dann sollen die Rollen schon wechseln.«
»Vielleicht darf man dem Tier ebenso wenig nahe kommen wie einem Zitterrochen.«
Farragut erbleichte. »Es ist das fürchterlichste Geschöpf aus Gottes Hand«, sagte er. »Ich habe allen Grund, vorsichtig zu sein.«
Da die Fregatte nicht fliehen konnte, hielt sie sich unter schwa-

chem Dampf die Nacht lang am gleichen Ort und auch der »Narwal« ließ sich von den Wellen schaukeln. Um Mitternacht verlosch er, eine Stunde später jedoch wurde ein starkes Zischen hörbar, das Ned Land als typisches Walzischen —wenngleich hundertmal verstärkt —identifizierte.

»Mit Verlaub, Kommandant«, sagte der Kanadier, »morgen bei Tagesanbruch möchte ich zwei Worte mit ihm reden.«

»Wenn es Ihnen eine Audienz gewährt.«

»Ich brauche ihm nur auf vier Harpunenlängen nahe zu kommen, dann wird es mich schon anhören müssen.«

»Dazu wollen Sie wahrscheinlich ein Fangboot von mir haben?«

»Genau.«

»Ich soll das Leben meiner Leute aufs Spiel setzen?«

»Wie ich das meine.«

Während der Nacht wurden die Kanonen vorbereitet. Harpunenschleudern und Geschütze für explodierende Kugeln, denen selbst die stärksten Tiere nicht widerstehen dürften. Ned Land legte lediglich seine Harpune zurecht.

Um sechs Uhr begann der Tag zu grauen und mit dem ersten Schimmer der Morgendämmerung verschwand der elektrische Glanz des Tieres. Gegen sieben Uhr war es völlig hell, doch über der Wasserfläche lag dichter Morgennebel, der sich nur schwer hob. Aber selbst als bis zum Horizont wieder klare Sicht herrschte, blieb das Tier unsichtbar. Dann meldete wie am Abend zuvor der Kanadier:

»Das Ding backbord voraus!«

Und richtig: Dort tauchte in einer Entfernung von 1,5 sm der schwärzliche Körper des Tieres aus dem Wasser. Sein Schwanz peitschte die Wellen und erzeugte eine weiß schäumende, endlos breite Kielspur, als es seine Bahn zog. Die *Abraham Lincoln* kam jetzt nahe genug heran, dass man die Länge schätzen konnte (wohl 90 m) und auch sah, wie das Tier aus seinen beiden Luftlö-

chern Wasserdampfstrahlen in mindestens 40 m Höhe schleuderte. Ein derartiger Atemvorgang bestätigte die Klassifizierung, die ich nach den bisherigen Angaben bereits gemacht hatte. Nur die Familie blieb, wie gesagt, noch unklar, aber auch sie hoffte ich mit Gottes und des Kommandanten Hilfe bald dingfest zu machen.
Farragut ließ jetzt die Kessel unter Druck setzen, was bedeutete, dass die Stunde des Kampfes geschlagen hatte. Hurrageschrei der Mannschaft belohnte seinen Entschluss. Bereits nach wenigen Augenblicken zitterten die Deckplanken unter dem gestauten Druck der Kessel und die Fregatte legte mit voller Kraft voraus auf das Tier los. Der Narwal ließ uns bis auf eine halbe Kabellänge herankommen, drehte dann still ab und ließ sich verfolgen, immer gleichen Abstand haltend. Nach 45 Minuten Jagd hatten wir genau nichts erreicht und es war klar, dass wir dieses Tier nur mit seinem Einverständnis oder mit List fangen würden.
Ned Land schlug vor sich ganz vorn im Bug mit seiner Harpune zu postieren. Farragut ließ den Dampfdruck noch weiter erhöhen und die *Abraham Lincoln* machte jetzt die abenteuerliche Geschwindigkeit von 18 kn. Aber das Biest vor uns hielt spielend die gleiche Geschwindigkeit. Nach einer weiteren Stunde war die Wut der Mannschaft auf dem Siedepunkt.
Farragut ließ den Ersten Ingenieur kommen.
»Haben Sie den höchsten Dampfdruck?«
»Jawohl.«
»Klappen gestellt?«
»Auf 6,5 at.«
»Stellen Sie sie auf 10!«
Ich wandte mich an Conseil, als ich diesen Befehl hörte. »Weißt du, dass wir wahrscheinlich mit einer Kesselexplosion in die Luft gejagt werden?«
»Wie es Monsieur beliebt«, antwortete er.

Wie zum Scherz ließ uns das Tier manchmal näher herankommen, sodass Ned Land schon die Harpune schwang und brüllte: »Wir haben ihn! Wir haben ihn!«, aber dann zischte es plötzlich doppelt so rasch davon. Das sinnlose Manöver dauerte bis zum Mittag, dann endlich sagte Farragut: »O. K. Schon gut! Verstanden! Das Mistvieh ist tatsächlich schneller als die *Abraham Lincoln.* Dann wollen wir doch mal sehen, wie ihm unsere Spitzgeschosse schmecken.«

Der erste Schuss ging meterhoch über das Tier hinweg.

»Ein anderer an die Kanone!« brüllte Farragut. »500 Dollar dem, der das Vieh trifft!«

Ein alter Graubart trat heran, ein ruhiger, kalter Zieler, der richtete und visierte lange. Sein Schuss war besser, aber das Geschoss prallte an der runden Oberfläche des Tieres ab.

»Fuckinsonofabitsch!«, schrie der Alte außer sich vor Zorn. »Der Schuft ist faustdick gepanzert!«

Auch Farragut fluchte gottserbärmlich, ließ wieder aufheizen und wollte verfolgen, bis ihm die Kessel platzten. Er hoffte darauf, dass das Tier ermüden würde, dass es sich mit der Ausdauer einer Dampfmaschine nicht messen könnte.

Aber mit all diesen Hoffnungen war es nichts. Zwar kämpfte die Fregatte tüchtig mit und lief an diesem 6.11. bis zum Abend mindestens 500 km, aber das Tier blieb unerreichbar. Mit der Dunkelheit kam das Wesen wieder aus unserem Blickfeld und ich fürchtete schon, unsere Expedition sei endgültig zu Ende, als sich um 22.50 Uhr der elektrische Lichtkreis wieder zeigte, drei Seemeilen vor der Fregatte, rein und stark wie in der vergangenen Nacht.

Der Narwal schien jetzt unbeweglich. Schlief er? Walfänger greifen ihre Beute oft mit großem Erfolg an, wenn die Tiere auf offener See schlafen. Ned Land nahm seinen Posten am Bugspriet wieder ein. Die Fregatte pirschte sich geräuschlos immer näher an das leuch-

tende Oval heran. Als wir noch 30 m vom Brennpunkt entfernt waren, war der Glanz bereits so stark, dass er die Augen blendete.
In diesem Augenblick sah ich die Silhouette des Kanadiers vor mir, wie er sich hoch aufreckte und mit seinem starken Arm die tödliche Harpune schwang. Aus 6 m Entfernung schleuderte er die Waffe hinab und ich hörte ganz deutlich den scharfen Klang des Aufpralls, als habe sie einen metallischen Gegenstand getroffen.
Sofort erlosch das Licht und zwei enorme Wasserstrudel entluden sich über das Deck der Fregatte, warfen die Mannschaft zu Boden und zerrissen die Halteseile. Ein entsetzlicher Stoß schleuderte mich über die Reling ins Meer.

4. Kapitel

Ich hatte den Halt, aber nicht den Kopf verloren. Ich empfand genau, was mir geschah: das Aufschlagen nach dem Sturz, das Eintauchen 5–6 m tief ins Wasser und die automatische Reaktion meiner Beine in Schwimmstößen. Ich schwimme nicht so gut wie die Herren Byron und Poe, aber doch so, dass zunächst kein Grund zur Unruhe bestand.

Erst nach einer ganzen Weile konnte ich die Fregatte ausmachen, eine schwärzliche Masse mit leuchtenden Feuerpartikeln, die in der Ferne verschwand. Hatte man meinen Sturz gar nicht bemerkt? Hatte Farragut denn kein Boot herabgelassen? Ich begann zu spüren, wie mich, zuerst nur ganz leicht, Verzweiflung anrührte. Mit ausholenden Armbewegungen versuchte ich der Fregatte nachzuschwimmen.

»Hierher! Hierher!«

Aber beim Rufen schluckte ich Wasser, was mich erschreckte, und ich fühlte meine Kleider und Schuhe schwer an meinem Körper kleben; sie behinderten mich; ich sank, wollte rufen, schluckte Meerwasser, hustete, sank und prustete . . .

»Hilfe!«

Und da fühlte ich mich am Kragen gepackt, hochgezogen und gehalten und ich hörte die wohlwollend gesprochenen Worte: »Wenn Monsieur die Güte haben, sich auf meine Schultern zu stützen, geht es gleich viel besser mit dem Schwimmen!«

»Conseil! Hat's dich auch ins Meer geschleudert?«
»Keineswegs. Aber da Monsieur durch das Gehalt, das Monsieur mir zahlt, einen Anspruch auf meine Dienste hat, bin ich Monsieur nachgesprungen.«
»Und die Fregatte?«
»Vergessen wir die Fregatte.«
»Wieso das?«
»Bevor ich sprang, hörte ich, wie Schrauben- und Steuerschaden gemeldet wurde. Beides ist zerbrochen, die *Abraham Lincoln* treibt manövrierunfähig . . .«
»Zerbrochen?«
»Zernagt, wenn Monsieur so will. Durch den Zahn des Ungeheuers.«
»Dann ist also guter Rat teuer . . .«
»Wie man's nimmt«, sagte Conseil. »In unseren Muskeln stecken noch einige Stunden Schwimmen und in einigen Stunden kann sich einiges ändern.«
Conseil kam jetzt dicht an mich heran und hielt ein Messer in der Hand.
»Ich möchte mir einen etwas indiskreten Schnitt erlauben«, sagte er, fuhr mit der Klinge unter meine bleischwere Kleidung und schlitzte sie von oben bis unten auf. Ich leistete ihm den gleichen Dienst und wir schwammen beide erleichtert weiter. Wir redeten eine Weile über die Möglichkeit einer Rettung von der Fregatte her, aber wir merkten bald, wie uns das anstrengte und auch demoralisierte, da es immer offensichtlicher wurde, dass man nichts zu unserer Bergung unternommen hatte.
Conseil war zu phlegmatisch, um sich darüber aufzuregen; sein Kopf entwickelte vielmehr einen simplen, aber praktischen Plan: Wir mussten uns darauf gefasst machen und einrichten, sehr lange zu warten, bis vielleicht doch noch ein Boot von der *Abraham Lin-*

coln kommen würde, und dazu teilten wir unsere Kräfte auf. Während der eine auf dem Rücken liegend den »toten Mann« spielte, schwamm der andere und schob ihn mit leichten Stößen vor sich her. Alle zehn Minuten wechselten wir die Rollen und hofften so bis Tagesanbruch aushalten zu können ...

Schwache Hoffnung! Aber tief verwurzelt im Herzen des Menschen, stärker als jede Vernunft. Was uns vor der Verzweiflung am besten schützte, war die Tatsache, dass wir zu zweit hier schwammen. Ich mochte noch so oft versuchen kühl und nüchtern über unsere Lage zu urteilen, ich schaffte es nicht, »verzweifelt« zu sein und mich völlig zu desillusionieren. Obwohl das Meer ziemlich ruhig lag, fühlte ich bereits gegen ein Uhr morgens, also zwei Stunden nach dem Zusammenstoß, Ermüdung. Unter heftigen Krämpfen wurden meine Glieder steif, ich musste mich auf Conseil stützen, der ebenfalls bald zu keuchen und kurz zu treten anfing.

»Lass mich, Conseil«, sagte ich.

»Monsieur im Stich lassen? Eher will ich ersaufen!«

In diesem Augenblick wurde der Mond durch die Wolkendecke sichtbar und seine Strahlen ließen die Wasserfläche aufschimmern. Das gab uns wieder etwas Mut, ich versuchte mich hochzurecken und den Horizont zu überblicken. Ganz kurz sah ich die Fregatte, vielleicht 5 sm von uns entfernt, kaum noch erkennbar. Nirgends ein Boot. Ich wollte rufen, aber die grenzenlose Enttäuschung und die geschwollenen Lippen ließen es nicht zu. Conseil schrie ein paar Mal um Hilfe in die Nacht.

Und da schien mir, als käme Antwort auf seinen Ruf. Wir hielten sofort inne.

»Hast du gehört?«

»Ja!«

Und er schrie gleich noch einmal. Diesmal hörten wir deutlich die Antwort einer menschlichen Stimme. Noch ein Opfer? Oder die

Antwort vom Suchboot? Conseil richtete sich mit großer Anstrengung auf meine Schulter gestützt empor, hielt Ausschau, während ich versank, und versuchte dann, nachdem er mich ein zweites Mal gerettet hatte, zu erklären, was zu sehen war: »Ich sah . . . ich sah . . . ich habe gesehen . . .«

Dann schüttelte er den Kopf, winkte und schwamm los, mich hinter sich herziehend. Wir bewegten uns mit letzter Kraft und die Orientierungsrufe, die Conseil zwischendurch ausstieß, wurden immer schwächer. Aber die andere Stimme kam immer deutlicher aus dem Dunkel. Ich öffnete den Mund, um ebenfalls zu rufen, und da blieb die Kinnlade krampfhaft geöffnet, wieder drang Wasser in mich hinein, ich war starr vor Schrecken und Kälte, versuchte zu schlucken, sank, unfähig mich zu bewegen . . . da erhielt ich einen kräftigen Stoß, mein Körper schlug an einen Gegenstand und ich fand die Kraft, wieder mich anzuklammern. Man riss mich empor, aus dem Wasser, aber ich spürte noch, wie ich die Salzlauge erbrach, dann verlor ich das Bewusstsein.

Ich bin dann wohl durch das kräftige Reiben, das man mit meinem Körper veranstaltete, wieder aufgewacht. Conseil war der Erste, den ich erkannte. Dann sah ich die andere Gestalt ganz deutlich im Mondlicht: Ned Land.

»Was, Ned Land! Sind Sie auch von dem Stoß ins Meer geschleudert worden?«

»Allerdings, meiner Harpune nach. Aber ich hatte mehr Glück als sie, denn ich konnte gleich auf einem kleinen Inselchen Fuß fassen.«

»Inselchen?«

»Oder Rieseneinhorn, wenn Sie wollen. Jedenfalls wurde mir ziemlich klar, warum meine Harpune nicht eindringen konnte.«

»Und warum nicht?«

»Weil Ihr fischiger Meersäuger aus Eisenplatten gemacht ist, Herr Professor.«

Und diese Bemerkung war es, die mich wieder völlig zu Bewusstsein brachte. Ich sprang auf und trat mit dem Fuß gegen den Grund, auf dem wir standen. Offenbar ein harter Stoff: ein knochenartiger Schild vielleicht? Musste ich das Tier unter die amphibisch lebenden Reptilien einreihen? Eine Art urzeitlicher Schildkröte oder Alligator?

Aber nein! Dieser schwärzliche Rücken war nicht schuppig, sondern glatt und poliert! Der Ton beim Klopfen war metallisch, und so unglaublich das schien, der Körper bestand aus regelrecht genieteten Eisenplatten. Kein Zweifel: Das Wundertier, das Ungeheuer, das Naturschauspiel, das die gesamte Gelehrtenwelt gefoppt und dessentwegen die Seeleute beider Hemisphären den Kompass verloren hatten, war ein noch größeres Wunder, als jeder glauben mochte: ein Wunder von Menschenhand. Denn dass ein Gott Wunder laufen lässt, ist nicht weiter aufregend, es gehört zu seinem Geschäft. Aber das Unmögliche plötzlich auf mysteriöse, aber menschliche Art verwirklicht zu sehen, das kann einem den Kopf schon verwirren.

Kein Zweifel also daran, dass wir uns an »Deck« eines Unterseefahrzeugs befanden, das, soviel ich jetzt sehen konnte, Fischform besaß.

»Aber wenn das ein Fahrzeug ist«, sagte ich, »dann hat es eine Maschine zur Fortbewegung und dann hat es Maschinisten und eine Mannschaft . . .«

»Sicher«, antwortete Ned Land, »obwohl sich das Ding seit den drei Stunden, die ich auf ihm hocke, noch nicht gerührt hat.«

»Gut, aber wir wissen doch, dass es fahren kann, dass es sich gerührt hat. Dazu braucht's eine Maschine. Und einen Maschinisten. Und daher sind wir wohl gerettet.«

»Hm.«

In diesem Augenblick begann an einem Ende des Apparats ein starkes Brausen, das offenbar von einer Schraube herrührte, denn wir setzten uns in Bewegung. Das war zunächst für uns noch nicht gefährlich, da das obere Teil des Fahrzeugs 80 cm aus dem Wasser ragte. In dem Augenblick aber, wo es dem Fahrzeugführer einfallen würde, auf Tauchstation zu gehen, waren wir verloren. Wir mussten uns deshalb so rasch wie möglich mit den Menschen im Innern in Verbindung setzen. Da der Apparat nur mäßige Fahrt machte, schritt ich vorsichtig den aus dem Wasser ragenden Teil des Rumpfes ab, doch ich fand nur lückenlos aneinander gefügte Platten, nirgends den Anschein einer Luke.

Aber es musste eine Öffnung da sein, mit der die Mannschaft Luft aufnahm, wenn das drinnen gespeicherte Atemgas verbraucht war. Oder bereiteten sie ihre Luft selbst zu, mit einem Gerät womöglich, wie es Reiset & Regnault entwickelten?

Die Schraube, die sich mit mathematischer Regelmäßigkeit drehte, wurde um vier Uhr morgens plötzlich schneller. Oft traf uns der volle Schlag der Bugwelle und wir konnten uns dann kaum auf dem Fahrzeug halten. Zum Glück entdeckte Ned Land einen Ring, an dem er sich festhalten konnte, und damit bot er auch uns genügend Halt. Es dauerte unendlich lange, bis diese Nacht vorüber war. Kälte, Krampf, Nässe und Übermüdung hatten mich apathisch gemacht und ich kann mich kaum noch an das erinnern, was mit uns vorging. Nur einen Eindruck bewahrte ich mit Deutlichkeit: Mir schien manchmal, als drängten Tonfetzen zu mir heran, verwischte ferne Akkorde, die sich im Zischen der Bugwelle auflösten. Welche Geschöpfe bewohnten dies seltsame Fahrzeug? Und mit welcher mechanischen Kraft erzeugten sie diese unerhörte Geschwindigkeit?

Frühmorgens lagen wieder Nebel über dem Wasser, verflüchtigten sich jedoch bald. Ich wollte gerade eine neue Untersuchung unseres Fahrzeugs beginnen, als wir merkten, wie der Apparat tiefer sank.

»He, zum Teufel!«, brüllte Ned Land und trat mit aller Wucht gegen die eisernen Planken. »Warum so ungastlich! Macht doch endlich mal die Klappe auf!«

Wir glaubten zunächst nicht, dass man das Trampeln im Innern gehört habe, aber die Tauchbewegung wurde plötzlich unterbrochen. Es ertönte ein metallisches Rasseln aus dem Innern, eine Platte des Verdecks hob sich und ein Mann erschien in der Luke. Als er uns sah, stieß er einen Schrei aus und verschwand sofort wieder. Wenige Augenblicke später kamen acht starke Männer mit Gesichtsmasken an Deck, packten uns und schleiften uns in den Leib dieses technischen Monsters.

5. Kapitel

All das geschah blitzschnell. Ich weiß nicht, was meine Kameraden sich dabei dachten, ich jedenfalls spürte einen kalten Schauer bei diesem Empfang, der an Piraten erinnerte. Ich fühlte eine eiserne Treppe unter meinen nackten Füßen, konnte aber nichts sehen, denn nachdem sich die Einstiegsluke wieder geschlossen hatte, herrschte im Innern des Fahrzeugs undurchdringliches Dunkel. Am Ende der Treppe wurden wir etwas seitwärts gestoßen, dann öffnete sich eine Tür, man schob uns hindurch und schloss dahinter ab. Wir waren wieder allein und Ned Land hatte sich von seiner Überraschung so weit erholt, dass er kräftig zu fluchen begann. Er wurde noch aggressiver, als er entdeckte, dass man ihm sein Bowiemesser gelassen hatte, und schwor jeden zu massakrieren, der ihn anrühre.

»Damit seien Sie mal vorsichtig«, riet ich ihm. »Unnütze Gewalttaten können uns erst recht in Gefahr bringen. Wir könnten ja doch zunächst mal versuchen uns mit diesen Leuten zu verständigen. Stellen wir fest, wo wir sind!«

Ich tastete mich durch das Dunkel und stieß dabei nach fünf Schritten auf eine Wand aus Eisen. Ebenfalls aus genieteten Eisenplatten bestanden auch die übrigen Wände, nirgends ein Fenster. Der Fußboden war mit einer Flachsmatte ausgelegt und an einer Wand des Raumes stand ein hölzerner Tisch mit Schemel darum. Der Raum war etwa 6 x 3 m groß, die Höhe bekamen wir nicht heraus.

In der ersten halben Stunde geschah gar nichts. Dann ging plötzlich ein grelles Licht über uns an. Dieser blendend weiße Glanz war der gleiche, der das phosphoreszierende Oval auf dem Meer erzeugt hatte. Nach einigen Augenblicken der Gewöhnung sah ich, dass das Licht aus einer Halbkugel über uns an der Decke kam.
»Aha, Licht!«, rief Land und stellte sich breitbeinig mit dem Messer auf.
»Aber unsere Lage ist so dunkel wie zuvor«, sagte ich.
»Also: Geduld«, meinte Conseil sanft.
Wir konnten jetzt die Einrichtung der Kabine genau sehen. Um den Tisch standen fünf Schemel: Das war alles. Nicht mal der Rahmen der Tür war auszumachen, so hermetisch schloss sie. Es war ganz still um uns. Fuhr das Schiff? Ruhte es an der Oberfläche? Sank es langsam hinab zum Meeresgrund?
Ich nahm an, die Beleuchtung sei eingeschaltet worden, weil uns jemand sehen wollte, und ich täuschte mich nicht. Wir hörten, wie ein Schloss klickte, ein Riegel zurückgeschoben wurde, dann öffnete sich die Tür und zwei Männer traten ein.
Der eine war untersetzt, aber muskulös gebaut, mit breiten Schultern und starken Gliedmaßen. Auf dem kräftigen Kopf saß reichlich schwarzes Haar; ein dicker Schnurrbart und ein lebhafter Blick machten das Gesicht auffällig. Ich hätte ihn unter normalen gesellschaftlichen Umständen für einen Provençalen gehalten.
Der andere verdient eine ausführlichere Beschreibung. Gratiolet- und Engelschüler hätten in seinen Gesichtszügen wie in einem aufgeschlagenen Buch lesen können. Ich erkannte sofort seine hervorstechenden Eigenschaften: Selbstvertrauen (denn der Kopf erhob sich nobel über dem Bogen seiner Schultern und seine schwarzen Augen blickten kalt und sicher), Gelassenheit (denn seine kaum gefärbte bleiche Haut zeigte den ruhigen Fluss seines Blutes an), Energie (denn die Bewegung seiner Augenlider vollzog sich sehr rasch)

und Mut (denn seine tiefen Atemzüge verrieten eine starke Vitalität).
Ich muss hinzufügen, dass er einen stolzen Eindruck machte, dass es schien, als spiegle sein fester und ruhiger Blick erhabene Gedanken, und dass die gesamte Gestalt, das Übereinstimmen der Körperbewegungen mit den Gesichtszügen, eine unbestreitbare Offenheit ausstrahlte. Wider Willen fast fühlte ich mich in der Nähe dieses Mannes sicher und war gespannt, was unsere Unterredung ergeben würde. Ich konnte nicht sagen, ob er 35 oder 50 Jahre alt war. Er war groß, besaß eine hohe Stirn und eine gerade Nase, einen klar gezeichneten Mund, wunderbare Zähne und lange schmale Hände, die ein Kenner als eminent »psychisch« bezeichnet hätte, also würdig, Ausdrucksmittel einer hohen und leidenschaftlichen Seele zu sein. Dieser Mann war sicher die bewundernswerteste Persönlichkeit, der ich je begegnete. Seine Augen standen etwas weiter als gewöhnlich voneinander ab, sodass er, wovon ich mich später überzeugte, einen Horizontausschnitt von fast 90° auf einmal erfasste. Seine Sehkraft übertraf dabei noch die des Kanadiers, und wenn es galt, einen Gegenstand ins Auge zu fassen, zogen sich seine Brauen zusammen, die Lider engten das Gesichtsfeld um die Pupillen herum ein und dann schaute er ... Welch ein Blick! Wie er die weit entfernten Dinge vergrößerte und genau ansah! Wie einem dieser Blick bis in die Seele drang! Wie er die dunklen Gewässer durchschaute und die Schrift des uns verhüllten Meeresbodens las ...!
Die Kleidung der beiden war weit geschnitten, sodass man sich frei in ihr bewegen konnte, auf dem Kopf trugen sie Mützen aus Seeotterfell, ihre Beine staken in Robbenfellstiefeln.
Der Große prüfte uns eindringlich und schweigend eine lange Zeit, dann wandte er sich an seinen Gefährten und redete mit ihm in einer unverständlichen, aber wohllautenden Sprache. Der Untersetz-

te schüttelte den Kopf, sagte einige unverständliche Worte zum Anführer und wandte sich dann offenbar mit einer Frage an mich. Ich erwiderte in klarem Französisch, dass ich ihn nicht verstehe. Das schien er nicht zu begreifen und sah mich ratlos an. Da schlug Conseil vor, ich solle unsere Geschichte erzählen, vielleicht seien den Fremden einige Worte daraus bekannt.

Ich sprach ganz langsam und artikuliert, erzählte kurz von unserem Unfall und stellte jeden von uns dann mit Namen und Berufsangaben vor.

Der Große hörte gelassen, höflich und aufmerksam zu, erwiderte jedoch kein Wort. Seinen Zügen war nicht zu entnehmen, ob er mich verstanden hatte. Ich wandte mich deshalb an Ned Land und sagte: »Jetzt sind Sie an der Reihe, Meister. Holen Sie Ihr Sonntagsenglisch aus dem Gedächtnis und erzählen Sie das Gleiche noch einmal.«

Land ließ sich nicht lange bitten, im Gegenteil, er legte mit großer Lebhaftigkeit los, erzählte unsere Geschichte ähnlich wie ich und beschwerte sich dann, dass man uns wider das Völkerrecht gefangen genommen habe, fragte nach dem Gesetz, welches ein derartiges Vorgehen erlaube, zitierte die Habeas-Corpus-Akte und drohte mit gerichtlicher Verfolgung. Seine letzter Vorwurf war der, dass wir bald hungers sterben würden.

Aber der Kanadier wurde anscheinend nicht besser verstanden als ich. Was tun? Unsere Sprachkenntnisse waren damit erschöpft.

Da meldete sich Conseil und sagte: »Wenn Monsieur erlaubt, möchte ich gern mal mit dem Herrn dort deutsch reden.«

»Du sprichst Deutsch?«

»So gut wie jeder Flame.«

Conseil brachte also unsere Geschichte zum dritten Mal vor, hatte allerdings ebenso wenig Erfolg wie wir. Mir fiel dann noch ein die wichtigsten Punkte daraus auf Küchenlateinisch zusammenzustottern, aber auch das blieb ohne erkennbare Wirkung. Jetzt wechselten die beiden wieder einige Worte in ihrem unverständlichen Idiom, dann zogen sie sich zurück, ohne sich weiter um uns zu kümmern.

»Das nenne ich infam!«, rief Land wütend. »Da redet man französisch, englisch, deutsch und lateinisch mit den Schurken und keiner ist höflich genug, um zu antworten.«

Der Hunger quälte uns, aber auch die unbestimmbare Identität der beiden Besucher ließ uns keine Ruhe. Ich nahm an, dass beide aus südlicheren Gegenden stammten. Allerdings wollte ich mich weder auf Spanier noch auf Türken, Araber oder Inder festlegen. Auch ihre Sprache war so fremd, dass sie nicht die geringsten Anhaltspunkte lieferte.

»Aber merken Sie denn nicht, dass es sich dabei um eine erfundene Geheimsprache handelt?«, fragte mich Ned Land. »In allen Sprachen der Welt versteht man nämlich, was es bedeutet, wenn jemand den Mund aufreißt, Kaubewegungen macht und sich die Lippen leckt. Nur die beiden haben nicht im Geringsten darauf reagiert.«

»Es gibt eben ziemlich dumme Leute auf der Welt«, sagte Conseil.

In diesem Augenblick öffnete sich die Tür. Ein Steward trat herein. Er trug Kleidung über dem Arm, die er austeilte, und anschließend legte er drei Gedecke auf dem Tisch aus.

»Na, das ist doch ein Wort«, seufzte Conseil.

»Pah! Was glauben Sie wohl, was man hier zu fressen kriegt? Schildkrötenleber, Lendensteak vom Hai, Seehundschnitzel!«

»Probieren wir erst mal!«, beruhigte ich den Kanadier.

Die Schüsseln waren mit silbernen Glocken zugedeckt, ganz wie bei gebildeten Leuten. Wenn das stark strahlende Licht nicht gewesen wäre, hätte man glauben können, man speise im Adelphi zu Liverpool oder im Pariser Grand-Hotel. Leider fehlten Weißbrot und Wein. Das Wasser in der Karaffe war klar und rein, aber es blieb eben Wasser. Unter den Speisen, die uns vorgesetzt worden waren, erkannten wir einige Fische, köstlich zubereitet, andere Gerichte aber konnte ich noch nicht einmal mit Sicherheit ins Tier- oder ins Pflanzenreich einordnen. Das silberne Tafelgerät übrigens war sehr geschmackvoll. Jedes Stück, Löffel, Gabel, Messer, Teller trug die gleiche Gravur:

MOBILIS IN MOBILI

Beweglich im Bewegten – das passte in der Tat ausgezeichnet auf das Fahrzeug, in dem wir uns befanden. Wir hatten kaum gegessen, als uns eine übermächtige Müdigkeit ergriff. Meine beiden Gefährten sanken ohne viel Federlesens auf der Matte nieder. In meinem Kopf kämpften noch einige Zeit lang die ungelösten Fragen gegen den andrängenden Schlaf. Wo waren wir? Welche Macht entführte uns? Sank das Fahrzeug zum Meeresgrund? Bilderfetzen aus Angstträumen durchsetzten meine Gedanken, ich sah in diesen Wassern ein Asyl unbekannter Tierwelten, zu denen dieses Schiff als gleichartig gehörte, so lebendig, so beweglich, so phantastisch wie jene Tiere ...

6. Kapitel

Wie lange unser Schlaf gedauert hatte, war nicht festzustellen. Ich erwachte ausgeruht, aber mit dem Gefühl der Atembeklemmung. In unserer Eisenzelle hatte sich nichts verändert, als dass der Tisch abgedeckt worden war. Sollten wir ewig in diesem Käfig festgehalten werden? So tief ich auch einatmete, meine Lungen bekamen nicht mehr genügend Sauerstoff, die Luft war verbraucht und ich fragte mich, wie dieses Fahrzeug sich frische Atemluft verschaffte. Durch das Reiset & Regnaultsche Verfahren, Sauerstoff durch Hitze aus chlorsaurem Kali austreibend? Dazu brauchte es auch kaustisches Kali, um die Kohlensäure zu vertilgen, und war dadurch auf Kontakte mit dem Land angewiesen. Oder nahm es beim Auftauchen Pressluft an Bord, die es dann langsam abließ? Oder tauchte es auf wie die Wale und nahm ganz einfach eine kurze Zeitspanne Frischluft zu sich?

Unser Atmen war bedeutend heftiger und kürzer geworden, der Luftmangel erzeugte bereits Erstickungs- und Angstgefühle, da überschwemmte uns plötzlich ein Strom reiner, jodduftender Meeresluft. Während wir uns dem erlösenden Sauerstoffbesäufnis hingaben, spürten wir das leichte Schaukeln des Fahrzeugs, ganz als würde es von den Wellen der Meeresoberfläche gewiegt.

»Jetzt fehlt nur noch eine ordentliche Mahlzeit«, sagte Ned Land. »Warum bekommen wir nichts zu essen? Wahrscheinlich wollen diese Teufel uns verhungern lassen.«

»Na, dann hätten sie uns doch gestern Abend nichts gegeben.«
»Dann wollen uns diese Kannibalen eben mästen!«
»Gegen die Kannibalen protestiere ich entschieden!«, sagte ich. »Wir befinden uns unter zivilisierten Menschen.«
»Ach, Professor, stellen Sie sich doch bloß mal vor, dass diese Leute seit langer Zeit Frischfleisch entbehrt haben«, erklärte der Kanadier. »Da sind drei so gesunde Kerle wie wir einfach ein Leckerbissen. Gelegenheit macht Kannibalen.«
»Meister Land, Sie haben unseren Wirten gegenüber nicht die richtige Einstellung. Wenn Sie aggressiv werden, dann könnte uns vielleicht wirklich etwas zustoßen. Also halten Sie sich zurück!«
»Was kann uns denn noch Schlimmeres geschehen, als hier in diesem eisernen Loch gefangen zu sitzen?«, fragte Ned Land. »Wie lange soll das noch dauern?«
»Was weiß ich«, antwortete ich ihm. »Aber vermutlich sind wir hier einem Geheimnis auf der Spur, dem Geheimnis des Mannes, dem dieses Fahrzeug gehört. Wenn es ihm wichtiger ist als drei Menschenleben, sind wir geliefert. Wenn nicht, wird er uns bei der nächstbesten Gelegenheit an Land absetzen. Da wir aber weder das eine noch das andere wissen, warten wir am besten ab, bis man uns darüber aufklärt. Im Augenblick können wir jedenfalls nichts weiter tun.«
»Im Gegenteil, Herr Professor. Es muss unbedingt sofort gehandelt werden.«
»Was wollen Sie denn unternehmen?«
»Uns retten, was sonst.«
»Hören Sie, Meister, ich schätze Ihre Fähigkeiten hoch, aber aus einem unterseeischen Gefängnis zu entkommen dürfte doch wohl einige Schwierigkeiten bereiten.«
Der Kanadier sah das ein, schwieg aber nicht lange.
»Was tun also Leute, die nicht aus ihrem Gefängnis herauskönnen?«, fragte er mich.

Ich zuckte die Achseln. »Na, sie bleiben drin.«
»Teufel«, sagte Conseil. »Was anderes wird ihnen tatsächlich nicht übrig bleiben.«
»Natürlich nachdem sie ihre Kerkermeister rausgeworfen haben«, ergänzte der Kanadier.
»Sie wollen sich doch nicht etwa des Fahrzeugs bemächtigen?«
»Allerdings.«
»Unmöglich.«
»Ich warte nur auf die nächste Gelegenheit. Wenn hier nicht mehr als zwanzig Mann an Bord sind, dürften es zwei Franzosen und ein Kanadier ja nicht weiter schwer haben.«
»Hören Sie, Meister: Warten Sie damit noch ab! Wir wissen ja gar nicht, was man mit uns vorhat. Außerdem hilft bei einem solchen Überfall nur List. Und dazu müssen wir die Gewohnheiten an Bord auskundschaften. Versprechen Sie mir, dass Sie nichts Unbedachtes tun, Ned Land!«
»Topp«, sagte der Kanadier mürrisch.
Selbstverständlich beruhigte er sich nicht. Statt sich mit uns weiter zu unterhalten, sprach er jetzt mit sich selber und steigerte sich über verbitterte Bemerkungen, gelinde Flüche und saugrobe Schimpfkanonaden in einen derartigen Zorn, dass er die Beherrschung über sich verlor. Er begann mit den Fäusten gegen die eisernen Wände zu trommeln und mit den Füßen zu stampfen, er lief durch den Raum und brüllte laut. Aus dem übrigen Teil des Fahrzeugs kam weder eine Reaktion auf diesen Anfall noch sonst irgendein Geräusch. Um unsere Zelle lag die vollkommenste Stille. Ohne Zweifel waren wir auf Tauchstation gegangen und gehörten der Erde nicht mehr an.
Allmählich löste sich auch die Beruhigung auf, die ich bei der Begegnung mit dem Großen empfunden hatte, und wurde zu zitternder Nervosität. Das edle Gesicht verlosch in meiner Erinnerung und

in meinem Kopf entstand klar das Bild dieses Mannes, wie es nach allen Regeln der Vernunft und nach der Notwendigkeit aussehen musste: ein unerbittlicher, grausamer Mensch. Er stand außerhalb der Menschheit, jedem mitleidigen Gefühl unzugänglich, ein unversöhnlich hassender Feind der Welt. Ja, bestimmt: Dieser Mann war fähig uns verhungern zu lassen, ohne dabei auch nur mit der Wimper zu zucken. Mir wurde dieser notwendige Ausgang unseres Abenteuers so klar und Ned Land in seiner verzweifelten Wut brüllte so wahnsinnig, dass mich lähmendes Entsetzen befiel.

In diesem Augenblick hörte ich draußen ein Geräusch. Der Riegel wurde weggeschoben, die Tür geöffnet, der Steward trat ein. Er war kaum drinnen, da hatte sich Ned Land bereits auf ihn gestürzt, ihn zu Boden geworfen und würgte ihn an der Kehle.

Conseil und ich stürzten hinab, um ihm das Opfer zu entreißen, da ertönten hinter uns die klaren Worte in meiner Muttersprache: »Beruhigen Sie sich, Ned Land! Und Sie, Herr Professor, hören Sie mich an!«

Der Große hatte gesprochen. Ned Land erhob sich und der Steward verließ auf einen Wink des Kommandanten die Kabine. Er war dem Ersticken nahe gewesen, zeigte mit seiner Miene aber nicht im Mindesten, wie sehr er den Kanadier nach diesem Überfall hassen musste. Unterdessen stand der Kommandant mit verschränkten Armen an die Tischkante gelehnt und beobachtete uns. Er schwieg sehr lange und wir konnten bereits fürchten, er bereue die gesprochenen Worte, da redete er von neuem, gelassen und eindringlich sprechend: »Messieurs, ich spreche Französisch, Englisch, Deutsch und Latein, ich hätte Ihnen also längst antworten können. Aber ich wollte erst wissen, mit wem ich es zu tun habe. Ihrer vierfachen Erzählung nach also mit Professor Pierre Aronnax vom Pariser Museum, seinem Diener Conseil und mit dem Kanadier Ned Land, Harpunier auf der Fregatte *Abraham Lincoln.*«

Die Leichtigkeit, mit der er sprach, faszinierte mich. Er hatte keinen Akzent, er wählte die richtigen Ausdrücke, aber dennoch hatte ich das Empfinden, dass er nicht Franzose sei.
»Sie entschuldigen, dass ich mit meinem zweiten Besuch so lange gewartet habe. Ich wusste nicht, was ich mit Ihnen anfangen soll. Ich konnte mich lange nicht entschließen. Bedauerliche Umstände haben Sie in die Nähe eines Mannes gebracht, der mit der Menschheit gebrochen hat. Es tut mir Leid, aber Sie stören ihn durch Ihre Existenz . . .«
»Ohne es zu wollen!«, warf ich ein.
»Ohne es zu wollen?«, fragte er spöttisch. »Die *Abraham Lincoln* hat mich also ganz zufällig aufgebracht? Sie sind ganz gegen Ihren Willen an Bord dieses Schiffes gewesen? Dessen Geschosse sind aus Versehen auf meinem Fahrzeug aufgeschlagen? Ned Land hat mich wider Willen getroffen?«
»Aber hören Sie, Monsieur! Sie wissen wahrscheinlich, welche Gerüchte über dieses Fahrzeug in der Alten und der Neuen Welt in Umlauf sind. Sie wissen, dass eine Reihe von Unfällen, die Sie verursacht haben, die Öffentlichkeit erregt hat. Und Sie wissen zweifellos, dass die Besatzung der *Abraham Lincoln* glaubte ein riesenhaftes See-Ungeheuer zu verfolgen, von dem die Weltmeere gereinigt werden mussten.«
»Sie werden wohl nicht behaupten wollen, dass Ihre Fregatte sich anders verhalten hätte, wenn bekannt gewesen wäre, dass es sich bei dem Ungeheuer um ein Unterseeboot handelte!?«
Darauf ließ sich schlecht etwas erwidern, denn selbstverständlich hätte Farragut danach getrachtet, seinen Säuberungsauftrag auf jeden Fall durchzuführen.
»Sie können sich also denken, dass ich Sie wie meine Feinde behandeln muss«, fuhr der Große fort. »Ich war zu keinerlei Gastfreundschaft verpflichtet. Ich hätte Sie wieder auf die Plattform bringen

lassen können, bevor ich tauchte. Sie wären ertrunken, vergessen. Wäre das nicht mein Recht gewesen?«

»Das Recht eines Wilden vielleicht, aber nicht eines zivilisierten Menschen«, sagte ich.

»Mein Herr Professor, ich *bin* kein zivilisierter Mensch«, antwortete er heftig. »Ich habe mich von der Gesellschaft der Menschen losgesagt. Die Gründe dafür kann nur ich beurteilen. Die Regeln, die bei Ihnen gelten, sind mir völlig gleichgültig, deshalb unterlassen Sie es, sich darauf zu berufen.«

Das war deutlich. Die Verachtung, mit der er uns maß, ließ eine furchtbare Vergangenheit im Leben dieses Mannes vermuten. Mir schoss die Erkenntnis durch den Kopf, dass er sich nicht nur von den Menschen der Erde gelöst hatte, sondern auch völlig unerreichbar für sie war. Wer sollte ihn auf dem Grunde des Meeres verfolgen, um die Urteile, die auf der Erde über ihn gefällt worden waren, an ihm zu vollstrecken? Er war unverwundbar, unbesiegbar. Gott, wenn er an ihn glaubte, und sein Gewissen, wenn er eines besaß, waren seine einzigen Richter.

Nach einer langen Pause, während der er uns mit verschränkten Armen gerade in die Augen sah, sprach er weiter: »Ich habe geschwankt. Und dann hat das natürliche Mitgefühl gesiegt, auf das jedes menschliche Wesen einen Anspruch hat. Das Schicksal hat Sie an Bord meines Schiffes verschlagen. Sie sollen also hier bleiben und Sie sollen hier auch verhältnismäßig frei sein. Für die Gewährung dieser Freiheit verlange ich jedoch ein Versprechen von Ihnen.«

»Wenn ein Ehrenmann es geben kann, gern.«

»Durchaus. Es ist möglich, dass gewisse Ereignisse mich nötigen Sie für Stunden oder Tage in Ihrer Kabine einzuschließen. Ich möchte Gewaltanwendung vermeiden und erwarte deshalb Gehorsam bei einem solchen Befehl. Ich möchte Sie mit dieser Maßnahme einer gewissen Verantwortung entheben und stelle deshalb sicher, dass

Sie nicht sehen, was nicht gesehen werden darf. Sind Sie damit einverstanden?«

Dinge also an Bord vorgehend oder in der Umgebung dieses Schiffes, die ein Mensch, für den die Regeln der menschlichen Gesellschaft noch galten, nicht sehen durfte . . .?

»Angenommen!«, sagte ich. »Und jetzt: Was verstehen Sie unter ›verhältnismäßig frei‹?«

»Die Freiheit hin und her zu gehen, zu beobachten, zu essen, kurz, die Freiheit, die meine Gefährten und ich haben.«

»Aber diese Freiheit haben Gefangene in ihrer Zelle auch! Wir sollen darauf verzichten, unsere Freunde und unsere Heimat wieder zu sehen?«

»Allerdings. Aber vielleicht ist es gar nicht so schwer, auf dieses unerträgliche irdische Joch zu verzichten, das die Menschen ›Freiheit‹ nennen.«

»Ich denke ja nicht dran!«, rief Ned Land. »Ich gebe niemals mein Wort, dass ich nicht versuchen werde mich zu befreien.«

»Dieses Versprechen habe ich Ihnen ja auch gar nicht abverlangt«, sagte der Große kalt.

»Ich finde, dass Sie Ihre Macht ein bisschen missbrauchen, Monsieur!«, sagte ich. »Was Sie von uns fordern, ist reichlich grausam.«

»Sie irren, Herr Professor. Es ist eine Gnade. Es würde mich nur ein Wort kosten, dann sänken Ihre Leichen in den Schlamm des Meeresgrundes. Vergessen Sie nicht, dass Sie mich angegriffen haben! Sie sind in den Besitz eines Geheimnisses gelangt, das niemand auf der Welt erfahren darf. Sie glauben doch nicht im Ernst, dass ich Sie wieder auf die Erde entlasse, die mich nicht mehr kennen darf!? Wenn ich Sie hier behalte, schütze ich nicht Sie, sondern mich selbst.«

»Also die Wahl zwischen Leben und Tod?«

»Genau.«

»Freunde«, sagte ich, »darauf geben wir keine Antwort. Ich möchte festhalten, dass uns kein Schwur an den Kommandanten dieses Fahrzeugs bindet.«

»Kein Wort, ganz recht. Aber erlauben Sie mir jetzt Ihnen alles mitzuteilen, was ich zu sagen habe. Ich kenne Sie, Professor Aronnax. In meiner Bibliothek steht Ihr schönes Werk über die Tiefseefauna. Ein gutes und kluges Buch. Sie sind so weit in diese Wissenschaft vorgedrungen, wie Sie konnten. Aber Sie wissen eben nicht alles. Sie haben noch längst nicht alles gesehen. Die Reise an Bord meines Schiffes wird Ihnen deshalb vielleicht etwas mehr Vergnügen bereiten als Ihren Gefährten. Sie werden durch ein Land der Wunder reisen, dessen Schauspiele Ihre Seele mit Staunen füllen können. Ich habe vor noch einmal, vielleicht zum letzten Mal, unter den Meeren um die Welt zu fahren, um meine Tiefseestudien abzuschließen. Sie sollen mein Studiengefährte sein. Sie werden sehen, was noch keines Menschen Auge sah – denn wir hier unten zählen nicht mehr zu den Menschen –, und ich werde Ihnen die letzten Geheimnisse unseres Planeten enthüllen.«

»Ich nehme an, Monsieur«, antwortete ich, »dass Sie trotz des Bruches mit der Menschheit nicht alles menschliche Gefühl verloren haben. Wir sind als Schiffbrüchige barmherzig aufgenommen worden, das soll nicht vergessen werden. Was mich betrifft: Ich weiß, dass die Wissenschaft den Menschen so besitzen kann, dass er sein Freiheitsbedürfnis darüber vergisst, und ich freue mich auf unsere kommenden Unternehmungen.« Er gab mir nicht die Hand. Mir tat es Leid, um seinetwillen. Eine Frage hatte ich noch: »Mit welchem Namen dürfen wir Sie anreden?«

»Ich bin Nemo, Kapitän Nemo, und dieses Schiff ist die *Nautilus*.«

Er rief einen Steward, gab ihm Befehle und wandte sich dann an Conseil und Ned Land: »In Ihrer Kabine wartet ein Menü auf Sie. Bitte gehen Sie mit diesem Herrn!«

Auch ich wurde zum Essen eingeladen. Ich folgte dem Kapitän

Nemo durch einen elektrisch erleuchteten, 10 m langen Gang, an dessen Ende wir durch eine Tür traten. Wir befanden uns im Speisesaal, der mit entschiedenem Geschmack dekoriert und möbliert war. An beiden Enden standen hohe eichene Anrichten mit reichen Intarsien, darin befanden sich prächtige Geschirre, Fayencen, Porzellan und Glas von unschätzbarem Wert. Das Tafelsilber glänzte im Licht der indirekten Deckenbeleuchtung, deren Helligkeit durch stilvolles Malwerk gemildert wurde.

Der Tisch in der Mitte des Raumes war reich gedeckt. Nemo wies mir meinen Platz und forderte mich auf kräftig zuzugreifen. Die Gerichte hatte offensichtlich das Meer allein geliefert, sie besaßen alle den jodigen Beigeschmack, an den man sich aber rasch gewöhnt. Kapitän Nemo merkte, dass ich mir jeden Bissen so genau ansah, weil ich die Speisen nicht kannte, und er klärte mich auf. »Die meisten Gerichte werden Ihnen fremd sein, aber Sie können sie unbesorgt essen. Sie sind gesund und nahrhaft. Meine Mannschaft und ich essen schon lange keine irdische Nahrung mehr. Die Tiefsee befriedigt alle meine Bedürfnisse. Ich werfe hier meine Netze aus und ziehe sie zum Brechen voll wieder ein. Ich gehe in den Tiefen des Ozeans auf Jagd und erlege das Wild meiner unterseeischen Wälder. Meine Herden weiden ohne Furcht auf den unermesslichen Wiesen der Weltmeere. Niemals kommt Fleisch von Landtieren auf meinen Tisch.«

»Dieses da ist aber doch . . .«

»Nichts als eine Meerschildkröte. Daneben steht Delfinleber, die Sie glatt für Schweineragout halten würden. Mein Koch versteht sich auf solche Effekte. Kosten Sie von allem, Professor. Das hier sind eingemachte Seegurken, die ein Malaie für das beste Gericht der Welt halten würde. Daneben die Sahne, die ist aus Seesäugermilch; den Zucker entnehme ich dem Seetang des Nordmeeres und zum Dessert probieren Sie mal von dem Seeanemonenkonfekt und sagen Sie mir, ob Sie dafür nicht das beste Obst stehen lassen würden!«

Ich nahm, mehr aus Neugier als aus Esslust, von allem, während der Kapitän mit seinen unglaublichen Berichten fortfuhr.

»Aus dem Meer kommt auch die Kleidung, die Sie und ich tragen. Die Stoffe sind aus den Fasern einiger Muscheln gewebt, mit dem Purpur der Antike gefärbt. Das Parfüm auf der Toilette in Ihrer Kabine ist aus Seepflanzen destilliert. Ihr Bett, Ihre Feder, Ihre Tinte: Alles kommt aus dem Meer, alles, dessen ein Mensch bedarf.«

»Sie sind ein großer Freund des Meeres, Kapitän«, sagte ich.

»Oh ja. Ich liebe es. Das Meer ist alles. Es bedeckt sieben Zehntel der Erdoberfläche. Der Seewind ist gesund und rein. Es ist eine unermessliche Einöde, in der der Mensch doch niemals allein ist, denn er fühlt, wie das Leben um ihn herumpulst. Das Meer spiegelt ein übernatürliches und wunderbares Dasein wider, es besteht nur aus Bewegung und Liebe, es ist die lebendige Unendlichkeit. In der Tat, Herr Professor, alle drei Reiche der Natur sind hier vertreten: die Steine, die Pflanzen und die Tiere. Vier Gruppen von Pflanzentieren, drei Klassen Gliedertiere, fünf Klassen Mollusken, drei Klassen Wirbeltiere, Säuger, Reptilien, Fische — der Reichtum dieser Fauna ist unerschöpflich. 13 000 Gattungen sind unter Wasser heimisch und nur ein Zehntel davon im Süßwasser. Die Meere sind eine ungeheure Wohnstätte der Natur. Am Anfang des Lebens war das Meer und wer weiß, ob es nicht auch am Ende wieder über dem Leben zusammenschlägt. Hier allein gibt es die große Ruhe. Hier allein haben Tyrannen keine Macht. Auf den Wasserflächen des Ozeans können sie sich noch schlagen und verfolgen, aber schon 10 m darunter hört ihre Macht auf. Hier allein ist Unabhängigkeit! Hier kenn ich keine Herren. Hier bin ich frei!«

7. Kapitel

Der Kapitän stand auf, ich folgte. Wir verließen den Speisesaal durch eine Doppeltür und betraten einen gleich großen Raum, der dahinter lag – die Bibliothek. Die Wände waren mit kupferbeschlagenen Palisanderregalen ausgekleidet, in deren Fächern eine unschätzbare Menge gleichförmig gebundener Bücher stand. Die Regale endeten in ledergepolsterten Sitzbänken, die alle Bequemlichkeit zum Lesen boten. Außerdem gab es in Reichweite stets Lesepulte, auf denen man die Bücher abstellen konnte. Ein großer Tisch in der Mitte des Raumes war mit Broschüren und alten Zeitschriften bedeckt. Der harmonisch gestaltete Raum wurde von vier glatt polierten Halbkugeln in der Decke erleuchtet.

»Das ist eine Bibliothek, Kapitän«, sagte ich, »die manchem Herrenhaus oben auf der Erde Ehre machen würde. Ich hätte sie hier unterm Meer nicht erwartet.«

»In einem Lesesaal muss Ruhe herrschen«, antwortete Nemo, »und wo finden Sie größere Ruhe als auf dem Meeresgrund?«

»Da haben Sie auch wieder Recht. Ich schätze, Sie besitzen da so 6 000 bis 7 000 . . .«

»12 000. Diese Bände sind das Letzte, was ich von der Erde mitgenommen habe. An dem Tage, da ich die *Nautilus* zum ersten Mal in Wasser tauchte, habe ich meine letzten Bücher, Broschüren und Zeitschriften gekauft. Seitdem existiert die Welt für mich nicht mehr, seitdem lebe ich in der Vorstellung, dass seit diesem Tage auf

der Erde nichts mehr gedacht und geschrieben worden ist. Diese Bücher stehen übrigens ganz zu Ihrer Verfügung, Professor.«
Ich trat näher an die Regale heran. Auf den ersten Blick erkannte ich, dass diese Bibliothek in den exakten Wissenschaften, in der Philosophie und der Belletristik mehrsprachig und gut sortiert war. Allerdings fehlten, auch das sah ich gleich, die Werke der politischen Ökonomie völlig, sie waren aus diesem Regal des Schönen, Wahren und Guten verbannt. Aus der Anordnung nach Sachgebieten ohne Rücksicht auf die Sprache sah ich, dass der Kapitän Nemo einer ganzen Anzahl von Sprachen mächtig sein musste.
Natürlich fand ich alle Meisterwerke der alten und modernen Schriftsteller hier wieder, die großen Autoren von Xenophon bis Michelet, von Rabelais bis George Sand. Den größten Teil aber nahmen die wissenschaftlichen Fachbücher ein, Schriften über Mechanik, Ballistik, Seekarten, Meteorologie, Geografie, Geologie; und kaum weniger zahlreich waren die Autoren der Naturgeschichte vertreten: Humboldt, Arago, Foucault, d'Henry Sainte-Caire Deville, Chasles, Milne-Edwards, Quatrefages, Tyndall, Faraday, Berthelot, Secchi, Petermann, Agassis. Dazu natürlich die Bulletins und Jahrbücher der wissenschaftlichen Akademien und geografischen Gesellschaften und unter all diesen Büchern eben auch jene zwei Bände von mir, denen ich womöglich den halbwegs freundlichen Empfang zu verdanken hatte. Übrigens konnte ich nach Joseph Bertrands »Begründung der Astronomie«, von der ich wusste, dass es 1865 erschienen war, mir etwa ausrechnen, wie lange die *Nautil*us schon existierte: höchstens drei Jahre. Ich hoffte beim genaueren Studium der herumliegenden Zeitschriften noch präzisere Daten zu bekommen. Zunächst aber bedankte ich mich beim Kapitän.
»Ich bin sehr glücklich darüber, dass ich diese Bibliothek benutzen darf.«

»Es ist nicht nur meine Bibliothek, sondern gleichzeitig auch der Rauchsalon.«
»Es darf also an Bord geraucht werden?«, rief ich freudig erregt.
»Aber selbstverständlich.«
»Sie haben also Verbindung nach Havanna?«
»Nicht im Geringsten. Hier, bitte, bedienen Sie sich. Diese Zigarren kommen zwar nicht aus Havanna, aber wenn Sie Kenner sind, werden Sie zufrieden sein.«
Ich nahm die Zigarre (in der Form einer »Londres« ähnlich), die aus Goldblättern gewickelt schien, beroch sie, zündete sie in dem kleinen Kohlebecken auf einem Bronzefuß an und inhalierte die ersten Züge mit der Lust eines Süchtigen, der zwei Tage lang Enthaltsamkeit geübt hat.
»Ausgezeichnet«, sagte ich, »aber kein Tabak!«
»Weder Havanna noch Orient, da haben Sie ganz Recht. Dieser Tabak stammt von einer nikotinreichen Algensorte, die man, allerdings nicht sehr häufig, im Meer findet. Trauern Sie Ihren ›Londres‹ nach?«
»Ich werde sie nicht mehr anrühren!«
»Schön, dann rauchen Sie, so viel Sie Lust haben. Diese Zigarren sind sogar frei vom Ruch des staatlichen Monopols.«
»Man schmeckt's.«
Die nächste Doppeltür führte uns aus der Bibliothek in einen strahlend erleuchteten, riesenhaften Saal. Er war ebenfalls rechteckig, hatte aber abgestumpfte Ecken. Von der arabeskenverzierten Decke fiel weiches, reines Licht auf all die Wunderwerke der Natur und Kunst, die der Kapitän Nemo in diesem prachtvollen Privatmuseum versammelt hatte, und zwar so geschickt und künstlerisch, dass die Atmosphäre des Raumes etwas von dem gewissen Etwas hatte, das man manchmal in Malerateliers findet.
Etwa 30 Meisterwerke der Malerei in einheitlichen Rahmen

schmückten die Wände, aufgelockert durch Waffen und Rüstungsteile. Es waren samt und sonders Bilder von höchstem Wert, wie ich sie sonst nur in Sonderausstellungen der europäischen Museen gesehen hatte. Die Schulen der Alten waren da vertreten: Raffael mit einer Madonna, Leonardo mit einer Jungfrau, Correggio mit einer Nymphe, Tizian mit einer Frau, Veronese mit einer Anbetung, Murillo mit einer Himmelfahrt, Holbein mit einem Porträt, Velasquez mit einem Mönch, Ribera mit einem Märtyrer, Rubens mit einer Kirmes, Teniers mit zwei flämischen Landschaften, Dou, Metsu und Potter mit drei kleinen Genrebildern, Géricault und Prudhon mit je einem Bild, Backuysen und Vernet mit einigen Seestücken. Von den Modernen erschienen Delacroix, Ingres, Decap, Troyon, Meissonnier und Daubigny. Außerdem standen in allen acht Ecken dieses Saals natürlich verkleinerte Modelle der schönsten antiken Statuen.

»Sie entschuldigen die Formlosigkeit, mit der ich Sie in dieser Unordnung empfange, Professor«, sagte der Kapitän Nemo beiläufig.

»Aber Sie sind ein Künstler, Monsieur!«

»Ein Amateur. Früher bin ich den schönsten Werken von Menschenhand hinterhergejagt, ich habe begeistert und unermüdlich gesammelt und ich habe auch ein paar Wertobjekte zusammengebracht. Aber jetzt ist die Welt für mich tot. Ob alte oder moderne Meister: Dieser Unterschied existiert für mich nicht mehr. 200 Jahre oder 20 Jahre, dergleichen Begriffe vermischen sich jetzt leicht in meinem Kopf und es bleibt als Ausweis nichts als die Meisterschaft. Da drüben auf der Orgel liegen Partituren, schauen Sie sie durch: Weber, Rossini, Mozart, Beethoven, Haydn, Meyerbeer, Herold, Wagner, Auber und Gounod – sie sind für mich Zeitgenossen des antiken Orpheus, sind Tote, sind tot, so wie ich tot bin, tot wie Ihre Freunde, Professor, die zwei Meter unter der Erde liegen!«

Er schwieg abrupt nach diesen Worten und schien meine Gegenwart nicht mehr zu bemerken. Ich wollte nicht aufdringlich sein, deshalb wandte ich mich jetzt den Schätzen aus dem Reich der Natur zu, die den übrigen Raum seines Museums füllten. Mitten im Salon stand ein elektrisch beleuchteter Springbrunnen, dessen Becken aus der Schale einer der größten im Meer vorkommenden Muscheln gebildet wurde. Der Umfang des fein verzierten Randes betrug sechs Meter und übertraf damit die Riesenmuscheln, die einst die Republik Venedig François Ier geschenkt hatte (und die heute als Weihwasserbecken in der Kirche St. Sulpice zu Paris stehen). An den Wänden hingen in Schaukästen mit kupfernen Etiketten die Wunder der Tiefseewelt, die sich den Augen normaler Forscher noch kaum jemals offenbart hatten. Offensichtlich hatte Nemo sie von seinen Unterwasserausflügen mitgebracht.

Für mich war es ein Fest: Schwämme, Hohltiere, Gliederfüßer, Weichtiere, Stachelhäuter und Wirbeltiere waren in Exemplaren seltener Provenienz vertreten. Besonders die Mollusken stellten eine Sammlung von unbezahlbarem Wert dar. Da die Fundorte entweder an jedem Stück vermerkt oder mir aus der Tiergeografie bekannt waren, sah ich an den Kästen, dass dieses Schiff und sein Kommandant die ganze Welt befahren hatten, soweit sie aus Wasser bestand.

In besonderen Fächern lagen Perlen ausgebreitet, die herrlichsten Perlen, die ich jemals gesehen hatte, und sie schimmerten unter der elektrischen Beleuchtung in Rosenrot, Grün, Gelb, Schwarz und Blau. Manche erreichten die Größe von Taubeneiern. Ich dachte immer, die Perle des Imam von Mascat sei die größte auf der Welt, aber sie wäre hier gar nicht weiter aufgefallen, ebenso wenig wie jene, die Tavernier dem Schah von Persien für 3 000 000 verkaufte. Überwältigt wandte ich mich wieder an den Besitzer all dieser Herrlichkeiten: »Oh ja, Kapitän, ich begreife die Freude, die ein Mensch empfindet, wenn er durch solche Schätze wandelt. Kein europäisches Museum kann sich mit Ihnen messen. Aber meine Neugier ist noch längst nicht gestillt. Ich möchte wissen, welch geheimnisvolle Kraft dieses Fahrzeug treibt, bevor ich mich den Einzelheiten Ihrer Sammlung näher zuwenden kann. Ich sehe nämlich zwischen diesen Schaukästen hier immer wieder physikalische Instrumente mit ihren Skalen und Zeigern und ich wüsste doch zu gern, was . . .«

»Die gleichen Instrumente finden Sie auch in meinem Zimmer«, antwortete der Kapitän. »Ich habe nicht die Absicht, Sie über deren Bedeutung im Unklaren zu lassen. Kommen Sie mit!«

Er führte mich durch Sammlung, Bibliothek und Speisesaal, diesen architektonischen Dreiklang zivilisierter Menschen, wieder zurück auf den Gang, dem wir bis in den Vorderteil der *Nautilus* folgten. Die erste Tür, die er öffnete, führte in meine zukünftige Kabine – ein elegant ausgestatteter Raum. Die Tür daneben war der Eingang zu seinem Zimmer. Alles hier drinnen wirkte ernst und mönchisch. Der Raum hatte nichts von der luxuriösen Pracht des Salons: Ein eisernes Bett stand darin, ein Arbeitstisch, Schüssel und Kanne zum Waschen. Und die Wände hingen eben voll mit Messuhren. Das war das Notwendige.

8. Kapitel

»Die meisten dieser Instrumente kennen Sie«, sagte Kapitän Nemo, während er auf die Wände seines Zimmers wies. »Thermometer zum Messen der Innen- und Außentemperatur, Barometer zum Messen des Luftdrucks, Hygrometer zum Messen des Feuchtigkeitsgehalts, Wetterglas zur Frühwarnung bei Stürmen, Kompass zum Messen der Himmelsrichtung, Sextant zur Messung der Breite, Chronometer zur Errechnung der Länge, auf der ich mich befinde. Das sind Instrumente, wie sie jeder Seefahrer braucht. Aber das hier wäre auf einem normalen Schiff unnütz: ein Manometer zur Messung des Wasserdrucks. Damit rechne ich die Tiefe aus, in der ich mich befinde. Diese Skalen dort sind mit Thermometersonden verbunden und zeigen mir die Temperaturen verschiedener Wasserschichten an. Tja, und diese Uhren hier . . . dazu muss ich weiter ausholen. Setzen Sie sich doch, Professor Aronnax!«

Wir nahmen an seinem Arbeitstisch auf zwei einfachen, harten Stühlen Platz.

»Die gesamte *Nautilus* wird von einem einzigen Agens beherrscht. Es ist eine unsichtbare, starke, körperlose und rasche Kraft und sie bewirkt das Licht an der Decke ebenso wie die Bewegung meiner mechanischen Hilfsmittel: Elektrizität.«

»Ach.«

»Ja.«

»Aber hören Sie: Bisher gab es keine Möglichkeit, die Elektrizität große Arbeit im physikalischen Sinne verrichten zu lassen . . .«

»Meine Elektrizität ist nicht Ihre Elektrizität. Und meine Kraft gehört nicht mehr dieser Welt. Deshalb gestatten Sie, dass ich mich nicht näher darüber auslasse.«

»Aber eine Frage müssen Sie mir erlauben.«

»Bitte.«

»Die Stoffe, mit denen man Elektrizität erzeugt, zum Beispiel Zink bei der Stromerzeugung mit dem bunsenschen Element, sind doch bald verbraucht. Woher nehmen Sie denn Ihre Vorräte, wenn Sie nicht mit der Erde in Verbindung geraten wollen?«

»Sie sollen eine Antwort darauf haben. Ich könnte mir natürlich die Elemente aus dem Meer nehmen. Es gibt auf dem Meeresboden Zink-, Eisen-, Silber- und Goldminen, deren Ausbeutung sich lohnen würde. Aber ich habe auch mit diesen irdischen Metallen nichts mehr zu schaffen. Alle Grundstoffe zur Erzeugung der Elektrizität entnehme ich dem Meerwasser selbst.«

»Elektrizität aus Wasser?«

»Natürlich. Es gibt sogar mehrere Wege dazu. Ich hätte zum Beispiel aus dem Temperaturunterschied der Wasserschichten Strom gewinnen können. Aber es geht auch noch viel praktischer: Sie kennen doch die Zusammensetzung des Meerwassers? 96,5 % Wasser, 3,5 % Salzgehalt. Also 35 g Salze auf 1 000 g Wasser. Und diese 35 g setzen sich zusammen aus 27,2 g Kochsalz, 3,7 g Chlormagnesium, 1,6 g Bittersalz, 1,3 g Gips, 0,9 g Kaliumsulfat und 0,2 g kohlensaurer Salze, Brom und anderer Spurenelemente. Ich entziehe nun bloß das Kochsalz dem Wasser und stelle damit die Elemente für die Bunsenbatterie her.«

»Kochsalz?«

»Ja. Mit Quecksilber zusammen bildet es ein Amalgam, das mir das Zink völlig ersetzt. Quecksilber verbraucht sich nie, Kochsalz stelle ich selbst her – das bedeutet Unabhängigkeit auch in der Stromerzeugung. Kochsalzsäulen erzeugen übrigens auch eine viel stärkere elektrische Energie als Zinkplatten.«

»Aber Sie müssen das Kochsalz doch erst mal gewinnen! Und ich glaube, dass die Energie, die Sie dazu brauchen, größer ist als das Quantum, das Sie bei der Energieerzeugung gewinnen!«

»Ich benutze ja auch nicht die Bunsenbatterie dazu, sondern Steinkohle!«

»Aha: doch *eine* Verbindung zur Erde wenigstens . . .«

»Also gut: Meerkohle.«

»Sie beuten unterseeische Kohleminen aus?«

»Ja. Und Sie werden das miterleben. Nur ein bisschen Geduld, Professor Aronnax, dann werden Sie sehen, dass ich dem Meer alles verdanke, dass ich tatsächlich alles, was ich brauche, aus dem Meer bekomme.«

»Außer der Atemluft!«

»Stimmt! Aber auch die könnte ich mir selber erzeugen, doch habe ich mir gesagt: wozu der Aufwand. Ich kann ja jeden Augenblick auftauchen und meine Tanks füllen – mit Hilfe elektrischer Pumpen übrigens.«

»Kapitän, ich bewundere Sie. Sie haben offensichtlich lange vor der übrigen Menschheit entdeckt, wie man die wahren Kräfte gewinnt, die die Elektrizität entfalten kann.«

»Ich weiß nicht, ob die übrige Menschheit dieses Geheimnis lüften wird, und das Problem lässt mich auch völlig kalt. Sie dürfen sehen, wozu dieses Agens fähig ist, denn Sie werden nicht unter die Menschen zurückkehren. Schauen Sie sich die Deckenbeleuchtung an: So gleichmäßig ist nicht mal das Sonnenlicht. Schauen Sie auf die Uhr dort – ich hab ihr Zifferblatt in vierundzwanzig Stunden eingeteilt, weil der Unterschied von Tag und Nacht mich nichts mehr angeht –, sie arbeitet elektrisch und arbeitet genauer als jedes Chronometer der Erde. Diese Skala dort ist eine Art elektrisches Tachometer, ein Geschwindigkeitsmesser. Und das ist noch längst nicht alles.«

Er stand auf und lud mich ein ihm zu folgen. Während wir wieder auf den Gang traten, von wo aus er mich ins Heck der *Nautilus* führte, überschlug ich die Raummaße, die ich bisher mitbekommen hatte, und kam zu der Ansicht, dass Kapitän Nemos Unterseeboot 70 m lang sein musste. Mittschiffs gingen wir an einer Art Schacht vorbei, in dem eine Leiter hinaufführte.

»Sie geht zum Boot«, erklärte Nemo.

»Boot????«

»Natürlich. Es ist unsinkbar und dient zu Spazierfahrten und zum Fischen. Wir brauchen nicht einmal aufzutauchen, um das Boot flottzumachen, denn es ist in eine Nische der Außenwand meines Schiffes eingepasst. Durch eine doppelte Luke in der Wand der *Nautilus* und im Boden des Bootes kommt man hinein, löst die Haltebolzen und schießt sofort zur Wasseroberfläche hinauf. Auf Signale über eine elektrische Leitung, über die das Boot mit der *Nautilus* verbunden bleibt, kommt das große Fahrzeug herauf und holt das Boot wieder ein.«

Er öffnete die nächste Tür, die auf den Gang führte. Dahinter lag die Küche und auch hier geschah alles elektrisch: Glühende Kochplatten aus Platindraht sah ich und elektrisch beheizte Liebigkühler, mit denen das Trinkwasser erzeugt wurde. Gleich nebenan ein Baderaum, in dem warmes und kaltes Wasser aus Hähnen floss. Der Mannschaftsraum des Schiffes, der auf die Küche folgte, blieb mir verschlossen. Aber bereitwillig ließ mich Nemo einen Blick in den Maschinenraum dahinter tun.

Hier spielte sich das ab, was das Geheimnis dieses elektrischen Genies bleiben musste: die Verstärkung des elektrischen Stroms, bis er zu gewaltigen Arbeitsleistungen fähig war. Hatte Nemo herausgefunden, wie man die Stromspannung erhöhen konnte? Oder besaß er ein Hebelsystem, das eine geringe Kraftleitung so günstig übertrug, dass er mit seiner 6-m-Schraube Geschwindigkeiten von über 100 km/h erzielte?

Er führte mich einigermaßen rasch wieder zurück in den Salon. Wir setzten uns auf einen bequemen Diwan, ich steckte mir eine Zigarre an und ließ mir von ihm eine Konstruktionszeichnung der *Nautilus* erklären. Am meisten interessierte mich jetzt die Frage, wie er sein Fahrzeug zum Sinken und Auftauchen brachte.

»Sie sehen, Professor, die *Nautilus* ist wie eine überdimensionale Zigarre gebaut, 70 m lang, an der dicksten Stelle beträgt der Durchmesser 8 m. Als ich die Pläne dazu entwarf, wollte ich erreichen, dass im normalen Schwimmzustand nur ein Zehntel ihres Körpers aus dem Wasser herausschaute, und musste dementsprechend das Eigengewicht dem Gewicht des verdrängten Wassers anpassen. Der Schiffskörper besteht eigentlich aus zwei Rümpfen, die durch T-Eisen miteinander verbunden sind und dadurch Widerstand leisten, als seien sie ein einziger Block. Ringsum sind Wasserbehälter angebracht, die ich nur zu fluten brauche, wenn ich tauchen will, und aus denen ich mit meinen elektrischen Pumpen das Wasser wieder herauspresse, wenn ich auftauchen möchte. Selbst die 100 at, welche die Pumpen beispielsweise beim Entleeren in 1 000 m Tiefe überwinden müssen, schaffen sie spielend. Die Kraft meiner Maschinen ist fast unbegrenzt. Es gibt aber noch andere Möglichkeiten, zu tauchen: mit dem Höhenruder. Ich habe für Seitwärtslenkungen ein ganz übliches Steuerruder, das über Seilzug bewegt wird. Zum Auf- und Abwärtsfahren aber habe ich seitlich mittschiffs Tragflächen angebracht, die ich ebenfalls von innen bedienen kann – eben Höhenruder. Mit der Kraft der Schraube und der Neigung dieses Ruders kann ich mich auf jede gewünschte Weise nach oben oder unten bewegen. Selbstverständlich muss man zum Steuern etwas sehen können: Hier oben, das kleine Gehäuse, das ist die Kanzel des Steuermanns, aus der er durch dicke Linsengläser das Meer um sich beobachten kann. Aber ohne Licht sieht er nichts; deshalb befindet sich hinter der Steuerkanzel ein starker Reflektor, der mit einer elektrischen Lichtquelle das Meer auf fast 1 km erleuchtet . . .«

»Das phosphoreszierende Oval!«, rief ich. »Jetzt ist mir alles klar. Aber ich habe doch noch Fragen, die mich sehr bewegen, Kapitän.«

»Bitte.«

»War der Zusammenstoß mit der *Scotia* zufällig?«

»Ja. Ich fuhr damals 2 m unter der Oberfläche und war lange nicht aufgetaucht. Übrigens geschah dem Schiff nichts Ernstes, ich habe mich davon überzeugt.«

»Und das Rammen der *Abraham Lincoln?«*

»Ich wurde angegriffen, Professor Aronnax.«

Es entstand eine peinliche Pause und ich überlegte, was ich ihm antworten sollte.

»Ich gebe zu, dass die *Nautilus* ein wunderbares Fahrzeug ist«, sagte ich schließlich. Er ging sofort darauf ein.

»Ja, ich liebe sie wie Fleisch von meinem Fleisch!«, rief er überschwänglich. »Die Gefahren des Meeres, die ihr dort oben empfindet, bestehen für mein Schiff nicht mehr. Es wird nicht leck, kein Takelwerk, kein Segel kann beschädigt werden, kein Kessel zerplatzen, kein Feuer bricht aus, kein Kohlenmangel legt's lahm und es braucht weder Zusammenstoß noch Sturm zu fürchten: Das, Monsieur, ist ein Schiff, wie es sein soll, und ich liebe es, denn ich bin sein Ingenieur, sein Erbauer und sein Kapitän.«

»Sie sind von Beruf Ingenieur?«

»Ja. Ich habe zu meiner Erdenzeit in Paris, London und New York studiert.«

»Eins begreife ich nicht: Wie haben Sie dieses Schiff bauen können, ohne dass es jemand gemerkt hat?«

»Ich habe jedes seiner Einzelteile von einer anderen Firma unter einem anderen Namen bezogen, das ist das ganze Geheimnis. Der Kiel kommt von Creuzot, die Welle der Schraube von Pen & Co. in London, die Rumpfplatten von Leard in Liverpool, die Schraube von Scott in Glasgow, die Behälter von Cail & Co. in Paris, die Maschine von Krupp in Essen; der Schnabel kommt aus Schweden, die Instrumente aus den USA und so fort. Alle diese Teile sind schließlich in meiner Werkstätte auf einer einsamen Insel im Ozean gelandet. Dort haben meine Gefährten und ich unser Schiff zusammengebaut. Und nachdem der letzte Hammerschlag getan war, haben wir die Spuren unserer Arbeit durch Feuer vernichtet.«

»Ich will nicht neugierig sein, Kapitän«, sagte ich nach all diesen Ausführungen. »Aber mir scheint, dass in Ihrem Schiff ein schönes Stück Geld steckt.«

»Wenn Sie die Sammlung mitrechnen: 5 000 000 Franc.«

»Sie sind also reich?«

»Unermesslich reich. Es würde mir überhaupt nichts ausmachen, die 10 000 000 000 Franc Schulden, die Frankreich hat, bar zu begleichen.«

9. Kapitel

Der von Wasser bedeckte Teil der Erde ist 363 500 000 km^2 groß. Die flüssige Masse der Erde hat ein Volumen von 14 300 000 000 km^3. In Kugelform hätte diese Masse einen Durchmesser von 297 km und ein Gewicht von 14 300 000 000 000 000 000 t. Das ist ebenso viel Wasser, wie alle Flüsse der Erde in 40 000 Jahren zusammenbringen.

In den geologischen Epochen folgte auf die Zeit des Feuers die Zeit des Wassers. Der gesamte Erdball war von Wasser bedeckt. Dann traten die Spitzen der höchsten Berge hervor, Inseln tauchten auf und verschwanden wieder in Überschwemmungen, tauchten erneut auf und mit ihnen stieg Land aus dem Wasser, das die Inseln zu Kontinenten zusammenfasste und den großen Erdteilen ihre heutige Gestalt gab. Zwischen den Kontinenten blieben die Wassermassen der großen Weltmeere stehen, die wir heute mit fünf Namen nennen: Nördliches und Südliches Polarmeer, Indischer, Atlantischer und Pazifischer Ozean. Vom nördlichen Polarkreis bis zum südlichen, über 145 Längengrade von der Westküste Amerikas bis zur Ostküste Asiens, erstreckt sich der Pazifik, das stillste aller Meere, und in diesem Ozean begann unsere Reise um die Welt.

»Wir wollen den Punkt unserer Abreise genau aufnehmen«, sagte Kapitän Nemo. »Es ist jetzt 11.45 Uhr. Steigen wir empor!«

Ich hörte, wie nach dreimaligem Knopfdruck die mächtigen Pumpen im Innern des Schiffsleibs zu arbeiten begannen und mit schwerem Summton das Wasser aus den Behältern trieben. Die Na-

del auf dem Zifferblatt des Manometers zeigte die ständig aufsteigende Bewegung an, indem sie die Veränderung der Druckverhältnisse maß. Schließlich stand sie still.
»Wir sind oben.«
Ich ging mit dem Kapitän zur Mitteltreppe, die zur Plattform hinaufführte, und stieg mit ihm nach oben. Diese Plattform ragte nur 80 cm hoch aus dem Wasser. Etwa in der Mitte waren die Umrisse des ablösbaren Bootes zu erkennen, davor und dahinter zwei Gehäuse, die zum Teil statt Stahlplatten dicke Linsengläser trugen: die Kabine des Steuermannes und das Scheinwerferhaus.
Das Meer war prachtvoll, der Himmel klar. Das lange Fahrzeug wurde von den Wogen des Meeres nur sanft bewegt. Leichter Ostwind kräuselte die Wasseroberfläche. Bis zum Horizont herrschte klare Sicht, aber wir hatten nichts im Blickfeld: eine unermessliche Öde. Der Kapitän Nemo stellte sich mit seinem Sextanten auf und berechnete nach der gemessenen Sonnenhöhe unsere Breite. Während er peilte, zitterte nicht ein einziger Muskel in seinem Arm; ein Marmorstandbild hätte nicht ruhiger sein können.
Schweigend stiegen wir wieder hinab, der Kapitän nahm im Salon seinen Rechenschieber zur Hand und berechnete mit Hilfe des Chronometers und der zuvor beobachteten Stundenwinkel unsere Länge. Nach der schweigenden Prozedur wandte er sich an mich:
»Professor Aronnax, wir befinden uns unter 137° 15' westlicher Länge . . .«
»Von wo aus?«, fragte ich, in der Hoffnung, der Meridian, den er benutzte, würde mir einen Rückschluss auf seine Nationalität geben.
»Ganz wie Sie wollen, Monsieur. Ich habe hier nämlich verschiedene Uhren, die auf die Meridiane von Paris, Greenwich und Washington eingestellt sind. Ihnen zu Ehren soll vom Pariser Meridian aus gemessen werden: 137° 17' westlicher Länge, bei 30° 7' nördlicher

Breite. Wir sind rund 200 sm vom japanischen Festland entfernt. Heute ist der 8.11.1867. Es ist Mittag. Unsere Reise beginnt jetzt und hier, Professor Aronnax. Ich habe den Kurs Ostnordost ausgegeben. Hier sind Karten, auf denen Sie die Route verfolgen können. Und jetzt entschuldigen Sie mich bitte!«

Er drehte mir mit einem Ruck den Rücken zu und verließ den Salon. Ich blieb allein zurück, wie betäubt von der Gegenwart und dem Auftreten dieses Mannes, dessen Geheimnis ich nicht ergründen konnte. Ob ich erfahren würde, woher der Mann kam, der sich rühmte keiner Nation anzugehören? Ob ich den Grund seines Hasses auf die menschliche Gesellschaft, der ihn zu einer Rächergestalt machte, jemals erfahren würde? War er einer von den verkannten Gelehrten, von den Genies, die das Leben misshandelt, ein neuer Galilei, oder ein Mann der Wissenschaft wie Maury, dem politische Umwälzungen die Karriere zerstörten? Ich wusste es nicht. Mich, den das Schicksal an Bord seines Schiffes brachte, hatte er kalt, aber gastlich empfangen. Er ergriff nie die Hand, die ich ihm bot. Und er streckte seine nicht aus.

Ich beugte mich, noch in diese Fragen versunken, über die große Seekarte, die über den Tisch gebreitet lag. Ich suchte beiläufig nach dem Punkt, an dem unsere Reise ihren Anfang nahm, und ich entdeckte, dass er mitten im Schwarzen Fluss lag.

Auch das Meer hat seine Flüsse, wie die Kontinente. Der bekannteste Strom der Ozeane ist der Golfstrom und einer der übrigen ist dieser Schwarze Fluss, der aus dem Golf von Bengalen kommt und sich bis zu den Aleuten im nördlichen Pazifik hinzieht, tiefdunkel indigoblau, womit er sich deutlich von den umgebenden Gewässern abhebt. Mit seiner Strömung treiben indische Kampferbäume nördlich und auch die *Nautilus* folgte den Fluten. Wir waren in diesem Augenblick ein Teil der großen blauschwarzen Bewegung, die sich in den Weiten des Stillen Ozeans verlor, und das Gefühl der

Auflösung im Unendlichen begann sich wieder in mir auszubreiten ... da erschienen Ned Land und Conseil in der Tür des Salons. Sie konnten beide den Anblick zuerst nicht fassen.
»Bin ich hier im Museum von Quebec oder wo bin ich?«, fragte der Kanadier misstrauisch.
»Sie befinden sich auf der *Nautilus* 50 m unter dem Meeresspiegel«, sagte ich.
Conseil hatte bereits die Naturschaukästen an den Wänden ausgemacht und stürzte in Wonnen des Klassifizierens. Während er einer *Cyproea madagascariensis* die richtige Umgebung angedeihen ließ (nämlich: Familie der Buccinoiden, Klasse der Gasteropoden), trat Ned Land dicht zu mir heran und fragte rasch: »Wo ist er?«
»Nemo? Ich weiß nicht.«
»Was hat er vor? Wo kommt er her?«
»Ich weiß nicht, woher er kommt. Jedenfalls sind wir zu einer Untersee-Weltreise aufgebrochen. Haben Sie denn Näheres herausbekommen?«
»Nichts gesehen, nichts gehört, verflucht noch mal! Nicht mal die Mannschaft! Können Sie nicht ungefähr abschätzen, wie viel Mann an Bord sind? Man muss sich doch irgendwie darauf einrichten.«
»Ich weiß es nicht. Und es wäre mir auch angenehm, wenn Sie den Gedanken aufgäben, sich der *Nautilus* zu bemächtigen. Dieses Fahrzeug ist ein Meisterwerk der modernen Technik und ich wäre ärmer, wenn ich es nicht gesehen hätte.«
»Was nennen Sie denn sehen?«, rief Ned Land erbost. »Man reist ja völlig blind in diesem Gefängnis ...«
Da ging das Licht aus. Es wurde stockfinster im Salon. Conseil brach sein Gemurmel mitten in einem Gattungsnamen ab. Ich stand bewegungslos und hörte deutlich den Kanadier neben mir schnaufen.
Plötzlich hörten wir ein leise schabendes Geräusch.
»Das ist das Ende«, flüsterte Ned Land.

Da wurde es im Salon langsam wieder hell, und zwar drang das Licht jetzt durch zwei seitliche Öffnungen. Wir erkannten sofort, was vorgegangen war: Von draußen leuchtete elektrisch erhelltes Meerwasser, von dem uns nur zwei dicke Glasplatten trennten. Der Gedanke, dass dieses Glas durch den Wasserdruck brechen könnte, war schrecklich, aber stärker noch war die Neugier, die uns an das riesenhafte Fenster zum Meer zog.

Auf 1 sm im Umkreis war das Wasser erhellt und wir konnten schauen, was darin vorging: ein Anblick, wie ihn noch keiner von uns vorher erlebt hatte. Die Durchsichtigkeit des Meerwassers ist ja bekannt. Seine mineralischen Zusätze machen es klarer als Quellwasser und es gibt Stellen bei den Antillen, an denen man den sandigen Meeresboden in 145 m Tiefe mit erstaunlicher Klarheit erkennen kann.

Hier war es nicht Sonnenlicht, das unsere Umgebung erhellte, sondern die starke elektrische Strahlung der *Nautilus*. Da wir aus dem dunklen Salon beobachteten, wirkte der Kontrast noch stärker, und ich hatte die Empfindung, um mich herum befinde sich ein Aquarium mit flüssigem Licht.

Ned Land hatte seinen aufwallenden Zorn längst wieder vergessen, so schlug ihn dieser Anblick in Bann. Und auch ich verstand den Kapitän Nemo jetzt ein ganzes Stück besser. Er hatte sich eine eigene Welt eröffnet, deren ganz eigene Wunder er erfuhr. Allein diese Erfahrung trennte ihn schon von der übrigen Menschheit.

»Warum sehe ich keine Fische?«, fragte Ned Land.

Conseil hörte »Fische« und sah vor diesem monströsen Aquarium die Gelegenheit gekommen, seinen Freund und Schicksalsgefährten Land über diesen Bereich der Zoologie ein für allemal zu belehren.

»Fische«, sagte er, »gehören zur niedrigsten Klasse der Wirbeltiere; sie unterscheiden sich von den übrigen dadurch, dass sie, meist

Eier legend, mit kaltem Blute versehen sind, während des ganzen Lebens durch Kiemen atmen, ein nur aus zwei Abteilungen, Kammer und Vorkammer, bestehendes Herz und, mit einigen wenigen Ausnahmen, nach hinten geschlossene blindsackähnliche Nasengruben besitzen, entweder Flossen oder gar keine äußeren Glieder und eine entweder nackte oder beschuppte Haut haben. Zwar kann kein Fisch völlig skelettlos sein, allein in der Bildung und Härte des Knochengerüsts finden so viele Abstufungen statt, dass die unvollkommensten Fische außer einer weichknorpligen Wirbelsaite, auch *Chorda*, gar kein Skelett besitzen.«

»Was redet er da?«, fragte Ned Land, der Fischer.

»Ich versuche gerade Ihnen einen Begriff von den Fischen zu geben«, antwortete Conseil.

»Aber ich habe mein Leben lang mit Fischen zu tun gehabt.«

»Ja, Sie haben sie vielleicht getötet, das mag sein. Aber ich wette, dass Sie keine Ahnung haben, wie man sie einteilt.«

»Natürlich weiß ich das: in genießbare und ungenießbare.«

»So redet ein Fresser, aber kein Wissenschaftler. Doch ich bin gern bereit Ihnen ein bisschen beizubringen. Man teilt die Wirbeltierklasse ›Fische‹ in folgende Ordnungen: *primo: die Teleostei* oder Knochenfische, mit freien Kiemen, Kiemendeckel und knöchernem Skelett. Barsche zum Beispiel.«

»Schmecken ganz gut.«

»Außerdem Süßwasserfische wie Hecht und Karpfen.«

»Süßwasser? Pfui Deibel.«

»*Secundo: Ganoidei* oder Schmelzschupper, mit oft knorpeligem Skelett und vielen Klappen im Aortenstiel. Beispiele: Wels, Stör und gemeiner Flösselhecht.«

»Stör ist prima.«

»*Tertio: Dipnoi*, das sind Doppelatmer oder Lungenfische, denn sie haben sowohl Kiemen wie Lungen und stellen eine Übergangsform zu den Amphibien dar. Der afrikanische Schuppenmolch ist einer von diesen Gesellen.«

»Sicher nicht essbar.«

»*Quarto: Selachii* oder Knorpelfische, mit angewachsenen Kiemen ohne Kiemendeckel und mit knorpeligem Skelett – in diese Ordnung gehören Haie und Rochen.

Quinto: Cyclostomata oder Rundmäuler, mit rundem Saugmund und angewachsenen Kiemen, und *sexto* endlich die *Leptocardia* oder Röhrenherzen, die niedrigsten der Niedrigen, Fische ohne Schädel, Herz und Hirn, mit Kiemen, die in der Bauchhöhle liegen, und farblosem Blut.«

»Sie machen das ganz gut, so mit ein bisschen Latein . . .«, und das war nur zur Hälfte spöttisch gemeint.

»Na, was war das schon«, wehrte Conseil ab. »Wenn man die Ordnungen kennt, kennt man noch gar nichts. Denn die unterteilen sich wieder in Familien, Gattungen und Arten, und zwar bei den *Teleostei . . .*«

»Aber schauen Sie doch aus dem Fenster, da haben Sie sämtliche Familien, Gattungen und Arten, an denen Ihnen gelegen sein kann. Wozu sie lateinisch beschwören, wenn sie vor unseren Augen herumschwimmen wie in einem Aquarium.«

»Na«, sagte ich, »im Aquarium stecken eher wir. Das da draußen ist die Freiheit.«

»Freund Conseil«, rief Ned Land, »jetzt führen Sie mir die Fische in der Freiheit vor!«

»Tut mir Leid, damit kann ich nicht dienen. Ich bin Spezialist. Was Sie verlangen, ist Aufgabe von Monsieur!«

Jetzt hatte der Kanadier seine große Stunde und zeigte uns einen Trupp chinesischer Hornfische mit plattem Körper und einem Stachel auf dem Rücken. Sie umschwammen die *Nautilus* und ließen die vier Stacheln vibrieren, die ihnen zu beiden Seiten des Körpers wie Borsten herausstehen. Ihr Leib ist oben grau, unten weiß gefärbt und trägt dort goldene Flecken, die in den Lichtwellen aufglänzen. Rochen schwammen zwischen ihnen, unter denen ich zu meiner großen Freude auch einen der seltenen chinesischen Spezies entdeckte.

Ein ganzes Heer von Meeresbewohnern gab uns die nächsten zwei Stunden lang das Geleit, Ned Land stellte sie vor, Conseil ordnete sie ein und ich freute mich an den schönen Formen und den munteren Bewegungen der Tiere. Niemals hatte ich so etwas zuvor erleben dürfen: diese Tiere frei und in ihrem Element zu beobachten. Plötzlich wurde es wieder hell im Salon und die eisernen Wandplatten schoben sich vor die Fenster. Das wunderbare Schauspiel war zu Ende. Wir saßen noch eine Zeit lang wie benommen beieinander, dann erhoben wir uns, um in unsere Kabinen zu gehen, da der Kapitän Nemo nicht erschien. Der Kompass zeigte noch immer Ostnordost, das Manometer maß 5 at, was 50 m Tiefe bedeutete, und das elektrische Log gab eine Geschwindigkeit von 15 kn an. Wir verließen den Salon. Ich verbrachte den Abend mit Lesen, Schreiben, Nachdenken.

10. Kapitel

Ich erwachte erst spät am nächsten Tag, kleidete mich an und ging in den Salon. Er war leer. Ich widmete meine Aufmerksamkeit zunächst den Meerestieren in den Schaukästen, aber schon nach kurzer Zeit merkte ich, dass mich die Muscheln und Seegurken gar nicht interessierten. Ich wartete, aber ich wartete den ganzen Tag vergebens. Der Kapitän Nemo erschien nicht.

Am nächsten Tag, dem 10.11., die gleiche Stille und die gleiche Verlassenheit. Weder der Kapitän noch sonst ein Mitglied der Besatzung ließen sich blicken. Ich suchte die Gesellschaft von Ned Land und Conseil und wir sprachen über das seltsame Verhalten unserer Gastgeber. War Nemo krank? Welches Geheimnis steckte hinter seiner Abwesenheit? Wir fragten uns, ob diese plötzliche Entfernung bedeutete, dass der seltsame Mann unser Feind geworden sei. Aber das konnte nicht sein, denn wir fanden pünktlich unsere reichen Mahlzeiten vor, wie von unsichtbaren Händen zubereitet und serviert. Am Abend dieses Tages entschloss ich mich ein exaktes Tagebuch dieser Reise zu beginnen. Papier fand ich im Schreibtisch meiner Kabine. Es war aus Seegras gemacht.

Am nächsten Morgen roch ich beim Erwachen die frische Meeresluft und wusste, dass wir an der Oberfläche schwammen. Ich kleidete mich rasch an und stieg die Leiter zur Plattform hinauf. Es war erst sechs Uhr morgens, die Witterung kühl, der Himmel bedeckt und grau das Meer. An seiner Oberfläche herrschte kaum eine Be-

wegung. Ich stand dort oben auf dem Rücken der Nautilus und hoffte, der Kapitän würde sich zeigen. Allmählich zerstreute die höher steigende Sonne den Morgennebel und setzte die Wasseroberfläche in Flammen. Die hoch ziehenden Wolkenfetzen färbten sich fein schattiert und ganz hoch im Himmel standen weiße Lämmerwölkchen, die einen windigen Tag ankündigten.
Während ich noch diesem Sonnenaufgang zusah, kam jemand hinter mir die Leiter empor. Ich wandte mich um, wollte den Kapitän begrüßen, aber da sah ich, dass es jener untersetzte vollbärtige »Provençale« war, den wir schon am ersten Tag in Begleitung des Kapitäns gesehen hatten. Er beachtete mich überhaupt nicht, trat an den Rand der Plattform und suchte ruhig und konzentriert mit einem starken Fernglas den Horizont ab. Dann trat er an die Einstiegsluke und rief einen Satz hinunter, den ich genau wiedergebe, weil ich ihn an vielen Tagen noch hörte: *»Nautron respoc lorni virch.«* Ich weiß nicht, was das heißt.
Am nächsten Tag lag die *Nautilus* noch immer an der Oberfläche, ich stieg wieder früh am Morgen zur Plattform hinauf und erlebte den gleichen Vorgang wie am Tag zuvor. Das wiederholte sich noch fünfmal, fünf Tage lang, während derer sich Kapitän Nemo nicht sehen ließ. Am 16.11. endlich bekam ich ein Zeichen. Auf dem Tisch in meiner Kabine lag ein Brief. Ich öffnete ihn und las:

16. November 1867
Herrn
Prof. Pierre Aronnax
an Bord der Nautilus

Kapitän Nemo gibt sich die Ehre
Herrn Professor Aronnax
zu einer Jagdpartie einzuladen, die morgen früh in den Wäldern der In-

sel Crespo stattfinden soll. Er hofft, dass der Herr Professor und seine Gefährten nicht verhindert sind.

Der Kommandant
N

Also geht er doch mal an Land!, dachte ich. Ich fand die Insel auf der Karte unter 32° 40' nördl. Breite und 167° 50' westl. Länge: ein verlorener kleiner Felsen mitten im nördlichen Pazifik, den der Kapitän Crespo 1801 entdeckt hatte. Aber wenn er schon an Land geht, dachte ich, sucht er sich wenigstens die einsamste Stelle der Erde dazu aus.
Als ich am folgenden Morgen in den Salon kam, war Nemo schon da und schien auf mich gewartet zu haben. Er sprach mit keinem Wort über seine achttägige Abwesenheit, deshalb fragte ich ihn auch nicht weiter danach. Wir unterhielten uns über die gute Abwechslung, welche die bevorstehende Jagd bringen sollte, und ich konnte mir nicht verkneifen ihn auf die Inkonsequenz hinzuweisen, die er in seinem Verhalten zeigte.
»Sie haben mit der Erde gebrochen und doch besitzen Sie Wälder auf der Insel Crespo?«
»Meine Wälder, Herr Professor, brauchen weder das Licht noch die Wärme der Sonne, es gibt in ihnen keine Tiger, Panther oder Löwen. Ich bin der einzige Mensch, der sie kennt. Sie liegen nicht auf dem Lande. Sie stehen unter dem Meer.«
»Unterseeische Waldungen?«
»Genau.«
»Und dahin wollen Sie mich führen?«
»Trockenen Fußes.«
»Auf die Jagd?«
»Auf die Jagd.«
»Mit der Büchse in der Hand?«

»Mit der Büchse in der Hand.«
Er ließ mir zu weiteren Fragen keine Zeit, sondern bat mich zum Frühstück.
»Essen Sie tüchtig«, sagte er, »wir kommen an keinem Gasthaus vorbei. Sie müssen bis heute Abend durchhalten können.«
Er selbst aß wenig und sah mich dabei schräg von der Seite an.
»Sie haben mich vorhin für verrückt gehalten«, sagte er plötzlich.
»Kapitän, ich bitte Sie . . .«
»Natürlich haben Sie das. Sie haben sich gesagt: Ein Mensch muss doch atmen. Woher soll er unter Wasser die Luft bekommen? Vom Schiff aus? Dann hängt er an einer Leitung und kann sich kaum bewegen, kann jedenfalls nicht auf die Jagd gehen. Dabei müssten Sie die technischen Möglichkeiten, die uns das Spazierengehen unter Wasser erlauben, eigentlich kennen. Zwei Landsleute von Ihnen, Rouquayrol und Denayroue, haben ein Atemgerät erfunden, das ich verbesserte und Ihnen nachher wie einen kleinen Rucksack aufhängen werde. Ein- und Auslassventil der Schläuche aus dem Behälter mit Pressluft münden dabei in einen Kupferhelm. Einleuchtend?«
»Ja. Und womit schießen Sie?«
»Nicht mit Pulver, sondern auch mit Pressluft. Und alle Schüsse, die ich mit diesem Pressluftgewehr abgebe, sind tödlich. Die Geschosse sind nämlich auch etwas ungewöhnlich: kleine Glaskapseln, in Stahl gefasst und durch ein bleiernes Bodenstück beschwert. Es sind eigentlich winzige Leydener Flaschen, in denen die Elektrizität sehr hoch gespannt ist. Beim Aufprall entladen sie sich und fällen auch das stärkste Tier.«
Ich sah, dass dieser Mann unschlagbar war. Was er begann, war sinnvoll durchdacht und musste gelingen.
»Kapitän«, sagte ich begeistert, »wo Sie hingehen, da will auch ich . . .«
»Gut, dann gehen wir zuerst mal die Taucheranzüge anlegen.«
Ich folgte ihm in eine kleine Kabine neben dem Maschinenraum

und gleich darauf trafen auch Ned Land und Conseil ein. Der Kanadier war enttäuscht, als er hörte, dass es nicht an Land gehen sollte, und er entwickelte einen ausgeprägten Widerwillen gegen die unförmigen Gummianzüge, die an der Wand hingen.

»Es zwingt Sie niemand, mitzukommen«, sagte der Kapitän kühl.

Zwei Mann der Besatzung traten herein und halfen uns beim Anlegen der schweren Kleidung. Kupferplatten auf der Brust schützten vor Wasserdruck und Bleischuhe ermöglichten das Gehen auf dem Meeresboden. Bevor wir die Helme aufsetzten, erklärte uns einer der herkulischen Gefährten des Kapitäns, der uns begleiten wollte, die Funktion der Gewehre. Sie waren leicht zu bedienen und luden automatisch nach.

»Wie kommen wir ins Wasser?«, rief ich ungeduldig.

»Setzen Sie den Helm auf, dann werden Sie es sehen!«

Ned Land wünschte uns ironisch Waidmannsheil und verabschiedete sich. Der Kapitän winkte uns jetzt ihm in eine kleine Kammer neben dieser Umkleidekabine zu folgen. Darin war es völlig dunkel. Man schloss die Türe hinter uns und eine Weile geschah gar nichts. Dann spürte ich, wie eine Kälte, an meinen Füßen beginnend, langsam höher stieg. Ein zischendes Geräusch war damit verbunden. Ich wusste jetzt, dass diese Kammer an der Außenwand der *Nautilus* liegen musste. Man flutete sie wie eine Schleuse, um uns dann durch eine weitere Tür ins Meer zu entlassen.

Wir sanken leicht auf den Meeresboden hinab. Der Kapitän Nemo ging voraus, Conseil und ich folgten dicht hinter ihm. Es ging sich ohne alle Mühe, weder die schweren Schuhe noch der enge Helm, in dem mein Kopf wie ein Mandelkern in seiner Schale saß, behinderten mich. Gott sei Dank hatte ja Archimedes sein berühmtes Gesetz entdeckt, nach dem all diese Geräte ebenso viel von ihrem Gewicht verloren, wie das Wasser wog, das sie verdrängten. Ohne den Griechen hätten wir wohl einen schweren Gang getan.

Das Wasser war völlig klar, und wenn ich den Kopf zurückbog, konnte ich erkennen, dass das Meer an seiner Oberfläche glatt war. Wir schritten über ungewellten Sand, der wie ein starker Reflektor das einfallende Sonnenlicht zurückstrahlte und diese unterseeische Landschaft taghell erleuchtete.
Der Gang über den Boden aus Muschelstaub zog sich lange hin, immer kleiner wurde die zurückbleibende *Nautilus* und langsam begann sich die Ebene mit Felsen und Wasserpflanzen zu mischen. Conseil befand sich vor dem zunehmenden Pflanzenteppich, der die Felsblöcke überzog, vor den immer zahlreicher werdenden Arten Mollusken und Stachelhäutern, Polypen und Korallen in einer entsetzlichen Lage: Da ich nicht mit ihm sprechen konnte und ihm die Namen der Exemplare nennen konnte, kam er nicht zum Klassifizieren und litt sicher an einer Verhaltung, die peinlich sein musste.
Plötzlich war die Sandebene zu Ende und ein Streifen klebrigen Schlamms folgte. Wir hatten ihn bald durchquert und gelangten in eine dichte, weiche Algenwiese. Auch über unseren Köpfen zogen sich jetzt Algennetze, bis hoch zur Meeresoberfläche. Gegen Mittag löste sich der Farbzauber, in dem alle Gewächse gestanden hatten, langsam auf, da die Strahlen der Sonne jetzt nicht mehr schräg einfielen und sich brachen, sondern senkrecht von oben kamen. Wir hatten den Beginn eines Abgrunds erreicht, dessen Wände wir langsam hinabstiegen. Das Licht wurde trüber und diffuser. In 100 m Tiefe waren wir 10 at Druck ausgesetzt, aber wir spürten kaum etwas davon. Beim Tiefersteigen wurde der Lichtrest von oben rötlich diffus, blieb aber noch so hell, dass wir auf unsere ruhmkorffschen Lampen verzichten konnten.
Plötzlich gab der Kapitän das Zeichen zum Anhalten. Ich trat zu ihm heran und folgte mit den Blicken seinem ausgestreckten Arm. Ein kurzes Stück unter uns traten aus den Schatten der Tiefe dunkle Massen hervor: die Wälder der Insel Crespo.

Wir waren am Saum dieser Waldungen angekommen, die zum schönsten Besitz des Kapitäns Nemo gehörten – denn er betrachtete sie wie die ersten Menschen die ganze Erde als sein Eigentum. Mir fiel beim Eintreten unter diese baumartigen Pflanzen sofort eines auf: Kein Kraut, kein Busch, kein Baum mit seinen Zweigen wuchs in die Horizontale, alles stieg steil empor und reckte sich zur Oberfläche des Meeres. Noch die dünnsten Pflanzenfäden hielten sich gerade wie Eisendraht. Schlingpflanzen und Meergräser standen aufrecht, Riesenalgen steilten wie riesige Ständer stramm nach oben. Bald war ich mit dieser sonderbaren Neigung zur Steigung ganz familiär und hatte mich auch an das Dunkel um uns gewöhnt. Die unterseeische Flora schien mir vollständig vertreten, aber dann merkte ich, dass ich Exemplare aus dem Tierreich mit Pflanzengebilden durcheinander brachte, was hier unten gar nicht wundert, hier, wo Fauna und Flora sich durchdringen.
Alle diese Pflanzen waren wurzellos, hingen nur mit einem dünnen Teigplättchen am Mutterboden. Sie ernährten sich durchs Wasser. Die meisten trieben an Stelle von Blättern merkwürdig geformte Bänder, die mit farbiger Borte rosa, karmin, grün, oliv, ocker oder braun eingefasst waren, und ein Großteil der Pflanzen besitzt auch keine Blüten, während, seltsame Umkehrung, ein Teil der Tiere hier unten Blüten treibt.
Unter dem mannigfachen Strauchwerk, das die Höhe von Bäumen in der gemäßigten Zone erreicht, dehnten sich massenweise die Gebüsche lebender Pflanzen aus, ganze Hecken von Pflanzentieren, Mückenfische flogen von Zweig zu Zweig und bisweilen stob ein Schwarm größerer Fische unter unserem Schritt auf wie Bekassinen. Die Täuschung war vollkommen.
Wir waren vier Stunden gelaufen, als der Kapitän Nemo das Zeichen zur Rast gab. Seltsamerweise spürte ich keinen Hunger, aber ich war sehr müde geworden. Den anderen schien es ebenso zu gehen,

denn wir legten uns in dem klaren Wasser auf dem Meeresboden zum Schlafen nieder. Die Ruhe war so wohltuend, dass ich sofort einnickte.
Als ich erwachte und aufblickte, erschrak ich maßlos. Einige Schritte von mir entfernt erhob sich eine riesenhafte Meerspinne, mindestens 1 m hoch, zum Überfall auf mich bereit, lüstern schielend. Mir fiel zwar sofort ein, dass mein Taucheranzug mich vor den Bissen dieses Tieres schützen würde, dennoch konnte ich mich des Grauens nicht erwehren. Der Kapitän war auch schon wieder auf, er stand seitwärts vor mir und sah sich die Spinne an. Jetzt erwachte unser vierter Mann, der Matrose von der *Nautilus*. Nemo zeigte nur auf die Spinne und der Mann schlug zu. Minutenlang noch sah ich, wie sich die Beine des fürchterlichen Tieres in schrecklichen Zuckungen krümmten.
Der Kapitän wandte sich gleich zum Weitermarschieren. Ich folgte, aber ich war über Gebühr erregt. Was, wenn uns andere Tiere begegneten, denen mein Taucheranzug nicht mehr widerstehen konnte?
Der steiler werdende Abhang führte uns in immer größere Tiefen hinab und gegen 15 Uhr, als plötzlich die Beleuchtung von oben völlig aufhörte, mussten wir 150 m unter dem Meeresspiegel sein. Wir schalteten die Lampen ein, die mit ihrem Schein 25 m durchs Wasser drangen und eine Reihe von Fischen anlockten. Wir gingen in dieser dunklen Tiefe nicht mehr weit, denn eine hoch ragende Felswand gebot uns Einhalt, ein Massiv aus prachtvollen Granitblöcken, in denen Grotten zu erkennen waren. Sie boten keinen Halt für den Aufstieg und der Kapitän Nemo machte kehrt.
Wir nahmen einen steileren Weg zurück, aber wiederum nicht so steil, dass wir zu rasch aus den Druckverhältnissen der Tiefe aufgestiegen wären. Bald hatten wir die Gegend, in die das Sonnenlicht noch hinabwirkt, wieder erreicht, schalteten die Lampen ab und sa-

hen wieder, wie die schräg einfallenden Strahlen der Sonne alle Dinge unter Wasser mit einem irisierenden Rand umgaben.
In etwa 10 m Tiefe wurde der Boden wieder eben. Scharen kleiner Fische begleiteten uns, aber ein größeres »Wildbret« hatte sich bis jetzt noch nicht sehen lassen.
Da legte der Kapitän Nemo plötzlich an und schoss. Ein schwaches Pfeifen, eine Bewegung in den Wasserpflanzen und einige Schritt von uns entfernt fiel das getroffene Tier nieder: Es war ein prächtiger Seeotter, der einzige Vierfüßler, der nur im Meer lebt, wohl 1,5 m lang. Sein Fell, oben braun und am Bauch silberfarben, gehört zu den teuersten Artikeln auf dem russischen und chinesischen Pelzmarkt.
Ich bewunderte das merkwürdige Säugetier mit dem runden Kopf, den kurzen Ohren, den runden Augen, den weißen Schnauzborsten, den handförmigen Füßen mit Krallen, dem buschigen Schwanz, das Fleisch fressend, von den Fischern getrieben und gejagt, äußerst selten geworden, sich in die nördlichen Breiten des Pazifik geflüchtet hat, wo seine Gattung wahrscheinlich bald aussterben wird.
Die Sandebene, über die wir schritten, erhob sich oft bis 2 m unterhalb des Meeresspiegels und dann sah ich, wenn ich hochblickte, das Bild unserer Truppe, wie sie dort oben noch einmal marschierte, den Kopf unten, die Füße in der Luft.
Bei diesem Gang nahe unter der Wasseroberfläche erlebte ich einen zweiten Prachtschuss, den diesmal der Gefährte des Kapitäns tat. Ein Vogel mit weit gespannten Flügeln näherte sich uns über dem Wasser, der Matrose legte an und traf, das Tier fiel wie vom Blitz getroffen herab, sodass er es bequem greifen konnte. Es war ein außergewöhnlich schöner Albatros.
Zwei Stunden später sahen wir in der Entfernung bereits die Lichter der *Nautilus* schimmern, da gab der Kapitän, der als Erster ging, uns

plötzlich ein heftiges Zeichen. Ich verstand nicht. Er eilte auf mich, sein Gefährte auf Conseil zu, sie warfen uns zu Boden und legten sich daneben. Im Seegras liegend, hörte ich und sah, wie ungeheure Massen mit lautem Getümmel über unseren Köpfen hinwegzogen. Und als ich erkannte, um welche Tiere es sich dabei handelte, erstarrte mir das Blut in den Adern: Haie. Die Bestien, die mit ihrem eisernen Gebiss einen ganzen Menschen zermalmen können, streiften uns mit den Flossen, aber sie donnerten über uns hinweg. Haifische sehen schlecht, das war unsere Rettung. Deutlich konnte ich den phosphoreszierenden Stoff erkennen, der aus den Löchern um das Maul herum träufelt.

Eine halbe Stunde später waren wir wieder in der *Nautilus*, ließen uns die Taucheranzüge abnehmen und begaben uns erschöpft in unsere Zimmer. Ich schlief sofort ein.

11. Kapitel

»Alles bewegt sich«, sagte der Kapitän Nemo, indem er auf den Ozean deutete, »alles fließt. Das Meer ist ein einziger großer Organismus, dessen Kreisläufe ihn so lebendig machen wie Ihren und meinen Körper. Die unterschiedliche Wärme seiner Wasserschichten und Breite bringt die großen Strömungen ins Fließen. Die unterschiedliche Verdunstung der tropischen und polaren Zonen bringt den großen fortwährenden Wasseraustausch zu Stande. Und das Meer atmet, Herr Professor Aronnax, ich habe das entdeckt. Nicht nur Temperatur und Druck bewirken das Steigen und Fallen der Wassermoleküle. Das Meerwasser enthält Salz, viel Salz, so viel Salz, dass Sie alle Kontinente mit einer 10 m dicken Salzschicht überziehen könnten, wenn Sie es aus dem Meerwasser destillierten. Salz ist der erleichternde Faktor bei der Verdunstung, Salz ist die Nahrung der Infusorien, von denen Millionen in einem Tropfen leben. Entziehen Sie diesem Tropfen alles Mineral und dieser Tropfen, leicht geworden, steigt nach oben, wo ihn die Salzreste der Verdunstung wieder beschweren, und dieser Tropfen, schwer geworden, sinkt herab: Nach allen Richtungen verströmt sich Leben und Bewegung im Ozean.«

Er drehte sich grußlos um, stieg die Leiter hinab, ich folgte ihm.

Kurz darauf begann die Schraube der *Nautilus* sich zu drehen und wir fuhren.

Wir fuhren am 26. November, 3 Uhr früh, unter 172° westl. Länge über den Wendekreis des Krebses. Am 27. November tauchten wir auf und hatten die Hawaii-Inseln in Sicht. Wir fuhren am 1. Dezember - immer noch auf Südostkurs – unter 142° westl. Länge über den Äquator. Am 4. Dezember kamen die Marquesas-Inseln mit Nuku Hiva unter 8° 57' südl. Breite und 139° 32' westl. Länge in Sicht. Wir fuhren weitere 2 000 sm bis zum 11. Dezember und gerieten dabei in einen unermesslichen Schwarm von tintenfischartigen Kalmaren, die mit Heringen und Sardinen in wärmere Breiten zogen, und wir sahen sie durch unsere Glasfenster, unermüdlich schwimmend, während sie kleine Fische fraßen oder von größeren gefressen wurden.

Am 11. Dezember saß ich gerade lesend im Salon, als Conseil mich ans Fenster rief. Vor uns im Wasser, vom elektrischen Licht der *Nautilus* gespenstisch bestrahlt, hing ein Schiffsrumpf, der erst vor wenigen Stunden gesunken sein konnte. Im Tauwerk lagen drei Männerleichen, ein vierter Toter stand am Steuer. In der Tür des Steuerhauses stand eine tote Frau mit erhobenen Armen. In den Armen hielt sie ein Kind. Auf den Zügen des Steuermannes stand Ernst geschrieben. Auf dem Heck des Schiffes stand *Florida* geschrieben.

An diesem 11. Dezember kamen wir noch bis in die Nähe des Pomotou-Archipels, dessen Inseln in langsamer Arbeit aus der Korallenablagerung entstanden sind. Und ich sagte zum Kapitän: »Eines Tages werden all diese Inselgruppen mit Neukaledonien und Neuseeland zusammenwachsen und ein neuer Kontinent erhebt sich aus dem Meer.«

»Neue Kontinente braucht die Erde nicht«, antwortete er, »sie braucht nur neue Menschen.«

Erst an der von Madreporen gebildeten Insel Clermont-Tonnerre gingen wir von unserem Südostkurs ab. Ich konnte die Felsbauarbeit der mikroskopischen Tierchen ganz aus der Nähe betrachten. Conseil fragte nach der Bauzeit.

»192 000 Jahre, mein wackerer Conseil«, antwortete ich. »Was dir einen Begriff davon gibt, wie lange die ›Schöpfungstage‹ der Bibel gedauert haben mögen: jedenfalls nicht von einem Sonnenaufgang bis zum nächsten, denn am ersten Tag war ja die Sonne noch gar nicht da.«

Wir durchfuhren noch einmal die ganze tropische Zone, ließen am 15. Dezember die Gesellschaftsinseln östlich liegen. Tahiti sah ich nur am Morgen und von ferne. Als das Log eine Fahrstrecke von bisher 9 720 sm anzeigte, fuhren wir durch die Tongatapugruppe und hielten auf Viti Levu zu. Die Inseln hatte Tasman 1643 entdeckt, im gleichen Jahr, als Toricelli das Barometer erfand und Louis XIV. den Thron bestieg (Denkaufgabe: Welche der drei Begebenheiten hat der Menschheit am meisten genützt?). Am 25. Dezember, dem Weihnachtstag, befanden wir uns in den neuen Hebriden und am 28. Dezember trat der Kapitän, nachdem er eine Woche lang unsichtbar geblieben war, in den Salon, legte den Finger auf die Karte und sagte: »Vanikoro.«

»Wir fahren nach Vanikoro?«

»Wir sind schon da.«

Vanikoro war ein magischer Name für mich, denn hier endete 1785 das Leben des Weltumseglers La Pérouse. Er fuhr mit den Korvetten *Boussole* und *Astrolabe* ab und kehrte nie zurück. Sechs Jahre später beginnt die Suche: Bruni d'Entrecasteaux legt mit der *Recherche* und der *Espérance* von Brest los, sucht die Südsee ab und fährt auch bei Vanikoro vorüber, ohne Spuren von La Pérouse zu entdecken. Seine Fahrt war fruchtlos, sie brachte ihm und einigen seiner Männer den Tod, sonst nichts. 1824 findet Captain Dillon, ein ganz alter Pazifik-Routinier, die ersten Spuren: Auf Tikopia kauft er einen silbernen Degengriff aus Frankreich. 1827 bekommt er ein Schiff, eine neue *Recherche*, ankert noch im gleichen Jahr vor Vanikoro und sammelt Eisengeräte, Anker, Steinböller, 18-pfünder, Instrumententrümmer und eine Bronzeglocke, *Bazin fecit*, Reste von La Pérouses Expedition. Im Jahr darauf wird er von Karl X. recht freundlich empfangen. Inzwischen ist Dumont d'Urville mit seiner *Astrolabe* zur Suche aufgebrochen, ohne von Dillon zu wissen. Er kommt nach Tikopia, nachdem Dillon schon wieder abgereist ist: im Februar 1828. Nach langen Verhandlungen bringt er die Eingeborenen, die ihn für einen Rächer halten, dazu, ihm den Ort des Schiffsbruchs zu zeigen. Er lässt einiges Gerät bergen und erfährt, dass La Pérouse nach dem Unglück ein weiteres Schiffchen habe zimmern lassen, wieder aufgebrochen sei und wieder gescheitert . . .

Aber wo? Inzwischen hat man in Frankreich bemerkt, dass d'Urville von Dillon nichts weiß, und schickt ihm die *Bayonnaise* unter Legoarant de Tromelin hinterher. Der soll ihn informieren, aber als er vor Vanikoro ankommt, ist die *Astrolabe* schon Monate wieder fort . . .

»Und wo La Pérouses drittes Schiff unterging, weiß man bei Ihnen da oben noch nicht?«, fragte mich der Kapitän.

»Nein.«

»Kommen Sie mit!«

Er ließ, als wir im Salon saßen, die *Nautilus* auf Tauchstation gehen und die Fensterplatten öffnen. Unter Korallen versenkt, mit Algen überzogen und von Fischen durchlebt, lagern dort die Trümmer der vermissten Schiffe. »Der Kommandant La Pérouse fuhr am 7. Dezember 1785 mit seinen Schiffen *Boussole* und *Astrolabe* ab«, sagte der Kapitän. »Er ankerte zunächst in der Botany-Bay, besuchte den Freundschafts-Archipel und Neukaledonien. Dann wandte er sich nach Santa Cruz und seine Schiffe gerieten auf die ihm unbekannten Riffe von Vanikoro: hier. Die *Boussole*, die voranfuhr, blieb als Erste stecken. Die *Astrolabe* kam ihr zu Hilfe und scheiterte ebenfalls. Die Eingeborenen nahmen die Schiffbrüchigen freundlich auf und halfen ihnen ein neues Schiff zu bauen. Nicht alle Matrosen fuhren wieder mit. So ertranken nicht alle, als

La Pérouses neues Schiff vor den Salomoninseln unterging, zwischen dem Kap der Enttäuschung und dem Kap der Befriedigung.«
»Woher kennen Sie die Stelle?«
Der Kapitän entnahm einer der Kommoden im Salon eine kleine Blechbüchse, die das Salzwasser schon angefressen hatte. Darinnen lagen die Originalbefehle des Marineministers für La Pérouse, mit Marginalien versehen von Ludwig XVI.
»Ein schöner, echter, guter Tod für einen Seemann«, sagte Nemo. »Das Meer, Aronnax, bringt denen da oben den Tod. Aber es ist ein Lebenselement für Myriaden Tiere. Und mich.«

12. Kapitel

Den Neujahrswunsch am Morgen des 1. Januar 1868 überbrachte mir Conseil, während wir durchs Korallenmeer fuhren. Wir hatten seit unserer Abreise 11 340 sm zurückgelegt. »Ein gutes neues Jahr!« Was war darunter zu verstehen? Die Wiedergewinnung des Festlandes, womöglich in europäischen Breiten? Oder ein Jahr voller weiterer Abenteuer an Bord der *Nautilus*? Ich wusste nicht, was mir lieber war.

Am 4. Januar bekamen wir die Küste von Neuguinea in Sicht. Vom Kapitän erfuhr ich, dass er die *Nautilus* durch die Torresstraße bringen wolle. Diese Meerenge ist eine Kleinstinselwelt voller Riffe zwischen Australien und Neuguinea und ich könnte nicht sagen, was sie unter Seefahrern berüchtigter macht: die gefährlichen Klippen oder die wilden Eingeborenen. Unzählige Inselchen, Riffe, Klippen, Korallenbänke und Felsen stellen hier Anforderungen an den Steuermann wie sonst kein Punkt des ganzen Erdballs. Nemo traf deshalb auch die größten Vorsichtsmaßregeln: Er ließ die *Nautilus* auftauchen und mit verhaltenem Tempo durch die Untiefen gleiten. Das Steuer hatte er selbst übernommen. Ned Land, Conseil und ich verfolgten die Passage von der Plattform aus mithilfe einer der vortrefflichen Karten von Vincendon Dumoulin und Coupvent-Desbois – sie und die Karten des Kapitäns King sind die einzige Rettung in diesem Gewirr.

Das Meer um die *Nautilus* herum schien zu kochen. Bei einer Wel-

lengeschwindigkeit von 2,5 kn brach die Strömung von Südost nach Nordwest klatschend an den überall aufragenden Felsnasen.
»Dieser verdammte Kapitän muss seiner Sache sehr sicher sein«, brummte Ned Land, »denn ich sehe da einige Korallenspitzen, die seinem komischen Apparat durchaus gefährlich werden könnten.«
Aber der dunkle Stahlkörper glitt vorwärts und stieß nirgends an, Nemo wechselte geschickt und häufig seinen Kurs und fuhr ein Zickzack, das er offenbar früher schon erkundet hatte.
Er schien diesen Klippentanz auf die Spitze treiben zu wollen, denn plötzlich steuerte er die Insel Tound und den Bösen Kanal an. Darin waren die beiden Korvetten gescheitert, mit denen Dumont d'Urville 1840 hier durchzukommen versuchte. Aber kurz vorher drehte Nemo wieder ab und hielt jetzt auf die Insel Queboroar zu. Es war 15 Uhr, die Flut fast auf dem Höhepunkt, Queboroar keine 2 sm von uns entfernt, als mich ein Stoß zu Boden warf und die *Nautilus* stillstand.
Als ich mich wieder erhob, sah ich, dass Nemo mit seinem Ersten Offizier an Deck stand und die Lage beriet. Wir saßen auf einem Korallenriff fest, und das in einem Meer, wo es zwischen Ebbe und Flut kaum einen Niveauunterschied gibt. Der Rumpf unseres Schiffes hatte keinen Schaden genommen, aber wir waren bewegungsunfähig. Fest sitzend auf diesem Riff, konnte auch der phantastische Apparat des Herrn Nemo plötzlich lächerlich werden.
Ich wusste nicht, was ich sagen sollte, und fragte den Kapitän: »Ein Unfall?«
»Ein Zwischenfall«, antwortete er.
»Der Zwischenfall kann bedeuten, dass Sie Ihren Schwur brechen und an Land gehen müssen«, sagte ich.
Nemo sah mich kalt und fremd an.
»Sie werden Ihre Wunderreise durch den Ozean schon noch erleben, werter Herr. Die *Nautilus* befindet sich nicht in der geringsten

Gefahr. In der Torresstraße gibt es, was Ihnen neu sein wird, Flutunterschiede bis zu 1,5 m Höhe. In fünf Tagen, am 9. Januar, ist übrigens Vollmond. Sie sehen: Ich brauche die Hilfe der Erde nicht, Genosse Mond wird mich schon liften.«

Der Kapitän würdigte mich keines weiteren Wortes, sondern stieg hinab.

»Na, was sagt er?«, fragte Ned Land. »Will er den Kasten verschrotten?«

»Nein. Er wartet auf den Mond.«

»Auf den Mond?«

»Auf den Mond und auf die Flut, die ihn wieder freisetzen soll.«

Der Kanadier wusste zuerst nicht, was er antworten sollte. Dann brüllte er: »So ein verfluchter Hund! Dem fällt doch immer noch was ein! Aber ich will Ihnen was sagen, Professor: So nah kommt das Land nicht wieder zu uns heran – wir fliehen.«

»Das würde ich Ihnen gerade in diesen Breiten nicht raten, Meister«, sagte ich. »Die Wilden von Papuasien sind die wildesten. Außerdem können wir das immer noch versuchen, wenn die *Nautilus* nicht wieder flott wird. Einverstanden?«

Der Kanadier fügte sich widerwillig, blieb aber doch dabei, wenigstens einen Landausflug zu versuchen, um auf einiges essbares Fleisch Jagd zu machen.

Ich dachte, der Kapitän Nemo würde seine Zustimmung dazu verweigern, aber ich hatte mich getäuscht. Wir erhielten das Boot ohne Zögern und er mahnte uns nicht mit einem Wort daran, dass wir seine Gefangenen seien. So fuhren wir drei Tage hintereinander am frühen Morgen zur Insel Queboroar, durchstreiften die Wälder, fingen Kleintiere und sammelten Früchte ein. Ned Lands Ernährungseifer war nicht zu übertreffen. Er schlug uns Kokosnüsse auf, damit wir die Milch trinken konnten, buk über einem Feuerchen Brot aus den Früchten des Brotfruchtbaumes, fällte und enthäutete

Sagobäume und erlegte am letzten Tag sogar ein Waldschwein und einige Kängurus mit seinen elektrischen Kugeln.
Wir fühlten uns wohl, als wir abends am Strand bei unserem Boot saßen und das Fleisch dieser Tiere brieten. Mit Kokosmilch, Mangofrüchten, Sagopastete, Ananas, Brotschnitten und einigen Waldtauben als Beilage genossen wir ein vortreffliches Mahl.
»Und wenn wir nicht mehr auf die *Nautilus* zurückkehrten?«, sagte Ned Land plötzlich in das wohlige Schmatzen und wir schauten uns betroffen an.
In diesem Augenblick fiel ein Stein neben unserem Feuerplatz nieder und zerschlug den Gedanken. Wir sprangen auf. Der nächste Stein riss Conseil den Taubenschenkel aus der Hand. Das war gezielt. Wir hatten im Nu die Gewehre in der Hand.
»Affen?«, fragte Conseil.
»Wilde!«, rief Ned Land und dann liefen wir zum Strand, wo unser Boot lag. Seltsamerweise stürmten die Eingeborenen nicht hinterher, sondern verfolgten uns gemessenen Schrittes. Allerdings benutzten sie diese Gangart, einen Steinhagel aus Schleudern auf uns niedergehen zu lassen, außerdem flogen mehr oder weniger gezielte Pfeile.
Als wir ins Boot sprangen, sah ich, dass der Kanadier so geistesgegenwärtig und so fleischversessen gewesen war die tranchierten Fleischstücke von Schwein und Känguru mitzunehmen. Unsere Eile hatte sich doch gelohnt, denn wir waren kaum 50 m weit entfernt, da standen die Eingeborenen wild heulend bis zum Gürtel im Wasser. Zwanzig Minuten später schraubten wir das Boot wieder am Rumpf der *Nautilus* fest. Ich ging hinab in den Salon.
Der Kapitän saß an der Orgel und spielte.
»Kapitän!«, sagte ich.
Er rührte sich nicht.
»Kapitän!«, sagte ich lauter und berührte ihn mit der Hand.

Er zuckte zusammen.
»Ah, Professor. Nun, haben Sie schön gejagt und botanisiert?«
»Jaja. Aber leider haben wir die Aufmerksamkeit der zweifüßigen Art erweckt.«
»Zweifüßler?«
»Wilde.«
»Und das wundert Sie? Es wundert Sie, Herr Professor, dass Sie nur einen Fuß an Land setzen und schon Wilde treffen? Wo passiert Ihnen das nicht? Dazu brauchen Sie nicht nach Neuguinea zu reisen.«
»Bitte, Kapitän . . .«
»Ich jedenfalls habe überall an Land nur Wilde getroffen«, fuhr er mich barsch an.
»Wenn Sie nicht wollen, dass Sie auch hier an Bord noch einige treffen, müssen Sie etwas unternehmen!«
»Kein Grund zur Unruhe.«
»Aber es sind eine ganze Menge!«
»Wie viele denn?«
»Mindestens hundert.«
»Tja, dann!«, sagte der Kapitän und begann wieder auf der Orgel zu spielen. »Und wenn es alle Papuas von Neuguinea wären, Herr Professor: Der *Nautilus* können sie nichts anhaben.«
Er hatte mich bereits wieder vergessen, er spielte und es fiel mir wieder auf, dass er fast nur die schwarzen Tasten seines Instruments benutzte, was seiner Musik eine schottische Färbung gab.
Die Nacht verlief trotz meiner Befürchtungen ruhig. Aber als ich am nächsten Morgen gegen sechs Uhr an Deck trat, sah ich, dass sich die Eingeborenen gewaltig vermehrt hatten. Am Ufer der Insel Queboroar brannten Wachtfeuer. Einige der kühnsten hatten sich, die Ebbe ausnutzend, auf den Koralleninselchen weiter zu uns herangewagt. Ich konnte sie gut erkennen: echte Papuas von athletischem Wuchs, ein schöner Menschenschlag mit breiter, hoher

Stirn, dicker – aber nicht platter – Nase und weißen Zähnen. Ihr wolliges rotes Haar stach leuchtend gegen die glänzende schwarze Haut ab. Die meisten von ihnen gingen nackt, nur die Häuptlinge und Frauen trugen einen Schurz aus Pflanzen.
Einer von diesen Häuptlingen wagte sich sehr nah an die *Nautilus* heran und ich hätte ihn ohne Schwierigkeiten erlegen können. Natürlich tat ich das nicht, denn es schickt sich für Europäer nicht, gegenüber Eingeborenen den Angreifer zu spielen.
Ich beschloss gegen Mittag, als die neugierigen Späher sich wieder auf die Insel zurückgezogen hatten, mit Conseil in dem klaren Wasser um die *Nautilus* nach seltenen Meerestieren zu fischen. Das Geschäft blieb zwei Stunden lang ohne Erfolg und wir zogen mit unseren Netzen nur die allergewöhnlichsten Meeresbewohner heraus. Dann aber geschah es: Conseil öffnete nichts ahnend ein Netz und da entrang sich meiner Kehle ein Aufschrei des Muschelkenners, also der durchdringendste Schrei, dessen die menschliche Kehle fähig ist. Conseil begriff nicht, was los war, als ich ihm die Schnecke vor die Nase hielt, die ich aus seinem Netz gegriffen hatte.
»Na und? Was ist das? Eine ganz schlichte Purpurschnecke, Ordnung Weichtiere, Familie . . .«
»Ja, ja, alles richtig. Aber sie ist nicht rechtsherum eingedreht, sondern linksherum!«
»Nicht möglich!«
»Eine linksläufige Schnecke!«, wiederholte Conseil mit klopfendem Herzen.
»Schau dir die Spirale mal genau an!«
Er nahm das Tier mit zitternden Händen und sagte: »Monsieur muss mir glauben, dass ich noch niemals so erschüttert war!«
Dazu hatte er auch einigen Grund! Man weiß ja, dass die Rechtsausrichtung ein Naturgesetz ist, dass linksläufige Schnecken die ganz

große Ausnahme sind und von Liebhabern mit schwerem Gold bezahlt werden.
Noch während Conseil das kostbare Stück in stummer Bewegung anstarrte, traf ein Stein seine Hand und zerstörte die Schnecke. Ich schrie auf, Conseil riss ein Gewehr hoch, schoss und traf einen der Eingeborenen am Handgelenk.
»Conseil, hör auf zu schießen!«
»Aber die haben doch angegriffen!«
»Eine Schnecke gegen ein Menschenleben, was ist denn das für ein dämliches Verhältnis. Leg die Flinte hin!«
Die Lage war allerdings inzwischen wirklich bedrohlich geworden. Eine Anzahl Einbäume kreuzte bereits um die *Nautilus* und die ersten Pfeilschauer flogen zu uns herüber. Wir flohen ins Innere.
Der Salon war leer, aber ich überlegte nicht lange, sondern klopfte am Zimmer des Kapitäns. Beim Eintreten fand ich ihn in algebraische Berechnungen vertieft.
»Störe ich?«
»Allerdings. Aber ich nehme an, dass Sie wichtige Gründe dazu haben.«
»Ja. Die Schwarzen nähern sich auf Einbäumen.«
»Dann machen wir eben die Luken zu.«
Und er gab über einen elektrischen Schalter den Befehl dazu an den Maschinenraum.
»Erledigt. Noch etwas?«
»Ja, und morgen? Wenn wir die Luken zur Lufterneuerung wieder öffnen müssen?«
»Ah, Sie glauben, dass die Eingeborenen an Bord kommen?«
»Ich bin überzeugt davon.«
»Na, dann sollen sie mal kommen. Ich will sie nicht daran hindern. Es sind arme Teufel und ich möchte nicht, dass mein Besuch vor ihrer Insel auch nur einen von ihnen das Leben kostet.«

Ich wollte mich nach dieser Antwort zurückziehen, aber der Kapitän lud mich jetzt zum Sitzen ein. Ich musste ihm unsere Landausflüge der vergangenen Tage genau schildern, dann kamen wir auf verschiedene andere Dinge zu sprechen. Er wusste, dass die *Nautilus* an beinahe der gleichen Stelle festlag, an der auch d'Urville fast gescheitert wäre.
»Ein guter Mann, d'Urville«, sagte er. »Einer Ihrer besten Seefahrer. Nachdem ihm die Eisbänke des Südpols, die Korallen von Ozeanien und die Wilden im Pazifik nichts anhaben konnten, musste er auf der Eisenbahn verunglücken. Trauriges Schicksal für einen Seemann.«
Und ich merkte, dass in diesen Worten alles Mitgefühl des Kapitäns schwang. Wir sahen uns auf verschiedenen Karten die Reisen d'Urvilles an.
»Was er über Wasser geleistet hat, tue ich unter dem Meeresspiegel«, sagte Nemo. »Natürlich konnten sich seine Nussschalen nicht mit der *Nautilus* vergleichen.«
»In einem Punkt schon.«
»In welchem?«
»Beide sind an fast der gleichen Stelle gestrandet.«
»Die *Nautilus* ist nicht gestrandet, werter Herr«, sagte Nemo kalt und erhob sich. »Morgen um 14.40 Uhr wird sie ihre Fahrt fortsetzen. Auf Wiedersehen.«
In dieser Nacht hörten wir bereits das Lärmen und Füßetrampeln der Wilden an Deck. Ich schlief schlecht, das gebe ich zu. Bis Mittag rührte sich am nächsten Tag kein Mensch an Bord. Auch der Kapitän ließ sich nicht blicken. Zehn Minuten vor dem angegebenen Termin befand ich mich im Salon und konnte dort schon das leise Knirschen hören, mit dem die *Nautilus* sich, von der Flut getragen, Zentimeter um Zentimeter vom Korallenboden abhob. Um 14.35 Uhr erschien der Kapitän.

»Wir sind im Begriff, zu fahren«, sagte er.

»Und die Papuas?«

»Die Papuas?« Er zuckte die Achseln. »Kommen Sie mit!«

Wir traten auf den Gang hinaus und hörten dort das Geheul über uns. Ned Land und Conseil standen an der Leiter, die zur Ausstiegsluke führte, und sahen mit gemischten Gefühlen, wie die Luke geöffnet wurde.

Als der Deckel zurückschlug, erschienen gleich zwanzig Gestalten auf einmal an der Öffnung. Aber der Erste, der die Hand ans Treppengeländer legte, wurde von einer unsichtbaren Gewalt gepackt und zurückgeworfen, sodass er mit grässlichen Schreien entfloh. Den nächsten beiden erging es ebenso. Ned Land wollte jetzt hinaufstürzen und den Rest verjagen, aber kaum hatte er das Geländer berührt, als er ebenfalls wie vom Blitz getroffen zurückgeschleudert wurde.

Jetzt wusste ich, dass Nemo dieses Geländer elektrisch laden konnte und damit einen undurchdringlichen Zaun zwischen jeden Angreifer und die Bordbewohner legte. Neds Attacke war gar nicht mehr nötig gewesen, die Papuas zogen sich allein zurück, in heillosem Schrecken. Und während wir dem fluchenden Kanadier noch die Glieder massierten, merkten wir, dass die *Nautilus* wieder frei schwamm, getrieben von der gleichmäßig dröhnenden Umdrehung ihrer Schraube.

13. Kapitel

Am 10. Januar begann die *Nautilus* plötzlich Tempo vorzulegen und erreichte eine Geschwindigkeit von 35 kn, das sind fast 64 km/h. Am 11. Januar passierten wir Kap Wessel, am 13. Januar fuhren wir in die Timorsee ein und Nemo ging wieder auf vollen Südostkurs, geradewegs in den Indischen Ozean. Wohin wollte er? Nach Asien? Europa? In die Antarktis?

Am 14. Januar waren wir fern von allen Küsten wieder auf offenem Meer und die *Nautilus* wurde langsamer. Der Kapitän beschäftigte sich während dieses Teils unserer Reise mit fortwährenden Temperaturmessungen in verschiedenen Meerestiefen, die zu dem definitiven Resultat führten, dass das Meer unter allen Breiten in 1 000 m Tiefe eine Temperatur von 4,5° hat.

Ich verfolgte diese Messungen und Berechnungen mit dem größten Interesse, aber ich fragte mich zugleich doch auch, wem all die Ergebnisse, die der Kapitän dabei gewann, einmal dienen sollten. Den Menschen? Kaum, denn wahrscheinlich würden seine Manuskripte mit ihm eines Tages in irgendeinem unbekannten Meer versinken. Er hätte mir diese Aufzeichnungen anvertrauen können, aber das hätte bedeutet, dass das Geheimnis seines Schiffes und seiner Existenz aus seiner Kontrolle geraten wäre.

Dennoch unterrichtete er mich bei einem Gespräch, das wir am Morgen des 15. Januar auf der Plattform führten, über seine Ergebnisse. Ich hörte mir das an und sagte dann: »Gut, Kapitän, aber wozu tun Sie das? Die *Nautilus* ist eine Welt für sich und die Erkenntnisse ihrer Gelehrten gelangen nicht bis zur Erde.«

»Da haben Sie Recht«, sagte er nach einigem Schweigen. »Die *Nautilus* ist eine Welt für sich und sie ist der Erde so fremd wie irgendeiner der Planeten in unserem Sonnensystem. Und ebenso wenig, wie man die Arbeiten der Wissenschaftler vom Jupiter oder vom Saturn kennen lernen wird, sollen meine Arbeiten unter den Menschen bekannt werden.«

Nach diesem Gespräch verschwand der Kapitän wieder und ich musste meine Tage ohne ihn verbringen. Am 16. Januar geschah etwas Eigenartiges: Während wir völlig ohne Antrieb durch die Schraube in geringer Tiefe schwammen, standen die Fenster im Salon zur Besichtigung frei, aber die elektrischen Lampen der *Nautilus* erleuchteten das Wasser nicht. Dennoch wurde es plötzlich hell in diesem Halbdunkel und ich sah nach kurzer Zeit auch, woher dies Licht kam. Die *Nautilus* war in eine Strömung von phosphoreszierenden Infusorien geraten, sie schwamm inmitten von Myriaden leuchtender Tierchen, deren glänzender Funke noch stärker aufglühte, wenn sie mit dem Rumpf der *Nautilus* in Berührung kamen. Dieser leuchtende Strom blendete zuerst wie Bleiguss im Schmelzofen oder weiß glühendes Metall beim Abstich. Aber nach und nach konnte ich in dieser Lichtquelle noch verschiedene Helligkeiten und Schattenbildungen unterscheiden, die sich unaufhörlich gegeneinander verschoben: lebendiges Licht.

Wenn ich dicht ans Fenster trat, konnte ich in diesen leuchtenden Wogen aus Medusen, Asterien, Aurelien und anderen gallertartigen Zoophyten auch größere Tiere des Meeres erkennen, die in dem Lichte badeten. Delfine, Segelfische, Hornfische, Klippfische tummelten sich im erleuchteten Element und strahlten wie feurige Salamander – das Schauspiel wirkte wie Zauber und war zweifellos deshalb so stark, weil irgendwelche atmosphärischen Einflüsse an der Oberfläche des Meeres herrschten.

Am 18. Januar sah ich den Kapitän wieder, da befand sich die *Nautilus* südlich der Weihnachtsinseln unter 105° östl. Länge und 15° südl. Breite. Von Osten her wehte starker Wind und das Barometer kündigte an, dass Luft und Wasser bald aneinander geraten würden. Als ich die Plattform betrat, maß der Erste Offizier gerade die Stundenwinkel und dann sprach er, aber statt des bisher täglich gehörten Satzes war es ein anderer, ebenso unverständlich. Sofort tauchte Nemo in der Luke auf, kam heran, nahm seinem Gefährten das Glas weg und suchte den Horizont ab.

Er stand einige Minuten völlig unbeweglich da, das Fernglas ruhte so sicher in seiner Hand wie auf einem Stativ. Plötzlich setzte er es ab und sagte einige Worte in der seltsamen Bordsprache. Auf dem Gesicht des Mannes malten sich Schreck und Erregung, während Nemo weiterhin völlig kalt blieb. Tonfall und Gebärden ließen erkennen, dass Nemo Befehle gab, die der andere, nicht ohne Einwände, hinnahm. Er trat an die Luke und rief etwas hinab und gleich darauf begann die *Nautilus* schneller zu fahren. Während die Schraube immer stärker auf Touren kam, schritt der Kapitän die Plattform ab und er wirkte auf mich etwas hastiger als sonst, beherrschte sich aber vollkommen. Er ging mehrmals an mir vorüber, ohne Notiz von mir zu nehmen. Mir wurde dieses geheimnisvolle Benehmen zu bunt, ich stieg kurz entschlossen hinab, holte mir aus meinem Zimmer ein Fernglas und ging damit wieder zur Plattform hinauf. Der Erste Offizier beobachtete inzwischen auch wieder mit dem Glas vor den Augen und er war so erregt dabei, dass die Worte, die er ausstieß, sicher Flüche waren. Ich stützte mich mit den Ellenbogen auf das Scheinwerfergehäuse und setzte das Glas an.

Im gleichen Augenblick wurde es mir aus der Hand gerissen. Ich drehte mich um und sah in die entstellten Gesichtszüge des Kapitäns, der dicht hinter mich getreten war. Die Augen waren fast völlig hinter die tief hängenden, drohenden Brauen zurückgetreten, der Kopf mit den gebleckten Zähnen saß tief zwischen den Schultern, die Fäuste hielt er geballt, den ganzen Körper sprungbereit gespannt: Eine Gestalt, die der Hass verzerrt!, durchfuhr es mich. Es kochte in ihm, aber er rührte sich nicht, zwang sich eisern still zu stehen und an mir vorbeizusehen und nach und nach gelang es ihm, sich zu beherrschen; eine Hand öffnete sich, mein Glas, das er mir weggerissen hatte, fiel zu Boden, ohne dass er sich danach bückte. Er sprach einige Worte in der fremden Sprache, dann wandte er sich mir zu und sagte kühl und bestimmt: »Monsieur, ich nehme jetzt die Zusage in Anspruch, die Sie mir gaben.«

»Was ist los, Kapitän?«

»Ich muss Sie und Ihre Gefährten einschließen, bis es mir angebracht erscheint, Sie wieder freizulassen. Also auf unbestimmte Zeit.«

»Bon. Sie haben zu befehlen. Aber darf ich mir eine Frage erlauben?«

»Nein.«

Also stieg ich hinab zu Conseil und Ned Land und ich hatte kaum erklärt, was jetzt geschehen werde, da brachten uns auch schon vier Männer in jene Zelle, in der wir die erste Nacht hatten schlafen müssen. Die Tür schloss sich, wir waren eingesperrt. Meine Gefährten bestürmten mich sie aufzuklären, aber ich wusste selber nicht, welchen Sinn ich den erlebten Vorgängen geben sollte. All das reimte sich nicht und machte mir den Kopf mit Gedanken schwer.

Plötzlich riss mich der Kanadier aus dem Grübeln: »Na, wenigstens ist der Frühstückstisch gedeckt.«

Nemo musste den Befehl dazu schon gegeben haben, als er die *Nautilus* mehr Fahrt machen ließ. Das Einschließen war also nicht auf meine Neugier mit dem Fernglas zurückzuführen. Vielmehr wür-

den in der nächsten Zeit wohl Dinge geschehen, die uns für immer ein Geheimnis bleiben sollten.
Das Essen schmeckte, aber es machte uns nicht heiter. Die Unsicherheit der nächsten Stunden ließ keinen rechten Appetit aufkommen. Wir lagerten uns bald jeder in einem Winkel auf den Boden und kaum saßen wir, ging das Deckenlicht aus. Ned Land schlief da bereits. Auch Conseil begann unzusammenhängende Dinge zu erzählen, sich durch Gähnen unterbrechend, und dann, während ich noch staunend über die plötzliche Schlafsucht grübelte, fühlte ich in meinem Kopf eine langsame, unwiderstehliche Betäubung wirken, gegen die alle Willenskraft machtlos war, die mir die Augen schloss und das Bewusstsein raubte. Der letzte Eindruck war der einer großen Kälte in allen Gliedern und das Gefühl des völligen Stillstands.

14. Kapitel

Ich wachte am anderen Morgen mit bemerkenswert freiem Kopf auf und stellte fest, dass ich auf dem Bett in meiner Kabine lag. Ich konnte mich an keinen Vorfall dieser Nacht erinnern. Befand ich mich wieder in Freiheit? Die Tür meiner Kabine war unverschlossen. Ich trat auf den Gang hinaus, ging bis zur Leiter mittschiffs und stieg zur Plattform empor. Dort traf ich Ned Land und Conseil.
Beide waren schon seit einiger Zeit auf und hatten mich nicht wecken wollen. Ich fragte, ob sie sich an irgendetwas erinnern könnten, das in dieser Nacht geschehen war: nichts. Im Schiffskörper war es noch ruhiger als sonst, wir trieben mit geringem Schraubenschlag an der Meeresoberfläche in westlicher Richtung. Ned Land hatte mit Späherblicken bereits das Meer abgesucht: nirgends Land, aber auch keine Spur von einem Segel, einem Mast, einem Boot. Bald tauchten wir wieder, aber nicht tief, kamen wieder hoch, tauchten erneut und jedes Mal trat der Erste Offizier auf die Plattform und sprach den gewohnten unverständlichen Satz.
Bis mittags sah ich auch nichts vom Kapitän, aber als ich mich um 14 Uhr im Salon aufhielt, trat er plötzlich herein. Ich grüßte, aber er erwiderte kaum. Ich dachte, er werde mir vielleicht Erklärungen über die vergangene Nacht geben, aber nichts dergleichen geschah. Da wandte ich mich wieder meinen Notizen zu und tat, als beachte ich ihn ebenso wenig wie er mich. Dabei sah ich ihn mir

aus den Augenwinkeln heraus an: Er ging ziellos im Salon auf und ab, sah übernächtigt und elend aus, seine Augen hatten sich sichtbar gerötet und das Gesicht, das gestern Morgen von Hass verzerrt wurde, spiegelte tiefen Gram wider. Er setzte sich, stand wieder auf, trat vor die Orgel, blätterte eine Partitur durch, legte sie ungerührt wieder hin, sah nacheinander auf alle Instrumente, murmelte die Daten lautlos vor sich hin und trat dann schließlich brüsk auf mich zu: »Sind Sie Arzt?«

Ich war so verdutzt über diese Frage, dass ich eine Weile zur Antwort brauchte.

»Sind Sie Arzt?«, wiederholte er. »Ich dachte nur, weil einige Ihrer Kollegen doch auch, Gratiolet, Moquin-Tandon . . .«

»Ja«, antwortete ich. »Ich habe tatsächlich Medizin studiert und auch einige Jahre lang praktiziert, bevor ich am Museum angestellt wurde.«

»Gut. Würden Sie einem meiner Leute behilflich sein?«

»Sie haben einen Verwundeten?«

»Ich habe einen Kranken.«

»Gut, ich bin bereit.«

»Kommen Sie!«

Ich gestehe, dass mein Herz jetzt klopfte, denn mir schien, dass es zwischen den Vorfällen dieser Nacht und der plötzlichen Erkrankung einen Zusammenhang gab. Nemo führte mich den Gang entlang bis ins Heck der *Nautilus* und ließ mich in eine kleine Kabine eintreten, die sich neben dem Mannschaftsraum befand. Darin lag auf einer niedrigen Bettstatt ein Mann von etwa 40 Jahren, kräftig gebaut, bärtig, ein angelsächsischer Typ. Ich beugte mich über ihn und erschrak.

Dieser Mann war nicht krank, sondern tödlich verwundet. Sein Kopf, mit blutigen Leinwandstreifen umwickelt, ruhte auf einem blutverklebten Kissen. Ich nahm ihm langsam die Binde ab und sah, was ihm geschehen war: Der Schlag mit einem schweren Gegenstand hatte ihm die Schädeldecke an einer Seite zertrümmert und zu einer grässlichen Wunde geöffnet. Das Gehirn lag zu großen Teilen frei, gequetscht und eingerissen, in einer fließenden Masse suppend, die von geronnenen Blutklumpen starrte. Der Verletzte gab keinen Laut von sich, atmete nur noch mit leisen Stößen und zeigte verkrampfte Gesichtszüge: Der Gehirnschaden hatte bereits zu Muskel- und Nervenlähmungen geführt.

Als ich seinen Puls fühlte, merkte ich, dass er an den äußeren Gliedern schon kalt wurde. Ich legte ihm vorsichtig die Tücher wieder über das Loch im Schädel. Dann erhob ich mich und trat zum Kapitän.

»Woher kommt diese Wunde?«

»Das ist doch völlig gleichgültig. Nehmen Sie an, ein Maschinenteil hat ihn getroffen. Können Sie ihm helfen?«

Ich zögerte mit der Antwort.

»Reden Sie, der Mann versteht kein Französisch.«

»Er wird binnen zwei Stunden sterben.«

»Sie können nichts tun?«, fragte Nemo und beschattete seine Augen mit der Hand. Er sah mir gerade ins Gesicht.

»Nichts.«

Und dann schloss er die Hand über den Augen, als wolle er sich besinnen; aber ich hatte die Tränen darunter gesehen.

Ich wandte mich ab, beugte mich wieder zu dem Sterbenden hinunter, um vielleicht aus seinen letzten Worten eine Aufklärung über das zu bekommen, was hier vorgefallen war.

»Sie können jetzt gehen, Professor«, sagte da der Kapitän scharf.

Ich ging hinaus und ging langsam in mein Zimmer und ich muss gestehen, dass mich das Sterben dieses Mannes und alles, was ich dazu gesehen hatte, bis in die Träume dieser Nacht hineinverfolgte.

Am anderen Morgen traf ich den Kapitän auf der Plattform.
»Ich habe einen Ausflug unter Wasser vor«, sagte er ohne jeden Gruß. »Wollen Sie mitkommen?«
»Allein?«
»Sie können gern Ihre Gefährten mitnehmen.«
Eine halbe Stunde später steckten wir in den Gummianzügen und warteten in der Schleuse. Diesmal war auch der Kanadier mit dabei. Außerdem begleiteten den Kapitän zehn oder zwölf Leute seiner Mannschaft.
Wir stiegen in einer Tiefe von 10 m aus der *Nautilus* aus. Der Boden sah hier vollkommen anders aus als bei unserem ersten Unterseegang im Stillen Ozean: keine Spur von Sand, von unterseeischen Wiesen und Buschlandschaften. Wir traten auf harten Grund. Hier unten dehnte sich das Korallenreich.
Die Koralle gehört zu den Tierpflanzen, aber dieser Zuordnung war man sich in der Wissenschaft erst spät sicher geworden. Sie wurde wegen ihrer Kalkgehäuse auch zu den Gesteinen, wegen ihrer Verästelungen auch zu den Pflanzen gerechnet. Der Korallenstock, die dauernde Vereinigung einer großen Zahl von Individuen zu einem Gesamtorganismus, entsteht durch die ungeschlechtliche Vermehrung auf dem Wege der Teilung oder Knospenbildung, wobei sämtliche Einzelwesen durch ein System von Ernährungskanälen miteinander in lebendiger Verbindung stehen, ein Fall von natürlichem Sozialismus. Der Zusammenhang wird am häufigsten durch ein Stützskelett in Form einer hornigen Achse oder einer umfangreichen Verkalkung der Leibeswand vermittelt.
Wir schalteten die Ruhmkorff-Lampen ein.
Unser Weg führte an einer noch niedrigen Korallenbank entlang, die eines Tages auch aus dem Meer auftauchen würde, um eine neue Klippe, ein Riff, eine Insel zu bilden. Unentwirrbare Gebüsche säumten diesen Weg, Zweigwerk wuchs zusammen, durchdrang

sich und verflocht sich von neuem, über und über von kleinen weißstrahligen Sternblumen bedeckt. Hier wuchs alles von oben nach unten. Das einfallende Licht verstärkte das Farbenspiel in den Zweigen und es hatte den Anschein, als zitterten diese winzigen Hülsen unter der Bewegung der Wasserfläche. Ich griff mit der Hand nach den Stauden, um von diesen zauberhaften Blumen eine zu pflücken, aber sowie ich sie berührte, ging ein Schreck durch die ganze Kolonie. Die weißen Blütenköpfchen verschwanden in den Kalkgehäusen und die Blumenwand verwandelte sich mit einem Schlag in einen Block versteinerter Warzen.

Bald wurden die Gebüsche dichter und wuchsen auch höher hinauf. Wir befanden uns jetzt auf einer Schneise zwischen versteinerten Waldstücken und schritten unter den bizarren Jochen einer phantastischen Architektur hindurch. Nemo führte uns in einen dunklen Gang, der bis in 100 m Tiefe sanft abfiel, und ich bemerkte unter dem Lichtspiel unserer Lampen, das über die durchbrochenen Wände und Deckenbögen huschte, Meliten, Iris und Büsche von grünen und roten Korallinen.

Nach zwei Stunden Weg hatten wir eine Tiefe von 300 m erreicht und standen klein und verloren inmitten eines ungeheuren Waldes, schritten durch mineralischen Hochwuchs, enorme versteinerte Bäume, die von Plumaria-Girlanden durchwebt waren. Wir waren so klein in diesem Riesenwuchs, dass wir in den Hohlräumen frei gehen konnten, und unsere Füße traten auf einen Teppich von Tubiporen, Meandrinen und Caryophyllen.

Da machte Nemo Halt und ich sah, wie seine Leute einen Halbkreis um ihn bildeten. Und ich sah jetzt auch, dass zwei von ihnen einen länglichen, in weiße Tücher gehüllten Gegenstand auf den Schultern getragen hatten. Wir standen im Mittelpunkt einer Lichtung, die von unseren Lampen gerade ausgeleuchtet wurde. Dahinter breitete sich wieder tiefes Dunkel.

Der Boden unter unseren Füßen hatte hier in gewissen Abständen nur sehr schwach verkrustete, längliche Erhöhungen. In der Mitte der Lichtung erhob sich auf einem Sockel von Steinen ein aus den Korallen gehauenes Kreuz.

Auf einen Wink von Nemo trat jetzt einer der Begleiter vor und begann vor dem Kreuz mit einer Hacke den Boden zu öffnen und eine Grube zu graben. Ned Land, der mit Conseil neben mir stand, und ich sahen uns an, wir hatten verstanden: Diese Lichtung im Korallenwald war ein Friedhof, dieses Loch im Boden war ein Grab, dieser Gegenstand in den Tüchern war eine Leiche —die Leiche des gestern verstorbenen Mannes, der hier auf dem Meeresgrund beigesetzt werden sollte.

Als die Grube tief genug war, traten die Träger heran und ließen die weiße Gestalt langsam hinab. Nemo hielt die Arme über der Brust gekreuzt und sank jetzt, als wolle er beten, nach vorn auf die Knie. Seine Gefährten folgten dieser Bewegung und auch wir drei senkten ehrerbietig die Messinghelme mit unseren Köpfen. Einer der Knienden erhob sich und scharrte das Loch wieder zu, dann standen alle auf, traten dicht an das kleine längliche Hügelchen und streckten die Hände darüber . . .

Der Kapitän wandte sich als Erster um und gab den Rückweg an. Wir stiegen lange durch das Kalkgestrüpp der Korallen wieder bergan und endlich, gegen 13 Uhr, kamen die Positionslichter der *Nautilus* in Sicht. Nachdem ich mich umgekleidet hatte, stieg ich zur Plattform hinauf und traf dort den Kapitän.

»Der Mann ist also noch während der Nacht gestorben?«, sagte ich.

»Ja, Herr Aronnax.«

»Und Sie haben ihn dort unten auf dem Korallenfriedhof neben seinen Gefährten zur Ruhe gebettet?«

»Ja. Von allen vergessen, nur nicht von uns. Wir graben das Grab und die Korallen verschließen es für alle Ewigkeit.«

»Ihre Toten, Kapitän, schlafen da sehr ruhig«, sagte ich leise. »Die Haifische können ihnen nichts anhaben.«

»*Und auch kein Mensch!*«, sagte Nemo und war nicht mehr fähig ein Schluchzen, das aus seiner Brust kam, zu unterdrücken.

15. Kapitel

Conseil sah in diesem Mann lediglich einen verkannten Gelehrten, der die Dummheit der Welt mit Verachtung strafte, ein theoretisches Genie, das sich, der aufhaltsamen Praxis müde, in diese menschenleere Wasserwelt zurückzog, wo ihn niemand hinderte sich auszuleben. Ned Land hielt den Kapitän zweifellos für einen Verrückten, der gefährlich aggressiv war und deshalb keinen Anspruch auf Schonung haben konnte.

Mir war er mehr. Die Ereignisse der letzten beiden Tage hatten mir gezeigt, dass die Scheu dieses Mannes List war, seine Existenz Besessenheit und seine Besessenheit Methode. Die *Nautilus* war nicht allein das Werkzeug seiner Flucht, sondern auch eine Waffe, die er planvoll und rücksichtslos einzusetzen schien, der große Raspel, mit dem er die Ecken und Kanten der Welt, an denen er sich verletzt hatte, abschliff. Ein Opfer, das zum Henker wurde? Sollte man ihn hassen oder bewundern? Wir hießen seine »Gäste«, aber wir waren seine Gefangenen. Ned Land hätte jede auch noch so kleine Fluchtmöglichkeit ergriffen. Conseil hätte sich in dieser Frage wie ich verhalten. Aber wie würde ich mich verhalten? Es gab Augenblicke, in denen es mir völlig gleichgültig war, ob diese Fahrt mein Leben kostete, wenn ich sie nur bis zum äußersten Ende miterleben konnte – Augenblicke eines Naturforschers, die außerhalb der Erfahrung eines Harpuniers oder eines Dieners liegen. Mein Genuss an dieser vielleicht unmoralischen Fahrt war selbstsüchtig und deshalb war mir bei all diesen Rauschzuständen des Sehens und Erkennens klar, dass ich mit meinen Gefährten die erste Gelegenheit zur Flucht benutzen musste. Es wäre grausam, die beiden meiner Leidenschaft für das Unbekannte zu opfern.

Ich stieg täglich morgens zur Plattform hoch, um auf diesem beweglichen Stück Eisen mitten im Ozean spazieren zu gehen, die reine Seeluft zu atmen und mich an der vollkommenen Klarheit des Indischen Ozeans zu berauschen, dessen erkennbare Tiefe mich schwindeln machte. Meistens traf ich bei diesen Gängen den Ersten Offizier, der den Horizont absuchte und *Nautron respoc lorni virch* rief. Ich sprach dann verschiedene Sätze halblaut vor mich hin, die ihn hätten ärgern oder erregen müssen, wenn er Französisch verstand. Aber er zeigte nicht die geringste Reaktion.

Wir sahen während des Auftauchens viele Seevögel, Albatrosse, Fregatten und Phaëtons, die manchmal auf den Wellen von ihren weiten Flügen ausruhten; wir fingen mit unseren Netzen Seeschildkröten, deren Eier wir aßen, und Knochenfische: Dromedare, Trigonen und Meerschweine; das Fleisch der dreieckigen Exemplare war von erlesenem Geschmack. Und wir liefen am 24. Januar früh mit einer Geschwindigkeit von 22 kn unter 12° 5' südl. Breite und 94° 33' östl. Länge an der Insel Keeling vorbei, von keinem bewohnt, doch von Darwin betreten, und hielten – Kurs Nordwest – auf die Südspitze Indiens zu.

»Indien!«, rief Ned Land über der Karte, auf der wir den Kurs verfolgten. »Endlich Spuren von Zivilisation. Endlich Länder, in denen es nicht mehr Wilde als Wildbret gibt! Indien – das bedeutet Engländer, Franzosen, Europäer! Das bedeutet Landstraßen, Eisenbahnen, Städte. Das bedeutet die Flucht für uns, Herr Professor!«

»Warum in Indien fliehen, wenn wir uns Europa nähern«, fragte ich.

»Nein, Meister. Warten Sie, bis wir in heimatlichen Meeren kreuzen! Dann lohnt es, sich den Kopf zu zerbrechen.«

Am 25. Januar, einem Tag, den die *Nautilus* fast vollständig an der Oberfläche verbrachte, konnten wir am späten Nachmittag eine sehr merkwürdige Erscheinung beobachten. Wir begegneten einer Flotte von Mollusken, die in die Familie der Tintenfische gehören und in der Antike Nautilus oder Pompylius genannt wurden. Die moderne Wissenschaft hat allerdings einen anderen Namen für sie gefunden: Sie heißen jetzt Argonauten. Gegen 17 Uhr also begegnete die *Nautilus* den Argonauten, kleinen Weichtieren, die sich durchs Rückstoßprinzip fortbewegen. Sechs ihrer acht Arme lagen auf dem Wasser, zwei waren zu einer Blattform zusammengerollt und standen wie leichte Segel im Winde. Jedes Tierchen saß in einer spiralförmigen, gefältelten Muschel, einem richtiggehenden kleinen Boot, aus Kalkabsonderungen gebildet. Die Flottille begleitete uns fast eine Stunde lang, dann fuhr von irgendwoher ein plötzlicher Schreck in sie. Wie auf ein Kommando verschwanden die Segel, die Arme zogen sich ein, die Körper schrumpften zusammen und der Schwerpunkt der Muschelschalen verlagerte sich. Im nächsten Augenblick war das ganze Geschwader versunken, ein Manöver, das exakter verlief, als es jede Marine der Erde fertig gebracht hätte.
Am folgenden Tag, dem 26. Januar 1868, kreuzten wir unter 82° östl. Länge zum zweiten Mal den Äquator. Während dieses Tages folgten uns die Haie; wir tauchten und öffneten die Sichtfenster im Salon, da erlebten wir, wie diese Tiere mit allem Ungestüm auf die dicken Glaswände losfuhren. Die *Nautilus* legte plötzlich Geschwindigkeit zu und ließ das Rudel hinter sich. Am anderen Morgen begegneten wir beim Auftauchen den ersten Leichen von Indern, die beim Bad im Ganges ertrunken und bis hier hinausgespült worden waren: Die Haie, wie die Aasgeier im Bestattungsdienst tätig, waren zu ihren Fressplätzen unterwegs. Als es Abend wurde, färbte sich das Meer um uns weiß, als habe ein Zauberkünstler das Wasser in Milch verwandelt.

»Der Mond?«, fragte Conseil. »Färbt er das Wasser so?«

»Nein«, antwortete ich, »der Mond steht noch unterm Horizont. Schau dir den Sternenhimmel an: Er ist schwarz im Vergleich mit diesen dunkelweißen Gewässern. Man nennt dies ein Milchmeer, eine weite weiße Wasserfläche, wie sie in diesen Breiten und an den Küsten von Amboina häufig vorkommt. Eine unendliche Menge von leuchtenden Infusionstieren, farblos, gallertig, oft über Meilen miteinander verfilzt, belebt hier das Wasser. Es gibt Berichte von Seefahrern über derartige Milchflächen, die bis zu 40 Quadratmeilen groß gewesen sind.«

Conseil war von der Erscheinung mächtig beeindruckt. Je dunkler es wurde, desto stärker leuchteten die seifigen Wogen, in denen die Schraube der *Nautilus* Schaumwirbel aufriss.

»*Unendliche Menge ist nicht ganz korrekt*«, sagte ich zu Conseil später noch. »Ein jedes dieser Tierchen ist 1/5 mm lang. Man könnte also ausrechnen, wie viele auf 40 Quadratmeilen . . .«

Ich erkannte, dass dieser Gedanke etwas abseitig war, und starrte weiter ins Milchmeer. Gegen Mitternacht tauchten wir plötzlich wieder in dunkles Wasser ein und ließen das Milchmeerchen hinter uns. Am Horizont bildete sich ein Nebelstreif aus dem Widerschein der weißen Wellen in der Atmosphäre. Es war Zeit, zu Bett zu gehen.

»137 196 160 000 000«, sagte Conseil.

»Wie bitte?«

»Hundertsiebenunddreißig Billionen hundert sechsundneunzig Milliarden hundertsechzig Millionen wahrscheinlich«, wiederholte mein Diener. »Monsieur sagte doch, dass eins dieser Tierchen 1/5 mm lang . . .«

Am 28. Januar tauchten wir angesichts eines Landstriches auf, den ich auf der Karte als die Insel Ceylon identifizierte. Die Insel gilt als die fruchtbarste der Erde. Ich wollte gerade Genaueres über sie in der Bibliothek nachlesen, als Nemo zu mir trat und sagte: »Ceylon liegt vor uns, Herr Professor. Hätten Sie Lust, seine Perlenfischereien zu besuchen?«

»Aber ja.«

»Fischer werden wir leider keine antreffen, sie beginnen ihre Arbeit erst später im Jahr. Wir werden bis in den Golf von Mannar fahren.«

Ich suchte den Golf auf der Karte: Er liegt zwischen der Insel Ceylon und dem indischen Festland und reicht bis zum 9. Breitengrad in die nördliche Hemisphäre hinein.

»Auch im Golf von Bengalen taucht man nach Perlen«, erklärte mir der Kapitän Nemo, »in den chinesischen und japanischen Meeren, an Südamerikas Küsten, im Panamagolf und im Golf von Kalifornien. Hier aber haben die Perlenfischer die schönsten Erfolge. Sie versammeln sich im März und gehen etwa einen Monat lang dem Geschäft nach, in Booten, die mit jeweils zehn Ruderern und zehn Fischern besetzt sind. Die Fischer wechseln einander im Tauchen ab. Sie kommen, mithilfe eines schweren Steins, bis in Tiefen von 12 m.«

»Die Naturmethode.«

»Ja. Die Engländer haben die Lizenzen für dieses Gewerbe 1802 im Vertrag von Amiens erworben.«

»Vielleicht täte es den Tauchern und dem Geschäft gut, wenn die Methoden mal von der Industrie revolutioniert würden. Zum Beispiel mit Taucheranzügen, wie Sie sie benutzen.«

»Tja, sicher. Die Leute können nämlich nicht sehr lange unter Wasser bleiben. Bei dreißig Sekunden liegt die durchschnittliche Tauchzeit und danach schießt manchen beim Auftauchen das Blut schon aus Mund und Nase. In dieser halben Minute müssen sie in aller Hast in ihr Netz raffen, was sie an Muscheln greifen können. Sie werden nicht alt, diese Fischer. Sie erblinden langsam, um die Ränder ihrer Augen setzen sich Geschwüre, der ganze Körper reißt schließlich in Wunden auf und viele trifft auf dem Meeresgrund der Schlag.«

»Na, wenigstens sind die armen Teufel in ihrem kurzen Leben reich gewesen.«

»Durchaus nicht, Monsieur. Der Endverbraucher zahlt hohe Preise für Perlen, aber diese Fischer, die nun wirklich Gesundheit und Leben an ihren Erwerb setzen, bekommen fast nichts dafür. In Panama beträgt der Wochenlohn eines solchen Tauchers zum Beispiel 1 Dollar. Und hier herum zahlen die Herren 1 Sou für die Muschel. Natürlich nur, wenn eine Perle drin ist. Haben Sie wirklich gedacht, nur in Europa gebe es Ausbeutung? Sie haben bemerkenswert wenig Ahnung von der Welt, in der Sie leben, Monsieur.«

Er brach ab, hielt einen Augenblick inne und fuhr dann ohne den geringsten zynischen Unterton fort: »Wir werden morgen also im Golf von Mannar wandern. Haben Sie übrigens Angst vor Haifischen?«

»Tja ... was soll ich da sagen, ich habe noch keine näheren Kontakte ...«

»Sie werden sich daran gewöhnen. Wir sind bewaffnet und können vielleicht sogar einen Hai erlegen. Das ist eine lustige Jagd. Bis morgen also!«

Bären auf dem Balkan, Löwen auf den Hochebenen des Atlas, Tiger in den Niederlassungen Indiens zu jagen: das ja, das ohne weiteres. Aber Haifische in den Meeren? Ich fuhr mir mit der Hand über die Stirn, nachdem der Kapitän gegangen war, und da stand Schweiß. Ich weiß, dass die Neger auf den Andamanen allein mit Schlinge und Dolch bewaffnet den Hai angehen, aber war ich ein Neger? Übrigens verloren diese Haibezwinger nicht selten Arme, Beine oder das Leben. Wider meinen Willen schlugen mir die Zähne leicht aufeinander und ich sah sofort die beiden mächtigen Kinnladen eines Haifisches vor mir, mit den vielen Zahnreihen, die einen Menschenkörper ohne Schwierigkeiten in der Mitte durchtrennen können. Ein leichtes Ziehen um die Hüfte brachte mich sofort dazu, dass ich mich setzte und das Buch über Ceylon wieder zur Hand nahm. Aber die Zeilen liefen unter meinen Augen entlang wie die Zahnreihen von Haifischkiefern, ich brachte es nicht fertig, auch nur den Sinn eines einzigen Satzes zu verstehen. Ich gebe zu, dass mich die Furcht, eines oder mehrere Glieder zu verlieren, etwas aus der Fassung brachte.

Da traten meine Gefährten ein, lachend. Ich ertappte mich dabei, dass ich sie prüfend ansah, ob sie noch alle ihre Glieder besaßen.

»Einen fabelhaften Vorschlag hat dieser Kapitän gemacht«, rief Ned Land. »Morgen gehen wir Perlen sammeln. Ich hab so eine Austernbank noch nie gesehen.«

»Sie sind ja direkt scharf drauf«, sagte ich. Offenbar hatte der Kapitän es für richtig gehalten, den beiden nichts über die drohenden Haifische zu erzählen.

»Na, das ist doch interessant. Endlich mal ein bisschen Abwechslung auf dem alten Kahn hier.«

»Vielleicht ist es auch gefährlich!«

»Gefährlich??«

»Na ... die Muschel, wenn die, hm, zuschnappt ... und Sie haben, hm, haben den Finger drin ...«

»Professor! Was ist denn in Sie gefahren?«

»Ich meine ja nur.«

»Freund Land: Mein Herr versteht sich auf Muscheln«, sagte Conseil, der mir aus der Verlegenheit helfen wollte.

»Wunderbar«, meinte der Kanadier. »Dann erzählen Sie mal! Wie ist das mit den Perlen? Wo kommen die her? Was kann man damit verdienen?«

»Tja, was ist das: eine Perle«, sagte ich. »Für den Dichter ist sie eine Träne des Meeres, für den Orientalen ein fest gewordener Tropfen Tau, für die Frauen ein länglich ovales Schmuckstück aus Perlmutter, von durchsichtigem Glanz, getragen am Finger, Hals oder Ohr, für den Chemiker ist sie eine Mischung aus phosphorsaurem und kohlensaurem Kalk, mit Bindemitteln versetzt, und für den Naturforscher ist sie nichts weiter als eine krankhafte organische Ausscheidung einiger zweischaliger Muscheln.«

»Familie Lamellibranchia, Ordnung Mollusca, Klasse Evertebrata, Unterreich Metazoa«, sagte Conseil.

»Ja. Hauptsächlich eine Molluske scheidet Perlen aus: die Perlenauster. Entweder sitzen diese Perlen an der Schale fest oder sie sind ins weiche Fleisch des Tieres eingebettet. Der Kern dieser Perle ist ein harter, kleiner Körper, ein unfruchtbares Ei oder ein Sandkorn, das im Lauf der Jahre mit Perlmuttringen überzogen wird.«

»Und in jeder Muschel steckt nur eine Perle?«

»Aber nein, es gibt Tiere, die sind ein lebendes Schmuckkästchen. Es wird sogar von einer Auster geredet, in der 150 Haifische enthalten gewesen sein sollen.«

»150 Haifische?«, fragte der Kanadier, zwischen Ehrfurcht und Misstrauen schwankend.

»Hab ich ›Haifische‹ gesagt? Ich meine natürlich Perlen. Ja. 150. Ich glaube das auch nicht. Wisst ihr übrigens, wie man die Perlen aus den Tieren bekommt? Wenn sie an der Schale angewachsen sind, reißen die Fischer sie mit Zangen ab. Aber meistens lässt man die Austern ausgebreitet verhungern und vertrocknen. Sie liegen zehn Tage lang auf einer Matte aus Pfrimmenkraut in der Sonne, dann sind sie zufrieden stellend verfault. Jetzt werden sie in riesige Meerwasserbottiche gebracht, geöffnet und ausgewaschen. Und dann beginnt das Aussortieren.«

»Nach der Größe?«

»Nach der Größe, denn die bestimmt mit Form, Wasser, Farbe und Orient den Preis. Orient – so nennt man den changierenden Glanz der Perlen. Die schönsten und teuersten Stücke sind die vereinzelten Perlen im Fleische, Jungfernperlen, weiß, oft undurchsichtig, doch manchmal auch durchsichtig, opalisierend, meist kugelförmig, manchmal aber auch birnenförmig. Sie werden vornehmlich für Schmuckstücke verwendet. Die Perlen, die an der Schale haften, sind weniger regelmäßig und werden nach Gewicht verkauft. Die geringste Sorte sind die Sandperlen, die man häufig in den Stickereien auf Messgewändern findet.«

»Das Aussortieren all dieser Größen ist bestimmt eine haarsträubend zeitraubende Arbeit«, meinte der Kanadier.

»Durchaus nicht. Man benutzt Siebe mit verschieden großen Löchern . . .«

»Klassifizieren mechanisiert!«, murmelte Conseil entzückt.

»Ja. Aber für die ganz großen, ganz berühmten Exemplare ist das Sieb natürlich nicht notwendig. Perlen wie die, welche Cäsar der Servilia geschenkt hat – sie soll 120 000 Franc wert gewesen sein.«

»Und dann diese andere Dame da . . .«, sagte Ned Land, »wie hieß sie doch gleich?«

»Keine Ahnung.«

»Na, die immer Perlen im Essig trank . . .«

»Cleopatra!«

»Ja. Muss schauderhaft geschmeckt haben. Aber die hätte ich gern geheiratet.«

»Ned Land und . . .: Welch ein Paar!«, rief Conseil.

»Wieso? Traust du mir nicht zu, dass ich mich verheiraten kann?«, fragte der Kanadier. »Ich war schon mal nahe dran. Und es ist nicht meine Schuld, dass aus der Sache nichts wurde. Ich hatte sogar schon ein Perlenkollier für Kat Tender gekauft, meine Braut, die dann übrigens einen andern geheiratet hat. Na ja. Aber dieses Kollier hat mich nur 1,50 Dollar gekostet, obwohl die Perlen ganz schön groß waren, das können Sie mir glauben!«

»Aber, Meister, das waren doch künstliche Perlen, Glaskugeln mit einer changierenden Essenz versetzt. Die ist übrigens ganz billig, denn sie besteht nur aus einer silberweißen Substanz, welche die Schuppen des Weißfisches liefern. Sie wird in Salmiak aufbewahrt.«
»Ah so, ja. Vielleicht hat Kat Tender deshalb einen anderen geheiratet«, sagte der Kanadier nachdenklich.
»Sie hätten ihr eben eine Perle schenken sollen, wie der Kapitän Nemo sie besitzt. Ich glaube nicht, dass es irgendwo auf der Welt eine größere gibt. Sie ist bestimmt ihre 2 000 000 Franc wert.«
»Warum sehen wir uns morgen nicht nach einer ähnlichen um?«
»Was nützt uns die hier an Bord?«
»Na, hier nicht, aber wenn wir sie mit nach Europa nehmen, dann wird man uns wenigstens die Abenteuer, die wir erlebt haben, glauben.«
»Ist das Ganze auch nicht gefährlich?«, fragte Conseil.
»Ach wo. Wir riskieren höchstens ein paar unfreiwillige Schlucke Meerwasser.«
»Es soll hier Haie geben, Ned Land«, sagte ich.
»Ich bin Harpunier«, entgegnete der Kanadier gelassen.
»Und du, Conseil?«
»Ich bin der Diener meines Herrn«, sagte Conseil. »Wenn Monsieur sich nicht fürchtet, warum dann ich?«

16. Kapitel

Der Steward weckte uns bereits um vier Uhr früh. Kapitän Nemo erwartete mich auf dem Gang und begrüßte mich.
»Sind meine Gefährten schon fertig?«
»Sie warten bereits an der Treppe.«
»Warum dort?«
»Ziehen wir nicht die Taucheranzüge über und . . .«
»Nein, wir nehmen erst das Boot. Ich möchte mit der *Nautilus* nicht so nahe an die Austernbänke heranfahren. Wir machen uns auf dem Boot fertig, wenn wir an Ort und Stelle sind.«
Es war noch dunkle Nacht, als wir losfuhren. Wolkenstreifen bedeckten den Himmel und ließen nur wenige Sterne erkennen. Das Land war ein ganz feintrüber Streifen im Osten, auf den wir zuhielten. Vier Matrosen ruderten im Zehn-Sekunden-Rhythmus, wie er bei allen Kriegsmarinen der Welt üblich ist, einer steuerte. Nemo und wir drei standen im Heck des langsam gleitenden, leicht schaukelnden Bootes. Keiner von uns sprach und es war so still auf dem Meer, dass wir jeden einzelnen kleinen Wellenschlag an die Bootswände, jedes Eintauchen und Hochreißen der Ruderblätter genau hörten.
Um 5.30 Uhr begann der Horizont im Osten sich ganz leicht aufzuhellen. Der obere Streifen der ceylonesischen Küste wurde sichtbar, sie war noch 5 sm entfernt. Die Wasserfläche zwischen der Küste und unserem Boot war völlig leer, kein Fahrzeug, kein Tau-

cher an der Stelle, wo sich die Fischer zum Perlentauchen versammelten. Wir kamen um einen Monat zu früh.
Um sechs Uhr war es plötzlich hell, ohne den Übergang der Morgenröte, die ja in tropischen Breiten ebenso fehlt wie die Abenddämmerung. Während wir die Bäume der Insel Mannar beobachteten, starrte der Kapitän ins Meer.
Plötzlich gab er ein Zeichen, das Boot hielt, der Anker fiel – allerdings nicht tief, denn der Meeresboden lag hier nur 1 m unter der Wasseroberfläche.
»Wir sind da.«
Während wir uns in die Gummianzüge helfen ließen, erklärte uns der Kapitän die Vorzüge dieser Bucht für den Perlentaucher. Die Gewässer lagen hier windgeschützt und waren deshalb nicht so gefährlich wie das offene Meer. Lampen gab es diesmal nicht für uns. Wahrscheinlich tauchten wir nicht sehr tief, sodass das Sonnenlicht ausreichte.
»Und die Gewehre?«, fragte ich Nemo hastig. »Wo sind die Gewehre? Falls wir den Haien begegnen?«
»Kämpfen nicht die Gebirgsbewohner mit dem Dolch gegen die Bären? Das werden Sie wohl auch noch können. Hier ist ein Messer, stecken Sie's ein.«
Und dann befand sich mein Kopf bereits in der Kupferkugel. Ich sah noch, wie Ned Land seine Harpune griff, und das beruhigte mich etwas.
Ich stand kaum im Wasser und war ein paar Schritte weit gegangen, als sich alle meine Ängste in dem Maße verflüchtigten, in dem mein Körpergewicht abnahm. Nach zehn Minuten hatten wir eine Tiefe von 5 m erreicht, die Sonne brachte so viel Licht unter Wasser, dass auch die winzigsten Einzelheiten zu erkennen waren. Wieder stoben Fischflotten unter unseren Schritten auf, auch Meerschlangen diesmal (die man mit dem Meeraal verwechseln würde, hätte dieser

nicht goldfarbene Streifen an den Seiten). Der Sandboden ging allmählich in eine regelrechte felsgepflasterte Straße über, die von Weichtieren und Tierpflanzen bedeckt war.
Unter den oft hässlichen Gliederfüßlern, die hier in den Höhlungen und Gebüschen wohnten, fiel mir besonders der riesenhafte Meerkrebs auf, den Darwin schon beobachtete: Die Natur hat ihn so organisiert, dass er von Kokosnüssen leben kann. Er klettert an Land, auf die Kokospalme, wirft eine Nuss hinunter, die zerschellt. Dann greift er mit seinen Scheren zu.
Gegen sieben Uhr hatten wir die Austernbank erreicht und sahen auf einen Blick, dass hier Millionen dieser Tiere wohnten. Sie hingen mit Muschelseide an den Felsflächen fest und konnten sich nie mehr davon lösen. Diese Austern sind rund und runzelig, sie haben zwei sehr dicke, fast gleich große Schalen, sind in ihrer Jugend grünlich gefärbt, und schwarz, wenn sie älter werden. Die größten erreichten einen Durchmesser von 15 cm. Ned Land griff sich mit sicherer Hand die dicksten und brachte sie in einem kleinen Netz unter, das er am Gürtel trug.
Wir hielten uns vor den aufsteigenden Massen dieser Austernbank nicht lange auf, sondern mussten dem Kapitän folgen, der energisch weiterdrängte. Auch dieser Teil des Meeresgrundes schien ihm vertraut zu sein. Wir kamen auf unserem Weg bisweilen so dicht unter die Wasseroberfläche, dass mein Arm aus dem Wasser herausragte, wenn ich ihn hochhob. Dann aber wurde die Bank rasch niedriger, und nur einzelne spitze Felsen ragten noch empor. Ungestalte Schalentiere nisteten in den dunklen Höhlungen dieser Felsen und fixierten uns, wie kleine Kanonen aufgeprotzt, mit starren Augen. Da öffnete sich vor uns plötzlich eine ungeheure Grotte, in die Nemo ohne Zögern eintrat. Die Beleuchtung in dieser algentapezierten unterseeischen Halle nahm langsam ab, aber unsere Augen gewöhnten sich rasch an das Dämmerlicht. Das Gewölbe

dieser Grotte wurde von richtiggehenden Pfeilern getragen, die auf breiter granitener Basis ruhten.
Jetzt fiel der Boden vor uns steil ab, ich erkannte die Öffnung eines Schachtes. Nemo ließ sich als Erster hinab, wir folgten. Der Schacht war nicht sehr tief. Auf seinem kreisrunden Boden, etwa 20 m im Durchmesser, lagen einige Felsblöcke im Sand. Und auf einem dieser Felsblöcke war eine Auster von abenteuerlicher Größe festgewachsen, ausladend wie ein prachtvolles Taufbecken, über 2 m im Durchmesser. Die beiden Schalen waren halb geöffnet. Ich schätzte das Gewicht des Tieres auf 300 kg, davon 15 kg Fleisch – eine Größenordnung, wie sie Gargantua willkommen gewesen wäre.
Nemo trat jetzt vorsichtig an das Tier heran und stellte dann mit einer raschen Bewegung sein Messer zwischen die Schalen, damit sie sich nicht schließen konnte. Darauf winkte er uns heran. Er hob mit einer Hand die Fransen am Rand des Tieres hoch und ließ uns hineinsehen. Und drinnen in den fleischigen Falten lag eine Perle von der Größe einer Kokosnuss. Sie war kugelrund, makellos, von wunderbarer Klarheit und reinem Wasser, wenn ich das in dieser Beleuchtung richtig erkannt habe, ein Stück von unschätzbarem Wert.
Ich streckte meine Hand aus, um sie zu berühren. Aber der Kapitän fiel mir in den Arm, zog sein Messer zwischen den Schalen hervor und machte eine verneinende Bewegung mit der Hand. Ich begriff, dass dieses Tier mit seiner Perle den persönlichen Schutz des Kapitäns genoss, damit es Jahr für Jahr weitere Ringe um den Fremdkörper in seinem Fleisch bilden konnte, bis er groß genug war, um als unüberbietbare Naturmerkwürdigkeit ins Museum des Kapitäns einzugehen. Denn als Schmuck war dieses Exemplar nicht mehr zu verwenden. Welche Frau würde sich schon eine Kokosnuss, wenngleich im Wert von vielleicht 10 000 000 Franc, umhängen lassen?
Wir begaben uns jetzt wieder auf den Rückweg, jeder für sich, jeder

nach Belieben und Neugier schauend, lernend. Nach zehn Minuten Marsch aber blieb der Kapitän Nemo plötzlich stehen und hob die Hand. Im nächsten Augenblick befahl er sich zu verstecken.

Wir benutzten die Schattenseiten verschiedener Felsvorsprünge und gingen dahinter in Deckung. Er zeigte mit dem Finger auf einen dunklen Gegenstand, der auf uns zukam. Haifische? Der Schatten wuchs und dann sah ich, was es war: ein Mensch.

Dieser dunkelhäutige Inder war sicher ein armer Teufel, denn was sonst konnte ihn dazu treiben, schon vor der allgemeinen Perlenernte ein wenig auf Beute zu gehen? Er tauchte mit einem kegelförmig zugehauenen Stein an den Füßen, den er nach jedem Emporkommen an einem Strick wieder bis in sein Boot zog. Wir beobachteten ihn lange. Er blieb jedes Mal nur dreißig Sekunden auf dem Meeresboden, raffte rasch alle Muscheln zusammen, die er zu fassen bekam, und stopfte sie in sein Beutesäckchen, dann schoss er wieder nach oben. Uns konnte er nicht sehen und es war wohl kaum anzunehmen, dass er hier unten Menschen vermutete. Eine halbe Stunde lang führte er diese Tauchgänge durch, deren jeder ihm vielleicht ein Dutzend Austern einbrachte.

Da plötzlich sah ich ihn entsetzt vom Boden hochspringen, er ließ seinen Beutel fallen und strebte an die Oberfläche. Über ihm erschien der riesige Schatten eines Hais, der sich sofort mit einem kräftigen Flossenschlag auf den Inder stürzte.

Der wich dem Biss zwar aus, erhielt aber einen Schlag mit der Schwanzflosse, der ihn zu Boden warf. Jetzt drehte der Hai und machte Anstalten sein Opfer zu zerfetzen und herunterzuwürgen – da sprang der Kapitän vor.

Ja, es ist wahr: Plötzlich stand Nemo mit dem Messer in der Hand neben dem Inder und erwartete den Angriff des Hais. Das Tier stürzte sich auf den neuen Gegner, Nemo stand gespannt, aber kaltblütig da, bog sich in dem Augenblick, als der riesige Fisch heran war, zur Seite und bohrte ihm den Dolch in den Bauch. Sofort schoss Blut hervor, der Hai wurde wütend, bäumte sich auf und warf sich zurück auf den Kapitän; beide Kämpfer wurden vom rot gefärbten Meer verschlungen. Als ich sie für einen Augenblick an einer lichten Stelle im Wasser sehen konnte, klammerte sich der Kapitän an einer Flosse des Tieres fest und stach ihm unablässig den Dolch in den Bauch, aber er traf das Herz nicht. Dann drückte ihn die Masse des Tieres nieder, er wehrte sich verzweifelt und er wäre wahrscheinlich unterlegen, wenn nicht plötzlich Ned Land mit seiner Harpune einen meisterhaften Stich getan hätte. Der Eisenpfeil traf das Tier genau ins Herz, die Todeszuckungen setzten augenblicklich ein und nahmen ein so gewaltiges Ausmaß an, dass Conseil und ich zu Boden geworfen wurden. Ich sah noch, wie der Kapitän sich den Taucheranzug vom Leib riss, den Helm auch —Ned Land half ihm dabei —, dann den Inder griff und sich mit ihm wuchtig zur Oberfläche abstieß.

Ned Land winkte uns jetzt ihm zu folgen, nahm den Gummianzug des Kapitäns und brachte uns in kürzester Zeit in unser Boot zurück. Wir waren kaum drin, da legten die Ruderer los, auf das Fahrzeug des Fischers zu.

Als wir ankamen, schlug der dunkelhäutige Mensch gerade die Augen auf. Die Wiederbelebungsversuche des Kapitäns hatten also Erfolg gehabt. Auf seinem Gesicht malte sich entsetzlicher Schrecken, er begann unverständlich zu stammeln. Da merkte ich erst, dass wir unsere Kupferhelme noch trugen, und ich denke, wir werden dem Ärmsten etwas übermenschlich vorgekommen sein. Nemo stand jetzt auf, griff in die Tasche und zog ein Säckchen Perlen heraus. Das drückte er dem Inder in die Hand, dann sprang er zu uns ins Boot herüber und gab den Befehl, zur *Nautilus* zurückzukehren. Wir legten unsere Anzüge ebenfalls ab.

»Schönen Dank, Meister«, sagte der Kapitän zu Ned Land.

»Meine Pflicht und Schuldigkeit, Kapitän!«

Und ich sah nach diesen Worten ein kleines Lächeln auf den bleichen Lippen des Kapitäns.

Inzwischen waren bereits mehrere Haifische beim treibenden Leichnam des großen Tieres versammelt und sie knackten mit ihren sechs Reihen Zähnen die Kiefer des Kollegen. Um 8.30 Uhr langten wir wieder auf der *Nautilus* an.

Ich war einmal mehr über das Wesen und das Handeln dieses Menschen Nemo verwundert und ich sprach ihn schließlich auf das Abenteuer mit dem Inder an.

»Was die Welt Ihnen auch getan hat, Kapitän: Sie hat es nicht fertig gebracht, Ihr Herz vollkommen abzutöten.«

»Er ist ein Landsmann gewesen«, sagte Nemo

Das erstaunte mich dann doch. »Ein Landsmann?«

»Dieser Inder«, sagte der Kapitän, »lebt in einem Land der Unterdrückung. Und alle unterdrückten Menschen, wo immer sie leben mögen, sind auch Angehörige dieses Landes Indien und deshalb werde ich als Unterdrückter bis zu meinem letzten Atemzug stolz sagen: Ich bin ein Inder!«

17. Kapitel

Als die *Nautilus* am 30. Januar zum Luftholen wieder an die Oberfläche kam, hatten wir kein Land mehr in Sicht. Der Karte entnahm ich, dass wir Kurs auf den Golf von Oman hatten, der den Eingang zum Persischen Golf bildet und die Arabische Halbinsel vom asiatischen Festland trennt.

»Wohin führt er uns?«, fragte Ned Land. »Doch nicht etwa in den Persischen Golf? Da kommt er ja nicht wieder heraus.«

»Ich glaub's auch nicht. Ich denke vielmehr, dass er mit uns ums Kap der Guten Hoffnung fahren will.«

»Und dann?«

»Dann in den Atlantik hinein und hindurch.«

»Und dann?«

»Na, dann wieder in den Pazifik hinein und hindurch, Meister, Sie fragen ja immer noch so, als mache Ihnen diese Reise nicht das geringste Vergnügen!«

»Im Augenblick, wo ich Zwang verspüre, hört bei mir das Vergnügen auf!«

Vier Tage lang, bis zum 3. Februar, trieben wir in diesem Golf, immer auf der Höhe des nördlichen Wendekreises, anscheinend ohne Ziel.

Dann wendeten wir, bekamen von fern kurz Mascat zu sehen, weiße Häuser und Festungen vor schwarzen Felsen, ein greller Kontrast, dann tauchten wir wieder, und als wir am 5. Februar hochkamen, öffnete sich vor uns die Straße von Bab al Mandab. Am nächsten Tag sahen wir Aden.

Ich glaubte, Nemo werde jetzt wieder kehrtmachen, um nicht in den Schlauch des Roten Meeres zu geraten, der ihm hätte gefährlich werden können, da Lesseps mit seinem Suezdurchstich noch nicht fertig war. Der einzige Fluchtweg für die *Nautilus* aus diesem engen Meer war also die Straße von Bab al Mandab, die wir am 7. Februar innerhalb einer Stunde durchfuhren, allerdings unter Wasser, da in dieser Gegend zu viele englische und französische Linienschiffe verkehrten. Gegen Mittag waren wir im Roten Meer.

Dieses bibelberühmte Rote Meer erhält eine so geringe Wasserzufuhr durch Flüsse und Regen, dass darin jährlich eine Schicht Wasser von 1,5 m Dicke verdunstet. Wäre dieser Golf nicht mit dem Indischen Ozean in Verbindung, läge er längst völlig ausgetrocknet da. Dies Meer war zur Zeit der Ptolemäer und der römischen Kaiser eine der Hauptstraßen des Welthandels, und wenn der Suezkanal erst wieder besteht, wird es seine alte Bedeutung wieder erlangen.

Nachdem wir am 8. Februar morgens Mokka passiert hatten, wechselte die *Nautilus* zur afrikanischen Küste des Roten Meeres hinüber, wo der Grund bedeutend tiefer liegt. Der Kapitän tauchte ausgiebig mit offenen Fenstern vor diesen prachtvoll bewachsenen Küsten. In den Stunden, die ich im Salon verbrachte, folgte ich einem unbeschreiblichen Schauspiel, einem mannigfaltigen Wechsel von unterseeischen Landschaften und Wänden, und das alles wirkte wie ein Zauber auf mich. Und zum ersten Mal beobachtete ich auch Schwämme, über deren Organisation (ob Einzeltier, ob in Stämmen lebend) die Naturforscher sich noch lange nicht einig sind. Ich sah diese Arten in allem ihrem Formenreichtum, gestielt, rund, blattförmig, gefingert, und mir fielen die phantasievollen Namen ein, die ihnen die Fischer geben: Korb, Kelch, Spindel, Elenhorn, Löwenfuß, Pfauenschweif, Neptunshandschuh.

Am 9. Februar passierten wir die breiteste Stelle des Roten Meeres zwischen Suakin und Al Qunfidah; ich beobachtete von der Plattform unseres Fahrzeugs aus und gegen Mittag gesellte sich der Kapitän zu mir.

»Na, Herr Professor, haben Sie schön studiert?«, fragte er.

»Ja, und ich danke Ihnen, Kapitän«, antwortete ich. »Zum ersten Mal konnte ich den Formenreichtum der noch nicht ganz aufgeklärten Gruppe der Schwämme beobachten: gestielt, rund, blattförmig, gefingert, und mir fielen . . .«

»Und wie gefällt Ihnen dieses Rote Meer?«

»Tja, wie soll ich sagen: gut, doch, doch. Besonders an Bord der *Nautilus* gefällt mir's gut in diesem Meer, denn ich glaube, dass seine gefährlichen Stürme Ihrem Fahrzeug nichts anhaben können.«

»Da haben Sie Recht. Edrisi, der arabische Historiker, berichtet von unzähligen Schiffbrüchigen in diesem Meer. ›Es hat nichts Gutes, weder oben noch unten‹, schreibt er. Arrian, Agatharchides und Artemidorus waren der gleichen Meinung.«

»Ich schließe mich dieser Meinung nicht an, wie Sie sich denken können, denn ich habe, besonders unten, viel Nützliches gesehen. Aber Sie müssen bedenken, dass die alten Historiker über andere Schiffe sprachen, als Sie es besitzen. Und auch die neueren Beschreiber dieses Meeres würden seine Gefahren relativieren, wenn sie es mit diesem Schiff befahren könnten. Sie sind Ihrer Zeit voraus.«

»Da haben Sie wieder Recht. Wer weiß, ob es nicht noch hundert Jahre dauert, bis eine zweite *Nautilus* durch die Weltmeere fährt.«

»Vielleicht sogar mehrere Jahrhunderte!«, sagte ich lebhaft. »Und deshalb ist es ja so schade, dass dieses Geheimnis mit seinem Erfinder wieder von der Erde verschwinden soll.«

Der Kapitän Nemo dachte gar nicht daran, mir auf diese, zugegeben reichlich plumpe, Anspielung zu antworten.

»Wissen Sie übrigens, warum das Rote Meer das Rote Meer heißt?«, fragte er.

»Nein.«

»Sicherlich nicht deshalb, weil es nach Pharaos Tod rot geworden ist als Zeichen für das von Moses bewirkte Wunder. Aber es hat schon etwas mit den Israeliten zu tun. ›Edrom‹ ist das hebräische Wort dafür und diesen Namen haben ihm die Alten gegeben, weil sie wohl, genau wie ich, gesehen haben, dass dieses Meer an manchen Stellen rot ist wie ein See von Blut. In der Bai von Tor zum Beispiel. Dort färbt sich das Wasser mit einem schleimigen, purpurfarbenen Stoff, der aus mikroskopisch kleinen Pflänzchen besteht – Trichodesmion –, von denen 40 000 auf 1 mm^2 gehen.«

»Ich sehe, dass Sie sich in Ihrem Roten Meer gut auskennen. Sie sprachen vorhin vom Untergang der Ägypter bei der Verfolgung der Juden: Sind Sie an dieser Furt mal getaucht und haben Sie Überreste gefunden?«

»Nein, denn an dieser Stelle ist der Boden so versandet, dass nicht mal mehr Kamele ihre Füße drin baden können. Aber wenn man da mal nachgraben würde, etwas unterhalb von Suez, kämen sicher eine Menge ägyptischer Waffen und Ausrüstungen zu Tage. Vielleicht bringt der Durchstich, den Ihr Landsmann, der Herr Lesseps, bei Suez durchführt, neues Leben an diese Küsten, und auch ein paar tüchtige Archäologen.«

»Da bin ich sicher.«

»Schon die Alten«, sagte der Kapitän bedächtig, »wussten, wie wichtig die Handelsverbindung zwischen Mittelmeer und Rotem Meer war. Aber sie stachen keinen Kanal, sondern benutzten den Nil, so weit es ging. Der Kanal vom Nil zum Roten Meer soll unter Sesostris begonnen worden sein. Fest steht das Datum 615 v. Chr., da begann Necho mit den Arbeiten zu einem Kanal vom Nildelta ins Rote Meer. Der war so breit, dass sich zwei Dreiruderer darin ausweichen konnten. Darius hat ihn fortgeführt, Ptolemäus II. wahrscheinlich vollendet. Strabo sah ihn in Gebrauch, aber nur wenige Monate im Jahr, da sein Gefälle zu gering war. Noch unter den Antoninen war er ein Handelsweg, dann versandete er, bis ihn der Kalif Omar wieder schiffbar machen ließ. Kalif Almansor aber schüttete ihn wieder zu, um seinem Gegner Mohammed ben Abdallah den Nachschub abzuschneiden. Napoleon fand in der Wüste von Suez noch die Spuren dieses Kanals.«

»Und nun kommt Lesseps«, sagte ich mit einigem Enthusiasmus, »verkürzt den Seeweg von Cadiz nach Indien um 9 000 km und macht ganz Afrika mit einem Stich zur Insel.«

»Ja, Monsieur, auf Lesseps können Sie stolz sein. Auf einen solchen Mann können sich die Franzosen mehr einbilden als auf ihre größten Feldherren. Der Suezkanal hätte eine internationale Aufgabe sein sollen, aber es bedurfte der Energie eines einzigen Mannes, um ihn über alle Hindernisse hinwegzubringen.«

»Ja, er lebe hoch«, sagte ich, etwas erstaunt über die Begeisterung, mit der Nemo von diesem Manne sprach. Was verband den Kapitän mit Lesseps?

»Wir sind übrigens übermorgen im Mittelmeer, auch ohne den Suezkanal«, sagte er dann und wandte sich zum Gehen.

»Wie bitte?«

»Sie machen ja ein ganz erstauntes Gesicht, Professor!«

»Ja, entschuldigen Sie. Nein, nein, mich erstaunt schon gar nichts mehr. Aber ein wenig graust mich doch vor der Geschwindigkeit, mit der Sie ganz Afrika umrasen müssen, um bis übermorgen ins Mittelmeer zu kommen.«

»Wer sagt denn etwas von Afrika umfahren? Ich fahre unter der Landenge von Suez durch.«

»Ach so. Sie fahren untendrunter durch.«

»Ja.«

»Da ist ein Tunnel?«
»Ja.«
»Der geht einfach unter all dem Sand der Suezwüste durch. Hören Sie, Kapitän, Sie dürfen nicht versuchen mich auf den Arm zu nehmen.«
»Der Sand, Professor, reicht nur bis in 50 m Tiefe. Dann kommt solider Felsgrund und in diesem Felsgrund ist eine zwar enge, aber doch passierbare Durchfahrt offen, die ich den ›Arabischen Tunnel‹ genannt habe.«
»Haben Sie die Durchfahrt zufällig gefunden?«
»Eigentlich mehr durch Überlegung. Ich merkte, dass sich im Roten und im Mittelländischen Meer einige gleiche Fischarten finden, Streifdecken zum Beispiel, Schlangenfische, Meeradler und so weiter. Die Frage einer Verbindung zwischen beiden Meeren stellt sich also von selbst. Da das Mittelmeer tiefer liegt als das Rote, musste eine eventuelle Strömung von hier nach dort gehen. Ich beringte also eine große Anzahl Fische vor Suez. Einige dieser Exemplare mit Ring am Schwanz fing ich dann später vor der syrischen Küste wieder ein. Einfach, nicht wahr? Ich bin dann mit der *Nautilus* hinabgetaucht, habe die Passage gefunden, mich hineingewagt und bin auch durchgekommen – ebenso wie Sie durchkommen werden.«
Als ich Conseil und Ned Land von dem bevorstehenden Abenteuer erzählte, schlug sich der Kanadier mit der flachen Hand an die Stirn.
»Ein Tunnel zwischen beiden Meeren? Wer soll denn das glauben?«, rief er. »Nicht ich, so gern ich's möchte.«
Am Abend schwammen wir unter 21° 30' nördl. Breite auf der Oberfläche des Roten Meeres und sahen Djidda langsam vorbeigleiten. Wir tauchten zur Nacht. Am nächsten Tag, dem 10. Februar, mussten wir uns wegen des regen Schiffsverkehrs bis Mittag unter Was-

ser halten. Dann erst konnten wir unseren Spaziergang auf der Plattform antreten.

»Sehen Sie mal dort drüben, Professor!«, rief der Kanadier plötzlich und deutete nach Osten. Ich strengte meine Augen an, aber da sie nicht so gut waren wie die von Ned Land, entdeckte ich nichts.

»Ja, jetzt seh ich's!«, rief da Conseil.

Ich bildete mit den hohlen Händen Sehröhren um meine Augen und spähte noch einmal. Und da erkannte auch ich es: Ein länglicher, schwarzer Körper trieb auf der Wasseroberfläche. Er sah aus wie eine zweite *Nautilus*.

»Muss irgendein Seetier sein!«, sagte der Kanadier.

»Gibt's denn hier Wale?«, fragte Conseil.

»Selten.«

»Wale kenn ich«, sagte Land. »Und das da ist keiner. Wir müssen warten, bis wir näher heran sind.«

Unsere ganze Aufmerksamkeit konzentrierte sich jetzt beim Näherkommen auf dieses merkwürdige Tier.

»Seh ich recht?«, rief Ned Land plötzlich. »Es schwimmt, es taucht wie ein Wal. Aber es ist kein Wal, zum Teufel. Diese Flossen sehen aus wie verstümmelte Gliedmaßen . . . es liegt da auf dem Rücken . . . und streckt seine Brüste in die Luft . . .«

»Dann ist's eine Sirene!«, rief Conseil. »Eine echte Sirene!«

Und das machte mir endlich klar, worum es sich handelte. Das Tier war eine Seejungfer, ein Dugong, wie es der Malaie nennt.

»Dugong!«, sagte ich.

»Gattung Seekühe, Familie Säugetiere, Ordnung Wirbeltiere, Klasse Chordatiere«, sagte Conseil.

»Das hab ich noch nie harpuniert!«, seufzte der Kanadier sehnsüchtig.

»Wollen Sie?«, fragte der Kapitän, der hinter uns getreten war und die letzten Worte von Ned Land gehört haben musste.

»Allerdings, Kapitän!«
»Aber seien Sie vorsichtig.«
»Warum, ist das Tier so gefährlich?«
»Das Tier selbst ist völlig harmlos. Aber es zeichnet sich durch eine starke Liebe zu seinen Angehörigen aus. Und oft geschieht es, dass man ein Tier harpuniert und sich damit den ganzen Schwarm auf den Hals lädt.«
»Schmeckt es eigentlich?«
»Vorzüglich. Sein Fleisch ist tatsächlich Fleisch, die Malaien jagen das Tier, um die Tafel ihrer Fürsten zu bereichern. Und natürlich wegen der Zähne, die angeblich manche Krankheiten zauberhaft heilen.«
Wenige Augenblicke später war das Boot startbereit. Sieben Matrosen aus der Mannschaft des Kapitäns begleiteten uns.
»Sie bleiben hier, Kapitän?«
»Ja. Waidmannsheil«, sagte er, fein differenzierend, da das zu erlegende Tier zu den Säugern gehörte.
Der Dugong befand sich zu diesem Zeitpunkt etwa 2 sm von der *Nautilus* entfernt, doch kamen wir rasch näher heran, da er an der Wasseroberfläche zu schlafen schien. Je mehr wir uns dem Tier näherten, desto vorsichtiger tauchten die Ruderblätter ins Wasser. Bald erkannten wir, dass der Gegner, den Ned Land sich ausgesucht hatte, fast 7 m lang war – eine gewaltige Masse Tier, die da auf dem Wasser trieb und schnarchende Atemgeräusche von sich gab. Nur ein paar Meter trennten uns noch von dem schwarzen Körper, da bog sich der Kanadier mächtig zurück, holte aus und schleuderte seine Harpune. Man hörte ein Zischen und der Dugong verschwand.
»Tausend Teufel!«, brüllte Ned Land. »Ich habe ihn verfehlt!«
»Nein«, sagte ich. »Schauen Sie nur das Wasser an, es ist rot. Ihre Harpune ist nur nicht stecken geblieben.«

Die Waffe des Kanadiers besaß nur eine kurze Leine, die am Ende an einer Tonne befestigt war. Diese Tonne trieb einige Ruderschläge vom Boot entfernt auf dem Wasser und wir holten die Harpune wieder ein.
Wir verfolgten das Tier jetzt mit dem Boot. Es kam öfter zum Atmen an die Oberfläche und schien durch die Wunde nicht im Mindesten entkräftet. Ned stand wurfbereit im Bug und fluchte ununterbrochen, aber es bot sich fast eine Stunde lang keine Gelegenheit, die Harpune loszuschleudern. Ich war schon davon überzeugt, dass wir aufgeben mussten, da wendete der Dugong plötzlich und ging uns an.
Das war sein Fehler.
»Aufpassen!«, schrie der Kanadier.
Der Mann am Steuer rief einige Worte in der unverständlichen Bordsprache.
Kurz vor dem Boot tauchte der Dugong und rammte uns mit voller Kraft. Wir bekamen bis zu den Knien Wasser ins Boot, schlugen aber nicht um. Ned umklammerte mit einer Hand den Vordersteven und stach mit der Harpune auf das Tier ein. Der Dugong bekam den Bootsrand in das breite Maul und hob unser Fahrzeug fast aus dem Wasser. Wir purzelten übereinander und ich wusste nicht, wie die Sache ausgegangen wäre, wenn der Kanadier nicht in diesem Augenblick der rabiaten Seejungfer das Herz durchbohrt hätte.
Das Tier verschwand, die Harpune mit ihm. Bald aber tauchte die kleine Tonne wieder an der Oberfläche auf, gefolgt vom Leib des toten Tieres. Wir nahmen es ins Schlepptau. Am Abend gab es Steaks aus seinem Fleisch, die der Schiffskoch sehr sachkundig zubereitet hatte. Mir schmeckten sie noch besser als Kalbfleisch.
Am 11. Februar gegen 17 Uhr passierten wir den Sinai. Je näher wir Suez kamen, desto geringer wurde der Salzgehalt des Roten Meeres. Man stellt sich den Berg Mosis immer von Blitzen umzuckt vor,

er ist aber nichts weiter als ein hoher Berg am Ende einer Landzunge, die das Rote Meer in zwei Arme teilt. Eine Stunde später durcheilten wir die roten Wasser der Bucht von Et-Tur. Wir tauchten jetzt für einige Stunden, aber um 21.15 Uhr, als es dunkel war, kam die *Nautilus* wieder an die Oberfläche. Ich stieg zur Plattform hinauf und beobachtete. Schließlich entdeckte ich ein undeutlich schimmerndes Licht 1 sm vor uns.

»Ein schwimmender Leuchtturm«, sagte eine Stimme hinter mir im Dunkeln. »Wir sind gleich an der Mündung des Tunnels. Die Durchfahrt ist nicht ganz einfach, deshalb übernehme ich selbst das Steuer. Wollen Sie ins Steuerhaus mitkommen?«

»Aber mit dem größten Vergnügen.«

»Dann kommen Sie. Von dort aus können Sie alles sehen, was es bei dieser zugleich unterirdischen und unterseeischen Fahrt zu sehen gibt.«

Wir stiegen die Mitteltreppe nur halb hinab. Er öffnete eine Tür zur Seite und hieß mich eintreten. Es ging durch den oberen Gang bis in die kleine Kabine des Steuermanns, die vor dem Scheinwerfergehäuse lag. Sie war 2 x 2 m groß und besaß vier Luken mit Linsengläsern, welche eine Rundumsicht ermöglichten. In der Mitte befand sich das große Steuerrad. An diesem Steuerrad stand ein kräftiger Mann, der in der nächsten Stunde jeden Wink des Kapitäns in Kurskorrekturen umsetzte. Durch elektrische Signale verkehrte Nemo von hier aus mit dem Maschinenraum. Er ließ jetzt die Geschwindigkeit drosseln und fuhr sehr langsam nur wenige Meter von einer Felswand entfernt, nach Kompass und nach Gefühl.

Um 22.15 Uhr trat der Kapitän selbst ans Steuer und ich hörte ein zunehmendes Brausen von außen. Vor uns lag jetzt die Öffnung einer schmalen, dunklen Galerie. Nemo ließ seine Maschine mit voller Kraft rückwärts laufen, um nicht vom Sog in diesem Tunnel überwältigt und an die Wände geschleudert zu werden. Trotz dieser Anstrengungen war die *Nautilus* schneller als je zuvor und ich sah nur noch gerade Linien, schimmernde Striche und Feuerstreifen, wenn ich hinausblickte. Mein Herz klopfte so stark, dass ich mir an die Brust griff.

Um 22.35 Uhr trat der Kapitän vom Steuer zurück und sah mich an: »Das Mittelmeer«, sagte er, etwas müde.

◆◆◆◆◆◆◆◆◆◆◆◆◆◆◆◆◆◆◆◆◆◆◆◆◆◆◆◆

18. Kapitel

◆

Am 12. Februar, mit Tagesanbruch, tauchten wir auf. 3 sm südlich im Dunst die afrikanische Küste. Gegen sieben Uhr erschienen auch Ned Land und Conseil auf der Plattform. Der Kanadier brauchte lange, bis er davon überzeugt war, dass wir uns im Mittelmeer befanden. Dann aber hatte er nur noch einen Gedanken: Flucht. Ich brauchte eine gute Stunde für die Diskussion mit ihm und sie endete damit, dass Ned Land darauf bestand, bei der nächsten Gelegenheit schwimmend oder mit dem Boot an Land zu entfliehen.

Ich konnte ihn nicht ernstlich daran hindern, denn es war nur natürlich, dass er an dieser Fahrt nicht das gleiche Vergnügen fand wie ich. Aber ich fürchtete, dass der Kapitän uns einen Fluchtversuch, den er vereiteln konnte, sehr übel nehmen würde. Deshalb brauchten wir gleich beim ersten Mal vollen Erfolg. Deshalb musste die Gelegenheit besonders günstig sein. Und deshalb sollten wir ruhig noch ein bisschen warten . . .

War Nemo misstrauisch geworden? Er fuhr die nächsten Tage fast nur unter Wasser und er hielt sich weitab von den Küsten.

Am 14. Februar näherten wir uns der Insel Kreta und aus irgendeinem Grund blieben die Fenster im Salon zunächst geschlossen. Als wir uns auf der *Abraham Lincoln* eingeschifft hatten, war der Aufstand gegen die Türkenherrschaft auf dieser Insel gerade losgebrochen. Ich hatte mit dem Kapitän nie über diese Erhebung gespro-

chen, da ich ihn von allen Nachrichten der Oberwelt abgeschnitten wähnte.
Gegen Abend kam er herunter in den Salon, ging schweigend auf und ab und ließ sorgfältig die Wände von den Fenstern zurückgleiten. Sorgfältig spähte er zuerst durchs eine, dann durchs andere. Ich benutzte die Zeit der Öffnung, um mir wieder einige Notizen über die Fische zu machen, die ich hier antraf.
Plötzlich fuhr ich erschrocken vom Fenster zurück. Vor der Scheibe zeigte sich die Gestalt eines Mannes, aber das war keine Wasserleiche, sondern ein lebendiger Körper, ein Taucher mit einem Gurt um die Hüften. Er ruderte kräftig mit den Armen, verschwand bisweilen nach oben und kehrte dann wieder zurück. Ich drehte mich zum Kapitän um und merkte, dass er dicht hinter mir stand.
»Da! Ein Mann! Ein Schiffbrüchiger – den müssen wir retten!«
Nemo gab mir keine Antwort, sondern trat ans Fenster. Der Mann kam jetzt auch von außen ganz nahe. Nemo gab ihm ein Zeichen mit der Hand. Der Taucher antwortete mit dem gleichen Zeichen, begab sich nach oben und kehrte nicht mehr wieder.
»Nur keine unnütze Aufregung«, sagte der Kapitän jetzt zu mir. »Dieser Mann ist auf den Kykladen überall bekannt und berühmt als der Taucher Nikolas. Er ist etwas amphibisch veranlagt, möchte ich sagen, denn er lebt fast mehr im Wasser als auf dem Land.«
»Sie kennen ihn?«
»Vielleicht.«
Der Kapitän ging jetzt zu einem Schrank neben dem linken Fenster des Salons. Neben diesem Schrank stand ein eisenbeschlagener Koffer, dessen Deckel eine Kupferplatte mit dem Motto *Mobilis in mobile* trug. Ohne sich weiter um mich zu kümmern, öffnete Nemo den Schrank und ich sah, dass er mit Goldbarren gefüllt war. Woher kam dieses Vermögen? Was geschah damit? Er legte einen Gold-

barren nach dem anderen in den Koffer neben dem Schrank, bis der voll war – meiner Schätzung nach mit 1000 kg Gold. Jetzt schrieb er in neugriechischer Schrift eine Adresse auf den Deckel und drückte anschließend einen Klingelknopf. Acht Männer erschienen und trugen den Koffer mit sichtlicher Mühe hinaus. Draußen hievten sie das schwere Stück mit Tauen die Leiter hinauf.

In diesem Augenblick wandte sich der Kapitän mir zu: »Was sagten Sie gerade?«

»Ich habe nichts gesagt.«

»Dann gute Nacht, mein Herr.«

Ich ging höchst unruhig in mein Zimmer, kleidete mich aus und versuchte vergeblich zu schlafen. An dem leichten Schwanken unseres Fahrzeugs merkte ich bald, dass die *Nautilus* an der Oberfläche schwamm. Jetzt tönten Schritte über die Plattform, ich hörte, wie das Boot losgemacht wurde, gegen die Schiffswand schlug und dann verschwand. Zwei Stunden später war es wieder da, wurde verschraubt, die Schritte dröhnten wieder über das Eisen, dann tauchte die *Nautilus* unter. Offenbar hatte das Gold seinen Empfänger erreicht.

»Woher nimmt er die Millionen?«, fragte Ned Land am anderen Morgen, als ich meinen Gefährten die Geschichte erzählt hatte.

Wir fanden keine Antwort auf diese Frage. Ich arbeitete bis 17 Uhr im Salon, ohne dass der Kapitän sich hatte blicken lassen. Aus irgendwelchen seltsamen Gründen war es nach und nach so heiß geworden, dass ich meine Jacke ausgezogen und das Hemd geöffnet hatte.

Ich begann unruhig zu werden. Wir waren doch nicht in tropischen Breiten, außerdem fuhren wir, wie ich am Manometer ablesen konnte, 18 m tief. Ein Brand an Bord?

Gerade als ich hinausstürzen wollte, trat der Kapitän ein.

»42°!«, sagte er.

»Das kann man wohl sagen«, antwortete ich. »Und wenn es noch heißer wird, halte ich es nicht mehr aus.«

»Die Hitze steigt nur, wenn wir wollen.«

»Sie können sie ändern?«

»Nein, aber ich kann mich von der Hitzequelle entfernen. Wir fahren nämlich in siedendem Wasser.«

»Wie bitte?«

»Sehen Sie selbst!«

Er ließ die Fensterwände zurückgleiten und ich sah, dass das Wasser um die *Nautilus* herum ganz weiß schäumte. Durch die Wasserschichten wirbelten Schwefeldünste. Ich geriet mit einer Hand ans Fenster und verbrannte sie mir sofort.

»Wo sind wir denn?«

»In der Nähe der Insel Santorin. Ich wollte Ihnen mal zeigen, wie es aussieht, wenn ein Vulkan unter dem Wasser tätig ist.«

»Aber ich denke, die vulkanische Inselbildung ist längst abgeschlossen!?«

»In vulkanischen Gebieten ist niemals etwas abgeschlossen«, antwortete der Kapitän, »und die unterirdischen Feuer sind hier noch am Werk. Bereits 19 n.Chr. zeigte sich hier eine neue Insel, Theia, die dann später wieder versank. Im Jahr 69 war sie wieder da, versank dann wieder. Die vulkanische Tätigkeit schien erloschen. Bis zum 3. Februar 1866. Vor fast genau zwei Jahren also tauchte hier eine neue Insel auf, die Georgsinsel. Sie vereinigte sich drei Tage später mit Santorin. Sieben Tage später erschien das Inselchen Aphroessa, rund, schwarz, 30 m im Durchmesser, ganz aus glasartiger Lava bestehend, in die sich Felsspat mischte. Am 10. März tauchte dann Reka auf und lötete die Inselchen zu einer einzigen zusammen. Die ist auf meiner Karte auch eingezeichnet, denn ich lag während dieser Naturvorgänge hier und beobachtete sie.«

Ich trat wieder dicht ans Fenster. Das Weiß des Meeres vermischte sich mit rötlichen Stoffen – wahrscheinlich einem Eisensalz. Obwohl unser Salon hermetisch abgeschlossen war, entwickelte sich ein penetranter Schwefelgeruch und ich entdeckte draußen auch scharlachrote Flammen. Die Hitze wurde unerträglich, ich war über und über in Schweiß gebadet und glaubte, ich müsse ersticken.

»Ich glaube, man kann es in diesem siedenden Wasser nicht lange aushalten«, sagte ich schwach.

»Nein, sicher nicht«, sagte er phlegmatisch und ließ die *Nautilus* abdrehen. Am nächsten Tag, dem 16. Februar, setzten wir unsere Reise westwärts fort. Bereits am 18. bei Sonnenaufgang waren wir aus der Straße von Gibraltar heraus.

Warum so eilig? Und warum so klammheimlich? Hatte der Kapitän Angst, er könne gesehen werden, oder fürchtete er, wir würden einen Fluchtversuch unternehmen? Er durchraste dieses Meer jedenfalls, ohne sich aufzuhalten, in 48 Stunden, tauchte dabei nur einmal auf, und das nachts. Ich sah von diesen mir halbwegs vertrauten Gestaden weniger als der Passagier eines Eilzugs, der die Landschaft durchbraust, und von den Fischen konnte ich auch nur die schnelleren beobachten, die kräftig genug waren ein Stück mit der *Nautilus* mitzuhalten. Am Abend des 16. überstiegen wir die seltsame Erhebung des Meeresbodens zwischen Sizilien und Tunis, auf deren Kamm das Meer nur 17 m tief ist. In der Nacht zum 17. Februar drangen wir in das zweite, das westliche Becken des Mittelmeeres ein, in dem Tiefen bis zu 3 000 m herrschen; da hinab tauchte die *Nautilus* und in Ermangelung großer Naturschauspiele ließ uns dieses Meer in seinen Bauch sehen: Schiffe lagen da am Grund, Wracks, Furcht erregende Trümmer längst vergessener Schiffskatastrophen: Masten, Kanonen, Anker, Kugeln, Eisengerät, Maschinenteile, Zylinderbruch und Kesselstücke, Schiffsrümpfe unter Korallen und Rost.

Es wurden immer mehr Trümmer, je näher wir der Meerenge von

Gibraltar kamen, aber die *Nautilus* fuhr gleichgültig darüber hinweg, stieg mit dem Meeresboden an und gelangte mit der Unterströmung aus dem Mittelmeer durch die Straße von Gibraltar in den Atlantischen Ozean.

19. Kapitel

Oh Meer, oh Atlantik, du 25 000 000 Quadratmeilen weites Wasser, unbekannt dem Griechen, kaum bekannt dem Römer, noch ungeheuer dem Karthager (dieser Vorform des Holländers), du langes Meer (9 000 sm) und du 2 700 sm mittelbreiter Ozean, heut schmücken dich Schiffsverkehr von aller Welt und Flaggen der Nationen, es münden unbeirrt in deine ungeheure Umfangslinie Ströme wie der Senegal, der Lorenz auch, der fernhin tragende Mississippi und der Niger, La Plata, Orinoco, Elbe, Rhein und die Loire und netzen deine prachtvollen Wasser mit den Gewässern der zivilisierten Länder der Erde und ihrer wildesten Gegenden, du Wasserschoß, der jetzt die *Nautilus* aufnimmt: Wohin mit uns und was sollen wir erleben? Unsere Reise war schon lang an Entfernungen: Mehr als 40 000 km unterwegs, das ist der Erdumfang; und mehr als 100 Tage, das ist lang an Zeit. Der Kurs war jetzt nördlich, auf das Cap de San Vicente zu, quer durch den Golf von Cadiz. Am Vormittag des 18. Februar trat oben auf der Plattform Ned Land zu mir heran und sagte scharf: »Ich muss Sie sprechen, Professor. In Ihrem Zimmer!« Ich wusste genau, was er sagen wollte, aber um kein Aufsehen zu erregen, ging ich hinab, er folgte einige Minuten später.

Wir setzten uns in meinem Zimmer gegenüber und sahen uns schweigend an.

»Meister«, sagte ich, »glauben Sie mir, ich verstehe . . .« So kam ich nicht weiter.

»Also gut«, sagte ich, »auch ich habe mir Gedanken über unsere Flucht gemacht. Mich hat es ebenso geärgert wie Sie, dass wir im Mittelmeer fast nur unter Wasser und fern von allen Küsten gereist sind. Aber haben wir uns denn von den zivilisierten Ländern entfernt? Sie wissen doch, dass wir im Augenblick die spanische Küste entlangfahren, bald sind wir in Reichweite von Portugal, dann Frankreich, England . . .«
Er reagierte überhaupt nicht, sondern starrte mich weiter mit zusammengekniffenen Lippen an. Schließlich machte er den Mund auf und sagte: »Heute Abend!«
Das war doch stark. Ich nahm mich zusammen und versuchte mein Erschrecken vor so viel Entschlossenheit zu verbergen. Ich wollte etwas sagen, aber es fiel mir einfach nichts mehr ein.
»Abgemacht war eine günstige Gelegenheit«, sagte der Kanadier, indem er aufstand und ganz dicht vor mich trat. »Und die ist jetzt da. Heute Abend sind wir der spanischen Küste bis auf wenige Meilen nahe. Die Nacht wird dunkel sein. Der Wind wird günstig sein. Und Sie werden dabei sein, Herr Aronnax.«
Ich wusste immer noch nicht, was ich antworten sollte.
»Wir fliehen um 21 Uhr. Dann ist der Kapitän in seiner Kabine, schläft wahrscheinlich schon. Von der Mannschaft wird uns niemand entdecken. Sie warten in der Bibliothek, bis Sie ein Zeichen von mir bekommen. Das Boot ist bereits vorbereitet. Ich habe auch einige Lebensmittel hineingeschafft. Den Schraubenschlüssel zum Loslegen besitze ich seit einigen Tagen. Also heute am Abend.«
Da sagte ich rasch: »Das Meer ist aber nicht günstig.«
»Da haben Sie Recht«, antwortete er ungerührt. »Aber Freiheit hat ihren Preis. Entweder sind wir um 23 Uhr an Land oder nicht mehr unter den Lebenden. Adieu, mein Herr.«
Er ließ mich allein und ich wusste immer noch nicht, wie ich der Angst Herr werden sollte, die in mir war, wenn ich mir vorstellte,

wie Nemo auf die Entdeckung unserer Flucht reagieren würde: Er musste von neuem um seine Existenz fürchten, solange wir lebten, er würde gekränkt sein, ja, das sogar bestimmt, denn er hatte uns aufrichtige Gastfreundschaft gewährt, und er wäre wieder allein. Aber Ned Land hatte Recht, er hatte hundertmal Recht. Was mich an Bord hielt, waren sehr private Neigungen, mit denen ich es nicht verantworten konnte, von meinen Gefährten ebenfalls die Gefangenschaft zu verlangen. Der Gedanke, diese Reise in der Mitte abbrechen zu müssen, schmerzte mich fast körperlich und ich brachte einen elenden Tag zu, peilend zwischen Aufruhr und Unterwerfung. *Ihn* sollte ich verlassen, meinen Atlantik, wie ich ihn zärtlich nannte, ohne seine letzten Nischen ausgeforscht zu haben, ohne ihm die Geheimnisse entrissen zu haben, die sich mir bereits im Indischen und Pazifischen Ozean enthüllten? Meinen Roman nach dem ersten Band fallen lassen, im schönsten Augenblick alles unterbrechen? Ach, wie sehr habe ich in den unerträglichen Stunden dieses Tages gewünscht, dass irgendetwas Neds Plan vereiteln würde!
Seit drei Tagen hatte ich den Kapitän nicht mehr gesehen, aber es war fast keine Stunde vergangen, in denen Nemo mich nicht tief beschäftigt hatte. Nach der Begegnung mit Nikolas glaubte ich ihm nicht mehr, dass er alle Verbindung mit dem Land aufgegeben hatte. Das Boot hatte die Küste von Kreta bestimmt erreicht. Blieb Nemo immer an Bord? Wenn er sich manchmal lange Tage nicht sehen ließ, wo war er dann? Hielt er sich wirklich in seiner Kabine auf? Betrog er mich nicht und war vielleicht stattdessen weit von uns entfernt, irgendetwas ausführend, das ich beim besten Willen nicht näher ergründen konnte?
Würde ich ihn vor unserer Flucht noch einmal sehen? Ich fürchtete diese letzte Begegnung und ich sehnte mich danach. Wie oft an diesem Tag, den ich fast ganz in meinem Zimmer verbrachte, erstarrte ich auf dem Bett sitzend und meine Ohren öffneten sich und meine

Augen schlossen sich und ich lauschte mit aller Intensität, ob ich nicht einen leisen Schritt oder irgendein Rühren aus dem Zimmer nebenan vernahm – *seinem* Zimmer. Nichts: Nicht das Geringste und ich war nach diesen vergeblichen Versuchen so wütend, dass ich in den Salon eilte, um Kompass, Log und Karte unseren Stand zu entnehmen.

Wir blieben weiter in der Nähe der spanischen Küste. Ich erhielt mein Abendessen zur gewohnten Stunde, aber es schmeckte mir nicht. Es war 19 Uhr, als ich ungeduldig die Teller und Bestecke von mir schob und aufstand. Noch 120 Minuten, dann Ned, dann das Boot, das Wasser, vielleicht das Land oder Tod. Ich versuchte meinen Körper zu beschäftigen, indem ich im Zimmer auf und ab ging, ich hoffte, die Bewegung würde mich von dem Aufruhr in meinem Kopf ablenken. Nicht der Gedanke an die Möglichkeit des Ertrinkens regte mich auf, sondern die Vorstellung, wir würden entdeckt, bevor wir fort wären, und ich müsste *ihm* ins Angesicht sehen.

Ein letztes Mal in den Salon. All die lieben Stücke noch einmal sehen, Abschied nehmen von den Meisterwerken der Kunst und der Messtechnik, als hieße es, in ein ewiges Exil aufbrechen.

Als ich an der Tür zum Zimmer des Kapitäns vorüberging, merkte ich, dass sie offen stand. Nemo nicht in seinem Zimmer? Dann lief er also frei herum und konnte mich von irgendwoher beobachten? Ich spürte plötzlich das starke Klopfen des Pulses in meinen Handgelenken, während ich durch den Türspalt ins Zimmer lauschte. Leer! Ich stieß die Tür weit auf und trat ein.

Die mönchische Zelle, wie ich sie kannte. Aber an den Wänden einige Bilder, die ich damals übersehen hatte, die mir jedenfalls nicht mehr in Erinnerung standen. Es waren die großen Helden der Geschichte, deren ganzes Leben an einer großen menschlichen Idee hing, die Köpfe von Kosciuszko, dem Polen, Botzaris, dem Griechen, O'Connel, dem Iren, Washington, dem Amerikaner, Manin, dem Italiener, Lincoln, dem Amerikaner, und John Brown's body, der vom Galgen runterhängt. Was verband ihn mit diesen Männern: Gehörte er dazu? Enthüllten diese Bilder sein Geheimnis? Ein Rächer der Unterdrückten, ein Sklavenbefreier? Hatte er in den politischen und sozialen Umwälzungen dieses Jahrhunderts eine Rolle gespielt? Ein Held des schrecklichen amerikanischen Bürgerkriegs vielleicht, des unrühmlichen?

Da schlug es 20 Uhr, ich erschrak, ich fühlte, dass ich zu weit in das Geheimnis dieses Mannes eingedrungen war, drehte mich um und stürzte verwirrt aus seinem Zimmer. Ich kleidete mich hastig um: Seestiefel, Otterfellmütze, den aus Robbe gefütterten Mantel aus Muschelseide. Das Warten bis kurz vor 21 Uhr war unerträglich aufreibend. Viel zu früh ging ich aus meinem Zimmer und huschte, so leise es ging, in die Bibliothek. Sie lag im Halbdunkel und war leer, merkwürdig unpassend mit Fellmütze und Stiefeln, ich wartete auf Ned Lands Zeichen. Und plötzlich setzte das beruhigende Geräusch der Schraube aus. Ein schwacher Stoß: Wir lagen auf Grund.

Waren wir entdeckt? Warum kam Land nicht? Hatte man ihn bereits überwältigt? Auf jeden Fall war es unmöglich, unseren Fluchtversuch wie vorgesehen durchzuführen. Ich musste mit dem Kanadier reden . . .

In diesem Augenblick wurde es hell in der Bibliothek, die Tür öffnete sich und der Kapitän Nemo trat herein. Ohne im Geringsten auf meine seltsame Kleidung einzugehen, sagte er: »Ah, Professor, da sind Sie ja. Kennen Sie sich in der spanischen Geschichte aus?«

Ich hätte ihm in diesem Augenblick nicht mal sagen können, wann Karl Martell die Araber besiegte.

»Na?«

»Mäßig . . .«

»Dann setzen Sie sich hin. Ich erzähle Ihnen jetzt eine merkwürdige Episode aus der spanischen Geschichte.«

»Aber ich bitte Sie, Kapitän, bemühen Sie sich ni. . .«
»Nehmen Sie Platz. Sie bekommen jetzt Antwort auf eine der Fragen, die Sie quälen. 1702 machte Louis XIV. seinen Enkel, den Herzog von Anjou, unter dem Namen Philipp V. zum König der Spanier, aber wenigen gefiel das. Tatsächlich hatten Holland, Österreich und England im Jahr davor ein Abkommen getroffen, die spanische Krone an sich zu reißen und sie einem Erzherzog auf den Kopf zu drücken, den sie voreilig schon Karl III. nannten. Spanien leistete den Absichten dieser Koalition Widerstand. Aber es besaß kaum Soldaten und Seeleute, dafür jedoch Gold. Allerdings in Amerika, wie Sie wissen. Davon sollte gegen Ende des Jahres 1702 eine größere Sendung eintreffen, und zwar im Hafen von Cadiz, gedeckt von einer kleinen französischen Flotte unter Admiral Château-Renaud – der Schutz war notwendig, denn damals kreuzten die Alliierten schon im Atlantik.
Als Château-Renaud hörte, dass Cadiz von der englischen Flotte unsicher gemacht wurde, wollte er die Sendung in einen französischen Hafen bringen. Aber die spanischen Führer des Transports protestierten. Das Gold sollte in Spanien ankommen, nicht in Frankreich. Wenn nicht Cadiz, dann Vigo. Château-Renaud gab nach und die Galeonen liefen in die Bai von Vigo ein. Sie wissen, dass Vigo eine offene Reede hat, die nicht verteidigt werden kann. Es war also dumm, hier zu ankern.
Aber es kam noch dümmer. Die Gilde der Kaufleute in Cadiz genoss das Privileg, dass alle Waren und Werte aus Amerika durch ihren Hafen laufen mussten. Die Goldbarren konnten in Vigo also gar nicht gelöscht werden. Auf die Beschwerde der Gildebosse war Philipp V. damit einverstanden, dass die Goldschätze in Vigo eingefroren liegen blieben, bis die feindliche Flotte abgezogen war.
Die zog aber nicht ab, sondern in die Bai von Vigo, Château-Renaud

kämpfte tapfer, unterlag und setzte seine Schiffe in Brand, damit die Schätze dem Feind nicht in die Hände fielen.«
Ich sah Nemo an. Ich konnte mit dieser Geschichte aus der spanischen Geschichte nichts anfangen.
»Und jetzt, Monsieur, kommen Sie mal mit ans Fenster!« Er ließ die Wände zurückgleiten und ich spähte angestrengt hinaus. Im Umkreis eines Kilometers war das Meerwasser elektrisch erhellt. Ich sah einen Teil unserer Mannschaft in Taucheranzügen über den Meeresboden ziehen, halb verfaulte Fässer aufbrechen und Kisten entleeren. Aus allen Behältern am Grund des Meeres quoll Gold und Silber und Edelstein. Neben mir stand lachend Nemo, der Alleinerbe des Inkagoldes.
»Das ist die Bai von Vigo«, sagte er. »Schauen Sie gut hin! Wussten Sie, dass das Meer derartige Schätze enthält?«
»Ja. Und ich weiß auch von diesem hier. Sie sind mit der Hebung einer gewissen Gesellschaft zuvorgekommen, die von der spanischen Regierung die Erlaubnis erhielt, die bewussten Galeonen zu suchen und zu erleichtern. Die Aktionäre der Gesellschaft haben sich eine Ausbeute von 500 000 000 Franc erhofft.«
»500 000 000 Franc!«, sagte der Kapitän. »Die waren hier mal. Diese Gesellschaft da sollte sich mal lieber nicht in Unkosten stürzen. Der Rächer der Unterdrückten hat den Schatz bereits gehoben.«

20. Kapitel

Ich war am nächsten Morgen kaum aufgestanden, als auch schon Ned Land an meine Tür klopfte und hereintrat. Er sah mürrisch aus.

»Also?!«, sagte er.

»Tja, Meister, da haben wir Pech gehabt. Der Zufall wollte, dass wir . . .«

»Der verdammte Kapitän hielt genau um 21 Uhr an, als wir abhauen wollten.«

»Er besuchte seinen Bankier.«

»Was?«

»Oder besser: Er ging zur Bank, um etwas Geld abzuheben. Gold vielmehr.«

Und ich erzählte dem Kanadier, was ich gestern Abend gesehen hatte. Allein die Nennung der Namen Kosciuszko, Botzaris, O'Connell, Washington, Manin, Lincoln und John Brown rührte ihn überhaupt nicht. Er ärgerte sich, dass er nicht auch einen kleinen Streifzug durch die Bai von Vigo hatte machen können. Und er war noch ebenso entschlossen wie zuvor sich so rasch wie möglich abzusetzen.

»Und zwar heute Abend!«

»Aber Sie wissen doch gar nicht, wo wir inzwischen sind!«

Wir mussten bis zum Mittag warten, um das zu erfahren, als der Erste Offizier die Höhe aufnahm. Von der Plattform aus sah man ringsum nur Meer, das unruhig geworden war. Kein Schiff, keine

Küste. Auf der Karte im Salon stellte ich später fest, dass wir uns unter 33° 22' nördl. Breite und 16° 17' westl. Länge befanden, nicht weit von der Insel Madeira entfernt, aber weit genug von allem Festland. Der Gedanke an Flucht konnte aufgegeben werden und ich fühlte mich erleichtert, als er mich verließ. Jetzt konnte ich, unbeschwert durch Vorstellungen des Verantwortungsgefühls, meinen wissenschaftlichen Beschäftigungen wieder nachgehen.

Um 23 Uhr erhielt ich unerwartet den Besuch des Kapitäns.

»Sind Sie von gestern noch sehr müde?«

»Nein.«

»Ich wollte Ihnen nämlich einen ziemlich merkwürdigen Ausflug vorschlagen.«

»Aber gern, bitte sehr.«

»Ich möchte mit Ihnen eine Nachtwanderung über den Meeresgrund machen, und zwar zu einem bestimmten Ziel. Allerdings sage ich Ihnen gleich, dass der Spaziergang diesmal anstrengend sein wird. Wir haben weit zu gehen und die Wege sind oft verschlammt.«

»Sie machen mich nur neugieriger.«

»Dann kommen Sie.«

Wir zogen unsere Taucheranzüge über und setzten die Kupferhelme auf. Ich kam nicht mehr dazu, ihn zu fragen, warum wir ganz allein gingen. Das Wasser lief bereits in die Schleuse. Diesmal hatte ich einen eisernen Stock als einzige Ausrüstung mitbekommen, keine Lampe. Wir sanken aus dem Schiffsleib und standen in 300 m Tiefe auf dem Grund des Atlantik.

Es war fast Mitternacht, die Wassermassen um uns tiefdunkel. Nemo hielt mich am Arm, damit wir uns nicht verlören, und er drehte mich so, dass ich in der Ferne einen breit schimmernden rötlichen Punkt im Wasser erkannte, 2 sm von der *Nautilus* entfernt. Auf dieses unterseeische Feuer schritten wir zu und ich merkte bald, dass von dieser Lichtquelle eine Unterwasserdämmerung ausging, an die sich die Augen gewöhnten. Die ruhmkorffschen Apparate wären also ganz überflüssig gewesen, sie hätten den Zauber dieser Beleuchtung nur zerstört.

Der Boden stieg kaum merklich an, aber wir kamen trotzdem nicht sehr rasch voran, da unsere Füße in einem Schlamm aus Algengewirr stecken blieben. Dies Ausschreiten geschah fast lautlos, aber ich bekam schon nach kurzer Zeit die Empfindung eines Geräusches. Ich hörte ein feines Rieseln im Wasser, das meinen Kupferhelm umschloss, ein Geräusch, das immer stärker wurde und mich unruhig machte, denn ich wusste nicht, woher es kam und ob es Gefahren ankündigte. Aber dann war mir plötzlich die Ursache klar und ich musste lachen: Auf der Meeresoberfläche regnete es, und was ich hörte, war das Prasseln der Regenströme, die auf das Wasser auftrafen. Augenblicklich verdrängte eine andere Empfindung das seltene Hörerlebnis: Ich fühlte mich durchnässt vom Wasser im Wasser, ich musste mir den Gummianzug zu Bewusstsein bringen, indem ich mich berührte.

Nach dreißig Minuten Marsch wurde der Boden steinig, der Weg aber nicht leichter. Ich trat oft fehl und wäre ohne den Halt des eisernen Stocks sicher ausgeglitten und gefallen. Ich bemerkte trotz des Dämmerlichtes an diesen Steinschichtungen und tangüberwachsenen Felsblöcken etwas Verblüffendes: Sie besaßen eine gewisse Regelmäßigkeit, soweit ich die Lagen in das Dunkel hinein verfolgen konnte. Rundungen, Winkel, Treppenbildungen und Umbauten schien die Natur hier im architektonischen Spiel geschaffen zu haben. Und noch etwas war merkwürdig beim Gang über diese Ebene: Wenn meine Füße auftraten, zerbrachen Dinge, die ich aber nicht näher bestimmen konnte, ich hörte das Geräusch nicht, aber ich hatte die Vorstellung, als knisterten die morschen Knochen ei-

nes Gebeinfeldes unter dem schweren Tritt meiner Bleistiefel. Wo waren wir?
Der rötliche Flammenschein am Horizont war ständig größer geworden. Ich konnte mir nicht vorstellen, um was für ein Naturphänomen es sich dabei handeln sollte – wenn die Erscheinung überhaupt der Natur entstammte. Vielleicht hatte menschliches Genie dieses Schauspiel erzeugt? Freunde des Kapitäns, denen er einen Besuch abstattete? Lag dort hinten vielleicht eine ganze Kolonie von Landesflüchtigen, die hier am Grund des Ozeans ihre Unabhängigkeit suchten? Eine unterseeische Stadt der Verfolgten und Verfemten unserer Erde?
Mein Kopf war durch all die Erlebnisse überspannt, an denen Nemo mich schon hatte teilnehmen lassen, und je heller die Landschaft mit ihren regelmäßigen Gesteinslagen unter der Lichtstrahlung wurde, desto riesiger und abenteuerlicher wurden die Ideen, die ich mir vom Ziel unserer Reise entwarf: In Gesellschaft dieses Menschen Nemo, der schon fast kein Mensch mehr war, sollte mich nichts mehr wundern.
Ich sah bald, dass die Lichtquelle hinter dem Gipfel eines 250 m hohen Berges lag, der in einiger Entfernung vor uns aufstieg. Was die Ebene, die wir durchschritten, erleuchtete, war nur der Widerschein des Lichtspiels in den Wasserschichten. Nemo ging völlig sicher durch die Gänge, welche die Steinschichten am Boden vorschrieben, er kannte diese dunklen Pfade, er führte mich durch diese Unterwelt; ich folgte ihm und bewunderte ihn, wie er vor mir herschritt: die schwarze Gestalt vom hellen Untergrund scharf abgehoben, ein Genius des Meeres.
Als ich um ein Uhr nachts zu des Hügels Fuß gekommen war, der als ein Abschluss aus dem Boden trat, schaute ich empor und sah des Berges Grat bereits im Strahlenkleid der unbekannten Lichtquelle glühen. Um dort hinaufzukommen, mussten wir uns durch das Di-

ckicht eines unwegsamen »Gehölzes« schlagen —ja: Gehölz, denn die Bäume, die hier am Hange standen, waren Bäume der Oberwelt, vom Wasser mineralisiert, blatt- und saftlos geworden, und einzelne riesenhafte Fichten überragten sie. Es war ein Kohlevorrat, um es so zu sagen, der mit den Wurzeln noch im Boden steckte, ein versunkener Wald. Die Pfade waren kaum mehr aufzufinden, so dicht wucherten Tang und Meergras über ihnen und in dem Grün wimmelte es von Krebsen und Langusten. Wir mussten bald regelrecht zu klettern beginnen und ich klomm die Felsen hinan, setzte über umgesunkene Baumstämme hinweg, zerriss die dicken Algentaue, die sich zwischen den Bäumen spannten, und scheuchte Schwärme von Fischen auf. Je näher wir dem geheimnisvollen Gipfel kamen, desto stärker wurde meine Neugier, die mich vorantrieb, desto geringer meine Ermüdung.

Wie kann ich jemals das Bild beschreiben, das sich uns bot? Der versteinerte Wald war vom roten Widerschein des Lichtes durchglüht und an den Spitzen der einzeln aufragenden Bäume spielte fahles, hell in den Wasserschichten reflektiertes Licht. Der Boden, über den wir bergan stiegen, war von Schluchten zerrissen, über denen beängstigende Schlagschatten lagen. Fortwährend lösten sich Gesteinsblöcke unter unseren Tritten und rutschten mit dumpfem Getöse in die unergründlichen Schächte seitlich unseres Weges. Hätte ich Zeit gehabt, mich zu besinnen, dann hätte mich Schaudern vor diesem Aufstieg zurückgehalten, aber jetzt folgte ich mit den Armen rudernd, hüpfend, gleitend, halb schwimmend meinem Führer, der über alle Abgründe sicher hinwegsetzte.

Zwei Stunden nach unserem Aufbruch von der *Nautilus* hatten wir die Baumgrenze überschritten. Jetzt trennten uns nur noch 30 m von der Spitze des Berges. Die Felsmasse, über die wir aufwärts kletterten, war von Grotten, Höhlen und Löchern förmlich durchsiebt und aus jedem dieser dunklen Löcher starrten Augen von grässlichen Schalentieren, tausend leuchtende Punkte glänzten in dem Schwarz, kolossale Hummer reckten die Fühlhörner, Krabben lagen wie Kanonen auf der Lafette und Polypen streckten uns ihre verknäulten Fangarme in den Weg. Nemo achtete auf all dieses Leben unter Wasser nicht, er setzte unbeirrt seinen Weg fort. Wir hatten jetzt eine Hochfläche erreicht, die sich ein weites Stück in der Richtung erstreckte, die wir verfolgten. Die wahre Spitze des Berges rückte damit wieder an den Horizont. Diese Hochfläche war mit unverkennbaren Ruinen bedeckt! Diese Steintrümmer, bei deren Anblick ich vor Erstaunen stehen blieb, waren von Menschenhand geordnet gewesen, zusammengebrochene Tempel und Schlösser konnte ich aus den Resten erkennen, all das überdeckt von einem dicken blühenden Algen- und Zoophytenteppich. Was hatte das zu bedeuten? Wer waren die Bewohner dieser toten Stadt? War hier eine ganze Insel, vielleicht ein ganzer Erdteil versunken? Ich stolperte fassungslos in die Anlagen der Ruinenstadt unter Wasser hinein, ich wollte schauen, wollte mich bücken, berühren, um zu begreifen, wohin der Kapitän Nemo mich geführt hatte. Er aber nahm mich am Arm, stieß mich weiter.

Noch weiter! Noch mehr!? Er strebte dem Bergesgipfel zu, ich folgte ihm, aber schon erschöpft vom bisherigen Aufstieg, nicht mehr bei Sinnen durch den Anblick, der sich mir hier bot. Eine gute Weile später hatten wir diese letzte Spitze über dem Hochplateau erklommen und sahen nun, was für ein Licht uns leuchtete: Hinter ihr fiel der Berg steil ab bis in die dunkelsten Tiefen des Atlantischen Ozeans. Und knapp 20 m unter dem Kamm, auf dem wir standen, öffnete sich der Schlund eines unterseeischen Kraters. Dieser Berg war ein Vulkan, der immer noch glühende Lavamassen aus seinem Innern schleuderte und das Meer meilenweit ringsum erleuchtete. Mit der Lava, die nicht brannte, weil dazu der Sauerstoff fehlte, die aber glühend das Wasser um den Krater zum Brodeln und Zischen brachte, traten Gesteins- und Schlackenmassen aus dem Leib des Berges aus und flossen an dieser Unterwasserfackel langsam hinab bis auf den Meeresgrund. Und auf den Hängen dieses Vulkans, auf den flacher fallenden Terrassen breiteten sich unter meinen Augen die Trümmer der Hauptteile dieser versunkenen Stadt, deren Ränder wir bereits vorhin überschritten hatten: eingestürzte Dächer, verfallene Tempel, aufgebrochene Gewölbe, umgestürzte Säulen von toskanischem Schnitt, Aquäduktruinen, Parthenonspuren, Reste von Kaimauern eines Hafens, zerfallene Wälle, verödete Straßen, ein ganzes versunkenes Pompeji.

Wohin hatte Nemo mich geführt? Er bückte sich, nahm einen Stein auf und schrieb kaum leserlich an eine dunkle Basaltwand:

ATLANTIS.

Und mir fuhr's wie ein Blitzstrahl durch den Kopf: Das also war der Kontinent des Poseidon, von dem die Alten erzählten und an dessen Existenz keiner der neueren Gelehrten glauben will. Alles war so, wie es Kritias erzählt: An der Seeküste, gegen die Mitte der ganzen Insel, lag eine Ebene, die schöner und fruchtbarer als irgendeine gewesen sein soll ... *in der Nähe dieser Ebene aber, wiederum nach der Mitte zu, befand sich ein allwärts niedriger Berg; auf diesem wohnte ein Mann namens Euenor ...*

Das Volk, dessen Knochen ich bei unserem Anmarsch zertreten hatte, war einer der ersten Kriegsgegner des alten Griechenland gewesen, als die Atlantiden ihre bis Ägypten reichende Herrschaft auch auf Griechenland ausdehnen wollten. Sie mussten vor dem Widerstand der Hellenen weichen. Dann kamen für das Reich die Jahre des Verfalls, über die es in Platons Erzählung heißt: Viele Menschenalter hindurch, solange noch die göttliche Abkunft bei ihnen vorhielt, waren sie den Gesetzen gehorsam und freundlich gegen das verwandte Göttliche gesinnt; denn ihre Gedanken waren wahr und durchaus großherzig, indem sie bei allen sie betreffenden Begegnissen sowie gegeneinander Weisheit gepaart mit Milde bewiesen. So setzten sie auf jeden Besitz, den der Tugend ausgenommen, geringen Wert und ertrugen leicht, jedoch als eine Bürde die Fülle des Goldes und des anderen Besitztums. Üppigkeit berauschte sie nicht, noch entzog ihnen ihr Reichtum die Herrschaft über sich selbst oder verleitete sie zu Fehltritten; vielmehr erkannten sie nüchtern und scharfen Blicks, dass selbst diese Güter insgesamt nur durch gegenseitige mit Tugend verbundene Liebe gedeihen, dass aber auch das eifrige Streben nach ihnen und ihre Wertschätzung diese selbst sowie jene mit ihnen zu Grunde gehen.

Als aber der vom Gotte herrührende Bestandteil ihres Wesens, häufig mit häufigen sterblichen Gebrechen versetzt, verkümmerte und das menschliche Gepräge die Oberhand gewann: Da vermochten sie bereits nicht mehr ihr Glück zu ertragen, sondern entarteten und erschienen, indem sie des Schönsten unter allem Wertvollen sich entäußerten, dem, der dies zu durchschauen vermochte, in schmachvoller Gestalt . . .

Die Überschwemmung dann, das Erdbeben, das in einer Nacht ihren Kontinent aufriss und versinken ließ, bis nur seine höchste Spitze, Madeira, die Azoren, die Kanarischen und die Kapverdischen Inseln noch hervorragten . . .

Während mir all diese Gedanken und Erinnerungen durch den Kopf gingen, stand auch Nemo unbeweglich an den Berg gelehnt und betrachtete die stummen Zeugen der Vergangenheit. Ich glaubte, wir verharrten eine volle Stunde so, dann drang von oben der Schein des Mondes durchs Wasser und wir kehrten um. Als der Morgen gerade rötlich anbrach, waren wir an Bord zurück und gingen schweigend in unsere Kabinen, um zu schlafen.

21. Kapitel

Den ganzen nächsten Tag überfuhren wir die ausgedehnten Flächen des Atlantis-Kontinents und erst gegen 16 Uhr wurde der Boden, den wir unter uns beobachten konnten, steiniger und unebener. Statt Schlamm und des mineralisierten Gebüschs bedeckten ihn jetzt Basalte und Lavalagen. Ich wusste, dass jetzt Gebirgsland kommen musste, und in der Tat wurde uns der Weg bald durch eine Wand versperrt, die wahrscheinlich bis über den Meeresspiegel hinausragte. Die Kanarischen Inseln? Oder die Kapverdischen? Ich hatte nicht die geringste Ahnung, wo wir uns befanden. Die *Nautilus* streifte, unschlüssig, wie mir schien, an dieser Wand entlang und ich wollte mich gerade auf nähere Beobachtungen einrichten, als die Läden vor den Fenstern im Salon geschlossen wurden. Da das Manöver angesichts dieses Hindernisses nicht meine Sache war, räumte ich meine Notizen zusammen und ging zu Bett.

Am anderen Morgen stand ich um acht Uhr auf. Im Salon las ich die Instrumente ab und sah am Manometer, dass wir uns an der Meeresoberfläche befinden mussten. Ich hörte auch Schritte auf der Plattform. Aber ich vermisste das leise Schaukeln der Wellen, das bis jetzt noch jedes Auftauchen begleitet hatte. Ich begab mich sofort zur Lukenöffnung und stieg auf die Plattform hinaus. Es war dunkel! Ich hatte hellen Tag erwartet und hier draußen empfing mich Nacht! Was war vorgefallen? Hatte ich den ganzen Tag ver-

schlafen? Die Nacht war überdies stockfinster: kein Stern am Himmel. Da rief mich eine Stimme an: »Ah, Sie sind's, Professor?«
»Kapitän! Wo sind wir?«
»Unter der Erde.«
»Da schwimmt die *Nautilus* auch?«
»Da schwimmt die *Nautilus* auch. Warten Sie noch ein bisschen, dann werden die Lampen eingeschaltet und Sie können sich orientieren.«
Ich blieb im Dunkel stehen und fühlte mich unsicher. Es war tatsächlich so finster, dass ich nicht einmal den Kapitän sehen konnte, der doch in meiner Nähe stehen musste. Doch dann, als ich gen Himmel blickte, gewahrte ich einen sehr schwachen Lichtschimmer, der durch ein rundes Loch drang. In diesem Augenblick flammte der Scheinwerfer auf und ließ den Lichtschein von oben verblassen. Ich musste zuerst geblendet die Augen schließen. Dann konnte ich unsere Umgebung genauer wahrnehmen: Die *Nautilus* lag auf einem stillen schwarzen Wasser neben einer steil aufsteigenden Küste. Der See, in dem wir uns befanden, wurde von Felswänden in einem Kreis von 2 sm Durchmesser eingeschlossen. Sein Wasserspiegel hatte Meereshöhe, denn es musste eine Verbindung zwischen draußen und hier drinnen bestehen. Die Felswände wölbten sich aufsteigend immer stärker dem Mittelpunkt des Kreises zu und bildeten so einen 600 m hohen hohlen Kegel, an dessen Spitze sich eine winzig wirkende Öffnung befand.
»Wir schwimmen im Zentrum eines erloschenen Vulkans«, erklärte der Kapitän neben mir. »Das Meer ist in sein Inneres gedrungen, denn der Berg riss an einer Seite unter dem Wasserspiegel ein. Während Sie schliefen, Herr Professor, lief die *Nautilus* durch einen schmalen Kanal in diesen See ein – ihren Haupthafen. Wenn wir hier liegen, sind wir gegen alles geschützt: gegen Orkane und Menschen. Der Vulkan speit seit langem nicht mehr. Aber seine Krater-

öffnung ist noch vorhanden: Sie lässt die frische Luft für uns herein. Fragen Sie mich nicht, wo dieser Vulkan liegt! Für die christliche Seefahrt ist der Berg nur eine der tausend Klippen, die aus dem Atlantik aufragen: nachts gefährlich, aber sonst uninteressant.«

»Fürchten Sie nicht, dass eines Tages ein neugieriger Mensch von oben durch die Öffnung herabgestiegen kommt?«

»Nein, denn das kann er nicht, ebenso wenig wie ich hinaufkönnte. Die Innenwände sind bis in 30 m Höhe über dem Wasserspiegel zu besteigen, dann hängen sie über.«

»Ich sehe, Kapitän, dass die Natur Ihnen auch hier zu Diensten ist. Aber ich frage mich doch: Wozu braucht die *Nautilus* einen derartigen Zufluchtsort? Sind Sie auf dem Meeresgrund nicht sicher genug?«

»Doch. Aber dort finde ich nicht überall Elektrizität. Um mich zu bewegen, brauche ich Elektrizität, und um die zu erzeugen, brauche ich Kochsalz, und um Kochsalz zu gewinnen, brauche ich Kohle. Der Zufall will, dass ich gerade hier ausgedehnte unterseeische Kohlenflöze habe, die Reste von Wäldern der Urzeit, die hier versanken.«

»Dann arbeiten Ihre Matrosen jetzt als Bergleute?«

»Ja. Die Minen laufen unterseeisch wie zum Beispiel die Flöze von Newcastle. Meine Leute arbeiten mit Hacke und Schaufel vor Ort und bringen mir die Steinkohle herauf. Übrigens hat die Salzgewinnung hier noch einen Vorteil: Durch die Krateröffnung zieht der dabei entstehende Dampf ab und gibt dieser Klippe das Aussehen eines noch tätigen Vulkans. Damit halte ich mir unerwünschte Gäste vom Hals.«

Ich stieg hinab, um nach Conseil und Ned Land zu suchen, traf sie in der Kabine des Kanadiers und schlug ihnen einen Erkundungsgang durch die Höhlung des Vulkans vor. Wir hatten nicht viel Zeit, aber es gab auch nicht viel, zu erkunden. Wir waren bald in die Höhe gelangt, in der die Wände überzuhängen begannen, und mussten uns zu einem Rundgang auf eine Art Galerie über dem Seeufer bequemen. Ned fand etwas Merkwürdiges: einen Bienenstock, von dem er sich Honig mitnahm, um damit seine Brotfrüchte zu veredeln. Dicht am Seeufer entdeckten wir schließlich eine von Farnkräutern und Meerfenchel verdeckte Grotte, deren Boden aus feinstem Sand bestand. Wir ließen uns in dieser prachtvollen Höhle nieder, und so von der *Nautilus* abgeschirmt, kamen wir bald wieder auf die ewigen Fluchtpläne zu reden. Das Thema interessierte mich nicht mehr. Ich gab zerstreute Antworten und schwieg schließlich völlig, denn ich fühlte eine süße Müdigkeit über mich kommen. Auch Conseil nickte ein und der Kanadier sprach langsamer . . . ich träumte (die Träume können wir uns nicht aussuchen), mein Dasein habe sich auf das Vegetieren einer Molluske reduziert und diese Grotte seien die zwei Schalen meiner Muschel . . .

Da weckten mich Conseil und ein Kältegefühl am ganzen Körper. Die Flut kam und presste Meerwasser in den See, also auch in unsere Grotte. Wir machten uns rasch auf den Rückweg zur *Nautilus* und wechselten dort die Kleidung.

Obwohl die Energieversorgung längst abgeschlossen war, rührte sich das Fahrzeug nicht von der Stelle. Wir blieben die ganze Nacht hier liegen und erst am nächsten Morgen gab Nemo den Befehl zur Fortsetzung unserer Reise.

Es ging jetzt strikt nach Süden. Nemo durchquerte den Atlantik mit einer atemberaubenden Geschwindigkeit, sodass ich nicht selten das Gefühl hatte, er werde gejagt. Er entfernte sich, ganz wie Ned Land es vorausgesehen hatte, immer weiter von Europa und die Chancen einer Flucht wurden immer geringer. Ich sah den Kapitän selten; ich wusste, dass er arbeitete. Mehrmals fand ich auf den Lesepulten der Bibliothek aufgeschlagene Bücher, darunter auch mein Lehrbuch, mit unzähligen Anmerkungen von seiner Hand an

den Seitenrändern. Und manchmal in der Nacht hörte ich die Töne der Orgel. So verflossen die Tage eintönig – bis zum 13. März.
Da stand ein neues Abenteuer auf Nemos Programm: Tiefenmessung. Wir hatten bis zu diesem Tag bereits mehr als 30 000 sm zurückgelegt und befanden uns unter 45° 37' südl. Breite und 37° 53' westl. Länge. Keine Sonde hatte in dieser Gegend bisher Grund gefunden und Nemo wollte mit der Unsicherheit endlich Schluss machen. Selbstverständlich genügte für dieses Untertauchen nicht, dass die Behälter mit Wasser gefüllt wurden. Deshalb entschloss sich Nemo den Meeresgrund in einer hinreichend langen Diagonalfahrt aufzusuchen. Die Höhenruder seitlich des Schiffsrumpfs wurden auf 45° Neigung zur Horizontalen eingestellt, die Fenster im Salon zur Sicht freigegeben und dann schlug die Schraube mit höchster Umdrehungszahl in die Wassermassen. Der eiserne Rumpf der *Nautilus* begann zu dröhnen wie die tiefste Saite eines Basses und trat seine Tauchfahrt an. Die Zeiger des Manometers drehten sich reißend schnell, Nemo und ich verfolgten sie mit größter Aufmerksamkeit.
Bald lag die von den meisten Fischen bewohnte Zone über uns und wir trafen nur noch sehr wenige Tiefenbewohner an. Die leeren Gewässer in 4 000 m und 5 000 m Tiefe waren erstaunlich durchsichtig und wurden in weitem Umkreis vom Scheinwerfer der *Nautilus* ausgeleuchtet: Nirgends aber kam Grund in Sicht. Nach Stunden schließlich näherten wir uns der 6 000-m-Grenze und da endlich tauchten die Spitzen schwarzer Berge vom Grund empor. Aber das konnten immer noch Himalaja-Riesen von 8 000 m Höhe sein, deshalb drang die *Nautilus* tief in sie hinein, und wir spürten jetzt auch den Druck, den die Wassermassen auf den Stahlkörper ausübten. Man hörte förmlich, wie die Panzerplatten an den Nieten und Bolzen rissen und unter dem Druck der 6 000 at auf jedem cm^2 der Oberfläche stöhnten.

»Welch ein Bild!«, rief ich. »All das zu sehen, was noch nie ein Mensch gesehen hat: diese prachtvollen Felsen, sie stehen schwarz und schweigend hier am tiefsten Grund des Ozeans, und schauen Sie die unbewohnten Grotten . . . man müsste das zeichnen, um es nie wieder zu vergessen . . .«

»Wollen Sie ein kleines Erinnerungsfoto?«, fragte Nemo lächelnd.

»Was soll das heißen?«

»Na, schauen Sie mal zu.«

Auf seinen Befehl erschien jetzt einer seiner Gefährten mit einer Kamera, die er vor einem der Salonfenster aufbaute. Die elektrische Lampe beleuchtete den Grund des Meeres mit diffusem Licht, sodass keine harten Schlagschatten entstanden. Die Umdrehung der Schraube wurde so reguliert, dass die *Nautilus* einige Minuten lang unbeweglich in dieser Tiefe stehen blieb. Dann hatten wir ein vorzügliches Negativ.

Auf dem Positiv sind urweltliche Felsen zu sehen, die niemals das Licht der Sonne bestrahlt hat, höchste Zähne des Granitkerns der Erde, von absolut lebensleeren Grotten durchzogen. Und im Hintergrund die Wellenlinie eines unterseeischen Gebirges, all das aus glattem, schwarz glänzendem Felsen, fleckenlos, ohne den Anflug eines Pflanzenwuchses, in seltsam klar profilierten Formen.

Das Bild war kaum fotografiert, da sagte der Kapitän: »Wir wollen es nicht übertreiben, Monsieur Aronnax. Die *Nautilus* darf einem derartigen Druck nicht allzu lange ausgesetzt werden. Halten Sie sich fest!«

Noch bevor ich begriff, was dieser letzte Ruf sollte, wurde ich zu Boden geschleudert. Die Schraube des Fahrzeugs hatte aufgehört zu arbeiten, die Höhenruder standen vertikal und die *Nautilus* schoss wie ein prall gefüllter Ballon in die Höhe, durchschnitt mit wahnsinniger Geschwindigkeit die Wassermassen über ihr und sprang wie ein fliegender Fisch über die Wasseroberfläche hinaus. Dann fiel sie auf die Wogen zurück, was mächtig spritzte.

22. Kapitel

Ich hatte gedacht, spätestens auf der Höhe von Kap Hoorn werde Nemo von seinem strikten Südkurs abgehen, um in die Gewässer des Stillen Ozeans zurückzukehren. Aber nichts dergleichen geschah, wir fuhren stets nach Süden. Am 14. März kamen Conseil und Ned Land in mein Zimmer; ich konnte mir denken, worum es bei diesem Gespräch gehen sollte. Der Kanadier hatte lange Zeit nicht mehr von Flucht geredet, aber bei dem Gedanken, dass wir mit der *Nautilus* geradewegs auf den Südpol zuhielten, kamen auch mir Zweifel an der unbedingten Vertrauenswürdigkeit des Kapitäns.

»Eine einfache Frage, Monsieur«, sagte Ned Land.

»Ja, bitte?«

»Wie viel Mann Besatzung befinden sich an Bord der *Nautilus*?«

»Ich weiß es nicht.«

»Die Manöver, die bis jetzt ausgeführt wurden, kann man mit sehr wenigen Leuten fertig bringen.«

»Das stimmt, dafür genügen wahrscheinlich zehn Mann.«

»Und weshalb sollen mehr an Bord sein?«

Diese Frage war allzu durchsichtig und die Folgen, die sie mit sich bringen konnte, waren mir unbehaglich. Ich sah dem Kanadier fest ins Gesicht und antwortete: »Weil die *Nautilus*, wenn mich nicht alles täuscht, eben mehr als nur ein Schiff ist: Sie ist ein Asyl für Menschen, die wie Nemo die Verbindung zur Erde und zur Welt der Menschen abgebrochen haben.«

»Das kann schon sein«, meinte Conseil, »aber schließlich ist das Fassungsvermögen dieses Dampfers begrenzt. Monsieur kann sicher ausrechnen, wie viel Menschen höchstens an Bord sein können!?«

Dieser Ton bei meinem Diener war mir völlig neu und ich fragte verblüfft: »Wieso, mein Guter? Wie stellst du dir das vor?«

»Monsieur kennt doch das Volumen der *Nautilus* und Monsieur weiß auch, wie viel Luft ein Mensch zum Atmen braucht. Außerdem ist ihm bekannt, dass wir alle vierundzwanzig Stunden zum Luftholen auftauchen. Das ist doch eine einfache Textaufgabe.«

»Aber die Lösung kann nie auf den Mann genau sein, denn der Grad der Verbrauchtheit unserer Luft steht nie fest, wenn wir sie erneuern.«

»Gleichviel«, sagte der Kanadier und er sagte es dringlich.

»Also schön: Ein Mensch verbraucht in vierundzwanzig Stunden den Sauerstoff von 2 400 l Luft. Wievielmal sind 2 400 l Luft im Volumen der *Nautilus* enthalten? Das ist zu rechnen. Wir kennen das Volumen: 1 500 000 l. Das ist die Luft, die 625 Menschen in vierundzwanzig Stunden verbrauchen.«

»625!«

»Ich glaube allerdings nicht, dass mehr als 60 Leute an Bord sind«, sagte ich beschwichtigend.

»Auch noch zu viel«, brummte der Kanadier, fuhr sich mit der Hand über die Stirn, wollte etwas sagen, schwieg dann aber und zog sich zurück.

»Ich fürchte, er wird gemütskrank«, sagte Conseil, als wir beide allein waren. »Sein Kopf ist voll von Dingen, die er nicht haben kann; er lebt von den Bildern seiner Erinnerung, er sehnt sich nach dem Unerreichbaren, er kann nicht, wie er will; er ist kein Gelehrter, sondern voller Tatendurst, die Fische des Meeres lassen sein Blut kalt, er gäbe jetzt alles für Schenkel und Schänken.«

Selten war hier an Bord Gelegenheit, sich leidenschaftlich zu erhitzen, das stimmte. Und mir wäre seine Gemütsverfassung auch bedenklicher geworden, wenn nicht ebendieser 14. März ein Ereignis gebracht hätte, das ihn erfüllte. Wir gerieten nämlich gegen elf Uhr unter einen Schwarm Walfische.

Der Wal hat in der Geschichte der Erdaufklärung eine große Rolle gespielt. Die Fischer, die ihn verfolgten, achteten die Gefahren fremder Meere gering und sie drangen, während sie ihn jagten, von einer neuen Küste zur anderen. Ein großer Teil der Entdeckungen in den nördlichen und südlichen Meeren der Erdkugel geht auf die Wale als Leitbilder zurück.

Wir saßen auf der Plattform und genossen die Fahrt, denn der März, der Oktober jener Breiten, hat oft sehr schöne herbstliche Tage. Plötzlich machte Ned Land den schwarzen Rücken eines Wales in 5 sm Entfernung am östlichen Horizont aus.

»Ach, wäre das eine Lust«, rief er, indem er erregt aufstand, »wenn ich an Bord eines Walfängers wäre! So ein stattliches Tier! So ein glänzender Leib! Tausend Teufel! Warum bin ich an dieses Stück Eisen geschmiedet?«

»Immer noch Harpuniergedanken?«, sagte ich.

»Herr, was ein echter Harpunier ist, der denkt immer ans Harpunieren. Kennen Sie eine Jagd, welche Empfindungen stärker aufwühlt?«

»Sie haben hier unten noch nie harpuniert?«

»Nein, nur dort oben, in der Beringstraße und den umliegenden Gewässern.«

»Die Beute hier wäre also völlig neu für Sie!?«

»Wieso neu? Ich kenne doch Wale!«

»Ja, aber die Tiere aus dem Nordmeer kommen nicht bis hier herunter.«

»Das können Sie mir nicht erzählen, Professor. Ich hab im vorigen Jahr bei Grönland einen Wal erlegt, in dem steckte eine Harpune mit dem Stempel eines Walfängers aus der Beringstraße. Wie soll der aus einem Meer im Westen Amerikas in ein Meer östlich von Amerika gekommen sein, wenn nicht ums Kap Hoorn oder das Kap der Guten Hoffnung?«

»Die Wale sind in bestimmten Meeren heimisch, Meister«, sagte ich. »Und diese Meere verlassen sie nicht. Wenn der Fall stimmt, von dem Sie erzählen, dann bedeutet das nur, dass Sie den Beweis für eine Verbindung zwischen Atlantik und Pazifik im hohen Norden gefunden haben.«

»Sehen Sie sich das an!«, schrie der Kanadier. »Der kommt direkt auf mich zu! Er verhöhnt mich! Er weiß, dass ich unfähig bin ihm was zu tun, machtlos . . .«

»Die Tiere dieser Breiten sind übrigens kleiner als die aus dem Nordmeer.«

»Glaub ich gern, denn da oben hab ich Tiere von 45 oder 50 m Länge gesehen.«

»Das ist vielleicht ein bisschen übertrieben.«

»Am Wal ist nichts Übertriebenes. Lassen Sie sich die Erlebnisse von Waljägern erzählen, von Leuten, die mit diesen Tieren ihr Leben lang umgehen. Wale sind nicht nur riesenhaft, sondern auch mächtig gescheit. Manchmal bedecken sie sich mit Algen und Seegras, sodass man sie für eine Insel hält . . . man lässt sich arglos darauf nieder . . .«

» . . . zündet sein Feuerchen an«, ergänzte ich.

» . . . baut sein Häuschen drauf . . .«, warf Conseil ein.

» . . . und dann taucht das Tier unter, Mann und Maus mit in die Tiefe reißend!«

»Auf flücht'gem Grunde
ha-ha-habt ihr gebaut.«

Ich kannte diese Ausgelassenheit an meinem Diener gar nicht. Offensichtlich hatten die Wale auch sein Blut in Wallung gebracht.

»Das sind ja mindestens 20!«
»Wie sie schwimmen! Wie die abhauen!«
»Andere wieder erzählen, der Wal könne in vierzehn Tagen um die Erde reisen.«
»Er tut's aber nicht.«
»Und wieder andere, sie hätten schon Wale von 100 m Länge gesehen.«
»Starkes Stück, finden Sie nicht?«
»Ja, ich glaub's auch nicht. So groß wie 100 Elefanten vielleicht.«
»1820 soll die *Essex* nach einem Zusammenstoß mit einem Wal gesunken sein. Sie wurde durch den Wal auf 4 m/sec beschleunigt, fasste Wasser und sank sofort.«
»Mein Boot hat auch mal einen Schwanzflossenschlag bekommen. Da flog ich sechs Meter hoch in die Luft.«
»Und wie alt können Wale werden?«
»1000 Jahre. Nimmt man an.«
»Worauf beruht die Annahme?«
»Darauf, dass die Wale vor 400 Jahren größer waren. Die geringe Größe der jetzigen führt Buffon darauf zurück, dass sie noch nicht ausgewachsen sind . . .«
Aber Ned hörte nicht mehr. Der Kanadier war außer sich geraten; er stampfte vor Lust mit den Füßen auf und machte Bewegungen mit dem rechten Arm, als hätte er seine Harpune schon in der Hand.
»Warum fragen Sie eigentlich nicht beim Kapitän, ob Sie eine Jagd machen dürfen?«
Kaum hatte Ned das gehört, da verschwand er schon in der Luke. Nach kurzer Zeit erschien er mit dem Kapitän auf der Plattform. Nemo sah sich das schwarzblaue Getümmel in den Wassern um die *Nautilus* schweigend an. Dann sagte er: »Nein.«
»Was soll das heißen: Nein?«, fragte Ned Land.
»Auf diese Tiere wird keine Jagd veranstaltet.«

»Ich hör wohl nicht recht.«
»Nur jagen, um zu vernichten? Kommt nicht in Frage. Wir brauchen nichts an Bord, was die Wale uns liefern könnten.«
»Weshalb haben Sie mir denn im Roten Meer die Jagd auf den Dugong erlaubt?«
»Weil ich Frischfleisch für meine Mannschaft brauchte. Hier hieße die Jagd: Töten um des Tötens willen. Ich weiß, dass der Mensch das Vorrecht dazu in Anspruch nimmt. Aber bei mir gibt's das nicht. Sie und Ihresgleichen haben bereits die ganze Baffinsbai verödet. Diese Tiere sind harmlos, ja: nützlich und ich lasse nicht zu, dass man sie hier unten ebenso ausrottet wie im Norden. Sie haben mit ihren natürlichen Feinden schon genug Ärger.«
Es war offensichtlich, dass der Jäger Ned Land und der Kapitän Nemo sich nicht verständigen konnten. Der Kanadier pfiff, die Hände in den Taschen, und der Kapitän wandte sich an mich: »Ich sorge mich nicht grundlos um diese Tiere, Monsieur. Sie werden gleich in schwere Bedrängnis kommen. Können Sie 8 sm unterm Wind die schwärzlichen Punkte erkennen?«
»Ja.«
»Das sind Pottwale und sie haben dieser Herde hier voraus, dass sie Zähne besitzen. Ein grausames, schädliches Gezücht, sage ich Ihnen! Manchmal 200 und 300 Tiere in einer Herde. Die auszurotten ist gerechtfertigt. Und das werden wir auch tun.«
Der Kanadier drehte sich ruckartig zu ihm herum. »Aber haben wir denn genügend . . .«
»Keine Notwendigkeit, dass wir uns hier oben der Gefahr aussetzen. Ich brauche für diesen Kampf keine Harpune, Meister, der Schiffsschnabel der *Nautilus* tut mir die gleichen Dienste. Kommen Sie mit unter Deck, meine Herren.«
Ned Land zog verächtlich die Achseln hoch und trollte sich hinunter. Der Vorschlag imponierte ihm offenbar nicht sehr.

»Sie werden jetzt eine Jagd erleben, von der Sie sich kaum eine Vorstellung machen können«, sagte Nemo, als wir zusammen hinunterstiegen. »Unbarmherzig! Mitleidlos! Wild! Immer drauf auf diese Bestien aus Maul und Zähnen!«
Maul und Zähne, da hatte er Recht. Der Kopf des Pottwals misst 1/3 der Gesamtlänge (bis 25 m), und während dem Wal im Oberkiefer nur Barten hängen, besitzt der Pottwal 25 starke, 20 cm hohe, walzenförmige, zugespitzte, 1 kg schwere Zähne. In den Höhlungen des Oberkopfes befindet sich zentnerweise Walrat, eine sehr gesuchte, vielseitig verwendbare ölige Flüssigkeit. Das ganze Tier ist ausnehmend hässlich anzusehen und auf dem linken Auge fast blind. Der Trupp war jetzt den Walen gefährlich nahe gekommen. Man konnte sich, da die Pottwale es länger unter Wasser aushielten, den Sieg leicht ausrechnen, und wenn wir den Walen zu Hilfe kommen wollten, musste es rasch geschehen.
Die *Nautilus* tauchte. Meine Gefährten und ich nahmen vor den Fenstern des Salons Platz. Nemo verschwand im Steuergehäuse. Die Maschinen drehten auf, die Schraube schlug schneller und der Schiffsrumpf begann wieder zu dröhnen.
Der Kampf der Tiere hatte schon begonnen, als wir dazwischenfuhren. Zunächst nahmen die Pottwale überhaupt keine Notiz von uns. Aber schon bald mussten sie den Stößen der *Nautilus* ausweichen. Ned Land sprang vor den Fenstern auf und ab und klatschte in die Hände. Welch ein Kampf! Das Schiff wurde zu einer ungeheuerlichen Harpune, die der Kapitän Nemo gegen diese Tiere schleuderte. Er warf sich gegen die Fleischmassen und schnitt sie entzwei, dass hinter ihm zwei halbe Tiere trieben. Die sonst fürchterlichen Schwanzschläge hatten keine Wirkung auf die stählerne Nautilus, und wenn ein Tier erledigt war, drang Nemo auf das nächste ein, und auf den Nächsten, drehte auf der Stelle, um Fliehende zu verfolgen, schoss vorwärts, zog sich zurück, verfolgte bis in die Tiefen

und tauchte mit den gehetzten Tieren an die Oberfläche, traf gerade oder schräg in die Leiber, zerschnitt und zerfleischte, zerfetzte und durchbohrte die Pottwale mit seinem fürchterlichen Sporn: ein Gemetzel, ein Getöse, ein Pfeifen der Tiere in ihrem Entsetzen, ein Schauspiel, dessen Grausamkeit uns lähmte.

Eine Stunde dauerte das Blutbad von homerischen Ausmaßen unter den Großkopfeten. Mehrere Male versuchten zehn oder zwölf Tiere sich gemeinsam auf uns zu werfen und uns zu vernichten, uns zu zerdrücken wie ein Ungeziefer, und dann fuhren wir von den Fenstern zurück vor den aufgerissenen missgestalteten Mäulern, die an die Scheiben stießen, vor den fürchterlichen Zahnreihen und den schrecklich toten Augen, und das riss Ned Land aus der Ruhe, er geriet außer sich, schrie und höhnte, warf sich von innen gegen die Scheiben und trommelte mit den Fäusten gegen die Tiere an, die sich festzubeißen versuchten wie Hunde an einem Keiler – aber nichts erreichten sie, die Schraubenkraft der *Nautilus* war ihnen überlegen, zog sie, schlug sie, trieb sie und schleuderte sie fort, ohne den geringsten Schaden zu nehmen.

Endlich lichtete sich die Schar der Gegner, was fliehen konnte, floh, die Wasser wurden wieder ruhiger. Die *Nautilus* tauchte auf und wir stürzten an die Luke. Das Meer ringsum war mit verstümmelten Leichnamen voll gepfropft. Unsere Füße standen in der klebrigen Blutmasse, welche die Plattform überzog, und die halben Riesenleiber, schwarzbläuliche Rücken oder weiße Bäuche, trieben in blutigen Fluten. Eine Explosion hätte nicht mehr zerreißen, zerschneiden, zerfetzen können als die Harpune des Kapitäns.

Nemo trat jetzt zu uns, er schien etwas abgekämpft.

»Na, Meister?«, fragte er Ned Land.

»Abscheulich«, erwiderte der Kanadier, der sich wieder gefasst hatte. »Ich bin Jäger, kein Metzger.«

»Das war eine Jagd und keine Metzelei«, erwiderte der Kapitän rasch und scharf. »Das war die Vernichtung schädlicher Tiere! Die *Nautilus* ist kein Metzgermesser!«

Ned Land hätte sich wahrscheinlich noch zu ärgeren Angriffen hinreißen lassen, wenn nicht in diesem Augenblick eine Walleiche in unser Blickfeld gekommen wäre, an der ein Pottwal gewütet hatte. Das Tier schwamm auf dem Rücken und der Bauch war von Bissen zerfetzt. Am Zipfel einer Flosse hing ein Junges, das die Walmutter nicht mehr hatte retten können. Das Wasser ging durch das offene Maul und plätscherte in den Barten. Kapitän Nemo gab den Befehl, neben dem Leichnam beizudrehen. Zwei Matrosen sprangen von der Plattform auf den Leib des Tieres und ich sah reichlich verblüfft, wie sie aus den Eutern alle Milch herausmolken: fast 3 t!

Nemo bot mir eine Tasse dieser warmen Milch an und ich schüttelte mich vor Ekel.

»Aber die Milch ist vortrefflich«, sagte er mit langsamer, ruhiger Stimme. »Sie ist von Kuhmilch fast nicht zu unterscheiden. Trinken Sie, Professor Aronnax.«

Ich nahm einen Schluck und fand, dass er Recht hatte. Sehr schön, denn ein solcher Vorrat von Milch, und auch Butter und Käse, bedeutete eine angenehme Abwechslung in unserer täglichen Kost.

23. Kapitel

Am 14. März erblickte ich, unterm 55. Breitengrad, die ersten treibenden Eisblöcke, nur 6 bis 7 m hoch. Wie Klippen ragten sie aus dem Wasser. Conseil und ich sahen dergleichen zum ersten Mal. Am südlichen Horizont entdeckten wir einen blendend weißen Streifen, den der atmosphärische Dunst noch zerfließen ließ: eine Eisbank. Es war kein Zweifel mehr, dass Nemo sich den Pol in den Kopf gesetzt hatte, jenen Punkt der Erde, zu dem noch nie ein Mensch vorgedrungen war.

Bald zeigten sich größere Blöcke, einige führten grüne Adern, als liefen Streifen von Kupfersulfat hindurch, andere strahlten wie enorme Amethyste; und je weiter südlich wir kamen, desto häufiger waren diese Inselchen von Polarvögeln bewohnt. Nemo beobachtete neben uns, aber sprach kein Wort. Manchmal nur entdeckte ich, dass sein Blick lebhafter wurde, dann verschwand er meist und übernahm das Steuer, um durch das Eis zu manövrieren.

Am 60. Breitengrad hörte das normale Fahrwasser auf, wir waren von Eisbrocken umgeben. Nemo aber steuerte weiter südlich, kleinste Lücken geschickt ausnutzend und unbesorgt darüber, dass sich hinter ihm das Treibeis wieder schloss.

Am 15. März, 8 Uhr, passierten wir die Breite der Südorkney- und Südshetlandinseln, auf denen nach den wütenden Jagden englischer und amerikanischer Walfänger Todesstille an Stelle des munteren Robbenlebens früherer Zeiten herrschte. Vierundzwanzig

Stunden später lag der Polarkreis hinter uns, geschnitten unter 55° westl. Länge. Wir saßen im Eis und Nemo hielt auf den Südpol zu.

Ich muss gestehen, dass mir dieser Kurs nicht gegen den Strich ging, ich schaute die ganzen Tage lang und ich genoss, was ich sah, und in mir stieg die Erwartung eines Menschen, der Land betrat, das unbekannt war, der vielleicht als Erster der Erde ihren Südpol berühren würde. Ich sah prachtvolle Moscheen in diesen Eistürmen, und niedergebrochene Städte, Erdbebenveduten oder Riesenspielzeug, und all das wechselnd von stechender Klarheit in der Sonnenbestrahlung bis zur Schemenhaftigkeit in den grau machenden Schneestürmen. Diese Landschaft lebte, stürzte ein, verschob sich und gruppierte sich neu, immer wieder die schönsten Seiten zeigend wie ein Diorama.

Die Fahrt ging noch zwei Tage fort, schiebend, stoßend, sich drängelnd fand die *Nautilus* ihren Weg. Am 18. März aber kamen wir an die Grenze, wo Blöcke und Felder zu einer unzerteilbaren Eisdecke zusammengewachsen waren: eine unendliche Ebene, auf der sich durcheinander gewürfelte Blöcke erhoben, einige schlanke Berggipfel auch, graue Massen oder blitzende Spiegel, je nach ihrem Stand zur Sonne. Rings um uns alles gefroren, kein Lebenslaut mehr, auch die Töne also vereist. Unsere Fahrt war zu Ende.

»Und jetzt?«, fragte der Kanadier missmutig. »Was wird Ihr Herr Kapitän jetzt anstellen, Monsieur?«

»Weiterfahren wahrscheinlich.«

»Das wäre ein Meisterstück. Über die Eisdecke kommt niemand hinaus.«

»Ich möchte aber doch gern wissen, was dahinter ist. Eine Mauer ist ein Ding, das die Neugier erhöht.«

»Aber hören Sie! Was hinter dem Eis ist, weiß doch jeder.«

»Was?«

»Eis. Und Eis. Und wieder Eis.«

So einfach hatte ich mir den Pol keineswegs gedacht. Ned Land hatte in gewisser Weise Recht, die *Nautilus* konnte anscheinend nicht weiter, weder vorwärts noch zurück. Sie war im Begriff, rundum einzufrieren. Ich machte mir darüber Sorgen und war deshalb froh, als der Kapitän an Deck kam, um nach dem Stand der Dinge zu sehen.

»Na, was meinen Sie, Professor?«, fragte er leutselig.

Ich ärgerte mich über seine ruhige und heitere Art. Und ich sagte ihm offen meine Meinung: »Wir stecken fest.«

»Sie meinen damit, es geht weder vorwärts noch zurück? Sie meinen damit, wir sind aufgeschmissen?«

»Etwa«, sagte ich knapp.

»Immer der Alte«, lachte er. »Immer der alte, gute Professor. Aus Ihnen wird nie ein Entdecker, Monsieur. Ich habe vor weiterzufahren und ich werde weiterfahren. Ich will nämlich zum Pol, mein Herr, an jenen unbekannten Punkt, an dem alle Meridiane zusammenlaufen.«

»Zum Pol!«

»Natürlich. Sie wissen doch, was die *Nautilus* kann.«

Ja, allerdings, das wusste ich. Diese Stimme gab mir alles Selbstvertrauen wieder zurück. Dieser Mann konnte, was noch kein Seefahrer vor ihm fertig gebracht hatte.

»Kennen Sie den Pol schon?«, fragte ich.

»Nein. Wir werden ihn gemeinsam entdecken. Einverstanden?«

»Jawohl! Vollkommen, Kapitän. Vorwärts, sprengen Sie die lächerliche Eisdecke! Schießen wir darüber hinweg.«

»Drüber? Untendrunter durch natürlich.«

Er war übermenschlich. Er benutzte die natürlichen Eigenschaften der *Nautilus* für sein Abenteuer und er konnte so vollbringen, was für jeden anderen unausführlich bleiben musste. War der Pol von Festland umgeben, würde er davor Halt machen, lag er im Wasser, konnten wir darüber schwimmen.

»Da die Eisdecke nicht höher als 100 m über den Meeresspiegel ragt, reichen die Blöcke unter Wasser nicht tiefer als 600 m hinab. Und darunter ist freies Meer. Wir haben dort unten sogar wärmeres Wasser als hier oben. Die einzige Schwierigkeit könnte darin bestehen, dass wir längere Zeit ohne Lufterneuerung auskommen müssten.«
»Wenn das alles ist«, sagte ich. »Da brauchen wir ja nur die Reservetanks der *Nautilus* mit Luft zu füllen.«
»Ah so. Gut, Professor. Ich sehe, Sie leben sich in die Materie ein«, antwortete Nemo ironisch. »Ich wollte Ihnen nur im Voraus sagen, welche Gefahren uns erwarten, damit Sie mich nicht unüberlegt heißen, wenn wir bereits getaucht sind. Es gibt da nämlich noch einen Punkt . . .«
»Immer heraus damit!«
»Nehmen Sie mal an, der Südpol liegt im Meer. Das wäre dann gefroren und wir könnten nicht wieder an die Oberfläche.«
»Was? Können Sie mit Ihrem Rammsporn denn diese lächerliche Eisdecke nicht zertrümmern, wenn Sie schräg aufwärts fahren?«
»Ihre Darlegungen überzeugen mich, Professor. Wir können die Fahrt wagen.«
Er spottete zu Recht, denn mich hatte der Entdeckereifer stärker gepackt als je zuvor. Ich glühte, und während er dem Ersten Offizier in ihrer unverständlichen Sprache seine Befehle gab, suchte ich Conseil und den Kanadier auf, um sie über die bevorstehende Großtat zu informieren.
»Conseil, wir fahren zum Südpol!«
»Wie es Monsieur beliebt«, antwortete mein Diener lahm. Offensichtlich hatte die Kälte sein Phlegma noch um ein gutes Stück verstärkt.
»Monsieur, Sie tun mir Leid«, sagte der Kanadier langsam. »Samt Ihrem Kapitän. Vielleicht kommen Sie zum Pol. Aber zurückkehren werden Sie nicht. Ich glaube, ich zieh mich lieber in meine Kabine zurück, bevor es an Bord ein Unglück gibt.«

Das kühlte mich etwas ab und ich sah am Nachmittag nachdenklich den zehn Leuten zu, die um die *Nautilus* herum das Eis mit Beilen und Pickeln aufbrachen. Das Wetter war hell und klar, die Atmosphäre besaß eine reine Kälte von 12° unter null, was aber bei der herrschenden Windstille nicht unangenehm war. Um 16 Uhr musste ich hinabsteigen, die Luke wurde geschlossen, die Tauchbehälter füllten sich, die *Nautilus* sank.

Wir blieben unter Wasser auf dem 52. Meridian und nahmen Kurs direkt auf den Pol, von dem wir in diesem Augenblick 2 000 km entfernt waren. Mit unserer Geschwindigkeit von 26 kn konnten wir ihn in knapp 48 Stunden erreichen.

Am 19. März begann die *Nautilus* vorsichtig zu steigen, um zu prüfen, wann die Eisdecke zu Ende war. Conseil und ich saßen vor den Fenstern des Salons, aber das vom Scheinwerfer erhellte Meer war leer. Wir spürten fortwährend die kleinen Stöße, mit der die Plattform an den Eismassen über uns kratzte. Bis zum Abend fanden wir immer noch 400 m zu unsern Häuptern und in dieser Nacht schlief ich unruhig, denn die Luft wurde langsam schlecht. Wir mussten sie erneuern oder unsere Vorräte aus den Behältern anbrechen. Ich wachte mehrere Male auf und bekam bei einem nervösen Rundgang gegen drei Uhr nachts mit, dass wir nur noch 50 m Eis über uns hatten. Da blieb ich am Manometer und erlebte mit, wie die Eisdecke von Meile zu Meile dünner wurde; und gegen sechs Uhr morgens trat Nemo in den Salon.

»Das offene Meer, Monsieur!«, sagte er.

Ich stürzte sofort zur Plattform hoch: ja da! Auf der weiten Meeresfläche trieben kaum noch Eisblöcke, tausende von Vögeln kreuzten über die wechselnd tiefblauen und olivgrünen Gewässer, hier wimmelte es von Fischen und das Thermometer zeigte einen Frühling von 3° über null.

»Sind wir am Pol?«, fragte ich Nemo.

»Weiß ich nicht. Ich muss erst unseren Standort aufnehmen.«

»Die Sonne werden Sie durch diesen Nebelvorhang kaum zu sehen bekommen.«

»Der geringste Deut langt mir zur Aufnahme des Stundenwinkels.«

10 sm südlich ragte eine Insel etwa 200 m hoch aus dem Meer auf, auf sie hielten wir zu, allerdings sehr langsam, da wir nicht wussten, ob das Meer von Klippen durchzogen war. Zwei Stunden später wussten wir, dass ihr Umfang etwa 5 sm betrug. Ein Kanal von geringer Breite trennte sie von einer weiteren Landmasse – vielleicht dem Festland der Antarktis? Wir hielten und ließen das Boot ins Wasser. Zwei Matrosen luden Instrumente ein, Nemo winkte Conseil und mir, dann setzten wir zu fünft zur Küste über. Ned Land blieb in seiner Kabine.

Um zehn Uhr legten wir an. Conseil wollte hinausspringen, aber ich hielt ihn zurück.

»Kapitän, Ihnen gebührt die Ehre, dieses Land als Erster zu betreten.«

»Ja. Und ich setze meinen Fuß auf den Boden dieses Südpolarlandes mit dem vollen Bewusstsein, es als Erster zu tun.«

Er sprang hinaus, stieg auf die Spitze einer prachtvollen Felsengruppe am Ufer, kreuzte die Arme auf der Brust und stand lange dort, glühend und stark, wie eine Morgensonne, die aus dunklen Bergen kommt, und nahm von diesem Land Besitz. Nach fünf Minuten löste er sich aus der Erhebung, drehte sich uns zu und sagte mit einer Handbewegung: »Wenn Sie jetzt kommen wollen, meine Herren . . .«

Der Boden bestand aus rötlichem Tuff; Schlacken und Lavarinnen verrieten den vulkanischen Ursprung. An manchen Stellen zeugten schwache Schwefeldünste noch von der fortwirkenden unterirdischen Tätigkeit. Die Vegetation spärlich: einige Flechten, einige Diatomeen, einiger Seetang. Am Ufer Mollusken hingesät, Muscheln aller Art, Korallen auch, Seesterne. Die Luft war mit Vögeln aller Gattungen erfüllt, Pinguine watschelten, Strandläufer liefen, Albatrosse und Sturmvögel flogen. Die Atmosphäre war von nebligem Dunst durchdrungen, der jede Beobachtung der Sonne unmöglich machte.

Ohne Stundenwinkelmessung konnten wir aber nicht feststellen, ob wir wirklich am Pol waren. Nemo stand unbeweglich an einen Felsen gelehnt und wartete auf die Sonne. Es stimmte ihn missmutig, dass er ihr nicht befehlen konnte. Gegen Mittag setzte Schneegestöber ein, wir fuhren zur *Nautilus* zurück.

»Auf morgen!«, sagte Nemo grimmig, bevor er in seiner Kabine verschwand.

Am Morgen des 20. hatte zwar der Schneefall aufgehört, aber das Thermometer zeigte jetzt -2°. Der Nebel befand sich in steigender Bewegung. Wir konnten darauf hoffen, heute zu messen. Gegen elf Uhr ließ Nemo wieder das Boot ablegen, wir brachten die Instrumente an Land und bauten sie auf, diesmal allerdings 10 sm weiter südlich als am Tag zuvor. Geduldig warteten wir die Stunde bis zum Mittag, aber die Sonne zeigte sich wieder nicht.

Das war allerdings ärgerlich. Am 21. März hatten wir das Äquinoktium und dann würde die Sonne sechs Monate lang aus unserem Gesichtskreis verschwinden.

»Morgen oder nie«, sagte ich zum Kapitän.

»Genau«, antwortete er. »Und morgen sogar besonders leicht. Denn wenn morgen um zwölf Uhr die Sonne vom nördlichen Horizont genau in zwei Hälften geteilt wird, befinde ich mich am Südpol. Ich brauche also nur meine Uhr zur Messung.«

»Aber das Ergebnis ist nicht exakt, da das Äquinoktium nicht unbedingt auf zwölf Uhr mittags fällt.«

»Allerdings. Aber die Abweichung beträgt kaum 100 m und diese Exaktheit genügt. Auf morgen!«

Ich fand noch ein Pinguinei im Wert von mindestens 1000 Franc an dieser Küste, steckte es vorsichtig ein und nahm es mit an Bord.
Am anderen Morgen, dem 21. März, stieg ich bereits um fünf Uhr zur Plattform hoch und fand dort den Kapitän.
»Es klart auf. Nach dem Frühstück gehen wir an Land und suchen uns eine gute Stelle für die Beobachtung aus.«
Ich war einverstanden und ging Ned Land wecken, um ihn zu bewegen wenigstens heute mitzukommen, um den großen Augenblick nicht zu versäumen. Aber er blieb starrköpfig, wurde nur wütender, wenn ich in ihn drang.
Um neun Uhr landeten wir an der Küste und der Kapitän erklärte, dass er seine Beobachtungsstation mit Fernglas, Uhr und Barometer auf der Spitze eines kleinen, allerdings schroffen Berges aufschlagen wollte. Der Aufstieg über die schwefeldünstende Erde war nicht einfach und kostete uns zwei Stunden. Von der Spitze aus überblickten wir ein weites Meer, das vom Horizont begrenzt wurde, und zu unseren Füßen ein unermessliches Land voll blendender Schneefelder. Fern im Wasser lag die *Nautilus* wie ein schlafender Wal.
11.45 brach die Sonne durch, als Nemo gerade mit dem Barometer seine Höhe aufgenommen hatte. Die goldene Scheibe, die ihre letzten Strahlen über den verlassenen Kontinent warf, war nur durch die Brechung der Lichtstrahlen sichtbar. Nemo beobachtete sie mit einem Fernglas, das mit einem Spiegel die Brechung korrigierte, und er folgte ihrer sehr langen Diagonale, die sie unter den Horizont führte. Ich hielt mit zitternden Händen die Uhr. Wenn die Hälfte der Scheibe Schlag zwölf Uhr verschwunden war, so standen wir am Pol!
»Zwölf Uhr!«, rief ich.
»Der Südpol«, sagte Kapitän Nemo gelassen und ließ mich durchs Glas sehen: Es zeigte, wie das Tagesgestirn vom Horizont in zwei

Teile geschnitten wurde. Von unten zogen langsam Schatten zur Spitze des Berges hinauf, wo wir standen. Nemo trat zu mir, legte mir die Hand auf die Schulter und sprach: »Monsieur, 1600 erreichte der Holländer Gherritz, durch Stürme verschlagen, den 64. Breitengrad und entdeckte die Südshetlandinseln. Am 17. Januar 1773 kam der berühmte Cook unter 38° östl. Länge bis 67° 30' an den Pol heran und am 30. Januar 1774 bis auf 71° 15', und zwar unter 109° westl. Länge. 1819 befand sich der Russe Bellinghausen auf dem 69. Breitenkreis und 1820 entdeckte der Amerikaner Morrel, dessen Angaben zweifelhaft sind, unter 42° westl. Länge und 70° 14' das freie Meer. Im gleichen Jahr musste der Engländer Brunsfield am 65. Breitengrad Halt machen. 1825 konnte der Engländer Powell nicht mal den 62. Breitengrad überschreiten. Im gleichen Jahr arbeitete sich ein einfacher Robbenjäger, der Engländer Weddell, unter 35° westl. Länge bis 72° 14', unter 36° westl. Länge bis auf 74° 15' vor. 1829 nahm der Engländer Foster als Kommandant der *Chanticleer* unter 66° 26' westl. Länge und 63° 26' südl. Breite Besitz vom antarktischen Kontinent. Am 1. Februar 1831 entdeckte der Engländer Biscoe Enderbyland auf 68° 50' Breite, am 5. Februar 1832 Adelaideland auf 67° Breite und am 21. Februar Grahamsland auf 64° 45' Breite. 1838 wurde der Franzose Dumont d'Urville bei 62° 57' von der Eisdecke gestoppt, nahm jedoch das Louis-Philippe-Land auf; zwei Jahre später gab er am 21. Januar dem Adelieland auf 66° 30' Breite und eine Woche später der Clarieküste auf 64° 40' Breite ihren Namen. 1838 näherte sich der Engländer Wilkes bis auf 69°. Dann entdeckte der Engländer Balleny ein Jahr später Sabrinaland auf dem Polarkreis. 1842 endlich fand der Engländer James Ross, am 12. Januar die Vulkane Erebus und Terror unter 171° 7' östl. Länge und 76° 56' Breite besteigend, Viktorialand. Am 28. Januar war er auf 77° 32' und am 2. Februar auf 78° 10' – niemand ist näher an den Pol herangekommen.

Und jetzt habe ich, Kapitän Nemo, am 21. März 1868 den Südpol am 90. Breitengrad erreicht und ergreife von diesem Erdteil Besitz.«

»In wessen Namen?«

»In meinem eigenen, Monsieur.«

Bei diesen Worten entfaltete er eine schwarze Flagge, die mit einem goldenen N verziert war, und stieß sie in den Boden. Die letzten Strahlen der Sonne huschten über den Meeresspiegel auf das Tagesgestirn zurück.

»Lebe wohl«, sagte Nemo. »Mein neues Reich beginnt mit sechs Monaten Finsternis.«

24. Kapitel

Bereits um sechs Uhr früh trafen wir am folgenden Tag, 22. März, die Vorbereitungen zur Abfahrt. Der letzte Widerschein der Dämmerung löste sich in das Dunkel der Polarnacht auf. Es war sehr kalt geworden und die Sterne zeigten sich in überraschend klaren Bildern. Am Zenit stand das glänzende Kreuz des Südens. Wenn jetzt Wind ging, empfand die Haut einen stechenden Schmerz, bei -12° begann das Meer ringsum zu gefrieren, Eisbrei verdichtete sich zu Treibeis und es wurde offenkundig, dass dieses freie Becken am Südpol während der sechs Wintermonate zugefroren war.
Die *Nautilus* tauchte gemächlich bis auf 300 m Tiefe, dann begann sich die Schraube zu drehen und wir stießen mit 15 kn nordwärts. Gegen Abend ging es bereits unter der unermesslichen Eisdecke her.
Die Fenster im Salon blieben zu, aus Sicherheitsgründen. Ich brachte deshalb den Tag damit zu, meine Notizen zu ordnen. Mein Kopf steckte voller Polgedanken: Mühelos, ohne größere Gefahren waren wir bis zu diesem unerreichbarsten Punkt der Erde vorgedrungen, bequem eigentlich, als seien wir mit der Bahn gefahren. Auch das war eine der Überraschungen der Reise. Würden noch mehr folgen? Ich war davon überzeugt, denn die Wunder des Meeres sind ohne Zahl. Wir waren bereits fünf Monate unterwegs, hatten 62 300 km zurückgelegt, mehr als 33 000 sm also, mehr als der Äquator misst, wir hatten in den unterseeischen Wäl-

dern von Crespo gejagt, waren in der Torresstraße gestrandet, hatten Riesenperlen gesehen und einen Korallenfriedhof, hatten gegen Haie gekämpft und Gold geborgen, waren unterm arabischen Festland hindurch und bis zum Südpol hinabgefahren und ich kannte Atlantis . . .

Mein Hirn war in diesen Tagen von Träumen bewegt, die mir all diese Erlebnisse wieder brachten, und es kam nicht zur Ruhe.

Um drei Uhr früh spürte mein Körper einen heftigen Stoß, ich sprang auf und horchte ins Dunkel. Ein zweiter Stoß folgte und schleuderte mich zu Boden. An der Schräge der Kabine merkte ich, dass sich die *Nautilus* leicht zur Seite geneigt hatte.

Ich tastete mich an den Wänden entlang bis vor in den Salon, in dem Licht brannte. Die Möbelstücke waren umgefallen oder an die eine Wand gerutscht, nur die fest montierten Schaukästen hatten ihren Platz behalten. Die Gemälde der rechten Wand lagen fest an der Tapete an, die der linken pendelten mit dem unteren Rand frei. Die *Nautilus* lag also auf der rechten Seite. Ich hörte aus dem ganzen Schiffskörper Stimmen und Fußtritte, die mir erregt schienen. Ich wartete auf den Kapitän, aber der kam nicht. Stattdessen traten Ned Land und Conseil in den Salon.

»Was ist los?«, fragte ich.

»Das wollten wir gerade von Monsieur hören!«, antwortete Conseil.

»Was wird sein«, rief der Kanadier ärgerlich, »wir sitzen fest, und zwar diesmal besser als in der Torresstraße.«

»Sind wir denn oben?«

Ich trat an das Manometer und erschrak. Wir befanden uns in 360 m Tiefe.

»Ah, das ist nicht gut. Wir müssen sofort mit Nemo reden.«

Die beiden folgten mir, als ich aus dem Salon ging. Wir durchsuchten die Gänge und die Zimmer, die uns offen standen, fanden aber niemanden. Ich vermutete, dass sich Nemo im Steuerhaus aufhielt.

Wir gingen wieder in den Salon zurück, lehnten uns an die Wände, warteten und Ned Land unterhielt uns zwanzig Minuten lang mit seinen Flüchen.

Als Nemo eintrat, schien er uns gar nicht zu bemerken. Auf seinem sonst so sicheren Gesicht entdeckte ich Unruhe. Er trat schweigend ans Manometer, an den Kompass, an die Karte, und nach einer Weile wandte er sich zu mir und sah mich an.

»Ein Zwischenfall, Kapitän?«, fragte ich.

»Nein. Diesmal ist es ein Unfall.«

»Was Ernstes?«

»Vielleicht.«

»Unmittelbare Gefahr?«

»Nein.«

»Was ist passiert?«

»Ein ungeheurer Eisblock, ein ganzer Berg, hat sich gedreht. Wärmere Wasserströme und Stöße schleifen die Eisblöcke an ihrer Basis ab, ihr Schwerpunkt verlagert sich, die Massen drehen sich, stürzen um und von einem solchen Sturz hat die *Nautilus* etwas abbekommen, das Eis hat sich unter das Fahrzeug geschoben und es in die Höhe gehoben.«

»Können wir nicht etwas steigen und dadurch wieder in die Horizontale kommen?«

»Das lasse ich schon versuchen, aber vorläufig ist auch der Eisblock noch im Steigen begriffen. Schauen Sie auf das Manometer! Erst wenn er aufgehalten wird, hat es Sinn, dass wir uns aufwärts bewegen.«

Mir kam sofort der Gedanke, dass der Auftrieb des Eises erst durch die Eisdecke an der Oberfläche gebremst werden könnte, wobei unser Fahrzeug zwischen den beiden Massen zermalmt würde. Ich wagte nicht davon zu sprechen. Wir schwiegen, während Nemo unablässig den Zeiger des Manometers verfolgte. Nachdem wir knapp

50 m gestiegen waren, ging ein leichtes Zittern durch den Schiffsrumpf und wir merkten, dass sich der Boden wieder begradigte. Die hängenden Gegenstände schmiegten sich wieder normal an die Wände. Der Kapitän verließ das Manometer.
»Werden wir wieder flott?«, fragte ich.
»Sicher. Wir können immer noch die Tauchtanks entleeren, um höher zu steigen.«
Er ging aus dem Salon.
»Da sind wir noch mal gut davongekommen«, sagte Conseil und lächelte erleichtert.
»Wenn wir das schon sind«, brummte Ned Land.
Ich brauchte mich auf den Pessimismus des Kanadiers nicht weiter einzulassen, denn in diesem Augenblick öffneten sich die Fensterwände und wir konnten nach draußen schauen. Was wir sahen, war nicht sehr muteinflößend. Zwar schwammen wir im freien Wasser, aber doch in einem regelrechten Eistunnel, dessen Wände nur 10 m von der Außenwand der *Nautilus* entfernt waren. Das Dach über uns war die untere Seite der mächtigen Eisdecke, die seitlichen Wände gehörten zu einer Rille, welche die Vorsehung für uns in den Eisblock gegraben haben musste.
Der Scheinwerferstrahl der *Nautilus* wurde von den Eiswänden tausendfach reflektiert und erleuchtete den Salon und der Blick hinaus war wie der Blick in eine Edelsteinmine von blauem Saphir und grünem Smaragd.
»Das ist wunderbar«, staunte Conseil und presste seine Nase ans Fensterglas.
»Der schönste Sarg, den ich je gesehen habe«, ergänzte der Kanadier beißend höhnisch. »Nein, im Ernst: Ich habe das Gefühl, wir sähen hier Dinge, die Gott nicht für Menschenaugen gemacht hat. Und das wird uns teuer zu stehen kommen.«
Ich konnte ihn verstehen, es war zu schön. Plötzlich schrie Conseil.

»Was ist los?«, fragte ich.
»Nicht hinsehen, nicht hinaussehen!«
Er bedeckte seine Augen mit der Hand.
»Was hast du denn?«
»Ich bin blind.«
Ich sah unwillkürlich zum Fenster, musste aber sofort den Kopf abwenden. Der Lichttunnel dort draußen war in Bewegung geraten und die Strahlungen und Spiegelungen hatten sich in ein gleißendes Feuer verwandelt, in ein Bombardement von Blitzen, die kein Auge aushalten konnte. In diesem Augenblick schlossen sich auch die Läden, das Licht im Salon ging wieder an.
»Kein Mensch auf der Erde wird uns glauben, was wir gesehen haben«, sagte Conseil. »Und alle Wunder der Erde werden uns schmächtig vorkommen. Wir sind zu erfahren für sie. Die bewohnte Welt ist unserer nicht mehr würdig.«
Das waren erstaunliche Worte aus dem Mund des phlegmatischen Flamen, aber sie zeigten, bis zu welchen Höhepunkten unsere Sinnesreizungen gestiegen waren.
»Keine Angst, mein Freund«, sagte der Kanadier kalt. »Die bewohnte Welt wirst du kaum wieder betreten müssen.«
Wie zur Bekräftigung dieser Worte erfolgte ein Stoß. Es war fünf Uhr früh, die *Nautilus* war mit ihrem Vorderteil auf Widerstand gestoßen. Ein Block, der den Tunnel versperrte? Das Manöver in der schmalen Rinne war nicht leicht. Und dann merkten wir gleich, dass es rückwärts ging.
»Wir fahren rückwärts«, sagte ich tonlos.
»Tja, Herr Naturforscher!«, rief Ned Land. »Sieht fast so aus, als sei euer famoser Tunnel an einer Seite ohne Ausgang!?«
»Und wenn!«, fuhr ich ihn an. »Dann fahren wir eben am südlichen Eingang hinaus.«
»Wenn Sie rauskommen.«

Ich konnte diese Reden nicht länger ertragen, da mir selbst ähnliche Gedanken im Kopf herumgingen. Ich trat in die Bibliothek, nahm ein Buch zur Hand und schlug es auf. Meine Augen liefen mechanisch über die Zeilen.

Nach einer Viertelstunde hörte ich Conseil kommen. Er trat neben mich, sah mir eine Weile zu und sagte dann: »Ein gutes Buch?«

»Ach ja, doch, sehr interessant.«

»Hab ich mir bald gedacht. Es ist das Werk von Monsieur.«

»Mein Buch?«

Ich schlug die Titelseite auf und las meinen Namen, meinen Buchtitel. Verwirrt klappte ich das Werk zu und stellte es wieder auf das Lesepult, von dem ich es heruntergenommen hatte. Ich ging auf und ab, die Hände auf dem Rücken, verkrampft. Ned Land und Conseil wollten sich zurückziehen. Ich bat sie zu bleiben. Das Warten dauerte Stunden. Wir waren uns peinlich. Wir redeten kein Wort miteinander.

Um 8.25 Uhr löste sich die Starre des Wartens. Ein Stoß brachte uns auf die Beine, diesmal kam er von rückwärts. Ich bekam die Hand meines Dieners zu fassen. Ich war bleich geworden. Wir sahen uns an. Der Kapitän kam herein.

»Auch der Südeingang zu?«, fragte ich.

»Ja, Monsieur. Alle Wege sind abgeschnitten.«

»Aus?«

»Aus.«

25. Kapitel

Der Kanadier schlug fürchterlich mit der Faust auf den Tisch. Conseil schwieg. Ich sah Nemo an. Der Kapitän redete kühl: »Meine Herren, es gibt in der augenblicklichen Situation zwei Arten des Todes. 1. Wir werden langsam erdrückt. 2. Wir werden langsam ersticken. Den Hungertod halte ich für ausgeschlossen, denn unsere Lebensmittel reichten wahrscheinlich länger als unser Leben.«

»Wieso ersticken?«, rief ich unbeherrscht. »Unsere Behälter sind doch mit Luft gefüllt.«

»Die reicht höchstens noch zwei Tage. Wir sind bereits 36 Stunden unter Wasser, müssen also in spätestens 48 Stunden die Luft erneuern.«

»Das bedeutet: In 48 Stunden müssen wir uns freigearbeitet haben?«

»Wir können es wenigstens versuchen. Die *Nautilus* wird gleich aufsetzen; dann steigen meine Leute in Taucheranzügen hinaus und sondieren. An der dünnsten Stelle hauen wir das Eis durch.«

Wir setzten in 350 m Tiefe auf dem Eisgrund auf. Die Fenster des Salons öffneten sich. Ich sagte: »Freunde, die Lage war noch nie so ernst. Ich hoffe, dass wir gemeinsam unseren Mut und un. . .«

»Was sollen die langen Reden«, unterbrach mich der Kanadier. »Ich bin bereit mein Bestes für das Allgemeinwohl zu tun. Mir liegt eine Hacke ebenso gut in der Hand wie eine Harpune. Ich stehe zur Verfügung.«

Ich drückte ihm die Hand und brachte ihn zur Schleusenkammer, wo er seinen Taucheranzug verpasst bekam. Anschließend postierte ich mich mit Conseil vor dem Fenster im Salon. Wir sahen eine Gruppe von zwölf schwarz gekleideten Männern auftreten, darunter Ned, darunter den Kapitän. Die Männer sondierten an mehreren Stellen und fanden heraus, dass der Boden unter uns 10 m dick war. Es galt also, ein Stück Eis von 6 500 m^3 aus dem Boden herauszuhauen, durch dieses Loch konnte die *Nautilus* in Wassertiefen hinabsinken, die für sie wieder schiffbar waren.

Die Arbeit wurde unverzüglich in Angriff genommen und mit unermüdlicher Ausdauer durchgeführt. Statt um die *Nautilus* herumzugraben, ließ Nemo 8 m weiter seitlich eine Grube abstecken und ausheben, das vereinfachte die Arbeit. Da die losgemeißelten Eisblöcke leichter waren als die gleiche Masse Wasser, stiegen sie behäbig zur Decke empor, und was der Boden an Dicke verlor, nahm die Decke zu.

Nach zwei Stunden Arbeit kam Ned Land zurück, er war erschöpft. Jetzt kam der zweite Arbeitstrupp an die Reihe, Conseil und ich darunter. Der Erste Offizier führte uns an. Mir kam das Wasser besonders kalt vor. Dann wärmten mich die Schläge mit Hacke und Pickel und die Empfindung verschwand. Von den 30 at Druck war nichts zu spüren, ich bewegte mich vollkommen frei.

Als ich nach zwei Stunden zurückkehrte, um zu essen und mich auszuruhen, spürte ich bereits den deutlichen Unterschied zwischen der reinen Luft aus dem Atemgerät und der stark kohlensäurehaltigen Luft im Innern der *Nautilus*. Sie war seit 48 Stunden nicht erneuert worden und hatte ihre belebende Wirkung fast eingebüßt.

Nach zwölf Stunden hatten wir gerade 1m Boden von der vorgezeichneten Fläche abgehoben, also 600 m^3 Eis bewegt. Wenn wir das Tempo beibehielten, würden wir noch fünf Nächte und vier Tage brauchen, bis wir durch waren!

»Und die Luft reicht nicht mal mehr ganz zwei Tage!«
»Dabei haben Sie noch gar nicht berücksichtigt, dass wir anschließend ja noch lange unter der Eisdecke fahren müssen.«
Das war richtig. Niemand konnte voraussehen, wann wir wieder an die Oberfläche kommen würden. Mussten wir nicht vorher ersticken? Mussten wir vielleicht alle hier in dieser Gruft aus Eis zu Grunde gehen? Unsere Lage schien Schrecken erregend ernst. Sie war jetzt allen voll bewusst. Und alle stellten sich der Gefahr und taten, was ihre Pflicht war.
Während der Nacht wurde ein weiterer Meter Boden gelöst. Als ich dann am Morgen in meinen Taucheranzug stieg und mich ins -7° kalte Wasser begab, entdeckte ich, dass sich die Seitenwände des Tunnels Stück um Stück der *Nautilus* näherten. Die Wasserschichten, die entfernt von unserem Arbeitsplatz lagen und nicht bewegt wurden, zeigten eine Tendenz zur Verfestigung. Was war jetzt mit unserer Rettung, angesichts so drohender Gefahr? Wie sollte man die Verfestigung der flüssigen Massen aufhalten, unter deren Druck die Wände der *Nautilus* wie Glas zerspringen mussten?
Ich verriet meinen Gefährten mit keinem Wort, was ich entdeckt hatte, ich durfte ihren Arbeitseifer, mit dem sie für unsere Rettung schufteten, nicht lähmen. Aber kaum waren wir zurück an Bord, suchte ich den Kapitän auf und erzählte ihm von dem neuen Hindernis.
»Ich weiß«, antwortete er mit seiner ruhigen Stimme, die sich auch unter den schrecklichsten Umständen nicht wandelte. »Eine Gefahr mehr, ich sehe aber nicht, wie wir ihr begegnen sollen. Die einzige Chance wäre, dass wir schneller sind, als die Verfestigung fortschreitet. Wir müssen ihr zuvorkommen, das ist alles.«
Zuvorkommen! Wäre ich an diese Sprache des Unmöglichen nicht schon gewöhnt, ich hätte zugeschlagen. So griff ich zum Eispickel und arbeitete an diesem Tag wie ein Besessener, um mich aufrecht

zu halten. Das war nicht allein eine moralische Maßnahme, sondern auch erfrischender als der Aufenthalt in der dumpfen Luft an Bord.

Ein weiterer Meter am Abend und bei der Rückkehr bereits das Empfinden des Erstickens. Ich dachte wehmütig an die Chemie und ihre Möglichkeiten der Lufterzeugung. An Sauerstoff hätte es uns nicht gefehlt, das umgebende Wasser enthielt genug. Aber die Innenräume der *Nautilus* waren zum Bersten mit giftiger Kohlensäure gefüllt und die konnten wir nicht entfernen, dazu hätte man einen Behälter mit kaustischer Pottasche dauernd rütteln müssen! An diesem Abend öffnete Nemo zum ersten Mal die Hähne seiner Reservebehälter und ließ frische Luft zu. Ohne diese Maßnahme wären wir am anderen Morgen wohl nicht mehr aufgewacht.

Am 26. März stieg die fünfte 1-m-Lage nach und nach zur Decke. Es war offensichtlich geworden, dass die Wände des Tunnels zusammenwachsen würden, bevor die *Nautilus* freigehauen war. Die Verzweiflung machte eine Weile meine Hände schlapp und ich konnte meinen Pickel nicht mehr ordentlich halten. Wozu das Hacken und Graben, wenn ich doch zerquetscht werden sollte, von diesem kalten Wasser, das zu Stein wurde, in einer Todesmarter, wie noch kein Wilder sie ersonnen hatte?

In diesen Augenblicken der Mutlosigkeit kam der Kapitän bei mir vorbei. Ich wies mit der Hand auf die Wände, die kaum noch 4 m von der *Nautilus* entfernt waren. Er verstand und winkte mir zu folgen. An Bord zogen wir die Taucheranzüge aus und gingen in den Salon.

»Wir müssen uns etwas einfallen lassen, Monsieur.«

»Allerdings. Aber was?«

»Wenn die *Nautilus* stark genug wäre den Druck auszuhalten, könnte das die Rettung sein. Wahrscheinlich würde sie dann das Eisfeld von oben bis unten spalten, so wie sonst das gefrierende Wasser die härtesten Felsen sprengt.«

»Aber sie hält den Druck nicht aus.«
»Nein.«
»Sie würde platt werden wie ein Blech.«
»Das weiß ich selbst. Das brauchen Sie mir nicht erst noch zu erklären. Wir müssen uns selbst helfen, dann hilft uns die Natur. Die Vereisung geht auf allen Seiten voran, wir müssen uns nach allen Seiten wehren.«
»Wie lange können wir mit der Luft aus den Reservetanks noch atmen?«
»Bis übermorgen.«
Und dann stand der Mann unbeweglich da, schweigsam, er dachte nach. Auf seinem Gesicht sah man den Widerschein einer Revue von Ideen, die aber alle zurückgewiesen wurden. Plötzlich sprach er ein paar Worte und richtete sich auf.
»Kochendes Wasser«, sagte er.
»Wie bitte?«
»Kochendes Wasser. Wir sind in einem ziemlich engen Raum eingeschlossen. Wenn ich mit den Pumpen ständig kochendes Wasser hinausschleudern würde, müsste das die Temperatur erhöhen. Und die Vereisung aufhalten.«
»Man könnte es versuchen . . .«
»Fangen wir an!«
Er führte mich in die Küche, wo riesige Destilliergeräte Trinkwasser aus Meerwasser erzeugten. Die Rohrschlangen wurden mit Wasser gefüllt und elektrisch beheizt. In wenigen Minuten kochte das Wasser und wurde mit den Pumpen hinausgepresst; neues Wasser kam herein.
Drei Stunden später war das Thermometer bereits auf -6° gestiegen, zwei Stunden später lasen wir -4° ab. Während der Nacht stieg die Temperatur bis auf -1° (das Wasser konnte erst bei -2° gefrieren) und es blieb nur noch das Ersticken zu fürchten.

Am 27. März hieß die Rechnung: 6 m Eisdecke beseitigt, Rest 4 m = 48 Stunden. Die Luft an Bord war kaum noch zu atmen. Die Glieder wurden immer schwerer, eine physische und psychische Beklemmung griff in unseren Körpern Platz. Die Kinnladen waren durch Gähnen verrenkt, die Lungen arbeiteten unter Keuchgeräuschen, da die eingeatmete Luft sie füllte, aber wertlos war. Ich lag fast kraftlos auf dem Bett, in einem Dämmerzustand des Bewusstseins, und als ich Conseil sagen hörte: »Wie gern gäbe ich meine Luft für Monsieur!«, kamen mir die Tränen. Ich drängte mich wieder zur Arbeit vor Ort, meine Sehnsucht nach dem frischen Luftstrom aus den Atemgeräten trieb mich, und da es allen gleich ging, machte die Arbeit gewaltige Fortschritte.

Dennoch blieb niemand länger als die festgesetzte Zeit draußen, auch der Kapitän nicht. Widerspruchslos traten wir der keuchenden Ablösung unsere Ranzen mit dem Lebenselixier ab. Am Abend trennten uns noch 2 sm vom freien Meer. Aber die Behälter waren fast leer und es gab keine Lufterneuerung mehr, der Rest wurde für die Arbeiter aufgehoben.

Am anderen Morgen brauchte ich lange Zeit, bis ich wach wurde, ich war vor Angst schweißgebadet und fühlte mich elend betrunken. An diesem sechsten Tag unserer Gefangenschaft beschloss Nemo, die Arbeiten mit Pickel und Hacke einzustellen und die noch übrige Schicht mit dem Gewicht der *Nautilus* zu zerdrücken. Der Kapitän war physisch ebenso geschwächt wie wir. Aber er stand durch seine moralische Festigkeit alle Anfechtungen durch, dachte und handelte. Er ließ die *Nautilus*, nachdem alle Mann an Bord waren, etwas steigen und öffnete dann die Ausgleichstanks, sodass 100 m^3 Wasser hereinstürzten und das Fahrzeug zu Boden drückten. Wir standen und lauschten. Würde der Stoß den Meter Eis unter uns zerbrechen? Plötzlich trat zu dem bedrohlichen lauten Summen in meinem Kopf ein tiefes Dröhnen und Bersten, das von außen kam,

das Eis krachte und zersprang, wir sanken durch das Loch und fielen plötzlich wie eine Eisenkugel im Wasser.
Sofort traten die Pumpen in Aktion und schleuderten das Wasser wieder hinaus, bis die Fallbewegung aufhörte. Das Rotieren der Schraube war zu hören und bald schoss die *Nautilus* gewaltig angetrieben nach Norden.
Ich erlebte diese Bewegung auf einem Sofa in der Bibliothek liegend. Mein Gesicht war violett angelaufen, meine Lippen tiefblau, ich brachte nur schwer einzelne Gedanken zusammen, der Zeitbegriff hatte sich aufgelöst, ich sah kaum noch etwas und war zu irgendwelchen Bewegungen unfähig. Ich begann langsam zu begreifen, dass dies der beginnende Todeskampf war.
Plötzlich kam ich zu mir, merkte, wie ich gierig Luft schlürfte. Hatten wir es geschafft? Waren wir an der Oberfläche? Ach nein, was mich tränkte, das waren meine beiden Freunde, Ned Land und Conseil, die ein Atemgerät mit einem letzten Restchen Luft aufgetrieben hatten. Ich erkannte, dass sie selbst am Ersticken waren, und wollte den Apparat von meinem Mund wegschieben, aber sie flößten mir mit vereinten Kräften das Leben ein.
Ich sah auf die Uhr: elf Uhr am 28. März. Ich sprang auf. Die Instrumente zeigten, dass die *Nautilus* mit der Furcht erregenden Geschwindigkeit von 40 sm/h unter Wasser dahinschoss – in 6 m Tiefe! Von der Oberfläche trennte uns nur noch eine dünne Eisdecke.
Zertrümmern! Das war mein erster Gedanke. Und da merkte ich auch schon, wie die *Nautilus* zu dem Manöver ansetzte. Wie ein Rammbock fuhr sie gegen die Decke, erfolglos das erste Mal, dann kam ein Bruch in die Massen, der eiserne Schiffskörper stieß nach, zog sich zurück, stieß wieder vor und sprengte mit dem letzten Anlauf das Eisfeld zu unseren Häuptern, schoss aus dem Wasser heraus und brach krachend in die Eisoberfläche des Meeres ein. Im nächsten Augenblick drang reine Luft in alle Räume der *Nautilus*.

26. Kapitel

Seltsamerweise waren wir drei die Einzigen, die an Deck stürmten, um sich mit frischer Luft förmlich voll zu saufen; Nemo und die Mannschaft blieben unsichtbar. Die *Nautilus* begann eine reißende Fahrt zu machen und wieder einmal war unklar, wohin der Kapitän jetzt wollte. Am 31. März, 19 Uhr, befanden wir uns bereits dem Kap Hoorn gegenüber, der Südspitze Südamerikas. An diesem Abend entschied sich, dass wir im Atlantik blieben. Am nächsten Tag lag westlich die Küste von Feuerland; wir tauchten wieder und fanden reich bewachsenen Meeresboden, in dem sich Weichtiere und Schaltiere idyllisch lagerten wie auf fetten Almen. Am anderen Tag lagen die Falklandinseln in Sichtweite, als wir Luft holen kamen, und dutzende von Gänsen und Enten ließen sich auf der Plattform nieder und wanderten von dort aus in die Küche. Ich beobachtete Trichterfische, ich beobachtete Quallen, aber der Kapitän Nemo ließ sich nicht sehen. In den nächsten Tagen im Westen die patagonischen Küsten, dann, 50 sm entfernt, am 4. April die Mündung des Rio de la Plata und Uruguay. Der Kapitän schien die brasilianischen Gewässer nicht zu mögen, denn er stürmte nach Norden (immer den Buchtungen der südamerikanischen Küste folgend), sodass wir bereits am 9. April das Kap San Roque passierten, die östliche Spitze des Kontinents. Zwei Tage lang tauchten wir fast unentwegt und sahen am 11. April die Mündung des Amazonas, dessen gewaltige Wasser auf einige Meilen hinaus das Meer versüßen.

Französisch-Guayana brachte das Blut in Wallung, aber die Fluchtmöglichkeiten waren gering angesichts der rauen See. Den ganzen Tag über, und auch den 12. April noch, blieben wir an der Oberfläche und zogen Netze voller Pflanzentiere, Fische und Reptilien ein. Ein sehr flacher Rochen, wie eine kreisrunde Scheibe geformt und 20 kg schwer, brachte Conseil in Bedrängnis. Das Tier zappelte auf der Plattform und versuchte wieder ins Meer zu entkommen, da erwischte ihn Conseil mit beiden Händen. Sofort stürzte er zu Boden und brüllte: »Hilfe, ach, Herr, Monsieur, helft, oh!«

Ned Land und ich stützten ihn und massierten ihn kräftig, bis er wieder bei vollem Bewusstsein war und das Tier klassifizierte, obwohl ihm niemand seinen Namen verraten hatte. Ein Zitterrochen war's.

»Ich werde mich rächen!«

»Und wie?«

»Das Biest kommt mir heute Abend auf den Tisch!«

Was auch geschah, jedoch war die Rache nicht süß, nicht angenehm, sondern zäh wie Leder.

Die Mannschaft der *Nautilus* fing Seeschildkröten und unser Fahrzeug nahm zusehends Abstand von der amerikanischen Küste. Am 16. April durften wir Guadeloupe und Martinique aus der Ferne betrachten. Der Fischreichtum dieser Gewässer hielt mich ganze Tage vor dem Fenster, nur mit Notizbuch und Bleistift bewaffnet.

Am 20. April fuhren wir in durchschnittlich 500 m Tiefe und die Pflanzen, die wir an den steil aufsteigenden Felsen sahen, schienen einer riesenhaft vergrößerten Welt anzugehören. Unser Gespräch kam auf kolossale Meerestiere und um elf Uhr vormittags machte mich Ned Land darauf aufmerksam, dass die Tangmassen, die wir vom Fenster des Salons aus beobachten konnten, in heftige Bewegung gerieten.

»Diese Tangwaldungen sind wahre Polypenhöhlen«, erklärte ich.

»Und es würde mich nicht wundern, wenn wir eins von diesen Tieren zu sehen bekämen.«

»Simple Kopffüßler . . .«

»Nein, riesenhafte Meerpolypen . . .«

»Ach, Professor, die Märchen kenne ich auch. So ein Ding möchte ich erst mal anfassen, bevor ich daran glaube.«

»Aber es ist schon vorgekommen, dass Kraken Schiffe in den Abgrund gerissen haben«, belehrte ihn Conseil.

»Wer hat dir denn das erzählt? Die ersoffenen Seeleute?«

»Aber Ned«, sagte ich, »es gibt auch eine ganze Reihe von Gelehrten, die von der Existenz der Riesenkraken überzeugt sind.«

»Eben, Gelehrte«, sagte er. »Aber Fischer niemals.«

»Was soll denn der Streit?«, fragte Conseil ungeduldig. »Was brauchen wir Vermutungen. Ich selbst bin Zeuge. Ich habe mit diesen meinen eigenen Augen gesehen, wie ein großes Schiff von den Armen einer Riesenkrake umschlungen und in den Abgrund gezogen wurde.«

»Was? Das hast du gesehen?«

»Allerdings.«

»Selbst? Persönlich? Mit eigenen Augen?«

»Du sagst es.«

»Und wo, bitte schön?«

»In Saint Malo.«

»Ah, ja dann! In Saint Malo. In dem entzückenden kleinen Hafen von Saint Malo!«

»Nein, durchaus nicht. In der Kirche von Saint Malo.«

»In einer Kirche!!!???«

»Jawohl, mein Freund. Ein Gemälde darin stellt den fraglichen Polypen dar.«

»Oh, ja schön, gut, ich glaube es dir, weil es so absurd ist«, rief der Kanadier ärgerlich.

»Eine Legende, Meister«, beruhigte ich ihn. »Sie wissen ja, was wir

Naturwissenschaftler von Legenden zu halten haben. Aber wir können uns auch an dem Bericht meines Freundes Paul Bos, Kapitän in Le Havre, orientieren. Bos hat im Indischen Ozean eine Krake von ungeheurer Größe gesehen. Oder an dem Vorfall auf der *Alecton*, die sichtete 1861 nordöstlich von Teneriffa, etwa auf gleicher Breite wie wir jetzt, eine Riesenkrake. Der Kommandant näherte sich dem Tier, ließ es mit Harpune und Gewehr angreifen, ohne etwas auszurichten, denn der Stahl und das Blei drangen durch das gallertartige Fleisch hindurch. Aber seinen Leuten gelang es, eine Schlinge um den Körper des Tieres zu werfen, und die verfing sich in den Schwanzflossen. Man versuchte das Tier herauszuziehen, aber es war so schwer, dass ihm die Flosse abriss. Es verschwand dann ohne diese nützliche Zierde.«

»Na«, brummte der Kanadier, »das hört sich doch schon eher nach Beweis und Tatsache an. Wie groß war denn das Biest?«

»Etwa 6 m im Durchmesser?«, schlug Conseil vor, der sich dem Fenster wieder zugewandt hatte.

»Ja, so etwa.«

»Und hatte es nicht am Kopf acht Fangarme sitzen, die wie eine Brut Schlangen durchs Wasser wühlen?«

»Allerdings.«

»Und hervorquellende Augen, ganz schön groß!?«

»Ja, das stimmt.«

»Und glich sein Maul nicht einem Papageienschnabel, und zwar einem ungeheuerlichen?«

»In der Tat, mein Lieber!«

»Er ist's! Entweder er ist es selber oder sein Bruder!«, brüllte Conseil. Wir stürzten sofort zu ihm ans Fenster.

»Tatsächlich, da ist das Vieh!«, rief der Kanadier.

Ich sah genau hin und konnte mich eines Ekelgefühls nicht erwehren. Vor dem Fenster bewegte sich ein schreckliches Monster, das seinen

Platz in den Schauermärchen wohl verdiente, eine Krake von kolossalen Ausmaßen, die auf die *Nautilus* zukam. In den riesenhaften graugrünen Augen saß ein starrer Blick. Der Kopf-Leib, an dem die Fangarme saßen, maß 8 m in der Länge und die Glieder waren doppelt so lang, ein jeder Arm mit 200 schröpfkopfartigen Saugnäpfen bedeckt. Die ersten klebten bereits von außen an der Fensterscheibe fest. Der hörnerne Schnabel öffnete und schloss sich wie eine Blechschere — eine Molluske mit Vogelschnabel, das war schon ein phantastisches Tier. Die Fleischmasse des Leibes war bestimmt 20 000 kg schwer, ein gedunsener Leib, dessen Farbe fortwährend wechselte, von einem schwarzbläulichen Grau bis zu braunroten Tönen.

Wahrscheinlich war das Tier gereizt, wahrscheinlich passte ihm die *Nautilus* nicht. Ich war trotz des Ekels glücklich über den Zufall, der mir Gelegenheit gab, eines dieser selten beobachteten Tiere zu studieren.

»Vielleicht ist es die Krake von der *Alecton!«,* sagte Ned Land.

»Dann müsste ihr ein Arm fehlen«, meinte Conseil.

»Nicht unbedingt«, klärte ich ihn auf. »So was wächst nach. Bei den Männchen ist sowieso einer der acht Arme zum Begattungsorgan ausgebildet, ist hohl und mit Samenpatronen gefüllt (denn der Polyp zieht seinen Samen auf Hülsen). Manchmal findet nicht einmal eine direkte Begattung statt, sondern der achte Arm reißt sich bei der heftigen Umarmung los, bewegt sich selbstständig weiter bis in die Mantelhöhle des Weibchens, wo sich die Telegenese dann vollzieht. Und an Stelle des abgerissenen Hektokotylus bildet sich ein neuer. Also ist Invalidität in diesem Fall kein unveränderliches Kennzeichen. Aber da sehe ich sechs oder sieben andere Tiere und das macht es schon viel unwahrscheinlicher, dass wir der bekannten Krake begegnet sind.«

Man hörte jetzt zwischen den Schraubengeräuschen das Kratzen der Schnäbel an der Schiffswand; die Erfolglosigkeit der Bemühungen musste die Kampflust der Tiere noch steigern und wir würden lange Begleitung haben. Ich setzte mich vor dem Fenster nieder, um in Ruhe vor dem Objekt meine Aufzeichnungen zu machen. Da wurde die *Nautilus* langsamer und stand plötzlich mit einem Ruck still. Das Schraubengeräusch setzte aus.

»Sind wir gestrandet?«

»Jedenfalls sitzen wir nirgends auf.«

Ich begann mich über den Vorfall zu wundern, als die Salontür aufging und der Kapitän in Begleitung des Ersten Offiziers hereintrat. Ich hatte ihn lange nicht gesehen. Sein Gesicht war düster. Er trat vor das geöffnete Fenster und betrachtete die Tiere. Dann sprach er einige Worte zu seinem Gefährten, der wieder verschwand. Kurz darauf schlossen sich die Läden, das Licht im Salon ging an.

»Eine merkwürdige Polypensammlung da draußen«, sagte ich zum Kapitän im unbefangenen Ton eines Aquariumbeschauers.

»Sie irren sich tatsächlich nicht, Herr Naturforscher«, antwortete er. »Und Sie können auch gleich nähere Bekanntschaft mit den Tieren machen. Wir werden ihnen mit der Axt in der Hand auf den Leib rücken.«

Ich dachte zuerst, ich hätte den Kapitän nicht richtig verstanden.

»Mit der Axt . . .?«, fragte ich.

». . . in der Hand«, antwortete er. »Haben Sie nicht gehört, wie die Schraube stecken blieb? Einer dieser Gelbschnäbel muss dazwischen gekommen sein.«

»Und was wollen Sie dagegen tun?«

»Wir tauchen auf und vernichten gleich die ganze Brut.«

»Und wie stellen Sie sich das vor?«

»Schwierig. Aber meine elektrischen Kugeln richten bei diesen Tieren nichts aus, ihr Fleisch ist zu weich. Die Axt ist die einzige brauchbare Waffe.«

»Und die Harpune, wenn sie richtig trifft«, sagte Ned Land. »Falls Sie meine Hilfe annehmen.«

»Aber gern.«

»Wir kommen auch mit.«

Auf der mittleren Treppe standen bereits zehn Mann mit Enterbeilen bewaffnet. Auch Conseil und ich bekamen Äxte, Ned wog seine Harpune in der Hand. Die *Nautilus* lag bereits an der Oberfläche und zwei Matrosen schraubten die Bolzen der Luke auf.

Sie waren kaum damit fertig, als der eiserne Deckel von einem Polypenarm hochgerissen wurde, und gleich darauf kam der Arm voller Saugnäpfe die Treppe herab. Nemo führte den ersten Axthieb und trennte das Glied vom Leib der Krake. Es rutschte zuckend und sich krümmend zu Boden. Aber als wir hochstürzten, um auf die Plattform zu gelangen, reichten bereits zwei weitere Arme herein und griffen sich den ersten Matrosen, der vor dem Kapitän die Stufen hochsprang. Er wurde aus dem Schiffsleib emporgerissen und von dem mächtigen Arm in der Höhe über uns geschwenkt.

Mit einem Schrei war der Kapitän an Deck, wir hinterher. Der eingerollte Arm mit den saugenden Schröpfköpfen brachte den Unglücklichen fast zum Ersticken und in seiner Todesangst schrie er um Hilfe – *und das auf Französisch.* Ich war über diese Entdeckung erschüttert. Dieser Augenblick der Lebensgefahr offenbarte mir, dass ich einen Landsmann an Bord besaß, vielleicht mehrere . . . Ich werde diese Worte mein Lebtag nicht vergessen.

Er schien mir verloren, denn wer sollte ihn der erdrückenden Umschlingung entreißen? Der Kapitän hatte sich auf das Untier gestürzt und ihm ein zweites Glied abgehauen, dann fielen weitere. Die Mannschaft kämpfte gegen ein anderes Tier, das von rückwärts angriff, wir hieben in die Fleischmassen ein und spürten, wie ein starker Moschusgeruch die Atmosphäre durchdrang, spürten aber kaum etwas von nachlassender Kraft, Verletzung, Schmerz, Todeskampf bei dem Tier.

Einen Augenblick lang hatte ich Hoffnung mit dem Unglücklichen und glaubte, er werde dem Schicksal des Ausgesaugtwerdens entgehen. Sieben der acht Arme waren bereits gefallen, nur die Fangschlange mit dem Opfer wiegte noch durch die Luft. In dem Augenblick aber, als sich Nemo und der Erste Offizier auf das Tier stürzten, traf uns alle die Ladung tintenschwarzer Flüssigkeit, die es verspritzte, wir wurden blind und sahen nicht mehr, was geschah. Dann waren wir durch die Wolke hindurch und entdeckten, dass die Krake mit meinem Landsmann verschwunden war.

Jetzt fielen wir mit loderndem Zorn und gesteigerten Kräften über die anderen Tiere her und wüteten mit den Äxten in ihrem Fleisch. Zehn oder zwölf Angreifer hatten wir gegen uns, die Plattform war zu schmal für den Kampf, zu glatt von Blut und Tinte und zu voll mit abgetrennten Gliedern. Unter den fast 100 räkelnden und schlagenden Armen wirkte es, als wüchse jedes abgeschlagene Glied wie bei einer Hydra gleich wieder nach. Ned Land traf nur die Augen mit seiner Harpune und bohrte sie aus.

Da packte mich eisiger Schrecken: Ein Arm streckte meinen Gefährten mit einem Schlag zu Boden, hielt ihn dort fest und schon öffnete sich der grässliche Schnabel über dem Kanadier – da stürzte der Kapitän heran, platzierte seine Axt mit einem gewaltigen Rundschlag zwischen den Kiefern der Krake, Ned benutzte den Augenblick, um aufzuspringen und aus nächster Nähe dem Tier seine Harpune ins Herz zu jagen.

»Ich war Ihnen eine Revanche schuldig«, bemerkte der Kapitän.

Ned Land verbeugte sich kurz, gab aber keine Antwort. Der ganze Kampf hatte fünfzehn Minuten gedauert, dann ergriffen die übrig gebliebenen Tiere die Flucht, verstümmelt, schon zu Tode getroffen, überwältigt. Wir stiegen alle hinunter, und da ich als Letzter ging, sah ich den Kapitän Nemo blutbeschmiert und zerrissen, hoch aufgerichtet auf der Plattform stehen und ins Meer starren.

27. Kapitel

Zehn Tage lang blieb der Kapitän nach diesem 20. April unsichtbar. Man spürte am Kurs der *Nautilus*, dass ihn der Verlust seines Gefährten getroffen hatte: Unser Fahrzeug segelte ziellos an der Meeresoberfläche, dem Spiel der Wellen wie ein Leichnam überlassen. Dieser Franzose (würde sich das Rätsel seiner Herkunft noch lösen lassen?) erlebte den Korallenfriedhof nicht mehr. Stärker als zuvor quälte mich das Geheimnis der Mannschaft.

Am 1. Mai kam plötzlich Nordrichtung in den Kurs unseres Fahrzeugs. Wir folgten von den Bahamas aus dem Golfstrom, einem der wichtigsten und merkwürdigsten Ströme in den Weltmeeren. Er tritt als selbstständiger Fluss von durchschnittlich 60 sm Breite aus dem Golf von Mexiko heraus und folgt der Ostküste Nordamerikas, nimmt unter Neufundland Ostrichtung ein, umgeht die kalten Wasser des Grönlandstroms und zieht sich dann nordöstlich zwischen Island und Schottland hindurch. Sein Wasser strömt mit einer Geschwindigkeit bis zu 9 km/h dahin, es ist wärmer, salzhaltiger und tiefblauer als das des umgebenden Ozeans. Der Strom zieht eine ganze Welt von Lebewesen mit sich; da wimmelte es von Argonauten, Rochen und kleinen Haifischen. Am 8. Mai hatte er uns vors Kap Hatteras gebracht. Auf der *Nautilus* bewegte sich niemand frei außer uns dreien und in solcher Landnähe kam Ned natürlich wieder auf die Flucht zu sprechen.

Es wäre wohl gegangen, denn das Meer wimmelte von kleinen Schiffen, die im Küstenverkehr fuhren, die Küste selbst lag nur 30 sm entfernt. Aber die Witterung war sehr ungünstig. Man hat den Golfstrom auch den Vater der Stürme, die Heimat der Windhosen genannt und die Orkane sind in diesen Breiten so häufig wie nirgendwo sonst. Dass es gefährlich war, diesen Strom mit dem kleinen Boot bestehen zu wollen, sah auch Ned Land ein. Aber er war mit seiner Geduld fast am Ende.

»Monsieur«, sagte er zu mir, »es muss endlich Schluss sein! Ich will endlich davon loskommen! Ihr Herr Nemo entfernt sich schon wieder von der Küste und steuert in den hohen Norden. Ich sage Ihnen, ich hab schon vom Südpol die Schnauze voll und werde ihm nicht auch noch zum Nordpol folgen!«

»Was tun, Meister? Im Augenblick können wir nicht fliehen.«

»Ich sage, was ich schon immer gesagt habe. Sie müssen mit dem Kapitän reden. Als wir durch die Meere fuhren, an denen Ihre Heimat liegt, haben Sie nichts gesagt. Jetzt fahren wir durch meine Meere, und wenn Sie nicht den Mund aufmachen, rede ich. Wenn ich daran denke, dass wir in ein paar Tagen die Küste von Neuschottland, Neufundland passieren, zwischen denen ein Fluss mündet, der St.-Lorenz-Strom heißt, an dem meine Heimatstadt liegt, *mein* Fluss, *meine* Stadt Quebec, Monsieur, dann sträuben sich mir die Haare vor Wut, dann stürz ich mich lieber kopfüber ins Meer, als dass ich noch einen Augenblick länger hier bleibe.«

Seine vitale Natur konnte die Gefangenschaft offensichtlich nicht mehr lange ertragen. Sein Gesicht verfiel von Tag zu Tag mehr, sein Gemüt wurde düster, umschattet, und ich fühlte, wie er litt, da auch mir das Heimweh zu schaffen machte. Wir waren sieben Monate ohne Nachricht von der Erde. Kapitän Nemo ließ sich immer seltener sehen, seine Stimmungswechsel, besonders sein Schweigen seit dem Kampf mit den Kraken, wirkten bedrückend. Ich begann plötzlich unsere Fahrt mit anderen Augen zu sehen. Die Begeisterung des Beginns war erloschen. Man musste schon so flämisch-phlegmatisch sein wie Conseil, um diese Umstände mit Gleichmut zu ertragen. Conseil hätte sich, mit ein paar ordentlichen Kiemen versehen, widerspruchslos in das Reich der Fische eingegliedert.

»Also?«, fragte Ned Land.

»Also was?«, antwortete ich. »Sie wollen, dass ich Nemo frage, was er mit uns vorhat?«

»Ja.«

»Aber er weicht mir aus. Ich sehe ihn selten.«

»Ein Grund mehr, ihn endlich zu stellen.«

»Also gut. Ich werde ihn fragen.«

»Wann?«

»Wenn ich ihn . . .«

»Monsieur, wollen Sie, dass ich selbst hingehe!?«

»Nein, schon gut, ich werde ihn morgen . . .«

»Heute.«

»Bitte. Heute. Wie Sie wollen.«

Aber er war schon verschwunden. Ich beschloss sofort den Kapitän aufzusuchen, weil mir erledigte Sachen immer lieber sind als unerledigte. Ich ging in mein Zimmer und trat an die Verbindungstür. Nebenan hörte ich Nemo auf und ab gehen. Ich klopfte. Er antwortete nicht. Ich klopfte wieder und drückte die Klinke. Die Tür ging auf.

Er saß jetzt am Tisch, arbeitete wieder. Offenbar hatte er mein Klopfen nicht gehört. Ich wollte diesmal eine Antwort haben und ich trat auf ihn zu. Er hob den Kopf, sah mich, runzelte die Stirn.

»Was wollen Sie?«

»Mit Ihnen reden.«

»Ich bin beschäftigt, mein Herr, ich arbeite, falls Sie das nicht sehen. Warum gönnen Sie mir das Alleinsein nicht? Ich lasse Ihnen doch auch diese Freiheit.«

»Ich habe Ihnen wichtige Dinge mitzuteilen«, sagte ich kühl.

»Ah, haben Sie Entdeckungen gemacht, die ich noch nicht kenne?«, fragte er ironisch. »Hat Ihnen das Meer neue Geheimnisse offenbart? Hier, Monsieur Aronnax, Sie sollten mal dieses Manuskript lesen. Es ist in mehreren Sprachen geschrieben, darunter in der Ihren. Es enthält die Summe meiner unterseeischen Forschungen und es enthält auch eine kurze Biografie. Wenn es Gott gefällt, werden die Menschen all das kennen lernen, denn wer von uns auf der *Nautilus* überlebt, wird es in einem wasserdichten Kästchen dort dem Meer übergeben, wo wir uns gerade befinden. Und es wird landen, wo es landen wird.«

Sein Name? Seine Geschichte? Sein Geheimnis enthüllt? Eines Tages . . .

»Kapitän«, sagte ich, »ich finde Ihre Idee nicht gut. Ihre Erkenntnisse dürfen nicht verloren gehen, und das werden sie bei der primitiven Übermittlungsmethode. Wissen Sie, in welche Hände das Manuskript fällt? Sollten nicht lieber Sie oder einer Ihrer Gefährten . . .«

»Niemals!«

»Aber ich und meine Freunde sind bereit dies Manuskript zu bewahren, wenn Sie uns die Freiheit geben.«

»Die Freiheit!!!???«

»Ja. Darüber wollte ich mit Ihnen reden. Wir leben jetzt sieben Monate an Bord der *Nautilus* und ich frage Sie, ob Sie uns ewig hier behalten wollen.«

»Monsieur Aronnax, die Antwort darauf ist heute die gleiche wie am ersten Tag: Wer die *Nautilus* betritt, verlässt sie nur tot.«

»Also Sklaverei?«

»Nennen Sie's, wie Sie wollen.«

»Gut. Aber ich sage Ihnen eines: Überall auf der Welt hat ein Sklave das Recht, um seine Freiheit zu kämpfen, und zwar mit allen Mitteln, die ihm dazu geeignet erscheinen.«

»Na und? Wer nimmt Ihnen denn dieses Recht? Hab ich Sie jemals zu Treueschwüren aufgefordert?«

Er sah mich mit verschränkten Armen an.

»Monsieur«, sagte ich, »das ist das erste und das einzige Mal, dass wir über dieses Thema sprechen. Ich will Ihnen alles sagen. Es handelt sich hierbei nicht nur um mich. Für mich ist das Studium ein Halt, eine wirksame Ablenkung, eine Neigung, eine Leidenschaft, bei der ich alles andere vergessen kann. Mir macht es ebenso wenig aus wie Ihnen, wenn ich unbekannt bin, im Dunklen lebe, in der schwachen Hoffnung, dass eines fernen Tages die Zukunft von den Ereignissen meiner Arbeit Kenntnis erhält. Mit anderen Worten: Ich kann Sie bewundern – in gewissen Dingen, die Sie tun und die ich verstehe. Aber es gibt noch mehr Seiten Ihres Lebens und dort herrschen Verwirrungen und Geheimnisse, die meinen Gefährten und auch mir völlig fremd sind, mit denen wir niemals etwas zu schaffen haben können. Selbst wenn unser Herz für Sie schlug, wenn Ihre Leiden oder Ihre Tapferkeit uns bewegt haben, mussten wir unsere Sympathie im Zaum halten, um erst zu prüfen, was vom Freund und was vom Feinde kam. Alles, was Sie angeht, ist uns fremd, und das macht unsere Lage reichlich untragbar, auch für mich, unmöglich aber vor allem für Ned Land. Haben Sie sich schon mal überlegt, welche Rachegedanken die Freiheitsliebe in diesem Mann entzünden muss?«

»Das ist mir völlig gleichgültig. Ich habe ihn nicht zu mir eingeladen. Ich halte ihn hier nicht fest, weil es mir etwa Vergnügen macht. Sie, Professor, können alles verstehen, selbst das Schweigen. Ich habe Ihnen nichts mehr zu sagen. Und wenn Sie wieder mit diesem Thema anfangen, werde ich Ihnen gar nicht erst zuhören.«

Als ich meinen Gefährten den Inhalt der Unterhaltung mitteilte, stand der Entschluss des Kanadiers fest: so rasch von Bord wie möglich. »Long Island!«, hieß die hoffungsvolle Parole.

Aber am 13. Mai kam der Orkan zum Ausbruch, der sich die Tage zuvor durch turmartige Anhäufungen der Wolken, milchige Atmosphäre und starkes Absinken des Luftdrucks angekündigt hatte. Wir waren nur wenige Meilen von New York entfernt, als das Unwetter losbrach.

Nemo hätte tauchen können, aber aus irgendwelchen Gründen blieb er an der Oberfläche, ja: Er stieg auf die Plattform hinauf. Ich folgte ihm, halb aus Bewunderung, halb aus Trotz. Gegen 15 Uhr ging der Wind bereits im Sturmschritt, mit 25 m/sec. Nemo band sich mit einer Leine, die er wie einen Gürtel um die Hüfte schlang, fest, ich tat desgleichen.

Wolkenfetzen fegten über das entfesselte Meer und tauchten in die Fluten ein. Ich sah nur noch lang gezogene rußfarbige Wogen, die so dicht standen, dass sich ihre Spitzen nicht brachen; sie wurden immer höher, türmten sich gegenseitig hoch und warfen die *Nautilus* von einer Seite auf die andere, ließen das Fahrzeug stampfen und schwanken und wie einen Mast sich aufbäumen. Gegen 17 Uhr begann wie ein reißender Gebirgsbach Regen herabzustürzen, der Orkan brach mit 45 m/sec Geschwindigkeit los; so rasend legt er Häuser um an Land, schleudert Dachziegel fort, drückt eiserne Gatter ein und wirft 24-Pfünder-Kanonen um. Der *Nautilus*, der starken stählernen Spindel, konnte er nichts anhaben. Die Wogen stiegen bis 15 m hoch, mehr als 150 m lang, und der Orkan wurde zur Nacht noch stärker, das Barometer sank bis auf 710 mm. Im letzten Dämmerlicht erkannte ich undeutlich ein großes Schiff am Horizont und erkannte auch dessen Kampf mit dem Meer. Um 22 Uhr war der dunkle Himmel voller Feuerregen, Blitze zuckten herab, deren Glanz ich nicht ertrug, entsetzliche Donnergetöse füllten die Luft, die mir die Trommelfelle zu sprengen drohten, und darunter mischten sich das Heulen des Windes und das Tosen der See. Die Gischt unter dem ständig überspringenden Wind verwandelte sich

in glitzernde, zuckende Feuertropfen und mich durchfuhr der Gedanke, dass Nemo hier draußen einen ausgefallenen Tod suche. Mit letzter Kraft kroch ich zur Luke und ins Innere zurück.
Um Mitternacht kam der Kapitän nach. Ich hörte, wie sich die Wasserbehälter füllten; wir sanken. Noch in 20 m Tiefe wurde unser Schiff von den gewaltig bewegten Massen hin und her geworfen. Dann aber hatten wir 50 m Tiefe erreicht, und dort: welche Ruhe, welche tiefe, absolute Stille, welch ein Frieden. Wer hätte dort unten den Orkan auf der Oberfläche geglaubt?

28

Der Sturm hatte uns weit nach Osten geworfen. Ned Land ließ sich jetzt ebenso wenig sehen wie der Kapitän. Nur Conseil und ich konnten noch miteinander reden. Der Kurs war jetzt wieder unsicher, grob nordostwärts, meist an der Oberfläche unter dichten Nebeln, manchmal in ziemlicher Tiefe. Diese Nebel sind für die Seefahrt furchtbar, unzählige Schiffe sind deswegen in diesen Breiten bereits gesunken. Der Grund des Meeres bot den Anblick eines ausgedehnten Trümmerplatzes, auf dem die ausrangierten Opfer des Wassers und der Stürme sich häuften, Mann und Maus, Schiff und Gerät, hauptsächlich Auswanderer, die angesichts Kap Race baden gingen, *Solway, Isis, Paramatta, Canadian, Hungarian, Anglo-Saxon, Humboldt, United States*, ach, ihr stolzen Schiffe, alle gescheitert, *Arctic, Lyonnais, Président, Pacific, City of Glasgow*, nach Zusammenstoß gesunken oder unerkannt entschwunden in die Tiefen, in den Totengrund!

Am 15. Mai ließen wir die Neufundlandbank hinter uns. Am 17. Mai waren wir bereits 500 sm von Heart's Content entfernt und beobachteten in einer Tiefe von 2800 m das Transatlantikkabel. Das erste dieser Kabel wurde 1857/58 gelegt und lebte 400 Telegramme lang. 1863 sollte ein neues Legen angehen, aber der Versuch scheiterte. Warum, sahen wir am 25. Mai, 636 sm von der irischen Küste entfernt, in einer Tiefe von 3 836 m: Dort war das Kabel gerissen. Man fischte damals das Ende wieder heraus, spleißte es mit

dem nächsten Ende zusammen und legte von neuem, aber dann riss das Kabel wieder und konnte nicht mehr aus dem Meer gefischt werden.
Cyrus Field, der sein ganzes Vermögen der Kabelsache zur Verfügung gestellt hatte, verlor den Mut nicht. Eine neue Subskription wurde überraschend gut gezeichnet und jetzt wurde ein Kabel in Gummihülle verfertigt, darum ein Stoffpolster und darum noch eine Metallhülle. Am 13. Juli 1866 stach die *Great Eastern* wieder in See.
Diesmal verlief die Operation gut – bis die Ingenieure entdeckten, dass zuweilen Nägel in bestimmten Abständen im Kabel staken. Kapitän Anderson aber reagierte sofort. Er ließ verkünden, dass er den Saboteur, wenn er ihn erwischte, ohne weiteres über Bord gehen lassen würde, und die Nagelei hörte schlagartig auf. Am 27. Juli erreichte die *Great Eastern* den Hafen von Heart's Content und das junge Amerika schickte dem alten Europa die so selten verstandene Weisheit »Ehre sei Gott in der Höhe und Frieden auf Erden den Menschen seines Wohlgefallens« als erstes Telegramm.
Wir folgten dem Draht auf dem Hochplateau unter Wasser und sahen, dass es glücklich ausgewählt war: Nirgends brachten schroffe Abgründe das Kabel in die Gefahr, zu reißen. Am 28. Mai befand sich die *Nautilus* nur noch 150 km von Irland entfernt. Den täglichen Manövern war nicht zu entnehmen, was Nemo mit seinem Schiff vorhatte. Am 31. Mai streiften wir die Kanalmündung, aber ich konnte nicht glauben, dass Nemo sich in diesen Schlauch wagen würde. Den ganzen Tag lang beschrieb er Kreislinien auf dem Wasser, als suche er nach etwas, das er auf dem Meeresgrund verloren hatte. Am 1. Juni setzte er diese Bewegungen fort. Er kam öfter selber auf die Plattform und nahm die Position auf, ließ sich aber nicht ansprechen. An diesem Mittag lag das Meer vollkommen ruhig, und als Nemo den Sextanten absetzte, sagte er klar und deutlich: »Hier.«

Er stieg hinab, ich folgte, wir tauchten. In 830 m Tiefe bekamen wir Grund. Im Salon ging das Licht aus, die Fensterwände glitten zurück. Das Meer war vom Scheinwerfer erleuchtet. Ich sah hinaus. Zu unserer Linken bildete der Boden eine bizarre Erhöhung, die ich zunächst für eine Ruine hielt, von weißen Muschelschalen zugeschneit, dann aber erkannte ich in der Masse die verdickten und vergröberten Formen eines Schiffes ohne Masten, das hier gesunken sein musste. Welches Schiff aber?

»Früher hieß das Schiff *Le Marseillais*«, sagte plötzlich der Kapitän neben mir. Seine Stimme war seltsam kalt, er redete langsam, aber unendlich bestimmt. »Es trug 74 Kanonen und stach 1762 in See. Am 13. August 1778 lieferte es unter dem Kommando von La Poype-Vertrieux der *Preston* eine heldenhafte Schlacht. Am 4. Juli 1779 war es unter Admiral Estaing bei der Einnahme von Granada dabei. Am 5. September 1781 nahm es an der Seeschlacht des Comte de Grasse in der Bucht von Chesapeak teil. 1794 änderte die Französische Republik seinen Namen. Am 16. April des gleichen Jahres stieß es zum Geschwader von Villaret-Joyeuse, das eine Ladung Weizen aus Amerika begleitete, die der Admiral Van Tabel befehligte. Am 11. und 12. Prairial des Jahres 2 hatte es Feindberührung mit englischen Schiffen. Heute, Monsieur, am 1. Juni, ist der 13. Prairial und es ist genau 74 Jahre her, dass hier, unter 47° 24' nördl. Breite und 17° 28' westl. Länge, dieses Schiff nach heroischem Kampf seine drei Masten verlor, als das Wasser bereits in seine Räume drang, als ein Drittel der Mannschaft niedergeworfen war; es ist 74 Jahre her, dass es sich mit seinen 356 Mann und dem Ruf ›Es lebe die Republik!‹ lieber versenkte als dem Feind auslieferte.«

»*Le Vengeur!*«, rief ich. »Der Rächer!«

»Jawohl, *Le Vengeur*. Ein schöner Name.«

Diese Art zu reden, das Unvorbereitete des Auftritts, der kalte Bericht von den patriotischen Taten des Schiffes, die Erregung, mit der die letzten Worte gesprochen wurden, der Name *Vengeur:* All das machte auf mich einen tiefen Eindruck. Ich konnte diesen Mann jetzt nicht mehr aus den Augen lassen, der dort stand und die ruhmbedeckten Reste betrachtete. Wahrscheinlich würde ich niemals erfahren, wer er war, woher er kam, wohin es ihn trieb, aber es unterschied sich doch immer deutlicher bei ihm der Mensch und der Gelehrte. Nicht die gewöhnliche Geringschätzung hatte Nemo und seine Gefährten bewogen sich in der *Nautilus* zu verkriechen, sondern ein überirdischer Hass von monströsen Ausmaßen, so erhaben, dass keine Zeit ihn auslöschen konnte. Entlud sich dieser Hass in Racheakten?

Als wir wieder an die Oberfläche kamen und die Luken geöffnet wurden, hörte ich einen dumpfen Knall.

»Kapitän!?«

Er rührte sich nicht. Ich stieg hinauf und fand Conseil mit dem Kanadier auf der Plattform.

»Was war das für ein Ton?«

»Ein Kanonenschuss, Monsieur«, sagte Ned Land.

Ich entdeckte in 6 sm Entfernung ein Schiff, das offenbar mit voller Kraft auf uns zuhielt.

»Können Sie erkennen, was für ein Schiff das ist?«

»Der Takelage und dem Aufbau nach ein Kriegsschiff, Monsieur.«

»Können Sie die Nationalität erkennen?«

»Nein, es trägt keine Flagge. Aber der lange schmale Wimpel am Hauptmast verrät, dass es mit Sicherheit ein Kriegsschiff ist!«

Nach einer Viertelstunde erkannten wir, dass es sich um einen Zweidecker handelte, bewaffnet und gepanzert. Die Segel waren eingerollt, aus zwei Schloten mittschiffs stieg Rauch. Es näherte sich rasch.

»Wenn es nur bis auf eine Meile herankommt, stürz ich mich ins

Meer und Sie werden mir folgen!«, sagte Ned Land mit zusammengepressten Zähnen.
Ich antwortete ihm nichts, aber genau den gleichen Gedanken hatte auch ich gehabt.
»Monsieur wird sich erinnern, dass wir nicht die schlechtesten Schwimmer sind«, sagte Conseil. »Ich werde Monsieur schon bis zu dem Schiff bugsieren, wenn Monsieur Ned Land folgen will.«
Ich wollte gerade antworten, als am Rumpf des Kriegsschiffes eine weiße Wolke sichtbar wurde. Einige Sekunden später spritzte es am Heck der *Nautilus* auf. Dann hörten wir den Knall.
»Die schießen auf uns«, flüsterte ich erschrocken.
»Mit Verlaub, Monsieur«, sagte Conseil, »die haben den Narwal erkannt und schießen auf den Narwal.«
»Aber die müssen doch sehen, dass sie's mit Menschen zu tun haben!«
»Vielleicht eben deshalb.«
Und dann begriff ich. Wahrscheinlich hatte man inzwischen Klarheit über den vermeintlichen Narwal – die *Abraham Lincoln* war ihm ja nahe genug gekommen. Wahrscheinlich wusste man, dass die Gefahr von einem unterseeischen Fahrzeug drohte und nicht von einem überirdischen Seetier. Damals gehörten wir zu den Jägern, jetzt waren auch wir die Gejagten. Die Verfolgung hatte wahrscheinlich nie aufgehört und in jener Nacht, die wir eingesperrt verbringen mussten, hatte wohl ein solcher Kampf zwischen Nemo und seinen Verfolgern stattgefunden, ein Kampf, bei dem der Kapitän den Mann verlor, den wir dann auf dem Korallenfriedhof beisetzten. Was wir in der Vergangenheit mit diesem Mann Nemo erlebten, zog an mir vorüber und ich wusste, dass wir auf jenem Schiff nur erbarmungslose Feinde antreffen konnten.
Jetzt trafen schon häufiger Geschosse bei uns ein, manche prallten

am Meeresspiegel ab und hüpften mit kleinen Sprüngen davon, alle verfehlten die *Nautilus*. Das Kriegsschiff war 3 sm von uns entfernt. Ich verstand nicht, warum Nemo unter Deck blieb, denn von diesen Spitzgeschossen hätte ein einziges genügt, um die *Nautilus* ernstlich zu beschädigen.

»Ich hab's!«, rief der Kanadier plötzlich und riss sich das Hemd vom Leib. »Wir müssen Signale geben. Dann werden sie merken, dass wir keine Feinde sind!«

Er kam nicht zum Schwenken, ein furchtbarer Faustschlag streckte ihn zu Boden.

»Elender!«, donnerte der Kapitän, der plötzlich hinter uns aufgetaucht war. »Soll ich dich an den Schiffsnabel nageln, bevor er sich in den Rumpf da drüben bohrt!?«

Mehr noch als über diese Worte erschrak ich über sein Gesicht: Es war totenbleich, seine Augäpfel schienen winzig klein und zurückgezogen, ich hatte das Gefühl, als schlüge sein Puls nicht mehr. Aus diesem Totenantlitz kam die brüllende Stimme und verriet etwas von der Kraft, die in ihm steckte, die in seinen Armen und Händen war, die Ned Land im eisernen Griff niederhielten. »Gehen Sie runter!«, fuhr er uns an.

In diesem Augenblick erhielt der Rumpf der *Nautilus* einen Streifschuss.

»Verschwinden Sie endlich!«

»Monsieur, wollen Sie etwa dieses Schiff angreifen?«, fragte ich.

»Ich werde es in den Grund bohren, Monsieur!«

»Das dürfen Sie nicht, Monsieur.«

»Aber ich tue es, Monsieur! Spielen Sie nicht den Richter, Monsieur! Sie haben zufällig gesehen, was Sie nicht sehen durften. Tut mir Leid! Der Angriff hat begonnen. Der Gegenschlag wird schrecklich sein. Verschwinden Sie, Monsieur!«

»Was ist das für ein Schiff?«

»Sie wissen es nicht? Umso besser. Machen Sie, dass Sie runterkommen, Monsieur!«
Ich musste gehorchen. Conseil und Ned Land kamen mit. Ich zog mich in mein Zimmer zurück und merkte, dass wir uns jetzt in rascher Fahrt aus der Schussweite des Schiffes entfernten.
Um 16 Uhr hielt ich es nicht mehr in meinem Zimmer aus. Ich ging bis zur Mitteltreppe, sah die Luke offen und wagte mich hinaus. Der Kapitän marschierte mit hastigen Schritten über die Plattform. Das Schiff folgte uns im Abstand von 6 sm. Nemo spielte das alte Spiel. Ich wollte noch einmal versuchen mit ihm zu reden. Aber ich hatte kaum das erste Wort heraus, da fuhr er mich an: »Monsieur! Ich bin im Recht. Ich bin das Recht. Ich bin die Gerechtigkeit. Ich bin der Unterdrückte. Dort ist der Unterdrücker. Durch ihn habe ich alles verloren, was ich liebte und verehrte. Vaterland, Frau, Kinder, Vater, Mutter. Alles zu Grunde gegangen. *Da* ist alles, was ich hasse. Schweigen Sie!«
Ich wusste jetzt, dass wir fliehen mussten. Besser mit jenem Schiff untergehen als an dieser Rache teilnehmen, deren Gerechtigkeit keiner von uns ermessen konnte. Die *Nautilus* behielt ihre Geschwindigkeit, mit der sie den Angreifer hinter sich herlockte, bei, auch am Abend, als eine mondhelle Nacht anbrach. Ich glaubte mehrere Male, Nemo wende zum Angriff (das wäre der Augenblick gewesen, abzuspringen), aber es waren immer nur Täuschungsmanöver. Um drei Uhr morgens stieg ich zur Plattform empor, die der Kapitän noch nicht verlassen hatte. Das Schiff folgte in einem Abstand von 2 sm und es hielt, wie wir damals, immer auf das phosophoreszierende Oval im Wasser zu. Ich erkannte seine Warnleuchten, rot und grün, und die weiße Schiffslaterne am Fockstag. Ein schwacher Widerschein im Takelwerk zeigte, dass man die Kessel mit Feuern unter Volldampf hielt.
Um sechs Uhr morgens begann die Kanonade von neuem. Der Erste

Offizier erschien mit einigen Männern auf der Plattform; sie legten das Geländer der Plattform um. Plötzlich senkten sich auch die Gehäuse von Scheinwerfer und Steuermann, bis sie dem Schiffskörper gleich waren. Ich eilte die Treppe hinab, um meine Kameraden aufzusuchen. Der schreckliche 2. Juni war angebrochen. Ich spürte, wie wir langsamer wurden, wie die Donnerschläge der Kanonen stärker wurden, näher kamen.

»Der Augenblick ist da!«, sagte ich zu Ned Land und Conseil. »Gebt mir die Hand. Gott steh uns bei. Jetzt raus!«

In dem Augenblick, als wir die Tür der Bibliothek öffneten, hörten wir, wie der Lukendeckel zufiel. Zu spät! Ich konnte in den Augenblicken, die dem Zusammenstoß vorausgingen, keinen vernünftigen Gedanken zusammenbringen. Wir erwarteten die Katastrophe, aber wir konnten nicht sehen, was geschah. Unsere Ohren waren unsere einzige Verbindung nach draußen. Wir hörten das Dröhnen aus dem Maschinenraum und das stärker werdende rhythmische Donnern der Schraube. Die *Nautilus* nahm Anlauf, sie zitterte am ganzen Körper.

Plötzlich schrie ich leise auf. Ich hatte einen Stoß verspürt, aber leichter, als ich erwartete. Wir hörten das Knirschen, Kratzen und Schaben am stählernen Schnabel, der in den Schiffsrumpf eingedrungen war, wie eine Nadel durch Segeltuch.

Ich konnte mich nicht mehr halten, ich stürzte blindlings in den Salon.

Dort stand Nemo. Stumm starrte er aus dem linken Fenster. Ich trat heran.

Draußen sank eine enorme Masse langsam und schweigend unter Wasser und die *Nautilus* sank mit, um das Schauspiel ganz auszukosten. In nur 10 m Entfernung sah ich den aufgeschlitzten Rumpf, in den die Wassermassen hineinstürzten, dann die Reling, die Kanonen und Panzerschanzen. An Deck wimmelte es von schwarzen

Gestalten. Das Wasser stieg. Die Gestalten wimmelten in die Taue, versuchten, an den Masten emporzurutschen, überkugelten sich im Wasser. Ein ganzer Menschenschwarm, der hier im grünen Meerwasser elend zu Grunde ging. Ich sah es an, mit weit aufgerissenen Augen, gelähmt, schreckensstarr, lautlos; das riesenhafte Schiff ging langsam ein in die unendliche Tiefe des Meeres. Die *Nautilus* trieb langsam davon. Plötzlich der dumpfe Laut einer Explosion. Die Luft im Innern hatte das Verdeck gesprengt. Der Druck der Explosion warf die *Nautilus* etwas zur Seite. Das Schiff sank schneller. Der menschengefüllte Mastkorb zog an uns vorbei, dann das Gebälk voll schwarzer Trauben, dann die höchste Spitze des Hauptmastes und dann kamen nur noch schwarze kleine Leichen hinterher, die die Wirbel in den Grund nachrissen.

Als das zu Ende war, ging der Kapitän mit unsicheren Schritten auf die Tür seines Zimmers zu, drang ein, warf sich nieder und sein schwerer Leib wurde von Schluchzen geschüttelt.

29. Kapitel

Die Läden fuhren vor die Fenster, aber im Salon blieb es dunkel. Ich stürzte davon, durch die Dunkelheit und durch das Schweigen im Schiffsinneren, bis in mein Zimmer, wo Ned Land und Conseil noch immer saßen. Grauen vor dem Kapitän hatte mich gepackt, ich konnte nicht sprechen. Die *Nautilus* zog nordwärts, das war an diesem Tag das Letzte, was ich den Instrumenten entnehmen konnte, danach standen sie still. Ich spürte die hohe Geschwindigkeit, mit der wir durch den Atlantik nach Norden fuhren, aber ich verlor die Orientierung über die Küsten, die wir streiften, über die Gewässer und über die Folge von Tag und Nacht. Ich schätze, dass dieses Stürmen, diese Flucht nach der Rache 20 Tage dauerte, aber ich kann mich irren und ich weiß nicht, wie lange es so weitergegangen wäre, hätte nicht die Katastrophe diese Reise beendet.

Nicht ein Mann der Besatzung ließ sich blicken, auch der Kapitän blieb unsichtbar. Wenn wir Luft nahmen, öffneten und schlossen sich die Luken automatisch. Das Auftauchen dauerte immer nur kurze Zeit. *Nauron respoc lorni virch* wurde nicht mehr gesprochen. Niemand maß die Stundenwinkel. Keiner trug unsere Position auf der Karte ein. Innen und außen herrschte Verlassenheit vor. Wir näherten uns dem Ende. Auch Ned Land machte sich selten. Nach allem, was Conseil mir von ihm erzählte, musste ich fürchten, dass er gemütskrank geworden war. Conseil fürchtete, er werde Selbstmord begehen.

Als ich eines Morgens nach quälendem, krampfhaftem Schlaf mit Kopfschmerzen erwachte, sah ich Ned Land über mich gebeugt. Er flüsterte: »Wir fliehen.«
»Wann?«
»Heute Nacht. Die Überwachung an Bord hat anscheinend aufgehört. Das ganze Unternehmen hier macht mir einen verstörten Eindruck. Sind Sie dabei?«
»Ja. Wo befinden wir uns?«
»Ich weiß nicht. Aber ich habe heute ganz früh beim Luftholen Land gesehen. 20 sm entfernt. Was für Land, weiß ich nicht. Aber wir schaffen es bis dahin.«
»Ja. Wir schaffen es. Und selbst wenn uns das Meer umbringt: Ich will heute fliehen«, sagte ich.
»Die See ist rau, der Wind ist stürmisch, aber wir haben ein gutes Boot. Lebensmittel und Wasser habe ich schon hineingeschafft.«
»Ja. Das ist gut. Das ist das Richtige. Ich bin dabei.«
»Wenn sie mich schnappen, hau ich mich bis zum letzten Blutstropfen, Monsieur.«
»Ja, Meister, ich bin dabei. Dann sterben wir eben zusammen.«
Dieser letzte Tag an Bord wurde mir lang. Um 18.30 Uhr kam Ned Land noch einmal in mein Zimmer, wo ich auf dem Bett lag, und sagte: »Wir sehen uns bis zur Abfahrt nicht mehr, Monsieur. Sie sind um 22 Uhr am Boot. Der Mond ist dann noch nicht aufgegangen, wir nutzen die Dunkelheit. Klar?«
»Klar.«
Ich ging darauf in den Salon und sah mir alle die Kästen und Schaustücke, die er enthielt, noch einmal an, die prachtvollen Schätze, die mit ihrem Besitzer in den Tiefen des Meeres zu Grunde gehen würden . . . eines Tages . . .
Ich kehrte in mein Zimmer zurück, legte feste Kleidung an und verbarg meine Notizen an meiner Brust. Ich fühlte dabei mein Herz

klopfen. Jetzt durfte mich Nemo nicht sehen, an meiner Aufregung hätte er alles erkannt. Ich trat an die Tür zu seinem Zimmer und horchte: Schritte. Er war darin. Er lag nicht im Bett. Bei jedem Schritt schien mir, er käme auf mich zu, die Tür werde sich öffnen, er werde dort stehen, mich ansehen und fragen: *Warum fliehst du?* Meine Vorstellungen setzten mir immer stärker zu, vergrößerten die Gefahr, indem sie die Sinneseindrücke vergröberten, und es gab einen Augenblick, in dem ich in Versuchung war, die Tür aufzureißen, zu ihm hinzutreten und ihm ins Gesicht zu sehen, mit aller Entschiedenheit, mit allem Trotz.
Ich warf mich aufs Bett, um diesem verrückten Einfall nicht nachgeben zu müssen. Ich wurde ruhiger, meine Nerven entspannten sich so weit, dass ich in einen bilderreichen Halbschlaf fiel, in dem die Szenen meines Aufenthalts an Bord wie Theaterkulissen über die Bühne meines Bewusstseins getragen wurden, der Schiffbruch, die Unterseejagd vor Crespo, die gefahrvolle Torrespassage, die Eingeborenen von Neuguinea, das betäubende Essen, der Korallenfriedhof, die Suezdurchfahrt, der kretische Taucher, die Bai von Vigo, Atlantis, der Südpol, der Kerker im Eise, Kraken, Golfstrom, *Vengeur* und Rache, und dieser Mensch Nemo wuchs sich zu einer übermenschlichen Gestalt aus, nicht irdisch, nicht von meiner Gattung, nicht meinesgleichen, ein Geist der Meere.
Die Kopfschmerzen waren bis 21.30 Uhr unerträglich geworden, ich saß auf dem Rand meines Bettes und hielt mir mit beiden Händen den Schädel, damit er nicht zersprang. Ich schloss die Augen. Ich wollte nicht mehr denken. Ich wollte nicht mehr warten.
In diesem Augenblick hörte ich die Klänge der Orgel durch die eisernen Wände dringen. Die Musik, traurig, drang in meinen Kopf ein, füllte ihn, erlöste mich von der Spannung des Wartens und beruhigte meine Empfindungen. Aber dann durchfuhr mich ein eisiger Schreck: Nemo im Salon! Ich musste da durch, wenn ich zum

Boot wollte! Er würde mich sehen. Würde er sprechen? Alles erkennen? Ein einziges Wort von ihm konnte mich für immer an Bord fesseln. Es war gleich 22 Uhr. Ich musste auf. Ich musste hinaus. Ich musste hindurch. Ich stand auf. Ich öffnete meine Tür. Ich ging durch den Gang, ich hielt an der Ecktür des Salons inne, um mein Herz zu beschwichtigen. Ich öffnete die Tür.

Der Salon war dunkel, die Orgel ging sehr schwach, der Kapitän sah mich nicht. Ich ging mit ganz kleinen Schritten. Ich brauchte fünf Minuten, um den Salon zu durchqueren. Ich legte die Hand auf die Klinke der Tür zur Bibliothek. Da ging ein Seufzen durch den Raum. Ich drehte mich um. Ich sah Nemo. Er kam auf mich zu, schwebend fast, die Arme verschränkt. Ich sah ihn wie ein Gespenst. Ich sah ihn schluchzen. Ich sah ihn murmeln. Ich hörte die Worte »mach-end-o-herr-mach-ende.« Ich floh.

»Kommen Sie!«, rief der Kanadier mit unterdrückter Stimme.

Wir zwängten uns durch die untere Einstiegsluke ins Boot. Ned Land verschloss den Boden wieder mit dem Engländer, den er sich irgendwo an Bord gestohlen hatte. Er lockerte bereits die Schrauben, mit denen das Boot an der *Nautilus* festhing. Da hörten wir von unten Stimmengewirr. Waren wir entdeckt? Ich fühlte plötzlich, wie Ned Land mir einen Dolch in die Hand drückte.

»Ja!«, flüsterte ich.

Es wurde lauter unter uns und aus all dem Rufen schälte sich ein fürchterliches Wort heraus: *Mahlstrom!*

Wir waren also an der gefährlichsten Stelle des Meeres, vor der norwegischen Küste, wo ein gigantischer Wasserwirbel alles in die Tiefe riss, was in seine Kreisbewegung geriet . . . dem ist noch nie ein Schiff entkommen, durchfuhr es mich, ein 15 km breites saugendes Feld, entstanden aus den Strömungen, die hier zusammenfließen, Schiffe verschlingend und Wale und Eisbären . . .

»Wir müssen an der *Nautilus* dranbleiben«, rief Ned Land, als die

Kreisbewegung begann. Der Strudel hatte uns gepackt. Wir wurden an die Wände des Bootes gepresst. Von draußen drang das Brausen des stürzenden Wassers zu uns, unter unseren Füßen brüllte die *Nautilus* mit der Kraft all ihrer Maschinen auf, um sich gegen den Zugriff des Meeres zu wehren.

»Wir müssen die Schrauben wieder fest. . .«

Da riss das Boot vom Leib der *Nautilus* ab und wurde in den Strudel hineingeschleudert. Ich schlug mit dem Kopf gegen die eiserne Bordwand und verlor die Besinnung.

30. Kapitel

Damit war die Reise unter den Meeren zu Ende. Ich habe keine Erinnerung an die Nacht im Mahlstrom, ich weiß nicht, wie wir ihm entkommen sind. Als ich aus meiner Betäubung erwachte, lag ich in der Hütte eines Fischers von den Lofoten. Meine Gefährten knieten an meiner Seite. Wir umarmten uns.

Wir können jetzt nicht gleich in unsere Heimat zurückkehren, die Schiffsverbindungen zwischen dem hohen Norden und der übrigen Welt sind spärlich. Ich muss das Dampfboot abwarten, das alle zwei Monate auf dem Weg zum Nordkap hier vorbeikommt. Ich sehe also durch, was ich mir von unseren Abenteuern notiert habe. Die Aufzählung ist vollständig, was ich durch Zahlenmaterial belegen konnte, habe ich belegt. Es wurde nichts ausgelassen, nichts übertrieben, was vorliegt, ist der getreue Bericht einer Expedition in ein Element, das dem Menschen bisher nicht zugänglich war, das ihm der Fortschritt jedoch eines Tages erschließen wird.

Aber wird man mir glauben? Ich weiß nicht. Das ist mir nach alledem auch gleichgültig. Ich fühle mich jetzt etwas berechtigter über alle jene Meere zu reden, die ich in neun Monaten durchstreift habe, 20 000 französische Meilen lang, 50 000 sm lang, 90 000 km lang, die doppelte Äquatorstrecke. Was aus der *Nautilus* geworden ist? Ob sie dem Mahlstrom entkam? Ob Kapitän Nemo noch lebt? Ob er noch weiter als Rächer der Meere um die Welt fährt? Ob die

Fluten eines Tages sein Manuskript anspülen und sein Geheimnis enthüllen?

Ich weiß es nicht. Ich kann nur für ihn hoffen. Es gibt nur zwei Menschen auf der Welt, welche die Tiefen des Abgrunds erforscht haben. Der eine ist Nemo. Der andere bin ich.

Die Reise zum Mittelpunkt der Erde

Aus dem Französischen
von Hans Eich

Ich stelle meinen Onkel vor

Am 24. Mai 1863, einem Sonntag, das werde ich nie vergessen, kam mein Onkel, der ehrenwerte Professor Otto Lidenbrock, überstürzt und aufgeregt nach Hause. Ich sah eben aus dem Fenster, als er die Königsstraße entlangstürmte, eine der ältesten Straßen Hamburgs.

Seine Wirtschafterin, die gute Martha, war ganz durcheinander. Sie meinte, sie hätte sich vielleicht in der Zeit geirrt, denn das Essen begann eben erst zu brodeln.

»Schon gut«, sagte ich, »es ist alles halb so schlimm, wenn nur der Onkel keinen allzu großen Hunger mitbringt, sonst schreit er ungeduldig Zeter und Mordio!«

»Herr Lidenbrock ist ja schon da!«, rief die gute Martha erschrocken und öffnete einen Spaltbreit die Tür zum Speisezimmer.

»Ja, Martha, aber das Essen kann schon noch etwas kochen, denn die Uhr der Michaelskirche hat eben erst halb zwei geschlagen.«

»Warum kommt denn Herr Lidenbrock heute vor der gewohnten Zeit nach Hause?«

»Weiß ich's? Das wird er uns schon noch verraten.«

»Ich verdrück mich lieber. Herr Axel, bringen Sie ihn bloß zur Vernunft!«

Und die gute Martha verschwand wieder in ihrer Küche. Ich blieb allein. Aber einen zornigen Professor zur Vernunft zu bringen schien mir jungem Dachs fast unmöglich. Schon war ich im Begriff mich vorsichtshalber in mein Zimmer hinaufzubegeben, als die

Haustür, rasch aufgerissen, misstönig in den Angeln quietschte. Mit seinen langen Beinen eilte der Hausherr geräuschvoll die Holztreppe hinauf, quer durch das Speisezimmer hastig in seinen Arbeitsraum. Als er vorbeirannte, warf er seinen Stock mit dem Kopf eines Nussknackers am Griff in eine Ecke und seinen gegen den Strich gebürsteten Hut auf den Tisch. Mir aber schrie er zu: »Axel, komm her!«

Ich hatte kaum Zeit mich vom Fleck zu rühren, als der Professor schon ganz ungeduldig rief: »Zum Kuckuck, wo bleibst du denn?« Schnell eilte ich ins Zimmer meines polternden Onkels.

Otto Lidenbrock ist eigentlich kein böser Mensch, das gebe ich gern zu; aber wenn er sich nicht noch etwas ändert, was ziemlich unwahrscheinlich ist, so wird er einmal als schrecklicher Sonderling sterben.

Er war Professor am Johanneum und hielt Vorlesungen über Mineralogie. Dabei geriet er regelmäßig in heftigen Zorn. Es lag ihm wenig daran, ob die Schüler seine Vorträge fleißig besuchten, ihm aufmerksam zuhörten und Fortschritte machten. Er lehrte im wahrsten Sinne ganz »subjektiv«, das heißt, für sich selbst und nicht für andere. Er war ein nur auf sich bezogener Gelehrter, ein Brunnen des Wissens, dessen Rolle knarrte, wenn man einen vollen Eimer heraufziehen wollte: Kurz gesagt, er war ein Geizhals, der sein Wissen am liebsten für sich behalten hätte.

Leider hatte mein Onkel eine etwas schwerfällige Aussprache, weniger im vertrauten Kreise als in der Öffentlichkeit, ein höchst bedauerlicher Mangel bei einem Redner. Oft blieb der Professor bei seinen Vorträgen im Johanneum plötzlich stecken; er kämpfte mit einem widerspenstigen Ausdruck, der nicht über seine Lippen wollte, der sich sträubte und aufblähte, bis er ihm schließlich in der wenig wissenschaftlichen Form eines Fluches herausfuhr.

Nun gab es aber in der Mineralogie viele halb griechische, halb lateinische Bezeichnungen, so unaussprechbar, holprig und roh, für den Mund eines Dichters eine wahre Qual. Ich will dieser Wissenschaft bestimmt nichts Übles nachsagen. Doch selbst die gewandteste Zunge stolpert über Begriffe wie: retinasphaltische Harze, Mangantungstenit, Kalziumtitanatsilikat, Kristallisationsdifferenziation, Ammoniummolybdat, Pentlandit und Zirkontitanit.

In der Stadt kannte man diese verzeihliche Schwäche meines Onkels und machte sich über ihn lustig. Man belauerte ihn, wartete auf verfängliche Stellen in seinen Vorträgen und lachte dann, was ihn zum Zorn reizte. Die meisten Zuhörer Lidenbrocks kamen nur, um sich an dem ergötzlichen Treiben des Professors zu belustigen.

Trotz alledem, ich muss es immer wieder sagen, war mein Onkel ein wahrhafter Gelehrter. Obwohl er manchmal bei allzu lebhaften Versuchen seine Musterstücke zerschlug, vereinte er in sich den durchdringenden Verstand des Geologen mit dem scharfen Blick des Mineralogen. Mit seinem Hammer, seiner stählernen Spitzhacke, seiner Magnetnadel, seinem Lötrohr und seinem Fläschchen Salpetersäure war er groß in seinem Fach. Er verstand es, jedes beliebige Gestein nach dem Bruch, dem Aussehen, der Härte, der Schmelzbarkeit, dem Ton, Geruch oder Geschmack, ohne zu zögern, in die sechshundert heute bekannten Gattungen einzureihen.

Daher hatte auch der Name Lidenbrock einen guten Klang bei den hohen Schulen und den gelehrten Vereinigungen. Die Herren Humphry Davy und Alexander von Humboldt und verschiedene andere Forschungsreisende besuchten ihn in Hamburg. Hervorragende Chemiker baten ihn um Auskunft über wichtige Fragen ihres Fachgebietes. Die Wissenschaften verdankten meinem Onkel manche Entdeckungen und im Jahre 1853 war in Leipzig der Versuch einer transzendenten Kristallografie in Großfolio mit Abbildungen von Otto Lidenbrock erschienen, ein Werk, das freilich nicht einmal die Kosten deckte. Zudem war mein Onkel Konservator am Mineralogischen Museum des russischen Gesandten Struve, einer Sammlung von europäischem Ruf.

Dieser Mann also rief mich jetzt ungeduldig herbei. Ein großer, magerer Mensch von eiserner Gesundheit, blond und jugendlich aussehend, sodass er mindestens zehn Jahre jünger wirkte, als er tatsächlich war. Seine großen Augen rollten ständig hinter einer schweren Brille; seine Nase, lang und fein, glich einer scharfen Klinge – böse Zungen behaupteten, sie wäre mit einem Magneten bestrichen und zöge den Eisenstaub an sich. Das war aber die reinste Verleumdung, denn sie zog nur Schnupftabak in sich ein, und zwar in reichen Mengen.

Wenn ich noch hinzufüge, dass mein Onkel, mathematisch gemessen, drei Fuß lange Schritte machte, und ferner bemerke, dass er mit fest geschlossenen Händen einherging, was eine heftige Gemütsart verrät, so kennt man ihn genügend, um auf seine Gesellschaft keinen besonderen Wert zu legen.

Er wohnte in der Königsstraße Nr. 19 in seinem eigenen kleinen Haus, halb aus Holz und halb aus Ziegelstein, mit ausgezacktem Giebel. Es lag an einem der Kanäle, die sich durch die Hamburger Altstadt schlängeln, und war von dem großen Brand im Jahre 1842 verschont geblieben. Das Dach saß schon so tief wie einem Studenten die Mütze auf dem Ohr. Das alte Haus neigte sich bereits ein wenig und man durfte kein Senkblei mehr an seine Seite legen, aber im Ganzen hielt es sich noch gut, dank einer kräftigen Ulme auf der Vorderseite, die im Frühling ihre blühenden Zweige durch die Fenster trieb. Dennoch konnte man meinen Onkel für einen deutschen Professor wohlhabend nennen. Das Haus mit der gesamten Einrichtung war sein Eigentum. Zu den Bewohnern gehörten auch sein siebzehnjähriges Patenkind Gretchen aus den Vierlanden bei Hamburg, die gute Martha und ich. In meiner doppelten Eigenschaft als Neffe und Waisenkind war ich ihm Gehilfe und Handlanger bei seinen wissenschaftlichen Versuchen.

Ich gestehe, das ich für die Geologie viel übrig hatte; in meinen Adern floss sozusagen mineralogisches Blut und in der Gesellschaft meiner kostbaren Gesteine langweilte ich mich niemals.

In diesem kleinen Haus in der Königsstraße konnte man schon

glücklich leben, trotz aller Ungeduld seines Besitzers, denn wenn er auch etwas herrschsüchtig war, so liebte er mich doch auf seine Weise. Aber dieser Mann verstand nicht zu warten und er eilte sogar der Natur voraus. Wenn er im April in seine Blumentöpfe Reseda oder Winde pflanzte, zupfte er jeden Morgen an ihren Blättern, um ihr Wachstum zu beschleunigen.
Bei einem solchen Sonderling blieb einem nichts anderes übrig als ihm zu gehorchen. Und so stürzte ich denn in sein Arbeitszimmer.

Bücher sind wichtiger als ein Mittagessen

Das Arbeitszimmer meines Onkels glich nahezu einem Museum. Da waren alle Musterstücke mit Namensschildchen versehen, in der vollständigsten Ordnung aneinander gereiht nach den drei großen Abteilungen der brennbaren, der metallischen und steinartigen Mineralien.

Wie war ich mit diesem Spielzeug der mineralogischen Wissenschaft vertraut! Wie oft hatte ich schon, anstatt mit gleichaltrigen Kameraden meine Zeit zu vertrödeln, lieber diese Graphite, Anthrazite, Lignite, die Steinkohlen und Torfe abgestaubt! Natürlich auch die Harze, Erdharze und organischen Salze, die man vor dem kleinsten Staubkörnchen schützen musste. Dazu die Metalle, vom Eisen bis zum Gold, deren bedingter Wert vor der völligen Gleichheit der wissenschaftlichen Gattungen verschwand! Und schließlich alle Steine, womit man das Haus in der Königsstraße hätte neu aufbauen können, mit einem netten Zimmer, das ich mir eingerichtet hätte!

Als ich nun das Arbeitszimmer betrat, dachte ich keineswegs an all diese Wunder, mein einziger Gedanke galt meinem Onkel. Er war fast vergraben in seinem großen, mit Utrechter Samt ausgeschlagenen Lehnstuhl und hielt ein Buch in der Hand, das er begeistert anschaute.

»Welch ein Buch! Welch ein Buch!«, rief er aus.

Dieser Ausruf erinnerte mich daran, dass der Professor Lidenbrock zu gewissen Zeiten auch ein ausgemachter Büchernarr war. Indes hatte ein alter Schmöker in seinen Augen nur dann einen beson-

deren Wert, wenn er schwer auffindbar oder zumindest unleserlich war.
»Na«, sagte er, »siehst du denn nicht, was ich da habe? Das ist ein unbezahlbares Kleinod, das ich heute Morgen bei Hevelius aufstöbern konnte.«
»Prachtvoll!«, erwiderte ich mit erheuchelter Begeisterung. Im Stillen aber dachte ich, was für ein Lärm wegen eines alten Buches in Kalbsleder, eines vergilbten »Schinkens« mit verblasstem Buchzeichen!
Die schwärmerischen Ausrufe des Professors wollten überhaupt nicht enden. Er fragte sich selbst und antwortete darauf: »Sieh mal an, ist das nicht herrlich! Ja, das ist wunderbar! Was für ein Einband! Wie leicht man es aufschlägt! Und wie ausgezeichnet sich die Blätter zusammenschließen, nirgends klaffen sie auseinander. Und an diesem Rücken sieht man nach sieben Jahrhunderten noch keinen einzigen Riss!«

Während mein Onkel so verzückt daherredete, öffnete und schloss er immer wieder das alte Buch. Ich konnte nichts Besseres tun als ihn nach dem Inhalt zu fragen, obwohl der mich nicht im Geringsten kümmerte.
»Wie ist denn der Titel dieses merkwürdigen Buches?«, fragte ich hastig.
»Dieses Werk«, erwiderte mein Onkel lebhaft, »ist die Heimskringla von Snorri Sturluson, dem berühmten isländischen Chronisten des zwölften Jahrhunderts! Es enthält die Geschichte der norwegischen Fürsten, die auf Island herrschten!«
»Tatsächlich!«, rief ich so freudig wie möglich. »Sicher eine deutsche Übersetzung!«
»Eine Übersetzung?«, fragte verwundert der Professor. »Wozu denn? Es ist ein Originalwerk in Isländisch, dieser prächtigen, reichen, doch so einfachen Sprache!«
»Genauso wie das Deutsche«, fügte ich hinzu.
»Ja«, erwiderte mein Onkel achselzuckend, »nur mit dem Unter-

schied, dass die isländische Sprache drei Geschlechter bezeichnet, wie das Griechische, und die Eigennamen dekliniert, wie das Lateinische!«

»Ach«, rief ich scheinheilig, »wie schön sind doch die Druckbuchstaben!«

»Wieso Druckbuchstaben? Ach, du meinst, das sei gedruckt. Nein, du dummer Kerl, das ist ein Manuskript, ein Manuskript mit Runen!«

»Runen?«

»Soll ich dir dieses Wort erklären?«

»Nein«, sagte ich und tat so, als wäre ich beleidigt.

Doch mein Onkel ließ sich nicht beirren. Er klärte mich über Dinge auf, die ich gar nicht wissen wollte.

»Die Runen«, so fuhr er fort, »waren Schriftzeichen, die seit uralten Zeiten auf Island verwendet wurden. Nach der Überlieferung sind sie göttlichen Ursprungs, von Odin selbst erfunden. So schau doch her, bewundere doch die von einem Gott erdachten Zeichen!«

Wahrhaftig, anstatt zu antworten, fiel ich auf die Knie, eine Antwort, die Göttern und Königen immer gefällt.

Da unterbrach ein kleiner Zwischenfall die Rede: Ein angeschmutztes Stück Pergament fiel aus dem Buch heraus auf den Boden.

Mit wahrer Gier stürzte sich mein Onkel auf diesen Fetzen. Ein alter Wisch, der vielleicht seit unvordenklichen Zeiten in diesem Schmöker lag, musste ihm unfehlbar als äußerst wertvoll erscheinen.

»Was ist denn das?«, rief er aus.

Und sogleich entfaltete er auf dem Tisch ein kleines Stück Pergament, das nur 15 cm lang und 9 cm breit war, worauf in Querzeilen ein unverständliches Gekritzel zu sehen war.

Ich gebe die merkwürdigen Schriftzüge naturgetreu wieder.

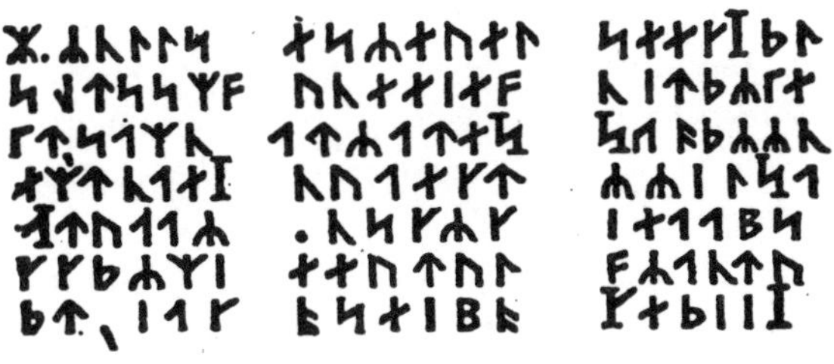

Diese seltsamen Zeichen haben den Professor Lidenbrock und seinen Neffen zu dem sonderbarsten Unternehmen des neunzehnten Jahrhunderts veranlasst.
Der Professor betrachtete sie eine Weile ganz versunken, dann sagte er und rückte seine Brille höher: »Es ist tatsächlich runisch. Diese Zeichen sind denen auf dem Manuskript des Snorri Sturluson völlig gleich! Aber . . . was mag das nur bedeuten?«
Da mir schien, das Runische wäre eine Erfindung der Gelehrten, um die unwissenden Leute hinters Licht zu führen, war es mir nicht unlieb, dass mein Onkel nichts davon verstand. Das schloss ich aus dem unruhigen Spiel seiner Finger.
»Es ist doch Altisländisch«, brummte er in seinen Bart. Und der Professor Lidenbrock musste das wohl wissen, denn er galt als ein wahrhaftes Sprachwunder. Die zweitausend Sprachen und viertausend Mundarten, die man auf der Erde kennt, verstand er nicht nur geläufig, sondern sprach auch deren einen guten Teil.
Da schlug die Uhr auf dem Kamin zwei und die gute Martha öffnete die Tür mit den Worten: »Die Suppe ist aufgetragen.«
»Zum Teufel mit der Suppe«, schrie mein Onkel, »samt der Köchin und wer sie verzehrt!«
Martha entfloh, ich folgte ihr auf dem Fuße, und ohne zu wissen wie, fand ich mich auf meinem gewohnten Platz im Speisezimmer. Ich wartete ein Weilchen, aber der Professor kam nicht. Zum ersten Mal, meines Wissens, fehlte er am Mittagstisch. Und doch, welch ausgezeichnetes Essen: Petersiliensuppe, Eierkuchen mit Schinken in Sauerampfersoße, Kalbsnierenbraten mit Pflaumen-

kompott und hinterher Seekrebschen mit Zucker und ein angenehmer Moselwein. Das alles versäumte mein Onkel wegen eines alten Stückes Papier. Wahrhaftig, als treuer Neffe fühlte ich mich verpflichtet für uns beide zu essen. Und das tat ich denn auch gewissenhaft.

»Das habe ich noch niemals erlebt«, jammerte die gute Martha, »unser Herr Professor nicht beim Mittagstisch!«

»Unglaublich!«

»Das hat nichts Gutes zu bedeuten!«, fuhr die Alte kopfschüttelnd fort.

Meiner Meinung nach aber bedeutete es nur einen fürchterlichen Krach, wenn mein Onkel nichts mehr von dem guten Essen vorfand.

Ich war gerade bei meinem letzten Krebschen angelangt, als mich eine donnernde Stimme den Genüssen des Nachtischs entzog. Mit einem einzigen Satz war ich im Arbeitszimmer des gestrengen Herrn.

Eine rätselhafte Geheimschrift

»Zweifellos sind es Runen«, sagte der Professor stirnrunzelnd. »Aber ich werde das Geheimnis dahinter schon herausbekommen, sonst . . .« Und eine heftige Bewegung mit der Hand vollendete seine Gedanken.

»Setz dich dahin«, fuhr er fort und zeigte auf den Tisch, »und schreib!«

Im Augenblick war ich dazu bereit.

»Ich werde dir jetzt jeden Buchstaben unseres Alphabetes diktieren, wie er mit einem dieser Schriftzeichen übereinstimmt. Wir werden ja sehen, was dabei herauskommt. Aber nimm dich in Acht, dass du dabei keinen Fehler machst!«

Er fing an zu diktieren und ich gab mir alle Mühe. Er benannte jeden Buchstaben, einen nach dem anderen, und es bildeten sich folgende unverständlichen Worte:

m.rnlls	esreuel	seecJde
sgtssmf	unteief	niedrke
kt,samn	atrateS	Saodrrn
emtnael	nuacect	rrilSa
Atvaar	.nscrc	ieaabs
ccdrmi	eeutul	frantu
dt,iac	oseibo	KediiI

Als ich fertig war, nahm mein Onkel hastig das Blatt, worauf ich geschrieben hatte.

»Was soll das bedeuten?«, wiederholte er.
Weiß Gott, ich hätte es ihm nicht sagen können. Übrigens fragte er mich gar nicht und sprach nur mit sich selbst: »Das nennen wir eine Geheimschrift, worin der Sinn versteckt ist hinter absichtlich durcheinander gewürfelten Buchstaben, die, in gehöriger Folge geordnet, einen verständlichen Satz bilden könnten. Damit wird vielleicht eine große Entdeckung erklärt oder wenigstens angedeutet.«
Ich für meinen Teil dachte, es steckt überhaupt nichts dahinter, aber ich hütete mich wohl mit meiner Meinung herauszurücken.
Der Professor nahm nun das Buch und das Pergament und verglich beides miteinander.
»Diese beiden Schriften«, sagte er, »stammen nicht von ein und derselben Hand; der Text auf dem Pergament ist späteren Ursprungs als das Buch, wie ich das gleich vorn aus einem unwiderlegbaren Beweis ersehe. In der Tat, der erste Buchstabe ist ein doppeltes M, das sich in Sturlusons Buch nicht findet, denn es wurde erst im vierzehnten Jahrhundert dem isländischen Alphabet hinzugefügt. Demnach liegen wenigstens zwei Jahrhunderte zwischen Manuskript und Geheimschrift.« Das leuchtete mir ein.
»Das bringt mich auf den Gedanken«, fuhr mein Onkel fort, »dass ein Besitzer dieses Buches diese geheimnisvolle Schrift auf dem Pergament verfasst hat. Aber wer zum Kuckuck war dieser Besitzer? Ob er nicht am Ende seinen Namen irgendwo unter das Manuskript gesetzt hat?«
Mein Onkel schob seine Brille höher hinauf, nahm eine starke Lupe und musterte sorgfältig die ersten Seiten des Buches. Auf der zweiten Rückseite entdeckte er eine Art Fleck, ähnlich einem Tintenklecks; aber genauer betrachtet, konnte man ein paar halb verlöschte Schriftzüge unterscheiden. Mein Onkel begriff sofort, dass dies der springende Punkt war; er machte sich eifrig darüber her und erkannte endlich mit Hilfe seiner Lupe die folgenden Runenzeichen, die er mühelos lesen konnte:

»Arne Saknussemm!«, rief er mit dem Ton eines Siegers, »das ist der Name, und noch dazu ein isländischer Name, eines Gelehrten im sechzehnten Jahrhundert, eines berühmten Alchimisten.«
Ich schaute meinen Onkel etwas verwundert an.
»Diese Alchimisten«, fuhr er fort, »Avicenna, Bacon, Lullus, Paracelsus, waren die einzigen wahrhaften Gelehrten ihrer Zeit. Sie haben unglaubliche Entdeckungen gemacht. Warum sollte nicht dieser Saknussemm unter dieser Geheimschrift eine sonst auffällige Entdeckung verhüllt haben? So muss es sein! So ist es wirklich!«
Über diese Vermutung erhitzte sich der Professor immer mehr.
»Ganz ohne Zweifel«, wagte ich zu antworten, »aber aus welchem Grunde hielt dieser Gelehrte seine merkwürdige Entdeckung geheim?«
»Warum, warum? Weiß ich das? Hat es Galilei nicht ebenso gemacht in Beziehung auf den Saturn? Übrigens, wir werden schon sehen: Ich bekomme das Geheimnis heraus und ich werde weder essen noch schlafen, bis ich es habe.«
Oh weh!, dachte ich.
»Axel, auch du darfst jetzt nicht an Essen und Schlafen denken!«, fuhr mein Onkel fort.
Wie gut, sagte ich zu mir, dass ich für zwei gegessen habe!
»Zuerst“, erklärte mein Onkel, »müssen wir herausbekommen, in welcher Sprache diese Geheimschrift abgefasst worden ist. Das dürfte nicht allzu schwer sein.«
Bei diesen Worten hob ich lebhaft den Kopf. Mein Onkel fuhr in seinem Selbstgespräch fort: »Es gibt nichts Leichteres. Diese Geheimschrift enthält hundertzweiunddreißig Buchstaben, davon neunundsiebzig Konsonanten und dreiundfünfzig Vokale. Ungefähr dieses Verhältnis findet sich bei den südlichen Sprachen, während die Sprachen im Norden weit mehr Konsonanten aufweisen. Es handelt sich also einwandfrei um eine Sprache des Südens.«

Diese Folgerungen waren richtig.
»Aber was für eine Sprache mag das sein?«
»Dieser Saknussemm«, fuhr er fort, »war ein gut unterrichteter Mann. Wenn er also nicht in seiner Muttersprache schrieb, musste er die unter den gebildeten Geistern des sechzehnten Jahrhunderts geläufige Sprache vorziehen: die lateinische. Sollte ich mich wirklich irren, so könnte ich immer noch einen Versuch machen mit dem Spanischen, dem Französischen, dem Italienischen, dem Griechischen und dem Hebräischen. Aber die Gelehrten des sechzehnten Jahrhunderts schrieben im Allgemeinen Lateinisch. Ich darf also von vornherein annehmen, es sei Latein.«
Da sprang ich von meinem Stuhl auf. Meine Erinnerungen aus der Lateinschule sträubten sich gegen die Behauptung, diese Gruppe seltsamer Worte könnten der anmutigen Sprache Vergils angehören.
»Ja, Latein«, erklärte mein Onkel, »aber ein sehr verworrenes Latein.«
Recht so, dachte ich, wenn du das entwirrst, lieber Onkel, bist du ein ganz heller Kopf!
»Untersuchen wir doch ganz gründlich«, sagte er und nahm das von mir beschriebene Blatt wieder zur Hand. »Hier ist eine Gruppe von hundertzweiunddreißig Buchstaben ziemlich durcheinander geraten. Da gibt es Worte, in denen nur Konsonanten vorkommen, wie das erste ›rnlls‹, in anderen dagegen überwiegen die Vokale, zum Beispiel das fünfte ›unteief‹ oder das vorletzte ›oseibo‹. Nun war offenbar diese Gruppe nicht von Anfang an so zusammengesetzt; sie wurde mathematisch gegeben durch ein uns unbekanntes Verhältnis, nach dem die Aneinanderreihung dieser Buchstaben bestimmt wurde. Ich meine, der ursprüngliche Satz war wohl regelrecht geschrieben, wurde aber umgebildet nach einem Grundgedanken, den wir eben finden müssen. Wer den Schlüssel dieser Geheimschrift besitzt, kann sie mühelos lesen. Aber was ist das für ein Schlüssel? Axel, hast du vielleicht diesen Schlüssel?«

Auf diese Frage wusste ich keine Antwort, und das aus gutem Grund. Meine Blicke hingen nämlich an einem reizenden Bild an der Wand, dem Bild Gretchens. Der Mündel meines Onkels weilte damals in Altona bei einer Verwandten und ich war über ihre Abwesenheit sehr betrübt, denn – jetzt kann ich es ja gestehen – die hübsche Vierländerin und der Neffe des Herrn Professors liebten sich mit echter deutscher Herzlichkeit und Ausdauer. Wir hatten uns ohne Wissen des Onkels verlobt, der allzu sehr Wissenschaftler war, um für solche Gefühle Verständnis zu haben. Gretchen war ein reizendes Mädchen, mit blonden Haaren und blauen Augen, von etwas gesetztem Wesen und ernstem Sinn; aber sie liebte mich darum nicht minder innig. Ich meinerseits verehrte sie von ganzem Herzen. Das Bild meiner kleinen Vierländerin versetzte mich also auf einmal aus der wirklichen Welt in die Welt der Träume und der Erinnerung.
In diesem Bild erblickte ich die treue Gefährtin meiner Arbeiten und Freuden. Sie half mir tagtäglich die wertvollen Steine des Onkels zu ordnen und sie mit Namensschildern versehen. Gretchen war in der Mineralogie wohl bewandert. Sie befasste sich gern damit, schwierige Fragen unseres Fachgebietes zu ergründen. Wie viel Zeit haben wir schon mit gemeinsamen Studien verbracht! Und wie oft beneidete ich die Steine um das Glück von ihren reizenden Händen berührt zu werden!
Anschließend gingen wir manchmal durch die belaubte Alsterallee und besuchten zusammen die alte Mühle, die sich am Ende des Sees so gut ausnimmt. Unterwegs gingen wir Hand in Hand und plauderten und ich erzählte ihr allerlei, worüber sie herzlich lachen musste. So kamen wir bis zum Elbufer, und nachdem wir den Schwänen, die zwischen den großen weißen Seerosen lautlos dahinglitten, Gute Nacht gesagt hatten, fuhren wir mit dem Dampfboot wieder zum Kai.
Hier war ich glücklich mit meinen Träumen angekommen, als mein Onkel mit der Faust auf den Tisch schlug und mich so gewaltsam in die Wirklichkeit zurückrief.

»Die erste Möglichkeit«, sagte er, »die sich aus dem Geist darbietet, um die Buchstaben eines Satzes aus ihrer Ordnung zu bringen, besteht nach meiner Ansicht darin, dass man die Worte anstatt waagerecht senkrecht schreibt. Wir wollen sehen, was dabei herauskommt. Axel, schreib doch irgendeinen Satz auf diesen Zettel, aber anstatt die Buchstaben nebeneinander zu stellen, setz sie, einen nach dem anderen, in senkrechte Reihen, und zwar in Gruppen von fünf bis sechs.«
Ich verstand sofort, wie das gemeint war, und schrieb sogleich:

I	e	r	m	t	t
ch	d	z	e	e	ch
l	i	l	i	s	e
i	ch	i	n	G	n
e	h	ch	g	r	!
b	e	,	u	e	

»Gut«, sagte der Professor, ohne dass er es gelesen hatte, »nun schreib dieses in einer waagerechten Zeile.«
Ich gehorchte und bekam folgende Gruppe heraus:

Iermtt chdzeech lilise ichinGn ehchgr! be, ue

»So ist es recht«, sagte mein Onkel und riss mir den Zettel aus der Hand, »das sieht schon aus wie die alte Geheimschrift: die Vokale wie Konsonanten stehen ebenso durcheinander; selbst Anfangsbuchstaben und Komma stehen mitten in den Worten, ganz wie im Pergament des Saknussemm!«
Ich konnte nicht umhin diese Bemerkung meines Onkels für sehr sinnreich zu halten.
»Nun«, fuhr mein Onkel fort, »um den Satz, den du aufgeschrieben hast und dessen Inhalt ich noch nicht kenne, ordentlich zu lesen, brauche ich nur den ersten Buchstaben jedes Wortes

aneinander zu fügen, dann jeden zweiten, hernach jeden dritten und so fort.«
Und mein Onkel las zu seinem und meinem großen Erstaunen:

»Ich liebe dich herzlich, mein gutes Gretchen!«

»Oho!«, sagte der Professor.
Ja, ganz unversehens hatte ich als verliebter Tölpel diese verräterische Zeile geschrieben.
»So, so! Du liebst also Gretchen!«, wiederholte mein Onkel. »Aber nun wollen wir doch unser Verfahren auf die fragliche Geheimschrift anwenden.«
Mein Onkel grübelte bereits wieder und hatte mein unvorsichtiges Geständnis schon vergessen. Der Kopf des Gelehrten konnte eben Angelegenheiten des Herzens nicht begreifen. Zum Glück beschäftigte ihn die Geheimschrift viel stärker.
Ich spürte, wie die Augen des Professors durch seine Brille hindurch Blitze sprühten. Mit zitternden Fingern und von ernster Bewegung ergriffen, nahm er das alte Pergament wieder zur Hand. Endlich hustete er tüchtig und diktierte mir mit würdigem Ton, indem er der Reihe nach den ersten Buchstaben, dann den zweiten jedes Wortes zusammennahm, die folgenden Gruppen:

mmessunkaSenA.icefdoK.segnittamurtn
ecertserrette, rotaivseadua,ednecsedsadne
lacartniiiluJsiratracSarbmutabiledmek
meretarcsilucoYsleffenSnI

Als ich das nun aufgeschrieben hatte, war ich, offen gestanden, sehr bewegt. Ich vermochte in diesen Buchstaben nicht den geringsten Sinn zu erkennen und war umso mehr darauf gespannt, von den Lippen des Professors wohllautendes Latein zu vernehmen. Aber wer hätte das gedacht! Ein heftiger Faustschlag erschütterte den Tisch, dass die Tinte emporspritzte.

»So geht es nicht!«, schrie mein Onkel, »das gibt keinen Sinn!« Und dann sauste er blitzschnell wie eine Kugel aus dem Arbeitszimmer, stürzte wie eine Lawine die Treppe hinunter und entfloh Hals über Kopf.

Der Schlüssel ist gefunden!

Ein Mineraloge aus Besançon hatte uns eine Sammlung Klappersteine aus der Sippe der Kiesel zugeschickt, die eingeteilt werden mussten. Ich machte mich an die Arbeit, sonderte aus, schrieb Namensschilder und ordnete im Glaskasten alle die hohlen Steine, worin kleine Kristalle eingeschlossen waren. Doch diese Tätigkeit füllte mich nicht aus. Das alte Dokument machte mir in Gedanken viel zu schaffen. Mein Kopf glühte und eine Unruhe ergriff mich, als ahnte ich Schlimmes.

Nach Verlauf einer Stunde waren die Klappersteine geordnet. Darauf wiegte ich mich in dem großen Lehnstuhl, den Kopf rückwärts, die Arme ließ ich baumeln.

Ich dachte an meinen Onkel. Wird er als Sieger oder ermutigt heimkehren? Sollte er das Geheimnis herausbekommen haben? So fragte ich mich und nahm wiederum das Blatt Papier mit den von mir geschriebenen unverständlichen Zeilen zur Hand. Ich versuchte die Buchstaben so miteinander zu verbinden, dass sie Wörter bildeten. Vergebliches Bemühen! Man mochte sie zu zwei, drei, fünf oder sechs zusammenstellen, es kam nichts Verständliches heraus.

Mein Gehirn erhitzte sich, meine Augen blinzelten bei dem Blick auf das Blatt; die hundertzweiunddreißig Buchstaben schienen um mich herumzuhüpfen.

Mir wurde heiß und ich brauchte Luft. Unwillkürlich fächelte ich mit dem Blatt Papier, sodass mir seine Vorder- und Rückseite abwechselnd vor Augen kam. Wie war ich verwundert, als ich bei einem solchen raschen Umwenden vollkommen lesbare Wörter zu erkennen glaubte, lateinische Wörter, zum Beispiel »craterem« und »terestre«.

Wahrhaftig, ich hatte das Gesetz der Geheimzeichen gefunden. Das Dokument konnte man ohne Kunststücke verstehen. Gerade so, wie es war, gerade so, wie mir's diktiert wurde, konnte es fließend buchstabiert werden.

Ich neigte mich über den Tisch, verfolgte mit den Fingern der Reihe nach jeden Buchstaben und las, ohne anzuhalten, ohne einen Augenblick zu stocken, mit lauter Stimme den ganzen Satz.

Mein Onkel aber sollte nichts davon erfahren. Er würde unfehlbar eine solche Reise machen und nähme mich mit, um nimmer heimzukehren. Das wollte ich verhindern. Womöglich fand er selbst noch den Schlüssel zu dem Dokument. Und so beschloss ich dieses Teufelszeug zu vernichten.

Im Kamin war noch etwas Feuer. Ich fasste nicht nur nach dem Blatt Papier, sondern auch nach dem Pergament des Saknussemm. Mit zitternder Hand war ich dabei, es miteinander auf die Kohlen zu werfen und so das gefährliche Geheimnis aus der Welt zu schaffen. Da öffnete sich die Tür des Zimmers und mein Onkel trat ein. Es war gerade noch Zeit, das Dokument auf den Tisch zu legen.

Der Herr Professor schien gänzlich erschöpft. Er setzte sich in seinen Lehnstuhl, griff aber zur Feder und begann Formeln niederzuschreiben, die einem algebraischen Rechenexempel glichen.

Ich zitterte, doch ohne Grund, denn da die einzig richtige Verbindungsweise bereits gefunden war, so musste notwendig jedes andere Nachforschen vergeblich sein.

Drei Stunden lang arbeitete mein Onkel, ohne zu reden, ohne den Kopf zu heben, tilgte aus, fuhr fort, radierte, begann tausendmal von neuem.

Ich wusste wohl, wenn er es dahin brächte, diese Buchstaben in alle möglichen Verbindungen miteinander zu bringen, dass

schließlich der Satz dabei herauskäme. Aber ich wusste auch, dass aus nur zwanzig Buchstaben sich zwei Quintillionen, vierhundertzweiunddreißig Quadrillionen, neunhundertundzwei Trillionen, acht Milliarden, hundertsechsundsiebzig Millionen, sechshundertvierzehntausend Verbindungen bilden ließen.
Inzwischen verfloss die Zeit, der Lärm der Straße verstummte. Mein Onkel, ständig über seiner Aufgabe, sah nichts, selbst die gute Martha nicht, als sie die Tür etwas öffnete. Er hörte nichts, selbst die Stimme der Wirtschafterin nicht, als sie fragte: »Wird der Herr Professor nicht zu Abend speisen?« Auch Martha musste sich ohne Antwort zurückziehen.
Nachdem ich eine Weile widerstanden, überfiel mich die Müdigkeit und ich schlief in einer Ecke des Sofas ein, während mein Onkel weiterrechnete und immer wieder ausstrich. Als ich am folgenden Morgen aufwachte, war der unermüdliche Forscher noch immer bei der Arbeit. Seine entzündeten Augen, seine bleifarbene Haut, seine verwirrten Haare, seine fieberhafte Hand, seine geröteten Wangen ließen deutlich seinen Kampf mit dem Unmöglichen erkennen.
Wahrlich, er dauerte mich! Und dennoch sagte ich mir: Nein, ich werde nicht reden! Er möchte unbedingt hinreisen, ich kenne ihn doch; nichts könnte ihn zurückhalten. Es ist ein vulkanischer Gedanke, und um zu tun, was andere Geologen versäumten, setzte er bestimmt sein Leben aufs Spiel. Ich will schweigen; ich will das Geheimnis, das ich durch Zufall erfuhr, für mich behalten! Es ihm mitzuteilen wäre sein Tod. Er mag es erraten, wenn er kann. Ich will mich auf keinen Fall mit dem Vorwurf belasten, ich hätte ihn in sein Verderben gerissen!
Und so kreuzte ich die Arme und wartete ab.

Mein Onkel arbeitete immer weiter; seine Einbildungskraft verlor sich in der Welt der Überlegung, der Begriffe und Folgerungen; er lebte fern von der Erde und außerhalb der irdischen Bedürfnisse.

Gegen Mittag machte mir der Hunger ernstlich zu schaffen. Doch hielt ich standhaft aus, es war mir eine Art Ehrensache geworden. Es schlug zwei Uhr. Es wurde unerträglich. Ich machte über die Maßen große Augen. Allmählich kam ich zu der Ansicht, dass man im schlimmsten Fall meinen Onkel, wenn er das Abenteuer versuchen wollte, auch gegen seinen Willen zurückhalten könnte. Womöglich fand er doch noch selbst den Schlüssel der Geheimschrift und dann hätte ich umsonst gefastet.
Es kam mir ganz lächerlich vor, dass ich so lange gewartet hatte, und ich entschloss mich meinem Onkel alles zu sagen.
»Onkel!«, rief ich.
Er schien mich nicht zu hören.
»Onkel Lidenbrock!«, rief ich nochmals laut.
»Was?«, fragte er, wie ein Mensch, der plötzlich aufwacht.
»Nun, dieser Schlüssel.«
»Welcher Schlüssel?«
»Der Schlüssel zum Dokument – zufällig fand ich ihn.«
»Was redest du da?«, rief er in unbeschreiblicher Gemütsbewegung.
»Hier«, sagte ich und hielt ihm das Blatt Papier hin, worauf ich geschrieben hatte, »hier, Onkel, lies!«
»Aber das bedeutet doch nichts!«, erklärte er enttäuscht, indem er das Papier zerknitterte.
»Nichts?«, wiederholte ich und begann zu lesen, aber vom Ende an. Ich hatte meinen Satz noch nicht fertig gelesen, als der Professor einen Schrei, vielmehr ein wahres Gebrüll hören ließ. Seinem Geist war ein Licht aufgegangen. Er war wie umgewandelt.
»Ach, sinnreicher Saknussemm!«, rief er aus, »du hattest also anfangs deinen Satz umgekehrt geschrieben? Und hätte man durch die Rückseite des Pergaments nicht alle Buchstaben lesen können?«
Und er fiel über das Papier her, mit trübem Auge, mit bewegter Stimme, und las das Dokument vollständig vom letzten Buchstaben aufwärts bis zum ersten.

Er lautete also in schlechtem Latein:
In Sneffels Yoculis craterem kem delibat
umbra Scartaris Julii intra calendas descende,
audas viator, et terrestre centrum attinges.
Kod feci.

Arne Saknussemm

Was in gut Deutsch sich so übersetzen lässt:
Steig hinab in den Krater des Snäfalls Yökull,
den der Schatten des Scartaris
vor dem ersten Juli umschmeichelt, kühner Wanderer,
und du wirst zum Mittelpunkt der Erde gelangen.
Das habe ich vollbracht.

Arne Saknussemm

Kaum hatte mein Onkel dies gelesen, als er wie elektrisiert durch das Zimmer hüpfte. Er ging hin und her, fasste seinen Kopf mit beiden Händen, rückte die Stühle, legte seine Bücher aufeinander, spielte – kaum glaublich – Ball mit seinen kostbaren Klappersteinen, schlug mit der Faust hierhin, mit der Hand dorthin. Endlich wurde er ruhiger und er sank erschöpft in seinen Lehnstuhl.
»Wie viel Uhr ist es denn?«, fragte er nach einer kleinen Weile.
»Drei Uhr«, erwiderte ich.
»Ich habe Hunger zum Umfallen. Gehen wir zu Tisch. Hernach . . .«
»Hernach?«
»Wirst du meinen Koffer packen.«
»Gut!«, rief ich.
»Und auch deinen!«, bestimmte der unbarmherzige Professor beim Eintritt in das Speisezimmer.

Es geht um Island

Während der Mahlzeit war mein Onkel fast lustig; er schwang sich zu Scherzen auf, die bei einem Gelehrten freilich nie gefährlich sind. Nach dem Essen winkte er mir, ihm auf sein Zimmer zu folgen.

Ich gehorchte. Er setzte sich an das eine Ende des Tisches, ich an das andere.

»Axel«, sagte er sanft, »du bist ein gescheiter Junge. Du hast mir da einen guten Dienst geleistet, als ich des Ringens müde den Gedanken schon fast aufgeben wollte. Wohin wäre ich geraten? Niemand kann das wissen! Ich werde es dir niemals vergessen und du wirst an dem Ruhm, den wir erlangen werden, deinen Anteil haben.«

Nun, dachte ich, er ist guter Laune; da passt es ja, sich mit dem Ruhm auseinanderzusetzen.

»Vor allem«, fuhr mein Onkel fort, »empfehle ich dir völliges Stillschweigen, verstehst du mich? Es fehlt in der Gelehrtenwelt nicht an Neidbolden und mancher, der bis zu unserer Rückkehr nichts merken soll, möchte gern eine solche Reise unternehmen.«

»Meinst du, Onkel«, fragte ich, »von solch Verwegenen gäbe es noch mehr?«

»Aber gewiss! Wer wollte denn zögern solchen Ruhm zu gewinnen? Wäre dieses Dokument bekannt, so käme ein ganzes Heer von Geologen geeilt, um Arne Saknussemms Spur zu verfolgen.«

»Davon bin ich aber gar nicht überzeugt, lieber Onkel, denn die Echtheit des Dokuments ist durch nichts erwiesen.«

»Wie? Und das Buch, worin wir es gefunden haben?«
»Gut! Ich gebe zu, dass Saknussemm diese Zeilen geschrieben hat, aber folgt daraus, dass er diese Reise auch wirklich unternommen hat, und kann das alte Pergament keine Fopperei enthalten?«
Der Professor runzelte die Stirn und ich befürchtete schon Schlimmes für die Fortsetzung unseres Gesprächs. Zum Glück hatte es nichts zu bedeuten. Mein strenger Tischgenosse erwiderte mit leichtem Lächeln: »Das werden wir sehen.«
»Ach«, sagte ich etwas verdutzt, »ich darf doch noch einiges fragen?«
»Frag nur, lieber Junge. Du kannst auch deine Meinung frei äußern. Du bist ja nun nicht mehr mein Neffe, sondern mein Kollege. Also vorwärts!«
»Nun, dann möchte ich dich zuerst mal fragen, was sind diese Jökull, Snäfalls und Scartaris, wovon ich nie ein Wort habe reden hören?«
»Das ist ganz leicht. Vor kurzem habe ich von meinem Freund August Petermann in Gotha eine entsprechende Karte bekommen. Nimm doch den dreißigsten Atlas im zweiten Fach der großen Bibliothek, Reihe Z, Brett 4.«
Ich stand auf und fand infolge der genauen Angabe rasch den begehrten Atlas. Mein Onkel schlug ihn auf und sagte: »Hier ist eine der besten Karten von Island, die Henderson'sche; ich glaube, die wird uns alle Schwierigkeiten lösen.«
Ich beugte mich über die Karte.
»Schau diese aus Vulkanen bestehende Insel«, sagte der Professor, »und beachte, dass sie alle mit dem Namen Jökull bezeichnet sind. Dieses Wort bedeutet im Isländischen ›Gletscher‹ und unter dem hohen Breitengrad Islands erfolgen die meisten vulkanischen Ausbrüche durch die Eisdecke.«
»Gut«, erwiderte ich, »aber was ist denn Sneffels?«
Mein Onkel antwortete: »Folg mir zur westlichen Küste Islands. Siehst du dort seine Hauptstadt Reykjavik? Ja, gut. Fahr über die unzähligen Fjorde dieser zerrissenen Seeküste und bleib etwas

unter dem fünfundsechzigsten Breitengrad stehen. Was siehst du da?«

»Eine Art Halbinsel, einem abgenagten Knochen ähnlich.«

»Der Vergleich ist richtig, lieber Junge. Siehst du nichts auf dieser Halbinsel?«

»Ja, einen Berg, der aus dem Meer emporgewachsen scheint.«

»Gut! Dieser Snäfalls Jökull ist der Sneffels.«

»Der Snäfalls Jökull?«

»Der ist es, der zweitausend Meter hohe Berg, einer der merkwürdigsten auf der Insel und gewiss der berühmteste der ganzen Welt, wenn sein Krater den Eingang zum Mittelpunkt der Erde bildet.«

»Aber das ist unmöglich!«, rief ich achselzuckend.

»Unmöglich?«, fragte der Professor Lidenbrock mit strengem Ton. »Und warum?«

»Weil dieser Krater offenbar mit Lava verstopft ist, die Felsen glühen und dann . . .«

»Und wenn es ein ausgebrannter Krater ist?«

»Ausgebrannt?«

»Ja. Die Zahl der noch tätigen Vulkane auf der Erdoberfläche beträgt gegenwärtig nur etwa dreihundert; aber es gibt eine noch weit größere Zahl erloschener Vulkane. Zu den Letzteren gehört der Snäfalls, der seit den historischen Zeiten nur einen Ausbruch gehabt hat, im Jahre 1229; seitdem ist er allmählich still geworden und er gehört nicht mehr zu den tätigen Vulkanen.«

»Was aber bedeutet das Wort Scartaris«, fragte ich, »und was haben die Kalenden des Juli damit zu tun?«

Mein Onkel besann sich nur einen Augenblick, dann antwortete er mir folgendermaßen: »Was du Dunkelheit nennst, ist für mich Licht. Dies beweist die sinnreiche Sorge, womit Saknussemm seine Entdeckung genau bezeichnen wollte. Der Snäfalls hat mehrere Krater und es war daher erforderlich, den Krater näher anzugeben, der zum Mittelpunkt der Erde führt. Wie hat es nun der gelehrte Isländer gemacht? Er hat bemerkt, dass beim herannahenden ersten Juli, also gegen Ende des Juni, eine der Bergspitzen, der Scartaris, ihren Schatten bis zu der Mündung des fraglichen Kraters wirft, und hat diese Tatsache in dem Dokument niedergelegt! Das war die genaueste Angabe, sodass man, wenn man sich einmal auf dem Gipfel des Snäfalls befindet, unmöglich mehr zweifeln kann, welcher Weg einzuschlagen ist.«

Da hatte ich es, mein Onkel wusste auf alles eine Antwort.

Wir brechen auf

Den Nachmittag hatte mein Onkel dazu verwendet, einen Teil des Reisebedarfs anzuschaffen. Mindestens zehn Männer schleppten die Sachen herbei. Alsbald lagen vor dem Haus Strickleitern, Fackeln, Reiseflaschen, eiserne Haken, Spitzhauen, beschlagene Stöcke und Spaten. Noch am Abend konnte man unter einem Trupp Lastträger, die allerlei Waren brachten, den Professor sehen, wie er laut schreiend hin- und herrannte.

Die arme Martha wusste nicht mehr, wo ihr der Kopf stand. Und ich bekam es zu hören: »Was stehst du so herum, Axel? Dein Koffer ist noch nicht gepackt, meine Papiere sind nicht geordnet, der Schlüssel meiner Reisetasche fehlt und wo sind meine Gamaschen?«

Immer wieder versuchte ich es mit meiner Frage: »Reisen wir denn ab?«

Endlich bekam ich die Antwort: »Ja, übermorgen in aller Frühe.«

Ich verbrachte eine entsetzliche Nacht. Am folgenden Morgen hörte ich, wie man sehr zeitig nach mir rief. Am liebsten hätte ich meine Tür nicht geöffnet. Aber wer hätte einer so süßen Stimme widerstehen können, die »Axel« rief? Gretchen war inzwischen von ihrem Besuch bei der Verwandten zurückgekehrt.

»Axel«, sprach Gretchen zu mir, »ich habe mich mit meinem Vormund unterhalten. Er ist ein kühner Gelehrter, ein mutiger Mann, und du wirst dich erinnern, dass sein Blut in deinen Adern fließt. Er hat mir von seinen Plänen erzählt, von seinen Hoffnungen, weshalb und wie er sein Ziel zu erreichen gedenkt. Ich zweifle nicht, dass er es schaffen wird. Ach, lieber Axel, wie schön es ist, sich so einer Wissenschaft zu widmen. Welcher Ruhm wird dem Professor zuteil werden und auf seinen Gefährten strahlen! Bei der Rückkehr wirst du ein Mann sein, seinesgleichen, frei zu reden und zu handeln. Und . . .«

Sie stockte. Ihre Worte machten mir wieder Mut. Dennoch wollte ich immer noch nicht an unsere Abreise glauben. Ich zog Gretchen zum Zimmer des Professors.

»Lieber Onkel«, fragte ich, »ist es ausgemacht, dass wir abreisen?«

»Wie? Du zweifelst daran?«

»Nein«, erwiderte ich, um ihm nicht zu widersprechen. »Nur möchte ich fragen, ob es solche Eile damit hat.«

»Jawohl, die Zeit drängt, die Zeit, die unwiederbringlich schnell entflieht!«

»Wir haben doch erst den 26. Mai. Und bis Ende Juni . . .«

»Ja, meinst du denn, dass man so leicht nach Island kommt? Von Kopenhagen nach Reykjavik geht nur einmal monatlich, am 22., ein Boot ab.«

»Nun?«

»Wenn wir bis zum 22. Juni warten wollten, kämen wir zu spät, um zu sehen, wie des Scartaris Schatten den Krater des Snäfalls umschmeichelt! Wir müssen daher so schnell wie möglich nach Kopenhagen kommen, um dort für die Überfahrt ein Beförderungsmittel zu finden. Geh und pack nun endlich deinen Koffer!«

Dem konnte ich nichts entgegnen. Ich begab mich also wieder in mein Zimmer. Gretchen folgte mir nach und bemühte sich selbst, alles Notwendige in meinen Koffer zu packen. Es ging ihr nicht näher zu Herzen, als wenn es sich um einen Ausflug nach Lübeck oder Helgoland handelte. Ihre kleinen Hände bewegten sich ohne Übereilung hin und her. Sie plauderte ruhig und nannte mir die verständigsten Gründe zu Gunsten unserer Unternehmung. Wenn ich aufbrausen wollte, achtete sie nicht darauf und setzte ruhig ihre Arbeit fort.

Auch an diesem Tag wurden noch physikalische Instrumente,

Waffen und elektrische Apparate ins Haus geliefert. Die arme Martha wusste nicht aus noch ein.
»Ist der Herr Professor ein Narr geworden?«, fragte sie mich.
Ich machte ein bejahendes Zeichen.
»Und er nimmt Sie mit?«
»Ja.«
»Wohin soll es denn gehen?«, fragte sie.
Ich deutete mit dem Finger nach dem Innern der Erde.
»In den Keller?«, schrie die gute Alte.
»Nein«, sagte ich, »noch tiefer hinab!«
Der Abend kam. Ich wusste gar nicht mehr, wie die Zeit verflossen war.
»Morgen früh«, sagte mein Onkel, »genau um sechs Uhr reisen wir ab.«
Um zehn Uhr abends sank ich wie ein schwerer Sack ins Bett und wachte morgens um fünf Uhr auf, halb zerschlagen, erschöpft und aufgeregt. Mein Onkel saß schon am Tisch und schlang sein Frühstück hinunter. Ich blickte ihn mit einer Art Grauen an. Gretchen war zugegen. Ich sprach kein Wort und konnte nichts essen.
Um halb sechs Uhr hörte man das Rasseln eines Wagens auf der Straße. Dieser große Wagen sollte uns zum Bahnhof Altona bringen. Er war bald mit den Gepäckstücken meines Onkels beladen.
»Und dein Koffer?«, fragte der Professor.
»Er ist fertig gepackt«, erwiderte ich und mir wurde ganz schwach.
»So bring ihn endlich oder du bist Schuld daran, dass wir den Zug versäumen!«
Gegen mein Geschick anzukämpfen schien mir unmöglich. Ich begab mich wieder in meine Kammer, ließ meinen Koffer die Treppe hinabrutschen und folgte hinterdrein.
In diesem Augenblick gab mein Onkel die »Zügel« seines Hauses in Gretchens Hände. Meine hübsche Vierländerin bewahrte ihre gewohnte Ruhe. Sie umarmte ihren Vormund, konnte aber, als sie

meine Wange mit ihren Lippen berührte, eine Träne nicht zurückhalten.

»Gretchen!«, rief ich aus.

»Geh, lieber Axel, geh«, sagte sie nur, »du verlässt jetzt deine Braut, aber bei der Rückkehr findest du mich als deine Frau.«

Ich schloss Gretchen in meine Arme, dann setzte ich mich in den Wagen zu meinem Onkel. Von der Schwelle des Hauses aus winkten uns Martha und das junge Mädchen ein letztes Lebewohl. Die Pferde vor dem Wagen rannten, durch Peitschenknallen und Zurufe des Kutschers angeregt, im Galopp durch die Altonaer Straße.

Von Altona bis Kopenhagen

Um halb sieben Uhr hielt das Fuhrwerk vor dem Bahnhof Altona. Die zahlreichen Frachtstücke meines Onkels, seine umfangreichen Warenballen wurden abgeladen, gewogen, mit Zetteln versehen, die den Namen des Eigentümers und den Bestimmungsort trugen, und schließlich in den Gepäckwagen befördert. Um sieben Uhr saßen wir beide in einem Abteil uns gegenüber. Der Dampf zischte, die Lokomotive setzte sich in Bewegung. Ich hatte mich noch nicht mit meinem Schicksal abgefunden. Doch wirkten die frische Morgenluft und die bei der schnellen Fahrt rasch erneuerten Eindrücke belebend und zerstreuend auf mich.

Die Gedanken des Professors eilten offenbar dem Zug voraus, der für seine Ungeduld zu langsam fuhr. Wir befanden uns allein im Wagen, sprachen kein Wort miteinander. Mein Onkel durchmusterte seine Taschen und seinen Rucksack sehr sorgfältig. Es schien ihm für die Ausführung seiner Pläne nichts zu fehlen. Unter anderem hatte er ein sorgfältig zusammengelegtes Blatt Papier mit dem Wappen der dänischen Kanzlei und der Unterschrift des dänischen Konsuls zu Hamburg, der ein Freund des Professors war. Mit dessen Hilfe konnten wir leicht in Kopenhagen Empfehlungen an den Gouverneur von Island bekommen. Ich bemerkte auch, dass mein Onkel das bewusste Dokument sorgfältig in seiner Brieftasche aufbewahrte. Ich verfluchte es aus Herzensgrund und sah mir das Land an. Es war eine ganze Reihe belangloser Ebenen, einförmig, schlammig und fruchtbar. Aber dieses Eintönige konnte mir nicht einmal langweilig wer-

den, denn schon drei Stunden nach unserer Abfahrt hielt der Zug in Kiel drei Schritte vom Meer.
Da unser Gepäck nach Kopenhagen eingeschrieben war, brauchten wir uns darum nicht zu kümmern. Doch während der Beförderung zum Dampfboot überwachte es der Professor mit Luchsaugen. Hier wurde es im unteren Schiffsraum geborgen.
Mein Onkel hatte bei seiner übermäßigen Eile die Abfahrts- und Anschlusszeiten unserer Beförderungsmittel so gut berechnet, das wir einen vollen Tag verloren. Das Dampfboot *Ellenora* ging nicht vor Abend ab. Daraus entstand ein neunstündiger Fieberzustand, währenddessen der zornwütige Reisende die Schifffahrtsgesellschaften und die Eisenbahnbehörde zum Teufel wünschte, samt den Regierungen, die solche Missstände erlaubten. Ich musste ihm zustimmen, als er den Kapitän der *Ellenora* darüber zur Rede stellte. Er wollte ihn zwingen sofort heizen zu lassen. Der Kapitän aber schickte ihn seines Weges.
In Kiel muss wohl, wie anderwärts auch, ein Tag zu verbringen sein. Wir gingen an den grünen Ufern der Bucht entlang, in deren Hintergrund sich die Stadt erhebt, liefen durch belaubtes Buschwerk, das ihr das Aussehen eines Nestes unterm Gezweig gab, und bewunderten die Villen, die alle mit Badehäuschen versehen sind. So wurde es unter Herumlaufen und dem Fluchen meines Onkels zehn Uhr abends.
Die Rauchwolken der *Ellenora* wirbelten in die Luft, das Deck zitterte unter den Stößen des Dampfkessels. Wir befanden uns an Bord, im Besitz von zwei Lagerstätten übereinander in der einzigen Kammer des Bootes.
Um zehn Uhr fünfzehn Minuten wurden die Anker gelichtet und der Dampfer fuhr rasch über die dunklen Fluten des Großen Beltes. Es war finstere Nacht mit einem angenehmen Seewind und das Meer wogte stark. Einige Lichter an der Küste schimmerten durch die Finsternis; später, ich weiß nicht wo, glänzte ein Leuchtturm hell überm Wasser.
Um sieben Uhr früh landeten wir in Korsör, einem Städtchen an

der Westküste Seelands. Hier stiegen wir sogleich in den Wagen einer neuen Eisenbahn und fuhren durch eine Landschaft, die genauso flach war wie die holsteinische Ebene.
Nach drei Stunden kamen wir in der dänischen Hauptstadt an. Mein Onkel hatte die ganze Nacht kein Auge geschlossen
Endlich gewahrte er eine Mündung zum Meer.
»Das ist der Sund!«, rief er aus.
Zu unserer Linken befand sich ein ungeheurer Bau, einem Spital ähnlich. »Das ist ein Irrenhaus«, sagte einer unserer Reisegefährten.
Gut, dachte ich, da sollten wir bis ans Ende unserer Tage bleiben! Und so groß dieses Gebäude auch ist, so wäre es doch noch zu klein für alle Narretei des Professor Lidenbrock! Schließlich, um zehn Uhr, stiegen wir in Kopenhagen aus. Das Gepäck wurde auf einen Wagen geladen und mit uns zum Hotel Phönix gefahren. Das dauerte eine halbe Stunde, denn der Bahnhof liegt außerhalb der Stadt. Nachdem wir uns etwas erfrischt hatten, liefen wir zum Hafen, um ein verhältnismäßig bald abfahrendes Schiff ausfindig zu machen.
Ich hoffe, es werde ganz an Beförderungsmitteln fehlen; aber ich täuschte mich. Eine kleine dänische Korvette, die *Walküre*, sollte am 2. Juni nach Reykjavik unter Segel gehen. Der Kapitän, Herr Bjarne, befand sich an Bord. Sein künftiger Fahrgast, der Professor, drückte ihm vor Freude tüchtig die Hände. Der wackere Mann war über diese Herzlichkeit etwas betroffen. Er fand es selbstverständlich, dass er, wie es seine Pflicht war, nach Island fuhr. Meinem Onkel aber kam das als etwas ganz Erhabenes vor. Der würdige Kapitän nutzte diese Begeisterung aus, um uns für die Überfahrt doppelt bezahlen zu lassen.
Herr Bjarne strich eine ansehnliche Menge harter Taler ein und sagte: »Erscheinen Sie am Dienstag um sieben Uhr früh an Bord.«
Wir kehrten ins Hotel Phönix zurück.
»Das geht ja schön, recht schön!«, sprach mein Onkel. »Welch ein glücklicher Zufall, dass wir dieses Schiff zum Abfahren bereit

fanden! Jetzt wollen wir frühstücken und uns dann die Stadt besehen.«

Wir begaben uns zum Kongens Nytorv, einem unregelmäßigen Platz, wo ein Posten stand vor zwei aufgeprotzten Kanonen, die keinem Menschen Angst einflößten. Dicht daneben, im Haus Nummer 5, befand sich eine französische Gaststätte, geleitet von einem Koch namens Vincent. Dort frühstückten wir reichlich für einen mäßigen Preis.

Dann freute ich mich wie ein Kind, die Stadt anzuschauen; mein Onkel ließ sich führen. Übrigens sah er nichts, weder den unbedeutenden Königspalast noch die hübsche Brücke aus dem siebzehnten Jahrhundert, die vor dem Museum über den Kanal führt, noch das riesige Grabmal Thorwaldsens, dessen Wände abscheuliche Gemälde zieren und das die Werke dieses Bildhauers enthält, noch in einem schönen Park das allerliebste Schloss Rosenborg, noch den bewundernswerten Renaissancebau der Börse, noch deren Turm, der aus den verschlungenen Schwänzen von vier bronzenen Drachen gebildet ist, noch die großen Mühlen der Festungswerke, deren ungeheure Flügel gleich den Segeln eines Schiffes im Seewind schwellen.

Was könnten wir da, meine hübsche Vierländerin und ich, für köstliche Spaziergänge längs des Hafens machen, wo die Zweimaster und Fregatten am Ufer lagen, an dem grünen Gestade der Meerenge, durch das schattige Buschwerk, in dessen Schoß sich die Zitadelle birgt, deren Kanonen ihre schwarzen Mündungen zwischen Holunder und Weidengezweig hervorstrecken! Aber ach, mein armes Gretchen war fern und konnte ich hoffen sie jemals wieder zu sehen?

Mein Onkel hatte jedoch kein Auge für diese schöne Gegend. Umso mehr aber gefiel ihm ein Glockenturm der Insel Amager, die den südwestlichen Teil Kopenhagens bildet.

Wir machten uns auf den Weg dorthin, bestiegen ein kleines Dampfboot, das zum Verkehr auf den Kanälen diente, und in wenigen Augenblicken waren wir drüben am Kai angelangt. Noch ein paar enge Straßen hindurch und wir standen vor Frelsers-Kirk, einer nicht besonders bemerkenswerten Kirche. Dagegen wurde die Aufmerksamkeit des Professors durch ihren ziemlich hohen Turm angezogen, um dessen Spitze sich außen von der Plattform an eine Treppe spiralig emporwand.

»Steigen wir hinauf!«, befahl mein Onkel.

»Wenn mir aber schwindlig wird?«, entgegnete ich.

»Dann gerade muss man sich an alles gewöhnen.«

»Aber . . .«

»Komm, sag ich dir, wir haben keine Zeit zu verlieren.«

Ich musste mich fügen. Ein Aufseher, der gegenüber wohnte, gab uns einen Schlüssel und wir begannen hinaufzusteigen.

Mein Onkel ging munteren Schrittes voran. Ich folgte nicht ohne Angst, denn es wurde mir tatsächlich leicht schwindlig. Solange wir uns in der inneren Schnecke befanden, ging alles gut. Aber nach etwa hundertfünfzig Stufen wehte mir die Luft ins Gesicht. Wir waren bis zur Plattform gekommen und die Treppe im Freien begann mit einem schmalen Geländer und Stufen, die stets enger wurden und bis ins Unendliche zu führen schienen.

»Ich kann nicht mehr weiter! Unmöglich!«, schrie ich.

»So feige kannst du doch nicht sein, steig!«, erwiderte unbarmherzig der Professor.

Ich musste ihm also folgen und klammerte mich an ihn. In der freien Luft schwand mir die Besinnung, ich fühlte bei den heftigen Windstößen den Turm schwanken, meine Beine versagten mir den Dienst; ich rutschte bald auf den Knien, bald auf dem Leib; ich schloss die Augen, mir wurde sterbensübel. Endlich, indem mich mein Onkel am Kragen packte, kam ich oben bei der Kugel an.

»Jetzt schau«, sagte er, »schau nur recht! Du musst lernen in einen Abgrund zu blicken!«

Ich öffnete die Augen und sah die Häuser platt und zusammengedrückt, wie mitten im Nebel des Rauches. Über meinem Kopf zog flockiges Gewölk und durch optische Täuschung schien es mir unbeweglich, während der Turm, die Kugel und wir gleichzeitig in rasender Eile fortgezogen wurden. In der Ferne sah man auf der einen Seite grüne Felder, auf der andern das im Sonnenschein schimmernde Meer. Bei der Spitze von Helsingör breitete sich mit einigen weißen Segeln der Sund aus, östlich zeigten sich im Nebel wogend die halb verwischten Gestade Schwedens und dies alles zusammen wirbelte vor meinen Augen.

Dennoch musste ich aufstehen, mich gerade halten und schauen. Meine erste »Schwindellektion« dauerte eine Stunde. Als ich endlich hinabsteigen und den festen Boden des Pflasters betreten durfte, war ich in allen Gliedern steif.

»Morgen wiederholen wir die Lektion«, sagte der Herr Professor.

Und wirklich, fünf Tage wurde diese Schwindelübung fortgesetzt, und ob mit oder gegen meinen Willen, ich machte merkliche Fortschritte in der Kunst von einem hohen Standpunkt aus die Welt unter mir ruhig zu betrachten.

In Reykjavik

Der Tag der Abreise kam heran. Tags zuvor überbrachte uns der gefällige Herr Professor Thomson, der Direktor des Museums der Nordischen Altertümer, die nötigen Empfehlungsbriefe an den Baron Trampe, den Statthalter Islands, an den Weihbischof Pictursson und an Herrn Finsen, den Bürgermeister von Reykjavik. Mein Onkel dankte dem gelehrten Professor mit wärmstem Händedruck. Am 2. Juni, um sechs Uhr früh, befand sich unser kostbares Gepäck an Bord der *Walküre*. Der Kapitän führte uns in ziemlich enge Kabinen.

»Haben wir günstigen Wind?«, fragte mein Onkel.

»Ausgezeichneten«, erwiderte Kapitän Bjarne, »Südost. Wir werden mit vollen Segeln aus dem Sund in die weite See stechen.«

Und so geschah es auch. Eine Stunde später schien die Hauptstadt Dänemarks fern in den Fluten zu versinken und die *Walküre* fuhr längs der Küste von Helsingör. Ich war in reizbarer Stimmung und glaubte Hamlets Schatten auf der Terrasse des alten Schlosses zu sehen, das übrigens weit jünger ist als der Prinz von Dänemark.

Das Schloss Kronborg verschwand bald im Nebel, ebenso der Turm von Helsingborg auf dem schwedischen Ufer, und der Zweimaster neigte sich ein wenig unterm Wehen der Seewinde des Kattegats. Die *Walküre* fuhr großartig, aber auf ein Segelschiff kann man sich nie ganz verlassen. Es hatte Kohlen, Haushaltungsgegenstände, Töpferwaren, wollene Kleidungsstücke und Getreide für Reykjavik geladen. Fünf Männer, lauter Dänen, genügten als Besatzung.

»Wie lange wird die Überfahrt dauern?«, fragte mein Onkel den Kapitän.

»Zehn Tage etwa«, erwiderte der, »wenn wir nicht bei den Faröern allzu viel widrigen Wind aus Nordost gegen uns haben.«

»Aber Sie werden sich dadurch doch wohl nicht bedeutend verspäten?«

»Nein, Herr Lidenbrock, Sie können beruhigt sein, wir werden pünktlich ankommen.«

Es geschah nichts Bemerkenswertes auf dieser Fahrt. Ich überstand leicht die Seekrankheit; meinem Onkel war zu seinem großen Leidwesen immer übel und er schämte sich dessen. Am 11. Juni kam Kap Portland in Sicht. Das damals helle Wetter ließ Myrdals Jökull, der das Kap beherrscht, erkennen. Portland besteht aus einer starken, vereinzelt am Ufer sich erhebenden Anhöhe mit steilen Abhängen.

Die *Walküre* hielt sich mäßig entfernt von den Küsten und fuhr an ihnen westwärts entlang, mitten durch Herden von Haien und Walfischen. Bald zeigte sich ein ungeheuer durchbrochener Felsen, durch den das schäumende Meer mit wütendem Brausen eindrang. Die Westermänner-Inselchen schienen wie hingesäte Felsen über dem Meeresspiegel emporzuragen. Nun fuhr der Zweimaster weiter vom Land ab, um das Kap Reykjanäs, das die Westspitze von Island bildet, in gehöriger Entfernung zu umsegeln. Mein Onkel war durch das starke Wogen des Meeres gehindert das Deck zu betreten, um die ausgezackten Küsten zu bewundern.

Achtundvierzig Stunden darauf, nach einem Sturm, der uns zwang mit gerefften Segeln zu fliehen, gewahrten wir östlich die Boje der Spitze Skagen, deren gefährliche Felsen sich weit unter dem Wasserspiegel hinziehen. Ein isländischer Lotse kam an Bord und drei Stunden später ankerte die *Walküre* in der Bucht von Faxa vor Reykjavik.

Nun kam endlich der Professor aus seiner Kabine heraus, etwas blass und zerschlagen, aber doch eifrig und Befriedigung sprach aus seinen Augen.

Die Einwohner der Stadt, die das ankommende Schiff lockte, strömten am Hafen zusammen.

Mein Onkel beeilte sich sein Gefängnis, um nicht zu sagen sein Krankenhaus, zu verlassen. Ehe er aber von Deck ging, zog er mich nach vorn und zeigte mir auf der Nordseite der Bucht einen hohen Berg mit zwei Spitzen, einen doppelten, mit ewigem Schnee bedeckten Kegel.

»Das ist der Snäfalls«, rief er aus, »der Snäfalls!«

Nachdem er mir mit einem Blick unbedingtes Schweigen befohlen hatte, stieg er in das Landungsboot; ich folgte ihm und bald betraten wir den Boden Islands.

Sofort kam ein ansehnlicher Mann in Generalsuniform auf uns zu: Baron Trampe, der Statthalter der Insel. Der Professor überreichte ihm seine Briefe aus Kopenhagen und es entspann sich in dänischer Sprache eine kurze Unterhaltung mit dem Ergebnis, dass sich der Baron Trampe Professor Lidenbrock völlig zur Verfügung stellte.

Einen herzlichen Empfang bereitete meinem Onkel der Bürgermeister Finsen, der, obwohl gleich dem Statthalter in militärischer Uniform, friedlichen Charakters war.

Der Weihbischof Pictursson befand sich gerade auf einer amtlichen Rundreise im nördlichen Bezirk; wir mussten zunächst darauf verzichten, ihm vorgestellt zu werden. Aber der Professor der Naturwissenschaften, Herr Fridrickson, ein recht gefälliger Mann, gewährte uns seinen recht zu schätzenden Beistand. Von den drei Zimmern seiner Wohnung stellte uns Professor Fridrickson zwei zur Verfügung und wir richteten uns flugs bei ihm ein.

Über die Menge unseres Gepäcks waren die Bewohner von Reykjavik etwas erstaunt.

»Nun, Axel«, sagte mein Onkel, »es geht gut; die Hauptschwierigkeit ist schon beseitigt.«

»Wie bitte, die Hauptschwierigkeit?«, rief ich aus.

»Allerdings, wir brauchen nur hinabzusteigen.«
»Wenn man es so versteht, hast du Recht, lieber Onkel; aber schließlich, denke ich, müssen wir auch wieder heraufkommen.«
»Ach, das macht mir keine Sorgen! Wohlan! Es ist keine Zeit zu verlieren. Ich gehe nun zur Bibliothek, da findet sich vielleicht ein Manuskript von Saknussemm, das ich gern zu Rate ziehen möchte.«
»Dann schau ich mir inzwischen die Stadt an. Willst du das nicht auch tun, Onkel?«
»Das kümmert mich wenig. Die Merkwürdigkeiten dieses Landes sind nicht über, sondern unter der Erde.«
Ich ging aus, streifte umher. Sich in den zwei Straßen Reykjaviks zu verlaufen wäre schwer gewesen. Ich brauchte daher nicht nach dem Weg zu fragen, was in der Gebärdensprache leicht zu Missverständnissen führt. In drei Stunden hatte ich nicht nur die Stadt, sondern auch ihre Umgebung besichtigt. Im Allgemeinen ein höchst trauriger Anblick. Keine Bäume, eigentlich keine Vegetation, überall lebende Spitzen vulkanischen Gesteins. Die Hütten der Isländer sind aus Erde und Torf gebaut, die Wände nach innen geneigt. Sie sehen wie Dächer aus, die unmittelbar auf dem Boden ruhen. Nur sind diese Dächer Wiesen, recht ergiebige Wiesen. Durch die Wärme ihrer Bewohner sprießt das Gras darauf ziemlich gut und man mäht es zur Zeit der Heuernte sorgfältig ab, damit die Haustiere nicht auf den grünen Dächern weiden.
Während meines Spaziergangs begegneten mir wenig Leute. Auf dem Heimweg durch belebtere Straßen fand ich die meisten Bewohner damit beschäftigt, Kabeljau zu trocknen, zu salzen und einzuladen; denn das ist der Hauptausfuhrartikel. Die Menschen schienen kräftig, aber schwerfällig, Musterstücke von blonden Nordländern mit nachdenklichen Augen, die sich etwas außerhalb der menschlichen Gesellschaft fühlten, arme, in dieses Eisland verwiesene Verbannte, die die Natur dazu verurteilte, auf dieser Grenze des Polarkreises zu leben!
Ihre Tracht bestand aus einem großen Rock von schwarzer Wolle,

die in den skandinavischen Ländern unter dem Namen »Vadmel« bekannt ist, einem breit gerandeten Hut, Hosen mit roter Borte und einem Stück Leder, das zu einer Art Fußbekleidung zusammengelegt war.

Die Frauen hatten ziemlich angenehme, aber ausdruckslose Züge; ihr Anzug bestand aus Leibchen und Rock aus dunklem »Vadmel«; die Mädchen trugen ihr Haar in Zöpfen geflochten unter einem braunen gestrickten Häubchen; die Verheirateten hatten als Kopfbedeckung ein buntes Tuch, darüber eine Verzierung von weißer Leinwand.

Als ich nach meinem Spaziergang in die Behausung des Herrn Fridrickson zurückkam, fand ich meinen Onkel bereits in Gesellschaft seines Gastgebers.

Neue Kunde von Saknussemm

Das Mittagessen war fertig. Professor Lidenbrock verschlang es mit wahrem Heißhunger, denn sein Magen war durch das Fasten an Bord zu einem Abgrund geworden.

Die Unterhaltung betraf wissenschaftliche Fragen, wie es bei Gelehrten üblich ist; aber mein Onkel hielt sich sehr zurück und seine Augen befahlen mir bei jedem Satz unbedingtes Schweigen über unsere Absichten.

Zuerst erkundigte sich Herr Fridrickson bei meinem Onkel nach dem Ergebnis seiner Untersuchungen in der Bibliothek.

»Ihre Bibliothek«, polterte Professor Lidenbrock, »besteht nur aus verstümmelten Werken, aus fast leeren Fächern.«

»Wie?«, erwiderte Herr Fridrickson. »Wir besitzen achttausend Bände, darunter viele wertvolle und seltene Werke in altskandinavischer Sprache, und alle Neuerscheinungen, mit denen wir von Kopenhagen jährlich versorgt werden.«

»Wo sind denn diese achttausend Bände? Meiner Schätzung nach . . .«

»Doch, Herr Lidenbrock, sie sind im ganzen Land im Umlauf. Man hat auf unserer alten Eisinsel Freude am Lesen! Es gibt keinen Bauern, keinen Fischer, der nicht lesen könnte und nicht liest. Wir meinen, Bücher sind bestimmt, dem Leser nützlich zu sein, anstatt hinter Gittern zu verschimmeln. So gehen denn auch diese Bände von Hand zu Hand, sie werden durchgeblättert, gelesen und wieder gelesen; und manchmal sind sie ein Jahr oder zwei abwesend, bis sie wieder in ihr Fach kommen.«

»Aber«, erwiderte mein Onkel etwas ärgerlich, »die Fremden . . .«
»Was meinen Sie! Die Ausländer haben doch in ihrer Heimat Bibliotheken und vor allem begehrt unser Volk die geistige Nahrung. Ich wiederhole, Freude an der Belehrung liegt dem Isländer im Blut. Auch haben wir 1816 eine literarische Gesellschaft gegründet, die in Blüte steht; ausländische Gelehrte empfinden es als Ehre, ihr anzugehören. Sie veröffentlicht Schriften über Erziehung und Bildung unserer Landsleute und leistet dem Land wirkliche Dienste. Wenn Sie, Herr Lidenbrock, ihr als korrespondierendes Mitglied angehören wollen, machen Sie uns damit eine große Freude.«
Mein Onkel, der bereits hundert wissenschaftlichen Gesellschaften angehörte, nahm es zur Genugtuung des Herrn Fridrickson freundlich an.
»Jetzt«, fuhr dieser fort, »nennen Sie mir bitte die Bücher, die Sie in unserer Bibliothek zu finden hofften, und ich kann Ihnen vielleicht darüber Auskunft geben.«
Ich sah meinen Onkel an. Er zögerte mit der Antwort, weil es unmittelbar seine Pläne berührte. Doch nach kurzem Überlegen entschloss er sich zu reden.
»Herr Fridrickson«, sagte er, »ich möchte gern wissen, ob Sie unter Ihren alten Büchern auch die von Arne Saknussemm besitzen.«
»Arne Saknussemm?«, fragte der Professor aus Reykjavik. »Meinen Sie den Gelehrten des sechzehnten Jahrhunderts, den großen Naturkundigen, Alchimisten und Reisenden?«
»Ja, den meine ich.«
»Eine der Zierden der Wissenschaft und Literatur Islands?«
»Wie Sie sagen.«
»Ein weltberühmter Mann!«
»Ich gebe es zu.«
»Von ebenso großem Mut wie Genie!«
»Ich sehe, dass Sie ihn genau kennen.«
Mein Onkel hörte mit Entzücken, wie man von seinem Helden sprach. Seine Blicke hingen an Herrn Fridrickson.

»Nun«, fragte er, »wo sind seine Werke?«
»Seine Werke haben wir nicht.«
»Nicht auf Island?«
»Es gibt sie weder auf Island noch sonstwo.«
»Und warum nicht?«
»Weil man Arne Saknussemm als Ketzer verfolgt hat und seine Werke im Jahre 1573 in Kopenhagen durch den Henker verbrannt wurden.«
»Vortrefflich!«, rief mein Oheim, zum Ärger des Professors der Naturwissenschaften.
»Wie?«, fragte dieser.
»Ja! Alles erklärt sich, alles verknüpft sich, alles ist verständlich und ich begreife, warum Saknussemm, nachdem man seine Schriften verfolgte und ihn zwang die Entdeckungen seines Geistes zu verbergen, seine Geheimnisse in unverständlicher Geheimschrift verhüllen musste . . .«
»Was für ein Geheimnis?«, fragte lebhaft Herr Fridrickson.
»Ein Geheimnis . . . das . . .«, stotterte mein Onkel.
»Haben Sie vielleicht ein besonderes Dokument?«
»Nein . . . Es war nur eine Vermutung.«
»Gut«, antwortete Herr Fridrickson und war so freundlich, als er meines Onkel Verlegenheit bemerkte, nicht weiter in ihn zu dringen. »Ich hoffe«, fuhr er fort, »Sie werden unsere Insel nicht verlassen, ohne aus deren mineralogischen Schätzen zu schöpfen.«
»Sicher nicht«, erwiderte mein Onkel, »aber ich komme wohl etwas spät, denn es sind doch schon andere Gelehrte hier gewesen.«
»Gewiss, Herr Lidenbrock. Aber diese Gelehrten haben doch etwas zu tun übrig gelassen.«
»Sie meinen?«, fragte mein Onkel mit harmlos gespielter Miene. Gleichzeitig bemühte er sich das Feuer seiner Augen zu mildern.
»Ja, was sind da noch für Berge, Gletscher und Vulkane, bisher zu wenig bekannt, zu erforschen! Sehen Sie, um nicht weit zu gehen, diesen Berg am Horizont emporragen? Das ist der Snäfalls.«

»So?«, fragte ganz unschuldig mein Onkel. »Der Snäfalls?«
»Ja, einer der merkwürdigsten Vulkane, dessen Krater selten besucht wird.«
»Ist er erloschen?«
»Seit fünfhundert Jahren.«
»Nun denn«, entgegnete mein Onkel, der, um nicht aufzuspringen, krampfhaft die Beine übereinander schlug, »ich habe Lust meine geologischen Studien mit diesem Seffel ... Fessel ... wie sagten Sie doch, zu beginnen.«
»Snäfalls?«, fuhr der treffliche Herr Fridrickson fort.
Indem sich mein Onkel unwissend stellte, glich er einem alten Teufel.
»Ja«, sagte er, »Ihre Worte sollen es bestimmen. Wir wollen den Snäfalls ersteigen, vielleicht auch seinen Krater aufsuchen!«
»Ich bedaure sehr«, erklärte Herr Fridrickson, »dass meine Geschäfte mir nicht erlauben mich von hier zu entfernen; ich hätte Sie gern begleitet.«
»Oh nein, nein!«, erwiderte lebhaft mein Onkel. »Wir wollen Sie durchaus nicht stören, Herr Fridrickson; ich danke Ihnen herzlich. Die Beteiligung eines so gelehrten Mannes wie Sie wäre überaus nützlich, aber die Pflichten Ihres Amtes ...«
»Ich billige sehr, Herr Lidenbrock«, sagte unser Gastgeber, »dass Sie mit diesem Vulkan anfangen. Sie werden eine reiche Ernte an merkwürdigen Beobachtungen einbringen. Aber sagen Sie mir nur, wie gedenken Sie auf die Halbinsel des Snäfalls zu kommen?«
»Zur See, über die Bucht. So geht es am schnellsten.«
»Allerdings, aber das ist jetzt unmöglich.«
»Weshalb denn?«
»Weil wir kein einziges Boot in Reykjavik haben.«
»Teufel!«
»Sie müssen längs der Küste zu Land reisen. Das ist zwar ein Umweg, aber er lohnt sich.«
»Gut. Ich werde versuchen einen Führer zu bekommen.«
»Ich kann Ihnen gerade einen anbieten, einen Bewohner der

Halbinsel, einen sehr geschickten Eiderjäger, mit dem Sie zufrieden sein werden. Er spricht fließend Dänisch.«
»Und wann kann ich ihn sehen?«
»Morgen, wenn Sie mögen.«
»Warum nicht heute?«
»Weil er morgen erst ankommt.«
»Morgen also«, sagte mein Onkel seufzend.

Hans, der Eiderjäger

Abends machte ich einen kleinen Spaziergang am Gestade von Reykjavik, kam frühzeitig zurück, legte mich zu Bett und fiel in tiefen Schlaf.

Beim Erwachen hörte ich meinen Onkel im Nebenzimmer in lebhaftem Gespräch. Ich stand sogleich auf und beeilte mich zu ihm zu kommen.

Er sprach mit einem Mann von hohem, kräftigem Wuchs. Seine Augen in einem mächtigen Kopf mit treuherzigen Zügen waren blau und nachdenklich. Lange rote Haare wallten über seine athletischen Schultern. Seine Bewegungen waren zwar geschmeidig, aber er regte die Arme nur wenig, die Sprache der Gebärden war ihm unbekannt. Er wirkte ruhig, aber nicht gleichgültig. Man fühlte, dass er von keinem Menschen etwas begehrte, dass er nach eigenem Ermessen tätig war und dass ihn nichts in der Welt in seiner Lebensphilosophie störte. Mit gekreuzten Armen stand er inmitten der lebhaften Gebärden meines Onkels und rührte sich kaum. Zum Verneinen wandte er seinen Kopf von der Linken zur Rechten, zum Bejahen neigte er ihn, aber so wenig, dass sich seine langen Haare fast nicht bewegten.

Beim Anblick dieses Mannes hätte ich sicher nicht geahnt, dass er ein Jäger ist; er scheuchte gewiss sein Wild nicht auf, aber wie konnte er sich ihm nähern?

Das begriff ich erst, als ich von Herrn Fridrickson hörte, dass dieser ruhige Mann nur ein »Eiderjäger« sei. Um die Flaumfedern der Eidergans, »Eiderdaunen« genannt, zu sammeln, welches eine große Verdienstquelle für die Insel ist, bedarf es allerdings keines großen Aufwandes an Bewegung.

In den ersten Sommertagen baut das Weibchen sein Nest zwischen die Felsen der Fjorde, womit das Land ausgezackt ist, und polstert dann das Lager mit den zarten Flaumfedern ihres Leibes. Sogleich kommt nun der Jäger (oder vielmehr der Daunenhändler), nimmt das Nest weg und das Weibchen beginnt seine Arbeit von neuem. Das dauert so lange, wie sein Gefieder ausreicht. Wenn es ganz ohne die zarten Bauchfedern ist, kommt das Männchen an die Reihe, mit seinen Federn das Nest auszulegen. Weil aber die rauen und groben Federn des Männchens keinen Handelswert haben, nimmt der Jäger das Nest nicht mehr fort und das Weibchen kann nun ungestört seine Eier hineinlegen und ausbrüten.

Da die Eidergans für ihr Nest keine steilen Felsen auswählt, sondern die niederen, leicht zugänglichen, die sich ins Meer erstrecken, kann der Eiderjäger seine Arbeit ohne große körperliche Anstrengungen tun. Es ist also ein Bauer, der weder zu säen noch zu ernten, sondern lediglich einzusammeln hat.

Dieser ernste, bequeme und schweigsame Mann hieß Hans Bielke. Er kam auf Herrn Fridricksons Empfehlung und wurde unser Führer. Sein Benehmen war eigentümlich verschieden von dem meines Onkels. Sie wurden sich leicht einig. Keiner von beiden redete über den Preis; der eine war bereit zu nehmen, was man ihm bot, der andere zu geben, was verlangt wurde. Nie kam ein Handel leichter zu Stande.

Hans verpflichtete sich also, uns bis zum Dorf Stapi zu geleiten, das an der südlichen Küste der Halbinsel des Snäfalls liegt, dicht am Fuß des Vulkans. Dieser Weg wurde auf zweiundzwanzig Meilen berechnet, die mein Oheim in zwei Tagen zurückzulegen wähnte. Als er aber vernahm, dass es dänische Meilen von über 7,5 Kilometer seien, musste er seine Berechnung ändern und sich in Anbetracht der schlechten Wege auf sieben bis acht Tage gefasst machen.

Vier Pferde mussten zur Verfügung gestellt werden, zwei zum

Reiten für den Onkel und mich, die beiden anderen, um das Gepäck zu tragen. Hans sollte, wie er es gewohnt war, zu Fuß gehen. Er kannte die Gegend genau und versprach den kürzesten Weg einzuschlagen. Als wir übrigens in Stapi ankamen, trat Hans nicht aus dem Dienst meines Onkels, sondern ließ sich von ihm für die ganze Dauer seiner wissenschaftlichen Unternehmung anwerben, zum Preis von drei Reichstalern. Nur wurde ausdrücklich vereinbart, dass ihm diese Summe wöchentlich am Samstagabend ausbezahlt wurde.

Die Abreise wurde auf den 16. Juni festgesetzt. Mein Onkel wollte Hans ein Draufgeld geben, aber der lehnte es mit einem Wort ab.

»Efter«, sagte er nur.

»Nachher«, übersetzte mir das mein Onkel.

Als der Vertrag geschlossen war, zog sich Hans zurück.

»Ein prächtiger Kerl«, rief mein Onkel aus, »aber er ahnt nicht im Mindesten, was er für eine Rolle zu spielen hat.«

»Er wird uns also begleiten bis . . .«

»Ja, Axel, bis zum Mittelpunkt der Erde.«

Achtundvierzig Stunden blieben uns noch bis zur Abreise; zu meinem großen Bedauern musste ich sie für die Vorbereitungen verwenden. Unsere gesamten Geisteskräfte wurden beansprucht, jeden Gegenstand auf die angemessenste Weise zu ordnen, die Instrumente hierhin, die Waffen dorthin, die Werkzeuge in dieses Paket, die Lebensmittel in jenes. Der 14. Juni wurde ganz gebraucht, um die verschiedenen Gegenstände zu ordnen und zu verpacken. Am Abend speisten wir bei Baron Trampe in Gesellschaft des Bürgermeisters von Reykjavik und des Doktors Hyaltalin, des obersten Arztes des Landes.

Am folgenden Tag, dem 15. Juni, waren wir mit allen Vorbereitungen fertig. Unser Wirt machte dem Professor eine große Freude, als er ihm eine kostbare Karte von Island schenkte, die vollständiger und genauer war als die Henderson'sche Karte.

Der letzte Abend wurde in vertraulichem Gespräch mit Herrn

Fridrickson verbracht. Auf diese Unterhaltung folgte, wenigstens meinerseits, ein unruhiger Schlaf.
Um fünf Uhr weckte mich das Wiehern der vier Pferde, die unter meinem Fenster stampften. Ich kleidete mich hastig an und ging auf die Straße. Hier war Hans beschäftigt unser ganzes Gepäck aufzuladen, ohne dabei ein Wort zu sprechen. Mein Onkel machte mehr Geräusch als brauchbare Arbeit und Hans schien sich wenig um seine Anweisungen zu kümmern.
Um sechs Uhr war alles fertig. Herr Fridrickson drückte uns herzlich die Hände. Mein Onkel dankte ihm gebührend für seine wohlwollende Gastlichkeit. Dann saßen wir auf und Herr Fridrickson rief uns zum Lebewohl den Vers Vergils nach: »Fahren wir denn getrost, wohin Fortuna uns führt!«

Isländische Gastfreundschaft

Hans ging voran, mit raschem, gleichmäßig ausdauerndem Schritt, hinter ihm die zwei Pferde mit unserem Gepäck, ohne dass man sie zu treiben brauchte.

Ich konnte ein Lächeln nicht zurückhalten, als ich meinen großen Onkel auf einem so kleinen Pferd erblickte, dass seine langen Beine den Boden streiften und er wie ein sechsfüßiger Zentaur aussah.

Zwei Stunden nach unserer Abreise aus Reykjavik kamen wir zu dem Dörfchen Gufums. Die wenigen Häuser würden in Deutschland kaum eine Ansiedlung bilden.

Hans machte hier eine halbe Stunde Halt und wir teilten unser bescheidenes Frühstück mit ihm. Auf die Fragen meines Onkels über die Beschaffenheit des Weges antwortete er mit Ja und Nein, und als wir uns erkundigten, wo er zu übernachten gedenke, sagte er nur: »Gardar!«

Auf der Karte fand ich am Ufer des Hvalfjordes, vier Meilen von Reykjavik, einen kleinen Ort dieses Namens. Als ich ihn meinem Onkel zeigte, sprach er: »Vier Meilen nur, vier Meilen von zweiundzwanzig! Das ist ein hübscher Spaziergang!«

Um vier Uhr nachmittags hatten wir vier dänische Meilen zurückgelegt. Der Fjord war an dieser Stelle mindestens eine halbe Meile breit; Meereswellen schlugen tosend gegen die scharf gespitzten Felsen. Der Golf erweiterte sich zwischen Felswänden, die etwa neunhundert Meter hoch senkrecht aufstiegen und durch braune Schichten zwischen rötlichen Tufflagern merkwürdig aussahen.

So verständig unsere Pferde auch sein mochten, ich ahnte nichts Gutes, wenn wir es unternahmen, auf dem Rücken eines Vierfüßlers über einen wirklichen Meeresarm zu setzen.
Mein Onkel wollte nicht warten. Er galoppierte dem Ufer zu. Sein Reittier witterte die Meereswellen und hielt an. Nun fluchte und peitschte mein Onkel drauflos, aber das Tier schlug hinten aus und machte Miene seinen Reiter abzuwerfen. Schließlich beugte es seine Kniekehlen und schlüpfte unter den langen Beinen des Professors weg, sodass er aufrecht auf zwei Felsstücken stehen blieb, wie der berühmte Koloss von Rhodos.
»Farja«, sagte da der Führer und klopfte dem Professor auf die Schulter.
»Was, eine Fähre?«
»Dort«, erwiderte Hans und deutete auf ein Fahrzeug.
»Jawohl«, rief ich, »da ist eine Fähre!«
»Das hätte man eher sagen sollen! Nun aber weiter!«
»Tidvatten«, ergänzte der Führer.
»Was will er?«
»Er meint die Ebbe«, übersetzte mir mein Onkel das dänische Wort.
»Allerdings, wir müssen die Ebbe abwarten.«
Mein Onkel stampfte mit dem Fuß, während die Pferde auf die Fähre zugingen.
Der günstigste Zeitpunkt zum Übersetzen war erst um sechs Uhr abends. Wir brauchten über eine Stunde, um über den Fjord zu kommen, und nach einer weiteren halben Stunde erreichten wir Gardar.
Hier nahm uns ein Bauernhaus gastlich auf. Der Besitzer führte uns in unser Gemach, einen großen Raum mit einem Boden aus gestampfter Erde und einem Fenster, dessen Scheiben aus wenig durchsichtigen Hammelhäutchen gemacht waren. Das Bettzeug war dürres Stroh, das man in zwei hölzerne, rot angestrichene und mit isländischen Sprüchen verzierte Verschläge geworfen hatte. Das Haus durchdrang ein starker Geruch getrockneter Fische,

eingemachten Fleisches und saurer Milch. Meiner Nase wollte das gar nicht recht behagen.
Später lud uns der Hauswirt ein in die Küche zu kommen, die einzige Stelle, auch bei größter Kälte, wo Feuer war. Der Kamin der Küche war nach uraltem Muster angelegt; in der Mitte des Raumes bildete ein einziger Stein die Feuerstätte; im Dach befand sich ein Loch als Rauchfang. Diese Küche diente auch als Essraum.
Bei unserem Eintritt begrüßte uns unser Wirt, als habe er uns noch nie gesehen, mit dem Wort »saellvertu«, seid glücklich, und küsste uns auf die Wange.
Nach ihm sprach seine Frau das gleiche Wort, verbunden mit der gleichen Zeremonie; darauf legten sie die rechte Hand aufs Herz und verbeugten sich tief.
Die Frau war Mutter von neunzehn Kindern, die alle, große wie kleine, mitten in dem Dunst des Herdes, der den Raum erfüllte, durcheinander wimmelten.
Wir begegneten dieser »Nestbrut« recht freundlich und bald hatten wir drei oder vier der »Meerkätzchen« auf unseren Schultern, ebenso viele auf dem Schoß, die übrigen zwischen den Beinen. Von denen, die sprechen konnten, hörte man das »Saellvertu« in allen erdenklichen Tonarten, die anderen schrien umso mehr.
Das Konzert wurde durch die Ankündigung der Mahlzeit unterbrochen. In diesem Augenblick trat der Eiderjäger ein, der inzwischen die Pferde gefüttert hatte.
»Saellvertu«, rief Hans.
Darauf folgte dieselbe Begrüßung von Seiten des Wirts, seiner Frau und der neunzehn Kinder.
Nach dieser Zeremonie setzte man sich zu Tisch, vierundzwanzig an der Zahl, folglich eines auf das andere, im wörtlichen Sinne. Wer nur zwei auf den Knien hatte, kam gut dabei weg. Als jedoch die Suppe kam, ward das Völkchen still. Unser Wirt reichte uns eine Moossuppe, die nicht übel schmeckte, dann eine große

Portion getrockneten Fisch in Butter schwimmend, die seit zwanzig Jahren etwas scharf geworden und also nach isländischen Begriffen vorzüglicher schmeckte als frische Butter. Dann gab es »Skyr«, eine Art geronnene Milch, mit Zwieback und einer Brühe von Wacholderbeeren, endlich einen Trank, Molke mit Wasser gemischt, »Blanda« genannt. Ob diese seltsame Mischung gut war oder nicht, kann ich nicht recht beurteilen. Mich hungerte und zum Nachtisch verschlang ich einen Heidekornbrei bis auf den letzten Mund voll.

Nach beendeter Mahlzeit verliefen sich die Kinder wieder. Die Erwachsenen wärmten sich an der Feuerstelle, wo sie Torf, Reiser, Kuhmist und Gräten getrockneter Fische verheizten, und gingen dann in ihre Gemächer. Am folgenden Morgen um fünf Uhr verabschiedeten wir uns. Nur mit Mühe konnte mein Onkel den Bauern bewegen eine angemessene Vergütung anzunehmen.

Die nächste Nacht mussten wir in einem verlassenen Gemäuer verbringen, das von allen Kobolden der skandinavischen Mythologie besucht zu werden schien: Der Plagegeist der Kälte war dort sicherlich zu Hause, um uns die ganze Nacht zu quälen.

In der folgenden Nacht blieben wir in Krösolbt, einer gottverlassenen Einöde.

Am Samstag, dem 20. Juni, kamen wir abends um sechs Uhr nach Büdir, einem kleinen Flecken am Meeresufer, und Hans bat um seine ausbedungene Bezahlung. Mein Onkel rechnete mit ihm ab. Die Familie unseres Führers, seine Onkel und Vettern, boten uns ihre Gastfreundschaft an. Wir wurden so nett empfangen, dass ich mich gern bei ihnen von den Reisebeschwerden erholt hätte. Aber mein Onkel bestand darauf, dass es weiterging, und am folgenden Morgen mussten wir von neuem aufsitzen. Der Boden zeigte schon Spuren von der Nähe unseres Berges, Snäfalls, dessen granitene Wurzeln wie die einer alten Eiche aus der Erde kamen. Wir umgingen den ungeheuren Fuß des Vulkans. Der Professor verlor ihn nicht aus den Augen; er machte Gebärden, als ob er ihn herausfordern wollte, und rief aus: »Da ist der Riese, den ich bezwingen will!«

Endlich, nach vier Stunden, hielten die Pferde von selbst am Tor des Pfarrhauses zu Stapi.

Im Pfarrhaus zu Stapi

Stapi, ein kleiner Ort von etwa dreißig Hütten, steht auf Lavagrund im Widerschein der von dem Vulkan zurückgeworfenen Sonnenstrahlen. Der kleine Fjord ist von einer auffallend geformten Basaltmauer eingefasst. Die Natur hat hier für Architekten ein streng geregeltes Vorbild geschaffen, das weder von der Herrlichkeit Babylons noch von den Wundern Griechenlands je übertroffen worden ist. Ich hatte wohl reden hören von dem Riesendamm in Island und der Fingalshöhle an der Küste der Hebrideninsel Staffa, aber einen basaltischen Unterbau hatte ich noch niemals gesehen.

Zu Stapi nun zeigte sich ein solcher in voller Schönheit. Die Uferwand des Fjords sowie das ganze Ufer der Halbinsel besteht aus einer Reihe neun Meter hoher, senkrechter Säulen. Über diesen zog sich ein Schwibbogengesims aus waagrecht liegenden Säulen, die nach dem Meer hin vorsprangen. In gewissen Zwischenräumen sah man unter diesem natürlichen Schutzdach Öffnungen von bewundernswerter Zeichnung, durch die reichlich strömende Wogen schäumend eindrangen. Basaltblöcke, vom wütenden Strom der Gewässer fortgerissen, lagen zerstreut auf dem Boden wie Trümmer eines antiken Tempels, ewig junge Ruinen, unverletzt von darüber rollenden Jahrhunderten.

Dies war die letzte Etappe unserer Landreise.

Als wir am Tor des Pfarrhauses ankamen, einer niedrigen Hütte, die weder schöner noch bequemer war als die benachbarten, sah

ich da einen Mann, beschäftigt ein Pferd zu beschlagen, mit lederner Schürze und einem Hammer in der Hand.
»Saellvertu«, sprach der Eiderjäger.
»Guten Tag«, erwiderte in Dänisch der Hufschmied.
»Kyrkoherde«, erklärte Hans meinem Onkel.
»Der Pfarrer«, dolmetschte dieser.
Währenddessen setzte Hans den Pfarrer von der Lage der Dinge in Kenntnis. Dieser unterbrach seine Arbeit und stieß einen Schrei aus, wie er zwischen Pferden und Rosshändlern üblich sein mag, und sogleich kam eine große Frau aus der Hütte heraus. Maß sie nicht 1,80 Meter, so fehlte doch nicht viel daran. Ich fürchtete schon, sie wollte den Reisenden den isländischen Gruß darbieten, aber damit war es doch nichts; ja, sie zeigte sich wenig freundlich, als sie uns ins Haus führte. Das Fremdenzimmer schien mir der schlechteste von allen Räumen des Hauses zu sein, eng, schmutzig und übel riechend. Man musste hier genügsam sein. Dem Pfarrherrn schien durchaus nicht die Gastlichkeit der Urzeit zu Eigen. Bevor der Tag zu Ende ging, erkannte ich, dass wir es mit einem Grobschmied, einem Fischer, Jäger, Zimmermann, und keineswegs mit einem geistlichen Herrn zu tun hatten. Allerdings war es ein Werktag; vielleicht stellte sich der Pfarrer am Sonntag ein.
Das Gehalt, das die armen Priester von der Regierung bekommen, ist äußerst gering und dazu beziehen sie den vierten Teil des Zehnten ihrer Gemeinde, was keine sechzig Mark beträgt. Daher müssen sie für ihren Lebensunterhalt sorgen. Wenn man aber die Arbeit eines Fischers, Jägers und Schmiedes verrichtet, nimmt man die Sitten und die Lebensart dieser Leute an. Am Abend merkte ich gar, dass unser Wirt keineswegs die Tugend der Nüchternheit kannte.
Mein Onkel sah gleich, mit wem er es zu tun hatte. Umso rascher beschloss er sein großes Vorhaben durchzuführen. Ohne Rücksicht auf die Beschwerden nahm er sich vor einige Tage im Gebirge zuzubringen.

Daher wurden gleich am folgenden Tag nach unserer Ankunft zu Stapi die Vorbereitungen getroffen. Hans mietete drei Isländer, die statt der Pferde das Gepäck tragen sollten; aber es wurde vereinbart, dass, sobald wir auf dem Boden des Kraters angekommen wären, sie wieder zurückkehrten.
Bei dieser Gelegenheit gab mein Onkel dem Hans zu erkennen, dass er die Erforschung des Vulkans bis zum Äußersten fortzusetzen beabsichtige. Hans nickte nur mit dem Kopf. Dahin oder sonst wohin auf der Oberfläche oder ins Innere hinab, war ihm gleichgültig.
Die folgende Nacht hatte ich beängstigende Träume von einem Vulkan und den dunkelsten Tiefen der Erde; ich fühlte mich wie ein ausgeworfenes Felsstück in die Lüfte emporgeschleudert. Am folgenden Tag, dem 23. Juni, erwartete uns Hans mit seinen Kameraden, die die Lebensmittel, Werkzeuge und Instrumente trugen. Zwei beschlagene Stöcke, zwei Gewehre, zwei Patronentaschen waren für meinen Onkel und mich vorgesehen. Hans hatte vorsichtig zu unserem Gepäck einen vollen Schlauch gefügt, der uns nebst unserer Flaschen für acht Tage mit Wasser versorgen sollte. Es war neun Uhr morgens. Der Pfarrer und seine Frau warteten vor dem Tor; ohne Zweifel, um den Reisenden ein letztes Lebewohl zu sagen. Aber dieses Lebewohl erschien unversehens in Form einer fürchterlichen Rechnung, die sich sogar die verpestete Luft bezahlen ließ. Dieses würdige Paar veranschlagte seine Gastfreundschaft sehr hoch.
Mein Onkel zahlte, ohne groß zu handeln. Auf der Reise zum Mittelpunkt der Erde kam es nicht auf einige Reichstaler an. Als dies geordnet war, gab Hans das Zeichen zum Aufbruch und nach einigen Minuten hatten wir Stapi im Rücken.

Unser Berg

Der Snäfalls ist 1 823 Meter hoch. Von dem Punkt unserer Abreise aus konnte man nicht sehen, wie seine beiden Spitzen auf dem grauen Hintergrund des Himmels hervortraten. Ich gewahrte nur, dass eine mächtige Schneekappe dem Riesen über die Stirn gedrückt war.

Wir gingen einer hinter dem andern her, der Eiderjäger als Erster. Er stieg enge Fußpfade hinan, wo zwei Menschen nicht nebeneinander gehen können. Eine Unterhaltung war dadurch fast unmöglich.

Über der Basaltwand des Fjordes Stapi zeigte sich zuerst ein krautartiger faseriger Torfboden, der aus der uralten Vegetation der Moorgründe herrührte. Dies ungeheure Torflager war, vom Boden eines Hohlweges aus gemessen, oft zwanzig Meter hoch und zeigte aufeinander folgende Schichten von verkohltem Geröll, dazwischen Blätter von Bimssteintuff. Die Menge dieses noch unausgebeuteten Brennmaterials könnte ausreichen ein Jahrhundert lang der gesamten Bevölkerung Islands einzuheizen. Der Weg bergan wurde immer schwieriger. Die Felsstücke wankten und man musste sehr aufpassen, um einen gefährlichen Sturz zu vermeiden.

Hans ging ruhig wie auf ebenem Boden voran; manchmal verschwand er hinter großen Blöcken und wir verloren ihn zeitweilig aus den Augen; dann gab er mit hellem Pfeifen die Richtung an, in der wir ihm zu folgen hatten. Oft stand er auch still, las einige Steine auf, ordnete sie auf leicht erkennbare Weise und markierte so den Rückweg.

In drei ermüdenden Wegstunden waren wir nur bis zum Fuß des Berges gekommen. Hans gab ein Zeichen zu halten und alle nahmen ein leichtes Frühstück ein. Mein Onkel aß doppelte Mengen, um schneller weiterzukommen. Da aber diese Pause auch zum Ausruhen bestimmt war, musste er sich nach dem Führer richten, der erst nach einer Stunde das Zeichen zum Aufbruch gab. Die drei Isländer, so schweigsam wie ihr Kamerad, der Eiderjäger, sprachen kein Wort und aßen mäßig.
Wir begannen jetzt die Abhänge des Snäfalls hinanzusteigen. Sein schneebedeckter Gipfel schien mir durch eine optische Täuschung, wie sie im Gebirge häufig vorkommt, sehr nahe; aber wie viele Stunden dauerte es noch, bis wir ihn erreichten! Und welche Beschwerden dazu! Die Steine, durch kein Bindemittel festgehalten, lösten sich unter unseren Füßen los und rollten so schnell wie eine Lawine auf die Ebene hinab. An manchen Stellen bildeten die Seiten des Berges mit dem Horizont einen Winkel von mindestens sechsunddreißig Grad; es war unmöglich, hinanzuklimmen, und man konnte nur schwer um die Steinblöcke herumkommen. Wir unterstützten uns dabei gegenseitig mit unseren Stöcken. Mein Onkel hielt sich mir so nahe wie möglich; er verlor mich nicht aus den Augen und manchmal war mir sein Arm eine tüchtige Stütze. Er seinerseits hatte wohl einen angeborenen Gleichgewichtssinn, denn er wankte und stolperte nicht. Die Isländer kletterten, obwohl mit Gepäck beladen, so gewandt wie Bergbewohner.
Wenn ich die Höhe des Gipfels ermaß, so schien es mir unmöglich, von dieser Seite her hinaufzukommen. Zum Glück gelangten wir nach einer Stunde voller Anstrengungen mitten in der Schneedecke auf der Höhe des Vulkans unversehens zu einer Art Treppe, die unser Steigen sehr erleichterte. Sie war aus Steinen gebildet, die bei den Ausbrüchen des Vulkans massenweise herausgeschleudert wurden. Hätte sie die Bergwand beim Herabstürzen nicht aufgehalten, so wären sie ins Meer hinabgerollt und hätten da neue Inseln gebildet. Bei der zunehmenden Steilheit des Berghangs machten uns die Stufen dieser Steine das Hinaufsteigen

leicht. Dabei ging es so rasch, dass ich, als ich eine kleine Weile hinter meinen Genossen stehen blieb, sie schon durch die Entfernung merklich verkleinert sah.
Um sieben Uhr abends hatten wir die zweitausend Treppenstufen erstiegen und wir befanden uns oben auf einer Anschwellung des Berges, einer Art Unterlage, worauf der eigentliche Kegel des Kraters sich stützte.
Das Meer war hier schon fast tausend Meter unter uns, wir hatten die Grenze des ewigen Schnees überschritten, die in Island infolge des beständig feuchten Klimas nicht sehr hoch ist. Es war grimmig kalt und es wehte ein starker Wind. Ich war erschöpft. Der Professor sah wohl, dass meine Beine mir den Dienst versagten, und entschloss sich, trotz seiner Ungeduld anzuhalten. Er gab dem Eiderjäger ein Zeichen; der aber schüttelte den Kopf und sagte nur: »Ofvanför.«
»Es scheint«, erklärte mein Onkel, »wir müssen noch höher steigen.«
Darauf fragte er Hans nach dem Grund.
»Mistour«, war die Antwort.
»Ja, Mistour«, wiederholte einer der Isländer mit etwas erschrockenem Ton.
»Was bedeutet dieser Ausdruck?«, fragte ich unruhig.
»Sieh nur«, sagte mein Onkel.
Ich richtete meine Blicke nach der Ebene. Eine ungeheure Säule von gepulvertem Bimsstein, Sand und Staub erhob sich im Wirbel einer Windhose. Sie schlug sich auf die Seite des Snäfalls nieder, wo wir uns befanden; dieser dunkle, vor die Sonne gespannte Vorhang verursachte einen tiefen Schatten, der überm Gebirge lagerte. Wenn diese Windhose herabkam, musste sie uns in ihren Wirbel hineinziehen. Diese Naturerscheinung, dass der Wind von den Gletschern herweht, kommt dort ziemlich häufig vor und heißt im Isländischen »Mistour«.
»Hastigt, hastigt«, rief unser Führer.
Ohne Dänisch zu verstehen, leuchtete mir ein, dass wir Hans so

schnell wie möglich folgen sollten. Dieser fing nun an um den Kegel des Kraters herumzugehen, aber in schräger Richtung. Bald senkte sich die Windhose nieder auf den Berg, der erzitterte. Die vom Wirbelwind mit fortgerafften Steine flogen, wie beim Ausbruch eines Vulkans, gleich Regen und Hagel. Wir befanden uns glücklicherweise auf der entgegengesetzten Seite und waren dadurch vor der Gefahr geschützt. Ohne die Vorsicht unseres Führers wären unsere Körper zerfetzt und in Staub zermalmt in der Ferne niedergefallen wie das Erzeugnis eines Meteors. Doch hielt es Hans nicht für geraten, die Nacht auf der Außenseite des Kegels zuzubringen. Wir setzten unsern Aufstieg im Zickzack fort. Die vierhundertfünfzig Meter, die noch zu erklimmen waren, beanspruchten noch fast fünf Stunden, die Umwege und schrägen Wege betrugen mindestens dreizehn Kilometer. Ich konnte nicht mehr weiter; Hunger und Kälte hatten mich völlig entkräftet. Die dünne Höhenluft reichte nicht mehr aus für die Tätigkeit meiner Lungen.

Endlich, um elf Uhr abends, erreichten wir im dichten Dunkel den Gipfel des Snäfalls. Bevor ich mich zu meinem Schutz in den Krater begab, hatte ich noch die Zeit die »Mitternachtssonne« an der niedrigsten Stelle ihres Umlaufs zu sehen, wo sie ihre bleichen Strahlen auf die zu meinen Füßen schlummernde Insel warf.

Zum Krater des Snäfalls

Das Abendessen wurde rasch verzehrt und die kleine Truppe bettete sich so gut wie möglich. Das Lager war hart, fünfzehnhundert Meter über dem Meeresspiegel. Doch war mein Schlaf während dieser Nacht besonders ruhig, so gut wie seither lange nicht.

Den anderen Morgen erwachte man halb erfroren bei schneidender Kälte im schönsten Sonnenschein. Ich verließ mein Granitlager, um das prachtvolle Schauspiel vor meinen Augen zu genießen.

Ich befand mich auf dem Gipfel der südlichen Spitze des Snäfalls und mein Blick schweifte von da über den größten Teil der Insel. Zu meinen Füßen sah ich tiefe Täler in allen Richtungen sich durchkreuzen; Abgründe wirkten wie Brunnen, Seen wie Teiche, Flüsse wie Bäche. Zu meiner Rechten reihten sich Gletscher an Gletscher und zahlreiche Bergspitzen, aus manchen stiegen leichte Rauchsäulen empor. Die wellenförmigen Erhebungen dieser zahllosen Berge, die mit ihrer Schneedecke so schäumend aussahen, erinnerten an die Oberfläche eines stürmisch aufgeregten Meeres. Blickte ich nach Westen, so breitete sich vor meinen Augen majestätisch der Ozean aus als Fortsetzung der weiten Gipfel. Die Grenze zwischen Land und Meer war nicht zu erkennen.

Der Professor und Hans kamen nun auch zu mir auf die Höhe. Mein Onkel zeigte mir in westlicher Richtung einen leichten Dunst, einen Nebel, einen Anschein von Land, das die Wogen begrenzte.

»Das ist Grönland«, sagte er.
»Grönland?«, rief ich.
»Ja, wir sind keine anderthalbtausend Kilometer mehr davon entfernt und zur Zeit des Tauwetters kommen die Eisbären auf treibenden Eisblöcken bis nach Island. Aber das will nicht viel heißen. Wir sind nun auf dem Gipfel des Snäfalls und sehen hier zwei Spitzen, eine südliche und eine nördliche. Hans wird uns sagen, wie bei den Isländern die Spitze heißt, worauf wir eben stehen.«
»Scartaris.«
Mein Onkel sah mich frohlockend an.
»Zum Krater!«, sagte er.
Der Krater des Snäfalls stellte einen umgekehrten Kegel dar und seine Mündung mochte einen Durchmesser von fünftausend Metern haben. Seine Tiefe schätzte ich auf etwa sechshundert Meter. Wie sah es wohl aus in einem solchen Behälter, wenn er sich unter Blitz und Donner füllte? Der Trichter hatte unten schwerlich mehr als dreihundert Meter Umfang, sodass man auf dem ziemlich sanften Abhang leicht hinuntergelangen konnte. Unwillkürlich musste ich diesen Krater mit einer ungeheuren Donnerbüchse vergleichen.
»In eine Donnerbüchse hinabzusteigen, die vielleicht geladen ist und jeden Augenblick losgehen kann, das tun nur Narren.«
Aber ich konnte nicht mehr zurück. Hans ging mit gleichgültiger Miene voran. Ich folgte ihm schweigend.
An manchen Stellen des Kegels befanden sich innere Gletscher. Dann schritt Hans nur mit größter Vorsicht voran, indem er mit seinem beschlagenen Stock den Boden untersuchte, ob nicht Spalten vorkämen. An manchen bedenklichen Stellen mussten wir uns mit einem langen Tau aneinander binden, damit der, dessen Fuß unversehens zu straucheln anfing, von seinen Genossen Beistand haben konnte. Dies war zwar vorsichtig ersonnen, sicherte aber nicht gegen alle Gefahr.
Inzwischen glückte das Hinabsteigen trotz der dem Führer unbe-

kannten Schwierigkeiten ohne Unfall, außer dass ein Pack Stricke, der den Händen eines Isländers entfiel, den kürzesten Weg in die Tiefe hinabrollte.

Mittags zwölf Uhr kamen wir unten an. Ich blickte aufwärts nach der Mündung des Kegels, die nur ein äußerst kleines Stück Himmel umrahmte. An einem Punkt nur hob sich die Spitze des Scartaris davon ab.

Auf dem Boden des Kraters befanden sich drei offene Kamine, woraus zur Zeit der Ausbrüche des Snäfalls das Zentralfeuer Lava und Dünste auswarf. Jeder dieser Kamine hatte ungefähr dreißig Meter Durchmesser; sie klafften zu unseren Füßen. Ich hatte keinen Mut hineinzublicken.

Professor Lidenbrock hatte ihre Lage schnell untersucht; atemlos lief er von einem zum andern und ließ mit vielen Gebärden unverständliche Worte hören. Hans und seine Kameraden sahen ihm auf einem Lavablock sitzend zu; sie hielten ihn offenbar für närrisch.

Plötzlich stieß mein Onkel einen Schrei aus. Ich glaubte schon sein Fuß wäre ihm eingesunken und er wäre im Begriff in einen der drei Schlünde hinabzufallen. Doch nein! Ich bemerkte, wie er mit ausgebreiteten Armen und gespreizten Beinen vor einem Granitfelsen stand, der auf der Mitte des Kraters lag wie ein riesiges Fußgestell für ein Standbild Plutos, des Beherrschers der Unterwelt. Seine Haltung zeigte einen vor Staunen ganz bestürzten Mann, aber seine Bestürzung wich bald einer unsinnigen Freude.

»Axel, Axel!«, rief er aus. »Komm, komm schnell!«

Ich eilte zu ihm, Hans und die Isländer rührten sich nicht.

»Schau nur«, sagte der Professor.

Und mit gleichem Staunen, wo nicht gleicher Freude, las ich auf der Westseite des Felsblocks in Runenschrift, die halb von der Zeit zerfressen war, den tausendmal verwünschten Namen.

»Arne Saknussemm!«, rief mein Onkel aus. »Wirst du jetzt noch zweifeln, Axel?«

Ich wusste darauf keine Antwort und kam verstört zu meiner Lavabank zurück.

Wie lange ich so in Gedanken versunken war, weiß ich nicht. Als ich aber endlich den Kopf wieder aufrichtete, sah ich meinen Onkel und Hans allein vor mir. Die Isländer waren verabschiedet worden und stiegen bereits auf dem Heimweg nach Stapi den äußeren Abhang des Snäfalls hinunter.

Hans schlief ruhig am Fuß eines Felsblocks in einer Lavarinne, wo er sich seine Lagerstätte eingerichtet hatte. Mein Onkel kehrte auf den Boden des Kraters zurück, wie ein Stück Rotwild in der Fallgrube eines Jägers.

Ich hatte weder Lust noch Kraft aufzustehen, folgte dem Beispiel des Führers und sank in einen schmerzlichen Schlummer, denn es war mir, als hörte ich Getöse und fühlte ein Schauern im Schoß des Berges.

So verging diese erste Nacht im Innern des Kraters.

Am folgenden Morgen drückte der Himmel, grau umwölkt, schwer auf die Spitze des Kegels. Ich merkte es sowohl an der Düsternis des Schlundes als auch am Zorn meines Onkels.

Von den drei Wegen, die sich unseren Füßen öffneten, hatte Saknussemm nur einen eingeschlagen. Nach der Angabe des weisen Isländers musste man ihn an dem in der Geheimschrift angeführten Kennzeichen herausfinden, wenn der Schatten des Scartaris in den letzten Tagen des Juni seinen Rand umschmeichelte. Man konnte in der Tat diesen spitzen Gipfel wie den Zeiger einer ungeheuren Sonnenuhr betrachten, dessen Schatten an einem bestimmten angegebenen Tag den Weg zum Mittelpunkt der Erde zeigen sollte.

Wenn nun aber die Sonne nicht schien, gab es auch keinen

Schatten, dann fehlte also das Merkzeichen. Es war am 25. Juni. Blieb der Himmel sechs Tage lang bedeckt, so musste die Beobachtung auf ein anderes Jahr verschoben werden.

Der Tag verstrich, ohne dass ein Schatten in den Grund des Kraters abfiel. Am 26. Juni noch nichts. Den ganzen Tag über fiel Regen mit Schnee vermischt. Auch am folgenden Tag war der Himmel noch bedeckt. Aber sonntags, am 28. Juni, brachte der Mondwechsel auch einen Wechsel der Witterung.

Die Sonne ergoss reichliche Strahlen in den Krater. Der geringste Berg, jeder Felsen, jeder Stein und jede Erhöhung nahmen teil an der Bestrahlung und warfen sofort einen Schatten auf den Boden. Der des Scartaris zeichnete sich ab wie eine belebte Spitze, die sich zugleich mit dem strahlenden Gestirn unmerklich drehte. Um zwölf Uhr, da der Schatten am kürzesten war, bedeckte er sanft den Rand des mittleren Kamins.

»Hier ist es!«, rief der Professor. »Hier geht es zum Mittelpunkt des Erdballs!«

Ich blickte auf Hans.

»Forüt!«, sagte ruhig der Führer.

»Vorwärts!«, erwiderte mein Onkel.

Es war ein Uhr dreizehn Minuten am Nachmittag.

◆◆◆◆◆◆◆◆◆◆◆◆◆◆◆◆◆◆◆◆◆◆◆◆◆◆◆

Mühevolle Reise in die Unterwelt

◆

Ich hatte noch nicht in den unergründlichen Schlund hinabgeschaut, in den wir uns hinunterwagen wollten. Nun war der Augenblick gekommen. Ich trat an die mittlere Öffnung, bog mich über einen Felsblock und sah in die Tiefe. Die Haare sträubten sich mir, es kam mir der Schwindel; ich fühlte wie ein Trunkener, dass sich mein Gleichgewicht veränderte. So ein Abgrund hat eine gefährliche Anziehungskraft, ich war im Begriff hinabzufallen. Da hielt mich Hans mit starken Händen fest. Sicherlich hätte ich zu Kopenhagen noch mehr Schwindel-Lektionen haben sollen.

So kurze Zeit ich auch in den Schlund hineinblickte, hatte ich mir doch gemerkt, wie er beschaffen war. An seinen fast senkrechten Wänden befanden sich zahlreiche Vorsprünge, die das Hinabsteigen erleichtern mussten. Aber gebrach's auch nicht an einer Leiter, so fehlte es doch an einem Geländer. Ein an der Mündung befestigtes Seil konnte wohl hinreichend stützen, aber wie sollte man es losmachen, wenn man unten war?

Dafür gab es ein einfaches Mittel, das mein Onkel anwandte. Er nahm ein zolldickes, hundertzwanzig Meter langes Seil und ließ es erst zur Hälfte hinab, dann schlang er es um einen vorspringenden Lavablock und warf die andere Hälfte nach. Nun konnte jeder von uns, indem er die beiden Hälften des Seiles in die Hand nahm, sich beim Hinabsteigen daran festhalten. War man aber in der Tiefe von sechzig Meter angelangt, so war es höchst leicht, indem man das eine Ende losließ, das ganze Seil hinunterzuziehen.

Dieses Verfahren konnte man so oft wiederholen, als es beliebte und erforderlich war.

Als diese Vorbereitungen getroffen waren, sagte mein Onkel: »Jetzt machen wir uns an das Gepäck. Es wird in drei Packen verteilt, wovon jeder einen auf seinen Rücken nimmt; ich meine nur die zerbrechlichen Gegenstände.«

Offenbar zählte uns der kühne Professor nicht zu den zerbrechlichen Dingen.

»Hans«, fuhr er fort, »wird die Werkzeuge mit einem Teil der Lebensmittel übernehmen; du, Axel, das zweite Drittel des Proviants nebst den Waffen; und ich den Rest und die feineren Instrumente.«

»Aber«, fragte ich, »wer soll denn die Kleider, die Menge Taue und Leitern hinabschleppen?«

»Die kommen schon von selbst hinab.«

Hans machte aus allen nicht zerbrechlichen Gegenständen einen einzigen Pack, verschnürte ihn tüchtig und warf ihn ohne weiteres in den Abgrund.

Ich vernahm ein lautes Getöse, womit der Pack hinabpolterte. Mein Onkel beugte sich vor und begleitete mit befriedigtem Blick das rollende Gepäck, so lange er es wahrnehmen konnte.

»Gut«, sagte er »jetzt kommt die Reihe an uns.«

Ich frage jeden aufrichtigen Menschen, ob man solche Worte ohne Schaudern anhören kann.

Der Professor nahm den Pack mit den Instrumenten auf seinen Rücken, Hans den mit den Geräten, ich die Waffen. Beim Hinabsteigen ging Hans voran, dann kam mein Onkel, zuletzt ich. Es verlief alles ganz still, nur dass man zuweilen Felsstücke, die sich lösten, in den Abgrund rollen hörte.

Ich rutschte sozusagen hinab, indem ich mit der einen Hand krampfhaft das doppelte Tau fasste und mit der anderen Hand mich auf den Stock stützte. Das Tau schien mir zu schwach, um die drei Personen zu tragen. Daher bediente ich mich seiner so wenig wie möglich, indem ich mir das Gleichgewicht auf den Lavastücken, die mein Fuß berührte, zu erhalten bemüht war.

Als eine dieser Stufen hinabglitt und dem Hans unter die Füße geriet, sagte er ruhig: »Gif akt!«

»Acht geben!«, wiederholte mein Onkel.

Nach einer halben Stunde waren wir auf einem Felsen angelangt, der fest in der Wand des Schlundes steckte.

Hans zog an einem Ende des Taues, während das andere in die Höhe glitt. Nachdem es oben über den Felsen gezogen wurde, um den es geschlungen war, fiel es hinab und riss Steine und Lavastücke mit sich fort, gleich einem Regen oder vielmehr einem gefährlichen Hagel.

Als ich mich über unseren schmalen Ruheplatz vorbeugte, bemerkte ich, dass der Boden des Schachtes noch nicht sichtbar war. Wir gebrauchten das Tau von neuem und nach einer halben Stunde waren wir wieder um sechzig Meter weitergekommen.

Nach Verlauf von drei Stunden konnte ich immer noch nicht den Boden des Schlundes erkennen. Als ich aufwärts blickte, gewahrte ich, dass seine Mündung merklich kleiner geworden war. Seine Wände schienen einander immer näher zu kommen. Allmählich wurde es dunkler.

Inzwischen stiegen wir immer weiter hinab. Es schien mir, als klänge das Aufprallen der losgelösten und hinabrollenden Steine schon matter, als müssten sie bald auf dem Grund ankommen. Wir hatten nun vierzehnmal das Tau verwendet, was jedes Mal eine halbe Stunde dauerte. Das machte im Ganzen sieben Stunden und dreieinhalb Stunden Ruhezeit. Da wir um ein Uhr angefangen hatten, musste es jetzt elf Uhr nachts sein. Die Tiefe, zu der wir gelangt waren, berechnete sich mit vierzehn mal sechzig Meter auf achthundertvierzig Meter. In diesem Augenblick ließ sich Hans vernehmen.

»Halt!«, rief er.

Fast wäre ich meinem Onkel auf den Kopf getreten.

»Wir sind am Ziel«, sagte er.

»Wo?«, fragte ich und eilte zu ihm.
»Auf dem Boden und der senkrechten Schlucht.«
»Ist kein anderer Ausgang da?«
»Doch, es scheint rechts eine Art Gang zu geben. Das werden wir morgen sehen. Jetzt wollen wir essen und hernach schlafen.« Es war noch nicht völlig dunkel. Man öffnete den Vorratssack und aß, dann legte sich jeder, so gut es ging, auf ein Lager von Steinen und Lavabrocken.
Als ich, auf dem Rücken liegend, die Augen aufschlug, bemerkte ich am Ende des neunhundert Meter hohen Schachtes wie durch ein riesenhaftes Fernrohr einen glänzenden Punkt, einen Stern ohne alles Flimmern. Meiner Berechnung nach musste es Beta im Kleinen Bären sein.
Darauf fiel ich in einen tiefen, ruhigen Schlaf.

◆◆◆◆◆◆◆◆◆◆◆◆◆◆◆◆◆◆◆◆◆◆◆◆◆◆◆

Es geht immer weiter abwärts

◆

Um acht Uhr morgens drang ein Strahl Tageslicht zu uns herab und weckte uns. Die spiegelnde Lava der Wände fing ihn auf und zerstreute ihn gleich einem Funkenregen. Dieser Lichtschimmer reichte, um die Gegenstände der Umgebung zu unterscheiden.

»Nun, Axel, was sagst du dazu?«, rief mein Onkel und rieb sich die Hände. »Hattest du jemals in unserm Haus in der Königsstraße eine so ruhige Nacht? Hier gibt es kein Wagengerassel, kein Geschrei der Händler, kein Rufen der Bootsleute!«

»Allerdings ist es hier sehr ruhig auf dem Boden dieses Schachtes, aber es liegt etwas Erschreckendes darin.«

»Wieso?«, rief mein Onkel. »Jetzt erschrickst du schon? Wie soll denn das erst später werden? Wir sind ja noch keinen Zoll weit ins Innere der Erde gedrungen.«

»Tatsächlich?«

»Wir sind erst bis auf den Boden der Insel gekommen. Diese lange senkrechte Röhre, die in den Krater des Snäfalls mündet, endet etwa in der Höhe des Meeresspiegels.«

»Weißt du das genau, Onkel?«

»Gewiss. Doch nun wollen wir frühstücken, aber wie Leute, die vielleicht eine weite Fahrt zu machen haben.«

Zum Zwieback und getrockneten Fleisch tranken wir einige Schluck Wasser mit Wacholderbranntwein.

»Jetzt, Axel«, rief der Professor begeistert aus, »jetzt werden wir erst richtig ins Innere des Erdballs dringen. Nun beginnt eigentlich erst unsere Reise.«

Unverzüglich fasste mein Onkel mit der einen Hand einen an seinem Hals hängenden Ruhmkorff'schen Apparat, brachte mit der anderen den elektrischen Strom in Verbindung mit der Schlangenröhre in der Laterne und helles Licht zerstreute das Dunkel des Ganges. Der zweite Apparat, den Hans trug, wurde ebenfalls in Tätigkeit gesetzt. Diese sinnreiche Anwendung der Elektrizität ermöglichte es, uns durch Erzeugung von künstlichem Tageslicht selbst mitten durch leicht entzündliche Gase zu dringen. »Marsch!«, sagte mein Onkel.

Jeder nahm wieder seinen Pack und wir traten alle drei in eine Galerie ein. Ich blickte empor und sah zum letzten Mal durch den unermesslichen Schacht den Himmel Islands, den ich nie wieder sehen sollte.

Die Lava hatte bei dem Ausbruch des Vulkans im Jahre 1229 einen Weg durch diesen Tunnel gebrochen. Sie bedeckte das Innere mit einem dichten glänzenden Überzug, wovon das elektrische Licht mit hundertfacher Stärke zurückgeworfen wurde.

Die Schwierigkeit des Weges bestand hauptsächlich darin, dass man über eine in einem Winkel von fünfundvierzig Grad geneigte Fläche nicht allzu rasch hinabglitt. Zum Glück konnten manche verwitterten oder vorragenden Stellen als Stufen dienen und das Gepäck brauchten wir nur an einer langen Leine nachzuziehen. Aber was unter unseren Füßen Stufen waren, wurde an den Wänden zum Tropfstein. Die an manchen Stellen löcherige Lava bildete kleine runde Blasen; Kristalle von dunklem Quarz, mit klaren Glastropfen geziert, hingen wie Kronleuchter vom Gewölbe herab und schienen bei unserer Ankunft angezündet zu werden. Man konnte meinen, die unterirdischen Geister beleuchteten festlich ihren Palast, um die Gäste von der Oberwelt würdig zu empfangen.

»Wie prachtvoll ist das!«, rief ich unwillkürlich aus. »Welch ein Anblick! Erstaunlich dieses Farbenspiel der Lava, das in unmerklichen Abstufungen aus dem Rotbraunen ins glänzende Gelb übergeht! Und diese Kristalle sehen aus wie leuchtende Kugeln!«

»Ach, jetzt kommst du darauf, Axel!«, erwiderte mein Onkel. »Ach, du hältst das schon für prächtig, lieber Junge. Du wirst noch ganz andere Dinge zu schauen bekommen, hoffe ich. Nur vorwärts, vorwärts!«

◆◆◆◆◆◆◆◆◆◆◆◆◆◆◆◆◆◆◆◆◆◆◆◆◆◆◆

Der Weg ins Ungewisse

◆

Am folgenden Tag, am Dienstag, dem 30. Juni, um sechs Uhr, ging es weiter.

Wir folgten stets der Lavagalerie, die in mäßigem Fall abwärts führte, wie die geneigten Flächen in manchen alten Häusern an Stelle der Treppen. So ging es bis zwölf Uhr siebzehn Minuten, als wir Hans einholten, der stehen geblieben war.

»Ah«, rief mein Onkel aus, »da sind wir ja am Ende des Ganges!«

Ich sah mich um. Wir befanden uns mitten auf einem Kreuzweg, wo zwei Wege mündeten, beide düster und eng. Welchen Weg sollten wir einschlagen?

Mein Onkel entschied sich kurz entschlossen für den östlichen Tunnel und alsbald folgten wir diesem Gang.

Diese neue Galerie hatte ein kaum merkbares Gefälle.

Mitunter hatten wir eine Reihe von Gewölbebögen vor uns, die dem Nebenschiff einer gotischen Kathedrale glichen. Die Baukünstler des Mittelalters hätten da alle Formen der religiösen Architektur studieren können, die sich aus dem Spitzbogen entwickelt haben.

Nach ungefähr einer Meile hatten wir unter den gedrückten Bogen des romanischen Stils den Kopf zu beugen und mächtige Pfeiler in den Grundmauern stützten die Gewölbe mit ihren Unterlagen. An manchen Stellen sah man stattdessen niedrige Unterbauten, die den Werken der Biber glichen, und wir glitten durch schmale Gänge kriechend hinab.

Um sechs Uhr abends waren wir, etwas ermüdet, drei Kilometer

südlich vorwärts gekommen, aber in die Tiefe nur ein paar hundert Meter.
Mein Onkel gab das Zeichen zum Ausruhen. Wir aßen, ohne viel zu reden, und schliefen, ohne uns allzu viel Gedanken zu machen. Unsere Einrichtung für die Nacht war sehr einfach; unser ganzes Bett bestand aus einer Reisedecke, womit man sich umhüllte. Wir hatten weder Kälte noch Belästigung noch unerwünschten Besuch zu befürchten, weder wilde noch reißende Tiere.
Am anderen Morgen setzten wir frisch und munter die Reise fort. Wir hatten denselben Lavagrund wie tags zuvor; doch die Beschaffenheit des ihn umgebenden Erdreichs war unmöglich zu erkennen. Der Tunnel aber zog sich nicht mehr tiefer hinab, sondern wurde allmählich ganz waagrecht; ja, ich glaubte zu bemerken, er führe wieder aufwärts, der Erdoberfläche zu. Gegen zehn Uhr vormittags zeigte sich dies ganz offenbar; ich ermüdete im Gehen und musste schon meinen Schritt mäßigen.
Es war mir natürlich darum zu tun, dass ich nicht zurückblieb. Meine Hauptsorge war, dass ich meine Gefährten nicht aus den Augen verlor. Ich schauderte bei dem Gedanken, dass ich mich in den Tiefen dieses Labyrinthes verirren könnte.
Zur Mittagszeit boten die Wände der Galerie einen veränderten Anblick. Ich merkte es an der schwächeren Rückstrahlung unseres elektrischen Lichtes. An Stelle der Lavaverkleidung trat jetzt das reine Gestein hervor. Der Grundstock bestand aus geneigten, oft senkrecht geordneten Schichten. Wir befanden uns mitten in der Übergangsperiode, in der silurischen Erdperiode.
»Es ist augenscheinlich«, rief ich aus, »der Schiefer, der Kalk- und der Sandstein entstanden in der zweiten Epoche der Erdbildung aus dem Niederschlag der Gewässer! Wir kehren jetzt dem Granitkern den Rücken! Wir machen es nun wie die Hamburger, die über Hannover nach Lübeck reisen wollen.«
»Was hast du denn, Axel?«, fragte Onkel Lidenbrock.
»Schau nur!«, erwiderte ich und zeigte ihm die abwechselnde Reihe des Sand- und Kalksteins und der ersten Spuren des Schie-

ferbodens. »Wir sind in die Periode gelangt, in der die ersten Pflanzen und Tiere zum Vorschein kamen.«

Aber das wollte mein Onkel nicht wahrhaben.

Habe ich Recht, dachte ich, so muss ich einige Trümmer von Urpflanzen finden. Also wollen wir suchen.

Ehe ich hundert Schritte machte, boten sich meinen Augen unumstößliche Beweise. Das musste ja wohl der Fall sein, denn in der silurischen Epoche befanden sich in Meeren über anderthalbtausend Arten von Pflanzen oder Tieren. Meine Füße, die bisher harten Lavaboden unter sich hatten, traten nun plötzlich auf Staub aus Pflanzenresten und Muscheln. An den Wänden sah man deutlich Abdrücke von Meergräsern und Bärlappgewächsen. Jetzt hielt ich mich nicht länger zurück. Ich nahm eine wohl erhaltene Schale eines Tieres, das ungefähr einer jetzigen Assel glich. Darauf ging ich zu meinem Onkel und sagte: »Schau doch mal!«

Aber anstatt mir Recht zu geben sagte er nur: »Ja, ja, das ist die Muschel eines Tieres von der ausgestorbenen Gattung der Trilobiten, der Dreilappkrebse.«

Während des ganzen folgenden Tages stießen wir auf nichts anderes als auf die unübersehbaren Gewölbe. Wir gingen, fast ohne ein Wort zu sprechen, wir glichen uns allmählich unserem Hans an. Aufwärts führte der Weg nicht, wenigstens nicht merkbar. Manchmal schien er sich sogar zu neigen.

Der Schiefer, der Kalkboden und der alte rote Sandstein der Wände schimmerten glänzend in unserem elektrischen Licht. Man hätte denken können, man befände sich in einer Grube der englischen Grafschaft Devon, wonach diese Bodenbeschaffenheit benannt ist. Prachtvolle Musterstücke von Marmor deckten die Wände, hier launisch durchzogen von grauem Achat mit weißen Adern, dort fleischfarben oder gelb mit roten Flecken, weiterhin dunkelfarbig, rot und braun gesprenkelt.

Die meisten dieser Kalksteine zeigten Abdrücke von Tieren aus der Urzeit. Seit dem Tage zuvor hatte die Schöpfung offenbar einen Fortschritt gemacht. An Stelle der Kerbtiere früherer Bildung sah ich Reste einer höheren Stufe, unter anderem solche, in denen das Auge des Paläontologen die ersten Formen der Reptilien entdecken konnte. Die Meere von Devonshire waren von einer großen Anzahl Tiere dieser Gattung bewohnt und setzten sie zu tausenden auf den Felsen neuerer Bildung ab. Offenbar befanden wir uns auf der Stufenleiter des Tierlebens, worauf der Mensch die höchste Stufe einnimmt.

Den Professor Lidenbrock schien das alles nicht zu kümmern. Er wartete auf zwei Dinge: entweder, dass ein senkrechter Schacht sich ihm zu Füßen öffne, um wieder abwärts zu gelangen, oder dass ein Hindernis ihm die Fortsetzung auf diesem Weg versagte. Aber es kam der Abend heran, ohne dass sich diese Hoffnung verwirklichte.

Freitags, nachdem ich eine Nacht hindurch die Qual des Durstes ausgestanden hatte, setzten wir unsere Irrfahrt in diesen Gängen fort.

Wir waren zwei Stunden unterwegs, als ich merkte, dass der Widerschein unserer Lampen an den Wänden bedeutend schwächer wurde. An die Stelle des Marmors, Schiefers, Kalk- oder Sandsteins trat eine dunkle glanzlose Wand. Einmal wurde der Tunnel sehr eng und ich fasste links die Wand an. Als ich die Hand zurückzog, war sie ganz schwarz: Wir befanden uns mitten in einer Kohlengrube.

Nach der Abendmahlzeit streckten sich meine beiden Gefährten auf ihre Decken und erholten sich durch einen guten Schlaf von ihren Anstrengungen. Ich aber konnte nicht schlafen und zählte die Stunden bis zum Morgen.

Am Samstag um sechs Uhr früh gingen wir weiter. Nach zwanzig Minuten kamen wir in eine große Aushöhlung. Ich erkannte sogleich, dass diese Grube nicht von Menschenhand gemacht sein konnte: Sonst hätte man die Gewölbe mit Stützen versehen und diese hier standen nur durch ein Wunder von Gleichgewicht fest. Diese Art von Höhle war dreißig Meter breit und fünfundvierzig Meter hoch. Das Erdreich war durch eine unterirdische Erschütte-

rung gewaltsam weggerissen. Der feste Grundbau der Erde hatte einem mächtigen Druck nachgegeben und sich verschoben, sodass dieser weite Raum, wohin nun zum ersten Mal Erdbewohner drangen, leer blieb.
Wir gingen immer weiter, bis meiner Nase ein sehr starker Geruch von kohlenstoffhaltigem Wasserstoffgas auffiel, und ich erkannte sogleich, dass in dieser Galerie eine ansehnliche Menge von diesem gefährlichen Stoff vorhanden war, der so oft durch Explosionen schreckliches Unheil heraufbeschworen hat.
Zum Glück waren wir mit dem sinnreichen Ruhmkorff'schen Apparat versehen. Hätten wir unvorsichtigerweise diese Galerie mit Fackeln in der Hand untersucht, so hätte eine fürchterliche Detonation unserer Reise ein jähes Ende bereitet.
Wir gingen in der Kohlenmine fort bis zum Abend. Mein Onkel konnte seine Ungeduld über den waagerechten Weg kaum zurückhalten. Die Dunkelheit hinderte uns daran, die Länge der Galerie zu schätzen, und ich meinte schon, sie wäre unendlich, als wir plötzlich, um sechs Uhr, vor einer Wand standen. Rechts und links, oben und unten kein Ausweg. Wir waren in eine Sackgasse geraten.
»Nun, umso besser!«, rief mein Onkel. »Ich weiß dann wenigstens, woran ich mich zu halten habe. Wir sind nicht auf Saknussemms Weg und es bleibt uns nichts übrig, als umzukehren. Wir wollen eine Nacht ausruhen und vor Ablauf von drei Tagen werden wir wieder an der Stelle sein, wo die beiden Galerien zusammenstoßen.«
»Ja«, sagte ich, »wenn unsere Kräfte noch ausreichen!«
»Warum denn nicht?«
»Weil wir morgen kein Wasser mehr haben.«
»Und Mut auch nicht?«, fragte der Professor mit einem strengen Blick.
Ich getraute mich nicht zu antworten.

Es fehlt an Wasser

Am folgenden Tag brachen wir in aller Frühe auf. Eile war nötig. Wir waren fünf Tagesreisen von dem Kreuzweg entfernt.
Das Wasser war uns völlig ausgegangen. Zum Trinken waren wir auf den Wacholderbranntwein angewiesen, aber der brannte höllisch die Kehle hinunter und ich konnte ihn nicht mehr sehen. Die Temperatur war zum Ersticken, meine Kräfte waren wie gelähmt, mitunter war ich nahe daran, umzufallen. Dann wurde Halt gemacht und mein Onkel und der Isländer stärkten mich wieder, so gut sie es eben vermochten.
Endlich, am Mittwoch, dem 8. Juli, kamen wir, auf Knien und Händen uns fortschleppend, halb tot zu der Kreuzung der beiden Galerien. Hier blieb ich wie ein plumper Sack auf dem Lavaboden ausgestreckt liegen.
Es war zehn Uhr vormittags. Hans und mein Onkel versuchten mir einige Brocken Zwieback in den Mund zu schieben. Lange Seufzer entfuhren meinen aufgeschwollenen Lippen. Ich fiel in tiefen Schlaf.
Nach einer Weile kam mein Onkel heran, beugte sich zu mir herab und sagte: »Mein armer Junge!«
Diese Worte rührten mich, weil ich bei dem harten Professor so etwas nicht gewohnt war. Ich ergriff seine zitternden Hände. Er ließ es geschehen und blickte mich mit feuchten Augen an.
»Trink!«, sagte er.
Konnte ich meinen Ohren trauen? War mein Onkel nicht bei Sinnen? Ich sah ihn starr an, ich konnte es nicht begreifen.

»Trink!«, wiederholte er. Und er nahm seine Flasche und leerte sie ganz aus in meinen Mund.
Unendliche Erquickung! Ein Schluck Wasser benetzte meinen glühenden Mund. Ein einziger Schluck Wasser genügte, um mir das entfliehende Leben wieder zu schenken.
Ich dankte meinem Onkel mit gefalteten Händen.
»Ja«, sagte er, »der letzte Tropfen, der letzte, verstehst du wohl? Der letzte! Ich hatte ihn sorgsam in meiner Flasche aufbewahrt. Zwanzigmal, hundertmal musste ich meinem schrecklichen Verlangen widerstehen! Aber, mein Axel, ich hob es für dich auf!«
»Lieber Onkel!«, stammelte ich und Tränen quollen aus meinen Augen.
»Ja, armer Junge, ich dachte mir, bei der Ankunft an diesem Kreuzweg würdest du halb tot hinsinken, und deshalb habe ich meinen letzten Tropfen aufgehoben, um dich damit wieder zu beleben.«
»Dank! Dank!«, rief ich aus.
So wenig auch mein Durst gestillt war, etwas Kraft hatte ich doch wieder gefunden. Ich vermochte zu reden.
»Nun haben wir keine andere Wahl«, sagte ich, »wir haben kein Wasser, müssen also denselben Weg zurück.«
Während ich sprach, mied mein Onkel meinen Blick; er senkte den Kopf.
»Wir müssen rückwärts«, rief ich aus, »und wieder den Weg nach dem Snäfalls einschlagen. Möge uns Gott nur Kraft verleihen bis zur Höhe des Kraters zu kommen!«
»Zurückkehren!«, rief mein Onkel, als antworte er sich selbst und nicht mir.
»Ja, zurück, Onkel, und ohne einen Augenblick zu verlieren.«
Es entstand eine ziemlich lange Pause.
»Also, Axel«, fuhr der Professor in seltsamem Ton fort, »haben diese Tropfen Wasser Mut und Tatkraft nicht wieder belebt?«
»Den Mut?«

»Ich sehe dich so mutlos wie nie zuvor und deine Worte klingen verzweifelt!«
Mit was für einem Mann hatte ich es hier zu tun! Was für große Pläne hegte sein kühner Geist immer noch?
»Wie, Onkel, du willst nicht . . .«
»Verzichten auf die Unternehmung, im Augenblick, wo alles anzeigt, dass sie gelingen kann, niemals!«
»So müssen wir uns entschließen unser Leben zu opfern?«
»Nein, Axel, nein! Geh nur! Deinen Tod will ich nicht. Hans mag dich begleiten. Lass mich allein!«
»Dich verlassen, Onkel?«
»Lass mich, sag ich dir! Ich habe die Reise unternommen und werde sie bis zu Ende führen oder ich kehre nicht zurück.«
Ich versuchte immer wieder meinen Onkel von seinem Vorhaben abzubringen, bis er endlich erklärte: »Der Mangel an Wasser ist das einzige Hindernis meine Pläne auszuführen. In dieser östlichen Galerie aus Lava, Schiefer und Kohlen haben wir keinen einzigen Tropfen gefunden. Vielleicht sind wir in dem westlichen Tunnel glücklicher.«
Ich schüttelte ungläubig den Kopf.
»Hör mich bis zu Ende an«, fuhr der Professor mit erhobener Stimme fort. »Während du regungslos dalagst, habe ich diesen Gang näher untersucht. Er führt geradezu ins Innere und in wenigen Stunden mitten in den Kern des Granits. Da müssen sich reichlich Quellen finden. Die Felsart bringt es mit sich und der Instinkt geht einig mit der Logik zu Gunsten meiner Überzeugung. Dies also ist mein Vorschlag. Kolumbus hat von seiner Schiffsmannschaft drei Tage begehrt, um die Neue Welt zu entdecken. Ich begehre von dir nur noch einen einzigen Tag. Stoßen wir nicht binnen dieser Zeit auf das mangelnde Wasser, so schwöre ich dir, dass wir zur Erdoberfläche zurückkehren werden.«
Trotz meines Widerstandes und meiner Gereiztheit rührten mich diese Worte und die Gewalt, die sich mein Onkel antat, um eine solche Sprache zu führen.

»Nun denn!«, rief ich. »Ich füge mich deinem Wunsch und Gott möge deine übermenschliche Kraft belohnen! Es sind nur wenige Stunden. Also vorwärts!«

Wir gingen also durch die neue Galerie wieder hinab, Hans, wie gewöhnlich, voran. Wir waren noch keine hundert Schritte weit, als der Professor die Lampe zur Wand richtete und rief: »Hier ist Urgebirge! Wir sind auf dem rechten Weg! Vorwärts, vorwärts!«

Als in der ersten Epoche der Welt die Erde allmählich erkaltete, veranlasste die Verringerung des Umfangs in ihrer Rinde Verschiebungen, Risse, Klüfte und Spalten. Der eben betretene Gang war ein Spalt dieser Art, durch den ehemals der ausgeworfene Granit seinen Weg fand. Seine unzähligen Windungen bildeten ein verworrenes Labyrinth im ursprünglichen Boden.

Im Verhältnis, wie wir abwärts kamen, zeigten sich klarer die aufeinander folgenden Schichten, woraus das Urgestein besteht. Die Geologie sieht dieses als die Unterlage der mineralischen Rinde an und hat erkannt, dass es sich aus drei verschiedenen Schichten zusammensetzt, dem Schiefer, Gneis und Glimmerschimmer, die auf dem unerschütterlichen festen Granit lagern.

Nun befanden sich Mineralogen nie in einer so merkwürdig günstigen Lage, um die Natur an Ort und Stelle zu studieren. Was die Sonde, die rohe Maschine ohne Vernunft, über das innere Gefüge nicht zu Tage fördern konnte, waren wir im Begriff mit eigenen Augen zu sehen und mit Händen zu greifen.

Das Licht der Ruhmkorff'schen Apparate, von den spiegelnden Flächen der Felsenmasse zurückgeworfen, kreuzte seine Feuerstrahlen unter allen Winkeln, sodass man denken konnte, man reise durch einen hohlen Diamanten, worin sich die Strahlen tausendfach blendend brachen.

Gegen sechs Uhr fing dieser Glanz an merklich schwächer zu werden, fast zu verschwinden; die Wände nahmen eine kristallisierte, aber düstere Färbung an; der Glimmer mischte sich inniger mit dem Feldspat und Quarz, um das allerhärteste Gestein zu bilden, das, ohne zerdrückt zu werden, die vier Stockwerke des

Erdreichs trägt. Wir befanden uns mitten im Granit. Es war acht Uhr abends. Immer noch kein Wasser. Ich litt fürchterlich. Mein Onkel schritt immer voran, er wollte nicht stehen bleiben. Er lauschte, um das Murmeln einer Quelle zu vernehmen. Aber vergebens!

Inzwischen versagten mir meine Beine den Dienst. Ich widerstand meinen Qualen, um nicht meinen Onkel zum Stehenbleiben zu zwingen. Es wäre für ihn ein Verzweiflungsschlag gewesen, denn der Tag lief zu Ende, der letzte Tag, der ihm gehörte. Endlich gingen mir die Kräfte aus. Ich fiel mit einem Schrei nieder: »Hilfe, ich sterbe!«

Mein Onkel kam augenblicklich herbei. Er sah mich mit gekreuzten Armen an, dann murmelte er dumpf: »Alles ist aus!« Eine zornige Bewegung meines Onkels war das Letzte, was ich sah, als ich die Augen schloss.

Als ich sie wieder öffnete, sah ich meine Gefährten unbeweglich in ihre Decken gewickelt. Schliefen sie?

Wir befanden uns ungefähr sechstausend Meter tief.

Mir war, als laste diese ganze Masse auf meinen Schultern. Ich fühlte mich wie zerschmettert und strengte mich vergebens an, mich auf meinem Granitlager umzudrehen.

So verflossen einige Stunden. Tiefe Stille herrschte um uns, Grabesstille. Und doch glaubte ich mitten in meinem Schlummer ein Geräusch zu vernehmen. Es wurde dunkel im Tunnel. Als ich aufblickte, schien es mir, als sähe ich den Isländer mit der Lampe in der Hand verschwinden.

Weshalb entfernte er sich? Wollte Hans uns verlassen? Mein Onkel schlief. Ich wollte schreien; die Stimme versagte mir zwischen den ausgetrockneten Lippen. Es war völlig dunkel geworden, jedes Geräusch war verstummt.

»Hans verlässt uns!«, schrie ich. »Hans! Hans!«

So rief ich, jedoch nur im stillen Innern. Nach der ersten Anwandlung des Schreckens schämte ich mich wieder meines Verdachtes gegen den untadeligen Menschen. Unmöglich, dass er fliehen wollte. Hans musste einen wichtigen Grund haben, der ihn von seinem Lager wegtrieb. Ging er, um eine Quelle zu suchen? Hatte er etwa in der Stille der Nacht ein Murmeln gehört?

Der rettende Bach

Endlich vernahm ich Fußtritte aus der Tiefe des Ganges. Hans kehrte zurück. Das Licht begann unstet an den Wänden zu schimmern, dann kam es an der Mündung des Tunnels zum Vorschein. Hans trat zu meinem Onkel, legte ihm die Hand auf die Schulter und weckte ihn sanft. Der Professor richtete sich auf.

»Was gibt's?«, fragte er.

»Vatten«, erwiderte der Eiderjäger.

Ich verstand kein einziges Wörtlein Dänisch und doch begriff ich gefühlsmäßig das Wort unseres Führers.

»Wasser! Wasser!«, rief ich aus, klatschte mit den Händen und gebärdete mich fast wie wahnsinnig.

»Wasser!«, wiederholte mein Onkel. »Hvar?«, fragte er den Isländer.

»Nedat«, antwortete Hans.

»Wo? Unten!« Ich verstand alles. Ich ergriff die Hand des Eiderjägers und drückte sie; er schaute mich ruhig an.

Ohne jede Vorbereitung machten wir uns gleich auf den Weg. Als wir nach etwa einer halben Stunde noch nicht auf die angekündigte Quelle stießen, überkam mich wieder die Angst. Aber nach einer weiteren halben Stunde vernahm ich deutlich einen ungewohnten Ton seitwärts in der Granitwand, eine Art Brausen gleich fernem Donner. Mein Onkel belehrte mich über den Ursprung des Geräusches.

»Hans hat sich nicht geirrt«, sagte er; »was du da hörst, ist das Rauschen eines Baches.«

»Ein Bach?«, rief ich aus.
»Ohne Zweifel. Ein unterirdisches Wasser fließt in unserer Nähe.«
Von froher Erwartung geleitet, beschleunigten wir unsere Schritte. Ich fühlte keine Müdigkeit mehr. Bereits das Rauschen eines murmelnden Wassers erquickte mich. Es wurde merklich stärker. Nachdem wir den Bach lange Zeit über unserem Kopf gehört hatten, floss er jetzt in der linken Seitenwand, brausend und sprudelnd. Ich hielt öfter meine Hand an den Felsen, weil ich hoffte Spuren von durchsickernder Feuchtigkeit zu finden; aber umsonst.
Bald ergab sich, dass wir, wenn wir weiter fortgingen, uns auch von dem fließenden Wasser, dessen Rauschen schwächer zu werden begann, wieder entfernten.
Also gingen wir wieder zurück. Hans blieb genau an der Stelle stehen, wo der Bach am nächsten zu sein schien. Dann nahm er seine Lampe und ging zur Wand hin; ich sah ihm zu, was er machte. Er hielt sein Ohr ganz nahe an den bloßen Stein und lauschte sorgsam. Ich begriff, dass er die Stelle suchte, wo man den Bach am lautesten rauschen hörte. Die Stelle fand er in der linken Wand, neunzig Zentimeter über dem Boden. Ich verstand Hans sofort und wünschte ihm Glück, als ich ihn zur Spitzhacke greifen sah, um den Felsen zu bearbeiten.
»Recht so«, rief mein Onkel. »Darauf wären wir nicht gekommen!«
War es nicht höchst gefährlich, mit der Spitzhacke in dies Gerüst des Erdballs einzuhauen? Es konnte alles einstürzen und uns zermalmen! Nachdem der Bach durchgebrochen war, mussten wir womöglich ertrinken! Unsere Hände hätte die Ungeduld geführt, sodass der Felsen unter wiederholten Schlägen zertrümmert worden wäre. Hans dagegen, ruhig und bedächtig, hieb mit öfter wiederholten Schlägen den Felsen an und grub so ein fünfzehn Zentimeter breites Loch. Es dauerte über eine Stunde, bis die Hacke sechzig Zentimeter tief in die Granitwand eingedrungen war. Plötzlich zischte es und ein Wasserstrahl brach aus dem Gestein und schlug wider die Wand der entgegengesetzten Seite.

Hans, den der Stoß bald umgeworfen hätte, konnte einen Schmerzensschrei nicht unterdrücken. Ich begriff das, als ich meine Hände in den Strahl tauchte, und schrie ebenfalls laut auf.
Das Wasser war siedend heiß.
»Das Wasser ist sicher hundert Grad heiß!«, rief ich.
»Nun, es wird schon kalt werden«, erwiderte mein Onkel.
Der Gang füllte sich mit Dämpfen und es entstand ein Bach, der sich in Krümmungen verlief; wir konnten bald daraus Wasser schöpfen.
Ach, welche Lust, welch unvergleichliche Erquickung! Woher das Wasser kam, daran lag wenig. Ich trank davon, ohne vorher zu kosten. Erst nachdem ich mich eine Minute lang erquickt hatte, rief ich aus: »Aber das Wasser ist ja eisenhaltig!«
»Das ist für den Magen vortrefflich!«, versetzte mein Onkel. »Der Mineralgehalt dieses Wassers könnte eine Reise nach Spa oder Teplitz-Schönau ersparen!«
»Und wie gut es schmeckt!«, rief ich.
»Das glaube ich wohl, ein Wasser, das man neuntausend Meter unter der Erde schöpft! Hans hat uns da eine ganz ausgezeichnete Erquickungsquelle verschafft. Darum schlage ich auch vor, diesem heilsamen Bach seinen Namen zu geben.«
Ich stimmte dem Namen »Hansbach« sofort zu. Hans selbst wurde deswegen nicht um einen Grad stolzer. Nachdem auch er sich ein wenig mit dem Wasser erquickt hatte, setzte er sich mit gewohnter Ruhe in einen Winkel.
»Jetzt aber«, sagte ich, »sollte man dieses Wasser nicht verlaufen lassen.«
»Zu welchem Zweck?«, fragte mein Onkel. »Ich vermute, die Quelle ist unerschöpflich.«
»Gleichviel! Füllen wir unseren Schlauch und die Flaschen und verstopfen dann die Öffnung wieder.«
Man folgte meinem Rat. Hans versuchte mit Granitsplittern und Werg die gehauene Öffnung zu verschließen. Das war nicht leicht, weil man sich dabei die Hände verbrannte, ohne den eigentlichen

Zweck zu erreichen. Der Druck war zu stark und die Versuche missglückten.
Endlich sagte mein Onkel: »Warum setzen wir uns denn in den Kopf, die Öffnung unbedingt zu verschließen? Lassen wir doch das Wasser in Ruhe! Es wird seinen natürlichen Weg abwärts nehmen, also den Weg weisen und zugleich erfrischen!«
»Ein guter Gedanke!«, rief ich aus. »Und in Begleitung dieses Baches haben wir umso mehr Aussicht auf das Gelingen unseres Vorhabens.«
»Ach, jetzt kommst du darauf, lieber Junge«, sagte der Professor lachend.
»Noch besser«, erwiderte ich, »ich bin schon darauf!«

Wo sind wir?

Am folgenden Morgen hatten wir schon die überstandenen Leiden vergessen. Ich war erstaunt, dass ich keinen Durst mehr hatte, und fragte mich nach dem Grund. Der zu meinen Füßen rieselnde Bach gab mir murmelnd die Antwort.

Man frühstückte und trank dieses köstliche Stahlwasser. Ich fühlte mich wieder ganz gekräftigt und entschlossen zur weiteren Reise.

»Vorwärts!«, rief ich und weckte durch begeisterte Betonung die alten Echos der Erde.

Freitag um acht Uhr früh wurde die Reise fortgesetzt. Der Granitgang zog sich in krummen Umwegen mit unerwarteten Winkeln labyrinthähnlich hin, doch im Ganzen in der Hauptrichtung nach Südost. Mein Onkel befragte unaufhörlich sorgsam den Kompass, um sich über den zurückgelegten Weg klar zu sein. Die Galerie verlief fast waagrecht mit sehr geringem Gefälle. Der Bach floss zu unseren Füßen gemächlich plätschernd dahin. Mein Onkel verwünschte das Waagrechte der Richtung. Der Weg zog sich unendlich hin, und anstatt längs dem Erdradius hinabzugleiten, machte er, wie sich der Professor ausdrückte, den Weg der Hypotenuse. Aber wir hatten keine andere Wahl, und solange man nur abwärts, wenn auch langsam, dem Mittelpunkt näher kam, durfte man sich nicht beklagen.

Am 10. Juli, freitagabends, befanden wir uns schätzungsweise über hundertzwanzig Kilometer südöstlich Reykjaviks, in einer Tiefe von neuntausend Metern.

Vor unseren Füßen öffnete sich ein gewaltiger Schacht. Mein

Onkel konnte sich nicht enthalten in die Hände zu klatschen, als er die steilen Wände berechnete.

»Der wird uns weit führen«, rief er aus, »und leicht, denn die Felsenvorsprünge bilden eine natürliche Leiter.«

Hans verwendete die Stricke derart, dass Unfälle vermieden wurden. Wir begannen hinabzusteigen. Gefährlich konnte ich das nicht mehr nennen, denn ich war ja nun mit dergleichen Übungen vertraut.

Dieser Schacht war eine enge, in dem Grundbau angebrachte Spalte, offenbar durch Zusammenziehung des Gerippes der Erde zur Zeit ihrer Erkaltung entstanden.

Wir stiegen eine Art von Wendeltreppe hinab, die man für ein Werk von Menschenhand hätte halten könnte. Von Viertelstunde zu Viertelstunde musste man verweilen, um gehörig auszuruhen, damit unsere Kniekehlen ihre Spannkraft wiedererlangten. Man setzte sich dann auf einen Vorsprung und ließ die Beine baumeln, man plauderte beim Essen und trank dazu aus dem Bach. Es versteht sich, dass der Hansbach zu einem Wasserfall geworden war und sich dabei sein Umfang vermindert hatte. Aber er war noch mehr als hinreichend, um unseren Durst zu stillen.

An den beiden nächsten Tagen folgten wir den Windungen dieses Ganges und drangen dabei wieder neun Kilometer in der Erdrinde weiter vor, das machte mehr als zwanzig Kilometer über dem Meeresspiegel. Aber am Tag darauf gegen Mittag bekam dieser Gang in südöstlicher Richtung einen weit sanfteren Abfall von etwa fünfundvierzig Grad.

Der Weg wurde sodann bequem und recht einförmig. Es hätte auch nicht leicht anders sein können, denn es war keine Landschaft da, die Abwechslung bieten konnte.

Endlich, am 15. Juli, befanden wir uns etwa dreißigtausend Meter tief unter der Erde und etwa zweihundertdreißig Kilometer vom Snäfalls entfernt. Obwohl wir etwas ermüdet waren, hielt sich doch unsere Gesundheit und die Reiseapotheke war noch unberührt.

Was mein Onkel mit Kompass und anderen Geräten feststellen konnte, maß ich mit dem Zirkel auf der Karte nach.
»Wir sind über Kap Portland hinaus und die zweihundertdreißig Kilometer in südöstlicher Richtung versetzten uns mitten unters Meer.«
»Unterm Meer«, sagte mein Onkel und rieb sich die Hände.
»Also«, erklärte ich, »haben wir den Ozean über unserm Kopf!«
»Na, Axel, ganz natürlich. Ziehen sich nicht zu Newcastle die Kohlengruben weit unter dem Meer hin?«
Der Gedanke, dass ich unter dem Meer wandelte, machte mir schon einige Sorgen. Ob jedoch die Ebenen und Gebirge Islands über unserem Kopf waren oder die Wogen des Atlantischen Ozeans, machte im Ganzen wenig Unterschied, wenn nur der Granitbau fest war. Übrigens gewöhnte ich mich bald an diesen Gedanken, denn der Gang, der bald geradeaus, bald in Krümmungen verlief, führte doch immer südöstlich und stets weiter in die Tiefe hinab.
Drei Tage darauf, am Samstag, dem 18. Juli, kamen wir abends in einer Art von geräumiger Grotte an. Mein Onkel gab Hans seine wöchentlichen drei Reichstaler und es wurde beschlossen, morgen sollte Rasttag sein.
Am Sonntag früh erwachte ich mit dem gewohnten Gedanken weiterzureisen. Im tiefsten Abgrund zu sein war gar nicht so unangenehm. Wir waren bereits förmliche Höhlenbewohner geworden und ich dachte kaum noch an Sonnen- und Mondenschein und Sternenlicht, an Bäume, Häuser, Städte und so vieles Überflüssige des menschlichen Lebens, woraus die Leute auf der Erde sich Notwendigkeiten geschaffen haben. Wir als halbe Fossilien spotteten über die unnützen Wunderdinge.
Die Grotte bildete einen großen Saal, auf dessen Granitboden gemütlich der Hansbach floss. So weit von seiner Quelle entfernt, hatte das Wasser keinen höheren Wärmegrad mehr als seine Umgebung, sodass man es leicht trinken konnte.
Nach dem Frühstück verwendete der Professor einige Stunden darauf, seine täglichen Notizen zu ordnen.

»Ich möchte«, erklärte er, »Berechnungen anstellen, um unsere Lage genau aufzunehmen. Nach unserer Rückkehr will ich eine Karte von unserer Reise entwerfen, eine Art von senkrechtem Erddurchschnitt, die das Profil unserer Forschungsfahrt abgeben wird.«

»Das wird sehr merkwürdig sein, lieber Onkel. Aber sind denn deine Aufzeichnungen auch ganz genau?«

»Natürlich. Ich habe ja die Neigungen und Winkel sorgfältig gemessen und ich kann mich darauf verlassen, dass alles stimmt. Stellen wir doch mal fest, wo wir uns befinden. Nimm den Kompass und merk dir die Richtung, die er angibt.«

Ich betrachtete den Kompass und antwortete nach genauer Prüfung: »Ost-Südost.«

»Gut«, sagte der Professor, indem er diese Aufgabe aufzeichnete und sie mit einigen Berechnungen ergänzte. Ich entnahm daraus, dass wir seit unserer Abreise über dreihundertachtzig Kilometer zurückgelegt hatten.

»Also reisen wir unterm Atlantischen Ozean?«, fragte ich.

»Ganz richtig«, erwiderte der Professor.

»Und in diesem Augenblick bricht vielleicht da oben ein Unwetter los und die Schiffe werden über unserem Kopf von Sturm und Wogen gerüttelt?«

»Wohl möglich.«

»Und die Walfische werden mit ihrem Schwanz gegen die Decke unseres Gefängnisses schlagen?«

»Beruhige dich, Axel, es wird ihnen nicht gelingen, unser Gefängnis, wie du es nennst, zu erschüttern. Aber kehren wir zu unseren Berechnungen zurück. Wir befinden uns im Südosten, über dreihundertachtzig Kilometer vom Snäfalls entfernt und meinen Notizen nach in einer Tiefe von siebzigtausend Metern.«

»Siebzigtausend Meter!«, rief ich verwundert aus.

»Allerdings.«

»Aber das ist ja die äußerste Zahl, die die Wissenschaft bis jetzt für die Dicke der Erdrinde angenommen hat.«

»Das stelle ich nicht in Abrede.«
»Und es sollte, nach dem Gesetz für die steigende Temperatur, hier bereits eine Wärme von fünfzehnhundert Grad sein . . .«
»Es ›sollte‹, lieber Junge.«
»Und all dieser Granit könnte sich nicht mehr in festem Zustand halten und müsste unbedingt schmelzen.«
»Du siehst, dass nichts daran ist und dass, wie gewöhnlich, alle Theorien durch die Tatsachen Lügen gestraft werden.«
Schließlich meinte ich, vielleicht kämen wir auf unserem Weg ganz woanders hin, als wir doch wollten. Da sagte der Professor: »Wer sagt dir denn, dass dieser Gang nicht geradezu bis zu unserem Ziel führt? Zu meinen Gunsten habe ich ja einen Vorgänger gehabt. Was ich unternehme, hat schon ein anderer ausgeführt, und was ihm glückte, wird mir auch glücken.«
»Ich hoffe es, lieber Onkel«, beschwichtigte ich ihn. Ich zweifelte nach wie vor und wartete die Ergebnisse ab. Unseren Hans beneidete ich um seine vollkommene Ruhe, von der er sich, ohne viel nach Ursache und Wirkung zu fragen, in allem leiten ließ.

Verloren?

Einige Tage lang führte uns ein vermehrt abschüssiger Weg, der mitunter sogar gefährlich senkrecht verlief, tief dem Inneren der Erde zu. An manchen Tagen kam man sechs bis neun Kilometer dem Mittelpunkt näher. Das Hinabsteigen war sehr schwierig, aber die Umsicht und Geschicklichkeit unseres Führers half uns dabei. Wir hatten es ihm zu danken, dass wir niemals abstürzten.
Ein besonderes Ereignis ist mir unvergesslich, und das aus gutem Grund. Nicht der kleinste Umstand dabei könnte jemals aus meinem Gedächtnis schwinden.
Am 7. August waren wir allmählich bis zu einer Tiefe von hundertfünfunddreißigtausend Metern gelangt, das heißt, über unserem Kopf waren hundertfünfunddreißigtausend Meter an Felsen, Ozean, Festland und Städten. Wir mussten damals neunhundert Kilometer von Island entfernt sein.
Ich ging voran. Mein Onkel trug einen der Ruhmkorff'schen Apparate, ich den anderen. Ich betrachtete die Granitschichten. Auf einmal fand ich mich allein.
Gut, dachte ich, ich bin zu rasch gegangen, oder Hans und mein Onkel sind stehen geblieben. So muss ich sie aufsuchen. Zum Glück geht der Weg nicht merklich aufwärts.
Ich ging also zurück, eine Viertelstunde lang, konnte aber keinen Menschen erblicken. Ich rief, bekam aber keine Antwort. Meine Stimme verhallte unter einer Menge Echos. Jetzt wurde ich unruhig; es überlief mich ein Schauder am ganzen Körper.
Nur ruhig Blut!, ermahnte ich mich selber. Sicherlich werde ich

meine Gefährten wieder finden. Es gibt ja nur *einen* Weg! Da ich voranging, muss ich wieder rückwärts.
Eine halbe Stunde lang ging ich so. Ich horchte, ob man mir nicht zuriefe und in dieser dichten Luft hätte ich es schon von weitem her vernehmen können; aber in dem unermesslichen Gang herrschte Totenstille.
Ich blieb stehen. Ich konnte nicht glauben, dass ich ganz allein war. Verirrt, das mochte noch hingehen. Verirrt, da findet man sich schließlich wieder; aber verloren?
Übrigens, dachte ich, habe ich ja ein sicheres Mittel mich nicht zu verirren, meinen treuen Bach, der mich in dem Labyrinth leiten kann. Ich brauche nur an ihm aufwärts zurückzugehen, so muss ich notwendig auf meine Gefährten stoßen.
Bevor ich mich aber aufmachte, wollte ich mich etwas abwaschen. Ich bückte mich, um im Hansbach mein Gesicht zu netzen. Man denke sich meine Bestürzung, als ich nur auf dürren, rauen Granit griff! Der Bach floss nicht mehr zu meinen Füßen.
Meine Verzweiflung war unbeschreiblich. Kein Wort der menschlichen Sprache konnte meine Gefühle ausdrücken. Ich war lebendig begraben; unter den Qualen des Hungers und Durstes hinzusterben war mein Los.
Nun begriff ich den Grund der auffälligen Stille, als ich zum letzten Mal horchte, ob nicht ein Ruf meiner Gefährten an mein Ohr dringe. Also hatte ich, als ich den ersten unvorsichtigen Schritt auf diesem Weg ging, die Abwesenheit des Baches nicht bemerkt. Offenbar hatte sich der Weg vor mir gabelförmig geteilt und ich schlug die eine Richtung ein, während der Hansbach, einer anderen Richtung folgend, mit meinen Genossen unbekannten Tiefen zu teilte!
Wie konnte ich zurückfinden? Spuren gab es nicht. Auf diesem Granit drückte sich der Fuß nicht ein. Ich zerbrach mir den Kopf, um irgendeine Lösung zu entdecken. Meine Lage war durch das einzige Wort gekennzeichnet: Verloren! Ja, verloren in einer Tiefe, die unermesslich schien. Diese hundertfünfunddreißigtausend

Meter lasteten wie ein fürchterliches Gewicht auf meinen Schultern. Ich fühlte mich wie zermalmt.
Ich versuchte meine Gedanken auf die Dinge der Oberwelt zu richten. Das war mir kaum möglich. Hamburg, das Haus in der Königsstraße, mein armes Gretchen, diese ganze Welt über mir, ging rasch in meiner verstörten Erinnerung vorüber. In lebhaften Träumen überblickte ich unsere Reise, die Überfahrt, Island, Herrn Fridrickson, den Snäfalls!
Ich hatte Lebensmittel für drei Tage und eine gefüllte Flasche bei mir. Länger konnte ich allein nicht bestehen. Aber musste ich auf- oder abwärts? Aufwärts ohne Zweifel, immer aufwärts!
So musste ich an den Ort gelangen, wo ich von der Quelle abgekommen war, zu der unseligen Gabelung des Weges. Hatte ich erst einmal den Bach zu meinen Füßen, konnte ich immer weiter hinauf bis zu Höhe des Snäffals gelangen. Dass ich daran nicht schon früher gedacht hatte! Darin lag doch offenbar eine Aussicht auf Rettung. Am dringendsten war es also, den Hansbach wieder zu finden. Ich richtete mich auf und ging, auf meinen Stock gestützt, den Gang aufwärts. Der Abhang war ziemlich steil. Ich schritt mit Hoffnung und ohne Zögern, wie ein Mensch, der keine andere Wahl mehr hat.
Eine halbe Stunde lang stieß ich auf kein Hindernis. Ich versuchte meinen Weg an der Form des Tunnels, an dem Vorsprung gewisser Felsen, an der Eigentümlichkeit gewisser Krümmungen wieder zu erkennen. Aber es fiel mir kein besonderes Zeichen auf und ich erkannte bald, dass mich diese Galerie nicht zu jener Wegkreuzung führen konnte. Sie war ohne Ausgang. Ich stieß gegen eine undurchdringliche Wand und fiel auf den Felsboden.
Welch fürchterlicher Schrecken, welche Verzweiflung mich da ergriff, kann ich nicht ausdrücken. Ich war vernichtet. Meine letzte Hoffnung zerschellte an dieser Granitwand.
Ich wollte laut reden, aber es kamen nur raue Töne von meinen trockenen Lippen. Ich keuchte.
Mitten in dieser großen Angst befiel mich ein neuer Schrecken.

Meine Lampe hatte beim Fallen Schaden erlitten und ich war nicht im Stande sie auszubessern. Ihr Licht wurde fahler und drohte auszugehen!
Ich sah, wie der Lichtstrom in der Schlangenröhre des Apparates immer schwächer wurde. Auf den dunklen Wänden entwickelte sich eine Prozession beweglicher Schatten. Ich wagte nicht mehr die Augen zu schließen, aus Angst das geringste Atom dieser entfliehenden Helle zu verlieren! Jeden Augenblick kam es mir vor, als wollte es erlöschen und mich dunkle Nacht umfangen.
Schließlich zitterte ein letzter Schimmer in der Lampe. Ich folgte ihm, fing ihn mit den Blicken auf, sammelte alle Kraft meiner Augen auf ihm, als sei das die letzte Lichtempfindung, die ihnen vergönnt sei, und war versenkt in unendliche Finsternis!
Nun verlor ich den Kopf. Ich stand auf, streckte die Hände aus und versuchte mich weiterzutasten. Ich fing an zu rennen, stürzte mich in dem wirren Labyrinth aufs Geratewohl stets abwärts wie ein unterirdischer Höhlenbewohner, rief, schrie, heulte, quetschte mich an den Felsenvorsprüngen, fiel und stand blutend wieder auf, stets gegenwärtig, auf eine nicht bemerkte Wand zu stoßen und mir den Kopf daran zu zerschellen. So lief ich unsinnig, ohne zu wissen, wohin. Nach einigen Stunden, ganz erschöpft an Kräften, fiel ich bewusstlos neben der Wand nieder.

Ein Wunder?

Als ich wieder zu mir kam, war mein Gesicht nass von Tränen. Nach meinem Sturz hatte ich viel Blut verloren. Ich jammerte, dass ich nicht gestorben war, dass ich noch zu sterben hatte! Ich wollte nicht mehr nachsinnen, wies jeden Gedanken von mir, überwältigt von Elend, wälzte ich mich auf dem Boden.

Ich fühlte mich bereits wieder einer Ohnmacht nahe, als ein starkes Getöse an mein Ohr drang. Es glich einem ständigen Donner, ich vernahm, wie die Tonwellen sich allmählich in fernen Tiefen verloren.

Woher kam das Getöse? Ohne Zweifel von einer Naturerscheinung im Schoß des Erdbaues, von einer Gasexplosion, dem Herabsturz einer gewaltigen Gesteinsschicht! Ich horchte, ob sich das Getöse wiederhole. So verging eine Viertelstunde in völliger Stille. Ich hörte nicht einmal mehr mein Herz klopfen.

Plötzlich glaubte ich, als mein Ohr zufällig an die Wand kam, unbestimmte, undeutliche Worte in weiter Ferne zu hören. Ich zitterte.

Eine Sinnestäuschung!, dachte ich.

Doch nein, als ich sorgsamer lauschte, hörte ich wirklich Stimmengemurmel.

Eine Weile fürchtete ich, es seien meine eigenen Worte, die mir ein Echo zurückwarf. Hatte ich etwa ohne mein Wissen geschrien? Ich presste meine Lippen fest zusammen und legte mein Ohr abermals an die Wand.

Ja, tatsächlich, man spricht, man spricht!

Doch wer sprach? Es konnte ja nur Hans oder mein Onkel sein. Aber wenn ich sie hörte, dann konnten doch auch sie mich hören. »Hilfe, zu Hilfe!«, schrie ich aus Leibeskräften. Ich horchte wieder, lauschte auf eine Antwort, ein Schreien, einen Seufzer.

Doch kein Laut ließ sich vernehmen und ich glaubte, meine Stimme sei zu schwach, um bis zu meinen Gefährten zu dringen. Und abermals horchte ich und diesmal, ja, hörte ich meinen Namen deutlich gerufen! Mein Onkel rief mich.

Nun erst begriff ich. Um selbst gehört zu werden, musste ich dicht an der Wand sprechen, die meine Stimme wie der elektrische Draht leitete.

Aber ich hatte keine Zeit zu verlieren. Entfernten sich meine Gefährten noch eine kurze Strecke, so war keine Schalleinwirkung mehr möglich.

Ich trat also ganz nahe an die Wand heran und sprach so deutlich wie ich nur konnte: »Lieber Onkel Lidenbrock!«

Ich wartete höchst gespannt. Einige Sekunden verflossen, bis endlich die Worte an mein Ohr drangen: »Axel, Axel, bist du's?«

»Ja, ja!«, erwiderte ich.

»Mein Kind, wo bist du?«

»Verloren, im tiefsten Dunkel!«

»Aber deine Lampe?«

»Erloschen.«

»Und der Bach?«

»Verschwunden.«

»Axel, armer Axel, fass wieder Mut!«

»Onkel, wart noch ein wenig, ich bin erschöpft! Habe nicht mehr die Kraft zu antworten. Aber sprich du zu mir!«

»Mut«, fuhr mein Onkel fort, »nur Mut! Wir haben dich überall in der Galerie gesucht, konnten dich aber nicht finden, mein Kind. Weil wir annahmen, du seiest noch am Hansbach, sind wir wieder abwärts gegangen und haben unsere Flinten abgefeuert. Jetzt können zwar unsere Stimmen zusammenkommen, aber die Hände sich noch nicht berühren. Doch verzweifle nicht, Axel! Einander hören zu können ist schon etwas!«

Währenddessen hatte ich überlegt. Eine gewisse, noch zaghafte Hoffnung kam mir wieder. Vor allem war mir ein Punkt wichtig. Ich hielt meine Lippen an die Wand und sprach:

»Onkel!«

»Mein Kind?«, hörte ich nach einer Weile.

»Onkel, muss ich auf- oder abwärts?«

»Abwärts, und zwar aus folgendem Grund: Wir sind an einen weiten Raum gekommen, wo eine Menge Galerien münden. Ohne Zweifel wird der Weg, den du eingeschlagen hast, dich dahin führen, denn es scheint, alle diese Spalten, diese Risse im Erdkörper, bilden einen Strahl um die ungeheure Höhle, wo wir uns befinden. Mach dich auf und setz deinen Weg fort. Geh, schlepp dich weiter! Wenn es Not tut, rutsch über steile Abhänge und du wirst uns finden. Auf, mein Kind, auf den Weg!«

Diese Worte belebten mich wieder.

»Leb wohl, Onkel«, rief ich, »ich gehe. Sobald ich diese Stelle verlassen habe, können wir uns nicht mehr durch Worte verständigen. Auf Wiedersehen also!«

»Auf Wiedersehen, Axel, auf Wiedersehen!«

Es war mir klar, dass, weil meines Onkels Stimme bis zu mir drang, kein Hindernis zwischen uns lag. Wenn ich mich dem Weg des Tones anschloss, so musste ich wohl, wie der Ton, ankommen, sofern mir die Kräfte nicht ausgingen.

Ich richtete mich also auf und schleppte mich fort. Der Abhang war ziemlich jäh; ich ließ mich hinabgleiten.

Bald nahm die Schnelligkeit, mit der ich hinabrutschte, erschreckend zu und drohte ein wirkliches Fallen zu werden. Mir fehlte die Kraft mich zurückzuhalten.

Plötzlich schwand mir der Boden unter den Füßen. Ich fühlte, dass ich über die Unebenheiten einer senkrechten Galerie abprallend hinabrollte. Mein Kopf schlug gegen einen spitzen Felsen und ich verlor das Bewusstsein.

Nach langer Zeit kam ich wieder zu mir und fand mich in einem halbdunklen Raum auf dicken Decken gelagert. Mein Onkel wachte bei mir und forschte auf meinem Gesicht nach einem Lebenszeichen. Bei meinem ersten Aufatmen ergriff er meine Hand, bei meinem ersten Blick stieß er einen Freudenschrei aus.

»Er lebt! Er lebt!«, rief er.

»Ja«, versetzte ich mit schwacher Stimme.

»Mein Kind«, sagte mein Onkel und drückte mich an seine Brust, »du bist also gerettet!«

Der Ton, in dem er diese Worte sprach, rührte mich tief und mehr noch die Sorge, die sie begleiteten.

Nun kam auch Hans dazu. Er sah meine Hand in der meines Onkels: Ich darf versichern, dass seine Augen eine lebhafte Befriedigung ausdrückten. »God dag«, sagte er.

»Guten Tag, Hans, guten Tag!«, murmelte ich. »Und nun, lieber Onkel, lass mich wissen, wo wir uns eben befinden.«

»Morgen, Axel, morgen. Heute bist du noch zu schwach. Ich habe einen Verband um deinen Kopf gelegt, der darf nicht durcheinander geraten. Schlaf nur, lieber Junge, und morgen sollst du alles hören.«

»Aber wenigstens«, fuhr ich fort, »wie viel Uhr ist es denn und welchen Tag haben wir?«

»Elf Uhr abends, und heute ist Sonntag, der 9. August. Und jetzt erlaube ich dir nicht, mich vor dem 10. dieses Monats wieder zu fragen.«

Ich war wirklich sehr schwach und meine Augen schlossen sich unwillkürlich. Ich musste eine Nacht lang schlafen und ließ mich mit dem Gedanken beruhigen, dass unsere Trennung vier Tage gedauert hatte.

Am folgenden Morgen beim Erwachen blickte ich um mich her. Mein Lager, aus allen Reisedecken bereitet, befand sich in einer reizenden Grotte, mit prächtigen Tropfsteinen verziert, der Boden war mit feinem Sand bestreut. Es war darin halbdunkel. Keine Lampe oder Fackel brannte und doch kam eine unerklärliche Helle von außen, durch eine enge Öffnung der Grotte. Ich hörte auch ein unbestimmtes Murmeln wie leises Wellenschlagen gegen ein Ufer und mitunter das Sausen eines Windes. Ich fragte mich, ob ich völlig wach sei oder träume.

Es ist ein Strahl von Tageslicht, dachte ich, das durch diese Felsenspalte eindringt. Aber der Wellenschlag und das Wehen des Windes? Irre ich mich oder sind wir wieder an die Erdoberfläche gekommen? Hat mein Onkel sein Vorhaben aufgegeben oder ist er damit glücklich zu Ende?

Ich stellte mir eben diese unlösbare Frage, als der Professor herzukam.

»Guten Morgen, Axel«, sagte er freudig. »Ich möchte wetten, dass es dir gut geht.«

»Oh ja«, erwiderte ich und richtete mich auf.

»Das konnte nicht anders sein, denn du hast ruhig geschlafen. Hans und ich haben abwechselnd gewacht und festgestellt, dass deine Genesung Fortschritte machte.«

»Ich fühle mich auch wirklich wieder kräftig und zum Beweis will ich dem Frühstück, das du mir sicherlich geben wirst, die gebührende Ehre erweisen!«

»Du sollst jetzt zu essen haben, lieber Junge! Du bist nun frei vom Fieber. Hans hat deine Wunden mit einer Salbe eingerieben, die bei den Isländern ein Geheimnis ist, und sie sind auffallend rasch verheilt. Er ist doch ein tüchtiger Mensch, unser Hans!«

Während mein Onkel noch redete, bereitete er mir mein Essen, das ich trotz seiner Mahnung verschlang. Inzwischen überhäufte ich ihn mit Fragen, die er so genau wie möglich beantwortete.

Nun hörte ich, dass ich durch ein besonderes Geschick gerade an das Ende einer fast senkrechten Galerie gefallen war. Da ich mitten in einem Hagel von Steinen herabkam, von denen der kleinste mich hätte zerquetschen können, war daraus zu ersehen, dass ein Teil der Steinmassen mit mir zusammen gerutscht war. Auf diese schreckliche Weise fiel ich bewusstlos und blutend in die Arme meines Onkels.

»Wahrhaftig«, sagte er, »es ist ein Wunder, dass du nicht hundertmal ums Leben gekommen bist. Aber, um Himmels willen, jetzt wollen wir uns nicht mehr trennen, denn dann liefen wir wirklich Gefahr uns nie wieder zu sehen.«

»Wir wollen uns niemals trennen?« Also war die Reise noch nicht zu Ende? Ich machte große Augen. Mein Onkel fragte: »Was hast du denn, Axel?«

»Ich bin in Sorge, Onkel, mein Gehirn hat gelitten.«

»Weshalb?«

»Ja, sind wir denn nicht wieder auf der Erdoberfläche?«

»Nein, gewiss nicht.«

»Dann muss ich ein Narr sein, denn ich bemerkte Tageslicht und ich hörte den Wind und Wellenschlag.«

»Ach, nichts weiter?«

»Kannst du mir das erklären, Onkel?«

»Ich kann dir nichts erklären, was nicht zu erklären ist. Aber du wirst sehen und begreifen, dass die Geologie noch nicht ihr letztes Wort gesprochen hat.«

»So wollen wir hinausgehen«, rief ich und richtete mich rasch auf.

»Nein, Axel, nein! Die frische Luft würde dir schaden.«

»Die frische Luft?«

»Ja, der Wind ist ziemlich stark. Du darfst dich ihm nicht aussetzen.«

»Aber ich versichere dir, Onkel, dass ich mich wirklich wohl fühle.«

»Ein wenig Geduld, lieber Junge. Ein Rückfall wäre uns hinderlich und es ist keine Zeit zu verlieren, denn die Überfahrt kann lange dauern.«

»Die Überfahrt?«

»Ja, ruh dich heute noch aus und wir können morgen zu Schiff gehen.«

»Zu Schiff?«

Dieses Wort brachte mich ganz außer mich. Hatten wir denn einen Fluss, einen See, ein Meer zur Verfügung? Lag ein Fahrzeug in einem Hafen vor Anker?

Meine Neugier war im höchsten Grad gespannt. Vergeblich versuchte mein Onkel mich zurückzuhalten. Als er sah, dass meine Ungeduld mir mehr schaden könnte als die Erfüllung meiner Wünsche, gab er nach.
Ich kleidete mich rasch an. Zur Vorsicht hüllte ich mich in eine der Decken und ging mit meinem Onkel hinaus.

Champignonwald unter der Erde

Anfangs konnte ich nichts sehen. Meine des Lichtes entwöhnten Augen schlossen sich sofort. Als ich sie wieder zu öffnen vermochte, war ich mehr bestürzt als erstaunt.

»Das Meer!«, rief ich aus.

»Ja«, erwiderte mein Onkel, »das Lidenbrock'sche Meer, und ich glaube, kein Seefahrer wird mir die Ehre der Entdeckung streitig machen und das Recht ihm meinen Namen zu geben!«

Eine große Wasserfläche, der Anfang eines Sees oder Meeres, breitete sich vor unseren Blicken aus bis über die Grenzen des Gesichtskreises. Am buchtenreichen Ufer bot sich den letzten Wellenschlägen ein feiner Sand voll kleiner Muscheln dar, die den ersten Wesen der Schöpfung zur Behausung gedient hatten. Die Wellen brachen sich daran mit dem lauten Gemurmel, das umschlossenen Räumen eigentümlich ist. Beim Wehen eines mäßigen Windes flog ein leichter Schaum auf, dessen Flocken mein Gesicht benetzten.

An diesem flachen Ufer, zweihundert Meter vom Rand der Wellen, verliefen die Strebemauern gewaltiger Felsen, die in unermessliche Höhen emporragten. Einige zerrissen mit scharfer Kante das Ufer und bildeten Vorsprünge, die der Wellenschlag bespülte. Weiter hinaus verfolgte das Auge ihre klar gezeichneten Umrisse auf dem nebeligen Hintergrund des Horizontes. Es war ein wirkliches Meer, der Umfang der Ufer ähnlich wie auf der Oberwelt, aber öde und von wildem Aussehen.

Ich konnte weithin über dieses Meer blicken, weil ein ganz besonderes Licht es bis in die kleinste Einzelheiten erleuchtete. Nicht das Sonnenlicht mit seinen glänzenden Büscheln und seiner prachtvollen Strahlenergießung, noch das blasse und unstete des Nachtgestirns, das ein rückgestrahltes Licht ohne Wärme ist. Nein, die Leuchtkraft dieses Lichtes, seine zitternde Verbreitung, seine klare und kühle Weiße, die geringe Höhe seiner Temperatur, sein Glanz, der an Gehalt den des Mondlichtes übertraf – dies alles bekundete klar einen elektrischen Ursprung. Es war gleichsam ein Nordlicht, ein dauerndes kosmisches Wunder, das diese Höhle erfüllte, die im Stande war einen Ozean zu enthalten. Das Gewölbe über meinem Kopf, der Himmel, wenn man so will, schien aus großem Gewölk zu bestehen, beweglichen und wechselnden Dünsten, die infolge ihrer Verdichtung nach einigen Tagen sich in heftigem Regen entladen mussten. Ich hatte geglaubt, unter einem so starken Druck der Lufthülle könne das Wasser nicht verdunsten, und doch war, aus einem mir noch unbekannten physikalischen Grund, reichlich Gewölk in der Luft verbreitet. Damals aber war es schönes Wetter. Die elektrischen Streifen erzeugten auf den sehr hohen Wogen wunderbare Spiele des Lichtes. Lebhafte Schatten fielen auf ihre unteren Schichten und oft drang zwischen zwei getrennten Schichten ein Strahl mit merkwürdiger Stärke bis zu uns. Anstatt eines Firmamentes mit seinem Sternenglanz fühlte ich über diesen Wolken ein granitenes Gewölbe, das mit seiner ganzen Wucht auf mir lastete. Und so unermesslich dieser Raum war, so hätte er doch für den bescheidensten Trabanten nicht zum Spaziergang gereicht.

Wir waren in einer riesigen Höhle, in Wirklichkeit aber doch in einem Gefängnis. Ihre Breite konnte man nicht beurteilen, weil das Gestade sich unabsehbar erweiterte, und auch ihre Länge nicht, weil der Blick bald durch eine etwas unbestimmte Linie des Horizontes aufgehalten war. Wo sich dieses Gewölbe auf seine granitenen Strebmauern stützte, konnte das Auge nicht wahrnehmen.

Der Ausdruck »Höhle« passte offenbar nicht, um diesen unermesslichen Raum zu bezeichnen. Aber wer sich in die Abgründe des Erdballs hinabwagt, für den reichen die Worte der menschlichen Sprache nicht mehr aus!
Weder die Grotte zu Guachara in Columbia noch die Mammuthöhle im Staate Kentucky ließen sich mit der Höhle vergleichen, die ich hier bewunderte, mit ihrem Dunsthimmel, ihrer Beleuchtung und einem ungeheuren Meer innerhalb ihres Schoßes. Für diesen unermesslichen Umfang reichte meine Phantasie nicht aus. Alle diese Wunder betrachtete ich still, ohne zu sprechen. Es fehlte mir der Ausdruck für meine Empfindungen, denn für neue Lebenserscheinungen hatte ich keine Bezeichnungen. Ich schaute, dachte nach, bewunderte mit Bestürzung, zu der sich noch Schrecken gesellte.
Der unerwartete Anblick gab meinem Gesicht wieder gesunde Farbe und ich war dabei, mich durch Erstaunen zu heilen und meine Genesung durch diese neue therapeutische Methode zu vollenden. Zudem stärkte mich die Lebenskraft einer dichten Luft, indem sie meinen Lungen mehr Sauerstoff zuführte.
Es ist leicht begreiflich, dass nach einer sechswöchigen Einkerkerung in schmalen Gängen ein unermesslicher Genuss darin lag, diesen Seewind voll salzhaltiger Feuchtigkeit einzuatmen.
»Fühlst du dich stark genug zu einem kleinen Spaziergang?«, fragte mich mein Onkel.
»Ja, gewiss«, erwiderte ich, »es wird mir höchst angenehm sein.«
»Dann stütz dich auf mich, Axel, wir wollen uns längs des Ufers halten.«
Wir begannen an der für uns neuen Meeresküste zu wandern. Links bildeten steile, übereinander getürmte Felsen eine riesenhafte Gruppe von wundervoller Wirkung, an deren Seiten zahlreiche Kaskaden mit klarem rauschendem Wasser herabströmten. Leichte Dünste zwischen den Felsen verrieten warme Quellen und Bäche rieselten sanft zu dem gemeinsamen Becken. Aber jetzt erregte etwas ganz Besonderes meine Aufmerksamkeit.

Etwa hundert Schritte entfernt, an der Ecke eines hohen Vorgebirges, lag vor unseren Augen ein hoher, dichter Wald. Er bestand aus Bäumen mittlerer Höhe von einem Wuchs gleich regelmäßigen Sonnenschirmen mit deutlich abgezirkelten Umrissen. Die Luftströmung schien ihrem Laub nicht beizukommen, denn trotz Wind blieben sie unbeweglich wie ein Gebüsch versteinerter Zedern.
Ich beeilte mich dorthin zu kommen; ich wusste diese sonderbaren Wesen oder Gegenstände nicht zu benennen. Gehörten sie nicht zu den bereits bekannten Pflanzengattungen und musste man ihnen etwa in der Flora der Sumpfgewächse eine besondere Stelle anweisen? Nein. Als wir näher kamen, war meine Überraschung groß.
In der Tat hatten wir Erzeugnisse der Erde vor uns, aber in riesenhaftem Ausmaß. Mein Onkel sagte sofort: »Nur ein Wald von Champignons!«
Und er täuschte sich nicht. Es waren weiße Riesenchampignons, neun bis zwölf Meter hoch, mit einer Kappe von entsprechendem Durchmesser. Sie standen da zu tausenden. Kein Lichtstrahl drang durch ihre dichten Schatten und es herrschte völlige Dunkelheit unter dieser Ansammlung, die sich wie runde Dächer einer afrikanischen Stadt nebeneinander reihten.
Ich wollte hier weiter vordringen. Todeskälte wehte aus diesen fleischigen Gewölben. Eine halbe Stunde lang schweiften wir in diesem feuchten Dunkel umher, sodass wir uns dann mit wahrem Wohlbehagen wieder am Meeresufer einfanden.
Aber die Vegetation dieser unterirdischen Landschaft beschränkte sich nicht auf diese Champignons. Weiter hinaus sah man gruppenweise eine Menge anderer Bäume mit farblosem Laub. Sie waren leicht zu erkennen: niedere Gesträuche an der Erdoberfläche in außerordentlichen Dimensionen, riesenhafte Siegelbäume, Farnkräuter mit runden gabelförmigen Stämmen, in langen Blättern endend und mit rauen Haaren besetzt.
»Erstaunlich, prachtvoll!«, rief mein Onkel. »Da ist ja die ganze

Flora der zweiten Epoche der Welt, der Übergangsepoche. Da sehen wir unsere niedrigen Gartengewächse in den ersten Jahrhunderten als Bäume. Schau doch nur, Axel! Eine festliche Freude für jeden Pflanzenforscher!«

»Du hast Recht, Onkel. Die Vorsehung scheint in diesem ungeheuren Gewächshaus die vorsintflutlichen Pflanzen aufbewahrt zu haben, die der Scharfsinn der Gelehrten so glücklich wieder nachgebildet hat.«

»Du sagst ganz richtig, Axel, es sei ein Gewächshaus; besser könntest du es noch einen Tierpark nennen.«

»Einen Tierpark, wieso?«

»Ja, ohne Zweifel. Sieh nur diesen Staub unter unseren Füßen, diese auf dem Boden zerstreuten Gebeine.«

»Gebeine?«, rief ich aus.

»Ja, Gebeine vorsintflutlicher Tiere!«

Ich beschäftigte mich sofort mit diesen jahrhundertealten Trümmern einer unzerstörbaren Mineralsubstanz, nämlich von phosphorsaurem Kalk. Diese riesenhaften Knochen, die wie ausgetrocknete Baumstämme aussahen, konnte ich ohne langes Besinnen mit Namen nennen.

»Hier ist der Unterkiefer des urweltlichen Elefanten«, sagte ich, »hier sind die Backenzähne eines ihm verwandten ausgestorbenen Rüsseltieres, des Dinotheriums, und dieser Hüftknochen kann nur von dem allergrößten dieser Gattung sein, dem Riesenfaultier. Ja, es ist wohl eine Menagerie, denn diese Gebeine sind gewiss nicht durch eine Überschwemmung hierher verpflanzt worden. Die Tiere, von denen sie stammen, haben an den Ufern dieses unterirdischen Meeres gelebt, unter dem Schatten dieser riesigen Pflanzen. Schau, da sind ja ganze Skelette! Aber wenn nun schon vorsintflutliche Tiere in diesen unterirdischen Gegenden gelebt haben, wer sagt uns denn, dass nicht eines von diesen Ungeheuern noch jetzt in dieser dunklen Waldung oder hinter diesen steilen Felsen umherstreift?

Bei diesem Gedanken erforschte ich nicht ohne Angst den Hori-

zont in verschiedenen Richtungen, aber es zeigte sich kein lebendes Wesen an diesen öden Gestaden.
Ich war ein wenig müde und setzte mich am Ende eines Vorgebirges nieder, an dessen Fuß sich die Wellen rauschend brachen. Von da aus umfasste mein Blick die ganze, durch eine Ausbiegung der Küste gebildete Bucht. Im Hintergrund fand sich ein kleiner Hafen zwischen den riesigen Felsen. Seine Gewässer schlummerten ruhig, geschützt vor dem Wind. Eine Brigg und vielleicht zwei Dreimaster hätten dort bequem ankern können. Ich war beinahe darauf gefasst, ein Fahrzeug mit vollen Segeln herauskommen zu sehen, um unter dem Südwind das Weite zu suchen. Aber diese Täuschung verschwand rasch. Wir waren wohl die einzigen lebenden Geschöpfe dieser unterirdischen Welt. Wenn es bisweilen windstill war, lag über den ausgetrockneten Felsen eine tiefere Stille als die in der Wüste und lastete auf der Oberfläche des Meeres. Ich suchte dann den Nebel der Ferne zu durchdringen, diesen vor den geheimnisvollen Hintergrund des Horizontes gezogenen Vorhang zu zerreißen. Wie drängten sich da die Fragen: Wo endete das Meer? Wohin führte es?
Ob wir jemals seine jenseitigen Ufer zu erkennen vermochten? Mein Onkel seinerseits zweifelte nicht daran. Ich wünschte und fürchtete es zugleich.
Nachdem wir uns eine Stunde umgesehen hatten, gingen wir zu der sandigen Uferstelle zurück, um wieder in die Grotte zu gelangen. Und so schlief ich mit den seltsamsten Gedanken ein und ruhte in tiefem Schlummer.

Das Lidenbrock'sche Meer

Am folgenden Tag wachte ich völlig geheilt auf. Ich meinte, ein Bad bekäme mir sehr gut, und so tauchte ich einige Minuten lang in die Gewässer dieses Meeres.

Als ich zurückkam, speiste ich mit wahrem Heißhunger. Hans verstand sich darauf, ein treffliches Frühstück zu bereiten; er war mit Feuer und Wasser versehen, sodass er unsere Mahlzeiten jetzt abwechslungsreicher gestalten konnte. Diesmal lieferte er uns etliche Tassen Kaffee und niemals hat mir dieses köstliche Gebräu angenehmer geschmeckt.

»Jetzt«, sagte mein Onkel, »ist die Zeit der Ebbe und Flut und wir dürfen es nicht versäumen, diese Erscheinung zu studieren.«

»Reicht denn der Einfluss von Sonne und Mond so weit hinab?«, fragte ich.

»Warum nicht? Sind die Körper nicht im Ganzen der Anziehungskraft der Erde unterworfen? Folglich kann sich diese Wassermasse nicht dem allgemeinen Gesetz entziehen. Daher wirst du auch sehen, dass sie wie der Atlantische Ozean steigt, trotz des Druckes der Atmosphäre, der auf ihre Oberfläche wirkt.«

In diesem Augenblick betraten wir den Strand und sahen die Wellen nach und nach mehr auf dem flachen Boden vordringen.

»Das ist ja die beginnende Flut«, rief ich.

»Ja, Axel, und aus dieser Anhäufung von Schaum kannst du ersehen, dass das Meer wohl drei Meter hoch steigt.«

»Wunderbar!«

»Nein, es ist natürlich.«

»Mir kommt dies alles außerordentlich vor und ich kann kaum meinen Augen trauen. Wer hätte sich jemals in dieser Erdrinde ein wirkliches Meer gedacht, mit Ebbe und Flut, Seewind und Stürmen?«

Als ich meinen Onkel fragte, wie tief unten wir uns jetzt wohl befänden, sagte er: »Hundertvierzig Kilometer.«

»Also«, erklärte ich mit einem Blick auf die Karte, »ist das schottische Hochland über unserem Kopf und das schneebedeckte Grampiangebirge dort ist ganz schön hoch!«

»Ja«, erwiderte der Professor lachend, »eine etwas schwere Bürde, aber das Gewölbe ist dauerhaft. Der große Baumeister des Weltalls hat es aus gutem Material errichtet und niemals hätte ihm der Mensch eine gleiche Tragfähigkeit geben können. Was wollen die Brückenbogen und die Gewölbe der Kathedralen gegen dieses Schiff mit einem Durchmesser von fünfzehn Kilometern, unter dem sich ein Meer und seine Stürme bequem entwickeln können?«

»Ach«, sagte ich, »ich habe keine Angst, dass mir der Himmel auf den Kopf fällt. Aber, lieber Onkel, was hast du denn im Sinn? Willst du auf die Erdoberfläche zurückkehren?«

»Zurückkehren? Das wäre . . . Im Gegenteil, diese Reise fortsetzen, weil alles bis jetzt so gut gegangen ist.«

»Doch ich weiß nicht, wie wir unter dieser flüssigen Ebene weiter vordringen werden.«

»Oh, ich will mich nicht kopfüber hineinstürzen. Aber wenn die Ozeane, richtig benannt, nur Seen sind, weil sie von Land umgeben werden, so ist umso mehr anzunehmen, dass diese innere See von granitenem Bau umschlossen ist.«

»Kein Zweifel.«

»Nun, auf dem jenseitigen Ufer bin ich sicher neue Ausgänge zu finden. Übrigens haben wir keine Zeit zu verlieren, gleich morgen wollen wir in See stechen.«

Unwillkürlich schaute ich mich nach einem Fahrzeug um, das uns hinüberschaffen sollte.

»Einschiffen werden wir uns«, meinte ich, »aber in welchem Boot werden wir denn Platz nehmen?«
»Dafür brauchen wir kein Boot, lieber Junge, sondern ein gutes und kräftiges Floß wird ausreichen.«
»Ein Floß?«, rief ich aus. »Ein Floß ist ebenso schwer zu bauen und ich sehe nicht . . .«
»Du sieht nicht, Axel, aber hören könntest du etwas!«
»Hören?«
»Ja, die Hammerschläge könnten dir begreiflich machen, dass Hans schon an der Arbeit ist.«
»Er errichtet ein Floß?«
»Ja.«
»Hat er denn schon Bäume gefällt?«
»Die Bäume waren ja schon alle gefällt. Komm, du kannst ihn bei der Arbeit finden.«

Als wir eine Viertelstunde weit gegangen waren, sah ich jenseits des Vorgebirges, das den kleinen Hafen bildete, unseren Hans bei der Arbeit. Nur noch einige Schritte, und ich war bei ihm. Zu meiner großen Überraschung lag ein halb fertiges Floß auf dem Sand; es war aus Balken einer ganz besonderen Holzart gebaut und eine Anzahl Bohlen, Kniestücke und Spanten aller Art bedeckten den Boden.
»Onkel«, rief ich, »was ist das für Holz?«
»Fichten, Tannen, Kiefern, allerlei Zapfen tragende Bäume des Nordens, die durch das Seewasser mineralisiert wurden.«
»Ist es möglich?«
»Man nennt dieses vorweltliche Holz ›Surtarbrandur‹.«
»Aber muss es denn nicht, als versteinertes Holz und hart wie ein Stein, im Wasser untergehen?«
»Das ist bisweilen der Fall; manches derartige Holz ist vollständig zu Steinkohle geworden; anderes aber, wie dieses hier, hat nur einen Anfang der Umbildung erlitten. Schau nur«, fuhr mein Onkel fort und warf eines dieser kostbaren Stücke ins Meer.

Das Stück kam, nachdem es gesunken, wieder an die Oberfläche des Wassers und schwankte auf den Wellen.
»Hast du dich überzeugt?«, fragte mein Onkel.
»Umso mehr, als es unglaublich ist.«
Am folgenden Abend war, dank der Geschicklichkeit unseres Führers, das Floß fertig; es war drei Meter lang und anderthalb Meter breit. Die mit starken Stricken zusammengeschnürten Balken von Surtarbrandur boten eine feste, gediegene Fläche, und als dieses Fahrzeug ins Wasser gelassen wurde, schwamm es ruhig auf den Wogen des Lidenbrock'schen Meeres.

Fahrt auf dem Floß

Am 13. August standen wir frühzeitig auf. Unser Floß sollte eingeweiht werden.

Ein aus zwei kräftigen Stangen verfertigter Mast, die aus einer dritten Stange gebildete Rahe, eine unserer Decken als Segel – dies war das Takelwerk des Floßes. An Stricken fehlte es nicht. Alles war fest und gediegen.

Um sechs Uhr gab der Professor das Zeichen zum Einschiffen. Die Lebensmittel, die wissenschaftlichen Geräte, die Waffen und ein ansehnlicher Vorrat süßen Wassers, das in den Felsen gesammelt worden war, wurden verladen. Hans hatte ein Steuerruder eingerichtet, mit dem er sein schwimmendes Gefährt leiten konnte. Er stellte sich an die Barre. Ich machte das Ankertau los, womit wir am Ufer befestigt waren. Das Segel wurde gerichtet und wir stießen rasch vom Ufer ab.

Als wir den Hafen verließen, wollte ihm mein Onkel einen Namen geben, etwa den meinen.

Aber da schlug ich stattdessen den Namen Gretchens vor. »›Gretchenhafen‹ wird sich gut auf der Karte ausnehmen.«

»Richtig«, sagte mein Onkel, »also ›Gretchenhafen‹!«

So hatte sich das Andenken an meine liebe Vierländerin mit unserer abenteuerlichen Fahrt verknüpft.

Der Wind wehte aus Nordost. Von ihm getrieben, fuhren wir äußerst schnell. Die dichte Atmosphäre hatte bedeutende Tragkraft und wirkte auf das Segel wie ein starker Blasebalg. Nach Verlauf einer Stunde sagte mein Onkel: »Wenn das so weitergeht, schaffen wir in vierundzwanzig Stunden mindestens hundertfünfunddreißig Kilometer und werden bald das jenseitige Ufer erreichen.«

Ich erwiderte nichts und nahm meinen Platz vorn auf dem Floß. Das nördliche Ufer sank bereits zum Horizont herab. Vor meinen Augen erstreckte sich ein unermessliches Meer. Große Wolken breiteten rasch ihre grauen Schatten über seine Oberfläche. Bald war alles Land und jedes Merkzeichen unseren Blicken entschwunden; und wäre nicht das schäumende Fahrwasser des Floßes gewesen, so hätte man meinen können, dieses sei völlig unbeweglich.

Gegen Mittag sah man ungeheure Mengen von Seegras auf den Wellen treiben. Ich kannte die Kraft dieser Gewächse, die in einer Tiefe von mehr als dreieinhalb Kilometern auf dem Meeresgrund kriechen, sich unter dem Druck von vierhundert Atmosphären fortpflanzen und oft sehr ansehnliche Bänke bilden, die die Fahrt der Schiffe behindern. Aber niemals, so glaube ich, gab es riesenhafteres Seegras als im Lidenbrock'schen Meer. Unser Floß fuhr an über neunhundert Meter langen Braunalgen vorbei, ungeheuren Schlangenwinden, die sich weit über den Gesichtskreis hinauszogen. Es machte mir Vergnügen, ihre unendlichen Bänder mit dem Blick zu verfolgen, ohne ihr Ende zu erreichen.

Der Abend kam und, wie ich tags zuvor bemerkt hatte, die Helle der Luft blieb unverändert. Es war eine bleibende Naturerscheinung, auf deren Fortbestehen man rechnen konnte.

Nach dem Abendessen legte ich mich am Fuß des Mastes nieder und schlief sofort hinüber in sorglose Träume.

Hans, unbeweglich am Steuer, ließ dem Floß seinen Lauf, das übrigens, vom Wind getrieben, keiner Leitung bedurfte.

Am dritten Tag unserer Meerfahrt bemerkte ich, wie der Professor immer unruhiger wurde und oft das Fernrohr vor die Augen hielt. Ich fragte ihn, ob es ihm vielleicht nicht schnell genug ginge.

Er antwortete: »Nicht die Schnelligkeit ist zu gering, sondern das Meer ist zu groß!«
Nun erinnerte ich mich, dass der Professor vor unserer Abfahrt die Länge des unterirdischen Meeres auf hundertfünfunddreißig Kilometer geschätzt hatte. Aber wir hatten bereits einen dreimal so langen Weg gemacht und die südlichen Ufer waren immer noch nicht zu sehen.
»Wir kommen damit nicht abwärts!«, fuhr mein Onkel fort. »Das ist nur verlorene Zeit, und kurz und gut, ich bin nicht so weit hierher gekommen, um eine Vergnügungsfahrt auf einem Teich zu machen!«
Er nannte also diese Überfahrt eine Vergnügungspartie und dieses Meer, das Lidenbrock'sche Meer, einen Teich.
»Aber«, sagte ich, »wenn wir schon den von Saknussemm angegebenen Weg eingeschlagen haben . . .«
»Das ist die Frage. Sind wir wirklich auf diesem Weg geblieben? Hat Saknussemm diese Wasserfläche angetroffen? Ist er darüber gefahren? Hat uns nicht der Hansbach womöglich völlig irregeführt?«
»Jedenfalls haben wir nicht zu bedauern, dass wir so weit gekommen sind. Das hier ist doch ein prachtvolles Schauspiel und . . .«
»Um das Schauen handelt es sich nicht. Ich habe mir etwas Bestimmtes vorgenommen und das will ich erreichen. Also sprich mir nicht von Bewundern.«
Ich ließ es mir gesagt sein und kümmerte mich nicht weiter darum, dass mein Onkel sich vor Ungeduld die Lippen zerbiss. Um sechs Uhr – es war ein Samstag – forderte Hans seinen wöchentlichen Lohn und erhielt drei Reichstaler.
Wir fuhren und fuhren. Inzwischen war es Donnerstag geworden, der 20. August. Gegen Mittag vernahm man aus weiter Ferne ein Getöse, ein anhaltendes Rauschen.
Der Professor sagte: »Da muss in der Ferne ein Felsen oder Inselchen sein, woran das Meer sich bricht.« Hans kletterte auf den Mast, konnte aber keine Klippen wahrnehmen.

Der Ozean war eben bis zur Linie des Horizonts.
Drei Stunden vergingen. Das Rauschen schien von einem fernen Wasserfall herzurühren.
Ich sagte das meinem Onkel, der aber schüttelte den Kopf. Doch ich war überzeugt, dass ich nicht irrte. Fuhren wir wohl einem Wasserfall zu, der uns womöglich in den Abgrund stürzte? Ob diese Art abwärts zu gelangen dem Professor zusagte, weil sie der senkrechten Richtung näher kam? Möglich, aber ich ... Jedenfalls musste einige Kilometer entfernt in der Richtung des Windes sich etwas ereignen, wodurch das Getöse verursacht wurde, denn jetzt hörte man das Rauschen schon sehr heftig. Kam es vom Himmel oder vom Ozean her?
Ich blickte zu den in der Atmosphäre schwebenden Dünsten auf und suchte ihre Tiefe zu ergründen. Der Himmel war ruhig. Das Gewölk, das sich ganz oben ans Gewölbe gezogen hatte, schien unbeweglich und verlor sich in der starken Lichtstrahlung. Die Ursache der Erscheinung war also anderwärts zu suchen. Ich erforschte darauf den reinen, durchaus nebelfreien Horizont, er sah unverändert aus. Aber wenn das Getöse von einem Wasserfall herrührte, wenn das Brausen von einer herabfallenden Wassermasse kam, so musste die Strömung lebhafter werden und ihre zunehmende Schnelligkeit konnte mir deutlich die Gefahr anzeigen, die uns bedrohte. Ich beobachtete die Wasserfläche, konnte aber keinerlei Veränderung feststellen. Gegen vier Uhr kletterte Hans wieder den Mast hinauf, überblickte von oben den ganzen Umkreis, den der Ozean vor dem Floß beschrieb, und hielt an einem bestimmten Punkt an. Sein Gesicht zeigte keine Überraschung, aber seine Augen schauten auf eine ganz bestimmte Stelle.
»Er hat etwas bemerkt«, sagte mein Onkel.
»Ich glaube auch.«
Hans stieg wieder herab, streckte seinen Arm nach Süden und sagte: »Dernede!«
»Dort unten!«, verdeutschte mein Onkel.

Und er griff nach seinem Fernrohr und schaute aufmerksam eine Minute lang. »Ja, ja«, rief er aus.

»Was siehst du denn, Onkel?«

»Einen ungeheuren Wasserfall, der aus den Wellen aufsteigt.«

»Ein Seeungeheuer?«

»Vielleicht.«

Ich begab mich wieder zu Hans, der sein Steuer handhabte. Wenn man von so weiter Entfernung aus – sie ließ sich mindestens auf fünfundfünfzig Kilometer schätzen – den emporgeworfenen Wasserstrahl wahrnehmen konnte, so musste es ein Tier von übernatürlicher Größe sein. Eigentlich hätten wir fliehen müssen. Aber wir waren nicht gekommen, um nur vorsichtig zu sein. Also fuhren wir voran. Je mehr wir uns näherten, desto größer wurde der Strahl. Was für ein Ungeheuer musste das sein, das eine solche Menge Wasser in sich aufnehmen und unaufhörlich wieder ausstoßen konnte!

Um acht Uhr abends waren wir nur noch neun Kilometer davon entfernt. Sein schwärzlicher, großer, bergähnlicher Körper streckte sich gleich einem Inselchen ins Meer hin. War es Täuschung, war es Schrecken? Es schien einen Kilometer lang zu sein. Was für eine Gattung von Walfisch war das? Unbeweglich, wie schlafend lag das Unbekannte da; das Meer konnte es offenbar nicht emporheben und die Wogen umspielten seine Seiten. Die hundertfünfzig Meter hohe Wassersäule fiel mit betäubendem Getöse als Regen nieder.

Der Schrecken packte mich. Ich wollte nicht weiter und hätte notfalls das Segeltau zerhackt. Ich empörte mich gegen den Professor, der mir keine Antwort gab.

Plötzlich stand Hans auf, zeigte mit dem Finger auf den drohenden Punkt und sagte: »Holme.«

»Eine Insel«, rief mein Onkel.

»Eine Insel!«, sagte auch ich achselzuckend. »Aber diese Wassersäule?«

»Geiser«, erklärte Hans.

»Jawohl, Geiser!«, erwiderte mein Onkel, »eine heiße Springquelle, gleich denen auf Island.«
Anfangs sträubte ich mich dagegen, mich so gröblich getäuscht zu haben. Ein Inselchen für ein Seeungeheuer zu halten! Aber der Augenschein bewies es und ich musste endlich meinen Irrtum eingestehen.
Je näher wir kamen, umso großartiger zeigten sich die Größenverhältnisse des Wasserstrahls. Das Inselchen war wirklich einem Wal täuschend ähnlich, einem riesenhaften Tier, dessen Kopf zehn Meter hoch über das Meer ragte. Der Geiser erhob sich majestätisch an einem Ende. Von Zeit zu Zeit hörte man dumpfes Knallen und der ungeheure Wasserstrahl, wie von heftigstem Zorn getrieben, schüttelte seine Dunstbüschel bis zur obersten Wolkenschicht empor. Er war vereinzelt; keine Rauchsäulen, keine heißen Quellen umgaben ihn, die gesamte vulkanische Kraft sammelte sich ihn ihm.
»Landen wir«, sagte der Professor.
Aber man musste dieser Wassersäule sorgfältig ausweichen, die in einem Augenblick das Floß versenken konnte. Hans brachte uns durch geschickte Wendungen an das äußerste Ende der Insel. Ich sprang heraus auf den Felsen. Mein Onkel folgte mir flink nach, während der Eiderjäger auf seinem Posten blieb.
Wir beide schritten über einen mit Kieseltuff vermischten Granit; der Boden unter meinen Füßen war warm. Wir gelangten zu einem kleinen Zentralbecken, woraus sich der Geiser erhob. Ich hielt in das siedende Wasser ein Thermometer, das eine Hitze von hundertdreiundsechzig Grad anzeigte.
Der Professor benannte das vulkanische Inselchen nach seinem Neffen Axel und gab das Zeichen zur Rückkehr.
Einige Minuten noch betrachtete ich den Geiser. Ich bemerkte, dass sein Strahl unregelmäßig aufsprudelte, dass er an Stärke abnahm, dann mit erneuter Kraft fortfuhr, was ich dem wechselnden Druck der in seinem Vorratsbehälter gesammelten Dämpfe zuschrieb.

Endlich fuhren wir ab, um die sehr steilen Felsen des Südens herum. Hans hatte während unseres Aufenthaltes auf dem Inselchen das Floß wieder in Stand gesetzt.
Wir hatten seit unserer Abfahrt vom Gretchenhafen zur See über zwölfhundert Kilometer zurückgelegt und befanden uns jetzt nicht ganz zweitausendachthundert Kilometer von Island entfernt, unterhalb Englands.

Elektrisch geladen

Am folgenden Tag entschwand der prachtvolle Geiser unseren Blicken. Der frische Wind trieb uns rasch vom Inselchen Axel weg. Das Brausen wurde allmählich unhörbar.

Das Wetter, wenn man sich so ausdrücken darf, musste sich bald ändern. Die Luft wurde mit Dampf gefüllt, der alle durch die Verdunstung des Salzwassers gebildete Elektrizität in sich aufnahm. Die Wolken senkten sich merklich und nahmen eine gleichförmig olivenartige Färbung an. Die elektrischen Strahlen konnten kaum durch den dunklen Vorhang der Bühne dringen, worauf ein Sturmdrama aufgeführt werden sollte.

Dies machte auf mich einen ganz besonderen Eindruck, so wie auf der Erde ein bevorstehender Wolkenbruch auf jedes Geschöpf wirkt. Das im Süden aufsteigende Gewölk bot einen unheimlichen Anblick; es sah so unbarmherzig aus wie oft beim Ausbruch eines Gewitters. Die Luft war schwül, das Meer merkwürdig ruhig.

In der Ferne häuften sich die Wolken gleich dicken Baumwollballen in malerischer Unordnung. Allmählich schwollen sie an, waren minder zahlreich, dagegen größer und so schwer, dass sie sich nicht vom Horizont lösen konnten. Aber ein stärkerer Wind trieb sie in die Höhe, dass sie allmählich zusammenflossen, dunkel wurden und eine einzige Schicht von drohendem Aussehen bildeten.

Die Luft schien vom elektrischen Fluidum gesättigt zu sein; ich war davon ganz durchdrungen; meine Haare auf dem Kopf sträubten sich, wie wenn man einer Elektrisiermaschine näher kommt. Wenn

mich meine Gefährten in diesem Augenblick anrührten, bekämen sie einen starken Stoß.
Um zehn Uhr wurden die Anzeichen des Sturmes noch deutlicher, sodass ich endlich sagte: »Ein Unwetter bereitet sich vor.«
Der Professor blieb eine Antwort schuldig. Er zuckte nur die Achseln.
»Wir werden ein Gewitter bekommen«, sagte ich und streckte die Hand nach dem Horizont aus. »Diese Wolken senken sich aufs Meer, als wollten sie es erdrücken!«
Allgemeine Stille. Die Natur sah wie erstorben aus und kein Lüftchen wehte. Am Mast, worauf ich schon ein leichtes Elmsflämmchen glänzen sah, fiel das gespannte Segel in Falten herab. Das Floß war unbeweglich auf einem Meer ohne Wellenschlag. Aber wenn wir nicht mehr vorwärts kamen, wozu dann dieses Segel, das uns bei den ersten Stößen des Sturmes ins Verderben ziehen musste?
»Nehmen wir das Segel ab«, rief ich, »senken wir den Mast!«
»Nein, zum Teufel!«, schrie mein Onkel. »Hundertmal nein! Mag der Wind uns fassen, der Sturm uns fortreißen! Ich muss endlich die Felsen eines Ufers sehen, wenn auch unser Schiff daran in tausend Splitter zerschellen sollte.«
Plötzlich sah der Horizont im Süden anders aus. Die gesammelten Dämpfe lösten sich im Wasser auf, und da die Luft in heftigem Zug zusammenströmte, um den durch die Verdichtung entstandenen leeren Raum zu füllen, entstand ein Orkan. Er kam aus den entferntesten Enden der Höhle.
Das Floß wurde in die Höhe gehoben und hüpfte auf den Wellen. Mein Onkel wurde vom oberen Teil herabgeworfen. Ich schleppte mich zu ihm hin. Er klammerte sich an ein Stück Tau fest und schien das Schauspiel der entfesselten Elemente mit Vergnügen zu betrachten.
Hans rührte sich nicht. Seine vom Sturm rückwärts getriebenen langen Haare umhüllten sein unbewegliches Gesicht. Alle Haarspitzen waren mit kleinen leuchtenden Strahlenbüscheln verziert.

Er sah aus wie ein verkleideter Mensch der Urzeit. Indessen der Mast widerstand. Das gespannte Segel wirkte wie eine zum Bersten gefüllte Blase. Das Floß trieb mit einer Schnelligkeit dahin, die ich nicht schätzen konnte.

»Das Segel, das Segel!«, rief ich, mit einem Wink es abzunehmen.

»Nein!«, erwiderte mein Onkel.

»Nej«, sagte Hans und schüttelte mit dem Kopf.

Der Regen bildete inzwischen einen brausenden Wassersturz vor dem Horizont, auf den wir wie unsinnig zusteuerten. Aber ehe er noch bis zu uns gelangte, zerriss das Gewölk, das Meer geriet in Wallung und die Elektrizität, durch eine umfassende chemische Tätigkeit in den oberen Schichten gebildet, kam mit ins Spiel. Unzählige Blitze durchkreuzten sich, der Donner folgte Schlag auf Schlag; die ganze Dunstmasse glühte. Hell leuchtender Hagel wirbelte gegen unsere Geräte und die aufgeregten Wolken schienen Feuer zu sprühen.

Meine Augen waren geblendet, meine Ohren betäubt. Ich musste mich am Mast festhalten, der wie ein schwankendes Rohr von der Gewalt des Sturmes gebeugt wurde.

Es wurde eine fürchterliche Nacht. Der Sturm wollte sich nicht legen. Inmitten des Tobens und Brausens unablässiges Donnergeroll.

Unaufhörlich Blitze. Ich sah rückwärts gehende Zickzackstrahlen, die von oben geschleudert, wieder rückwärts gegen das Granitgewölbe schlugen. Wenn es zusammenbräche! Andere Blitze spalteten sich oder nahmen die Gestalt von Feuerkugeln an, die wie Bomben zerplatzten.

Auf einmal fiel eine feurige Kugel auf das Floß. Mast und Segel waren sofort losgerissen und flatterten hoch in den Lüften, wie ein urweltlicher Vogel.

Wir waren starr vor Schrecken. Die Kugel, halb weiß, halb lasurblau, etwa zwanzig Zentimeter groß, rollte langsam hier- und dorthin, sprang auf den Sack voll Lebensmittel, glitt langsam wieder herunter, hüpfte, streifte an die Pulverkiste. Grauenhaft!

Uns alle in die Luft sprengen! Nein. Die Kugel entfernte sich, näherte sich Hans, der sie fest anstarrte; dann meinem Onkel, der, um auszuweichen, auf die Knie fiel; dann mir, der totenblass zurückschauderte vor dem Glanz und der Hitze. Die Kugel kreiselte vor meinem Fuß, den ich zurückziehen wollte, was aber nicht ging.

Der Geruch von Salpetergas füllte die Luft, drang in die Kehle, in die Lungen – zum Ersticken.

Weshalb konnte ich meinen Fuß nicht zurückziehen? Die elektrische Kugel hatte alles Eisen an Bord magnetisch gemacht. Die Instrumente, Geräte und Waffen bewegten sich und stießen hell klirrend aneinander. Die Nägel an meinen Schuhen hingen fest an einem Eisenstück, das im Holz eingelassen war. Deshalb konnte ich meinen Fuß nicht wegziehen! Endlich gelang es mir mit höchster Anstrengung, als ihn eben die Kugel in ihren kreisenden Bewegungen erreichen wollte . . .

Da zersprang sie mit hellem Lichtglanz; wir wurden mit Flammenströmen übergossen. Darauf erlosch alles. Ich hatte eben noch Zeit meinen Onkel auf dem Floß hingestreckt zu sehen und Hans getreulich an seinem Steuer, »Feuer speiend«, von Elektrizität durchdrungen!

Wohin fuhren wir, wohin?

Ich erwachte aus langer Ohnmacht. Das Gewitter dauerte fort; die Blitze zischten entfesselt wie eine Brut Schlangen. Waren wir immer noch auf dem Meer? Ja, fortgerissen mit unberechenbarer Schnelligkeit. Wir fuhren unter England her, unter dem Kanal, Frankreich, vielleicht ganz Europa!

Abermals wurde ein Getöse laut. Offenbar brach sich das Meer an einem Felsen. Aber dann . . .

Was beim Scheitern des Floßes an den Felsen der Küste vorging, kann ich nicht sagen. Ich fühlte, dass ich in die Wogen stürzte. Dass ich aber dem Tode entrann, dass mein Körper nicht an den spitzen Felsen zerrissen wurde, verdankte ich dem starken Arm unseres Isländers.

Der mutige Hans trug mich aus dem Bereich der Wellen auf glühenden Sand, wo bereits mein Onkel lag.
Darauf begab er sich wieder zu den Felsen, in die tobenden Wellen, um etwas von unserer Habe zu retten. Ich konnte nicht sprechen, denn ich war ziemlich mitgenommen; ich brauchte eine volle Stunde, um mich etwas zu erholen.
Inzwischen regnete es fortwährend, wie bei der Sintflut. Einige überhängende Felsen boten uns Schutz gegen diese Ströme. Hans bereitete ein Mahl, das ich nicht anrühren konnte. Dann fielen wir alle, erschöpft vom Wachen durch die letzten drei Nächte, in einen langen Schlaf.
Am folgenden Tag war prachtvolles Wetter. Himmel und Meer hatten sich friedlich geeinigt. Jede Spur von Gewitter war verschwunden. Der Professor begrüßte mich beim Erwachen: »Nun, lieber Junge, hast du gut geschlafen?«
Hätte man nicht denken können, wir befänden uns im Haus der Königsstraße, ich käme ruhig zum Frühstück herunter, meine Hochzeit mit Gretchen sollte heute gefeiert werden! Ach, wäre das Floß vom Sturm nach Osten verschlagen worden, so wären wir unter Deutschland gefahren, unter meiner Vaterstadt Hamburg, unter der Straße, wo meine liebe Vierländerin weilte. Dann wären wir kaum hundertachtzig Kilometer voneinander, aber senkrecht durch eine Granitwand, und in Wirklichkeit über achtzehntausend Kilometer getrennt!
Mein Onkel war bester Stimmung. Er erklärte: »Wir sind angelangt.«
»Am Ziel unserer Reise?«
»Nein, aber am Ende des Meeres, das kein Ende nehmen wollte. Jetzt werden wir wieder den Landweg einschlagen, damit wir wirklich ins Innere der Erde dringen.«
»Lieber Onkel, gestatte mir eine Frage.«
»Ja, bitte.«
»Wie steht es denn mit der Rückreise?«
»Rückreise? Denkst du schon daran, bevor wir überhaupt erst angekommen sind?«

»Nein, ich will nur fragen, wie sie ausgeführt werden soll.«

»Auf die einfachste Weise, die es gibt. Sind wir einmal im Mittelpunkt unseres Erdballs angekommen, so finden wir entweder einen neuen Weg, um auf seine Oberfläche zurückzukehren, oder wir gehen ganz ruhig den Weg, den wir kamen, wieder zurück. Ich denke wohl, man wird nicht hinter uns die Pforten schließen.«

»Dann muss man das Floß wieder gut in Stand setzen.«

»Natürlich.«

»Aber werden die Lebensmittel ausreichen?«

»Ja, gewiss. Hans ist ein tüchtiger Bursche, der hat den größten Teil der Ladung gerettet. Übrigens wollen wir doch gleich einmal nachsehen.«

Bei unserer Ankunft am Ufer bemerkten wir Hans mitten in einem Haufen von Gegenständen, schön geordnet. Während wir schliefen, hatte Hans schwer gearbeitet und unter Lebensgefahr die wertvollsten Gegenstände gerettet. Von den Instrumenten fehlte nichts. An Werkzeugen und Gräten bemerkte ich auf dem Strand auseinander gelegte Leitern, Stricke, Hacken usw. Die Lebensmittel in den geretteten Kisten reichten noch vier Monate.

»Vier Monate!«, rief der Professor. »Wir haben Zeit genug, hin- und zurückzukommen, und mit dem Rest will ich allen meinen Kollegen am Johanneum ein großes Festessen geben!«

Während wir frühstückten, fragte ich meinen Onkel, wo wir uns denn jetzt befänden. Ich behauptete, dieses Uferland hier müsse südöstlich vom Gretchenhafen liegen.

»Gut«, meinte der Onkel, »es ist leicht, sich durch den Kompass davon zu überzeugen. So wollen wir ihn denn befragen.«

Wir gingen zum Felsen, wo Hans die Instrumente hingelegt hatte. Der Professor war lustig und guter Dinge, er rieb sich vergnügt die Hände.

Mein Onkel nahm den Kompass, legte ihn waagrecht und beobachtete die Nadel, die nach einigem Schwanken in fester Stellung blieb nach Maßgabe des magnetischen Einflusses.

Mein Onkel schaute, dann rieb er sich die Augen und schaute von

neuem. Er deutete mir an, das Instrument zu untersuchen. Mir entfuhr ein Ausdruck der Überraschung. Die Nadel zeigte Norden da, wo wir Süden vermuteten. Sie drehte sich nach dem Ufer zu, anstatt aufs volle Meer hinzuweisen.
Ich schüttelte den Kompass und prüfte ihn nochmals: Er war in vollkommenem Zustand. In welche Lage man die Nadel auch brachte, sie nahm hartnäckig die unerwartete Richtung.
Es war kein Zweifel mehr – während des Sturmes war der Wind umgeschlagen, was wir nicht bemerkten, und hatte das Floß nach dem Ufer zurückgetrieben, das mein Onkel hinter sich zu lassen wähnte.

Eine neue Spur

Mein Onkel war nicht kleinzukriegen.

»Was für einen Streich hat mir das Schicksal gespielt!«, sagte er. »Die Elemente haben sich wider mich verschworen! Luft, Feuer und Wasser vereinigten ihre Kräfte, um meine Fahrt zu hindern. Nun gut, man soll erfahren, was meine Willenskraft vermag. Ich werde nicht nachgeben, keine Linie weit zurückweichen, und wir werden sehen, wer die Oberhand behält, die Natur oder der Mensch!«

Auf dem Felsen stehend, gereizt und drohend, schien Otto Lidenbrock gleich dem wilden Ajax die Götter herauszufordern. Vergeblich versuchte ich mich ins Mittel zu legen und meinem Onkel beizubringen, es wäre Narrheit, zum zweiten Male diese unmögliche Überfahrt zu versuchen.

»Zum Floß!«, rief er.

Dies war seine Antwort. Ich konnte tun, was ich wollte, bitten, zornig werden, ich stieß gegen seinen Willen, der härter war als Granit.

Hans hatte mit einigen Stücken Surtarbrandur das Fahrzeug wieder festgemacht. Ein Segel war schon wieder aufgesteckt und der Wind spielte in seinen wallenden Falten.

Der Isländer brachte das Gepäck an Bord und machte alles zur Abfahrt bereit. Ich war im Begriff meinen gewohnten Platz auf dem Floß einzunehmen, als mein Onkel mich mit der Hand zurückhielt.

»Wir reisen erst morgen«, sagte er. »Ich darf nichts versäumen«, fuhr er fort, »und weil mich das Verhängnis auf diese Seite der Küste getrieben hat, so will ich sie erst untersuchen, ehe ich sie verlasse.«

Diese Bemerkung wird verständlich, wenn man weiß, dass wir zwar an die Nordküste zurückgekommen waren, aber nicht an dieselbe Stelle, wo wir früher abfuhren. Gretchenhafen musste westlicher liegen. Nichts ist natürlicher also als die Umgebung, wo wir ans Land getrieben waren, sorgfältig zu durchforschen. »So wollen wir denn auf Entdeckung ausgehen!«, war unsere Losung.

Wir ließen Hans bei seiner Arbeit und machten einen Ausflug. Der Raum zwischen unserem Ruheplatz am Meer und dem Fuß der Vorberge war sehr weit; man konnte eine halbe Stunde gehen, bis man an die Felsenwand kam. Unsere Füße zertraten unzählige Muscheln von allen Formen und Größen, worin die Tiere der ersten Erdepoche gelebt hatten. Ich bemerkte auch gewaltige Schildkröten, deren Panzer oft einen Durchmesser von fünf Metern hatten. Sie gehörten der Gattung der riesenhaften Glyptodonen der Urzeit an. Außerdem war der Boden mit einer Menge von Steintrümmern bedeckt, einer Art Steinkiesel, die von den Wellen abgeschliffen und reihenweise ans Ufer geschichtet waren. Daraus schloss ich, dass das Meer ehemals diesen Raum bedeckt haben müsse. Auf den verstreut herumliegenden Felsen, die jetzt nicht mehr vom Meer berührt wurden, hatten Fluten deutliche Spuren zurückgelassen.

Dies konnte bis auf einen gewissen Punkt das Dasein dieses Meeres hundertachtzig Kilometer unter der Erdoberfläche erklären. Aber meiner Ansicht nach mussten sich diese Wasserfluten allmählich im Innern der Erde verlieren und sie kamen offenbar aus den Gewässern des oberirdischen Ozeans her, die durch irgendeine Spalte eindrangen. Doch musste man annehmen, dass diese Spalte gegenwärtig verstopft sei, denn sonst wäre diese Höhle, oder besser dieser ungeheure Behälter, in ziemlich kurzer Zeit angefüllt worden. Vielleicht war auch dieses Wasser, als es gegen unterirdische Feuer zu kämpfen hatte, zum Teil verdunstet.

Daher die über unserem Kopf schwebenden Wolken und die Entwicklung der Elektrizität, die im Innern der Erde Gewitter erzeugt.
Wir gingen also auf einer Art von Niederschlagsboden, der, wie alle Erdarten dieser Periode, durch Wasser gebildet worden war. Der Professor untersuchte genau jede Ritze im Felsen. Fand sich eine Öffnung, so war ihm wichtig ihre Tiefe zu erforschen.
Wir waren längst von dem Meeresufer abgekommen. Den unvorsichtigen Professor kümmerte es wenig, ob wir uns verirrten, und ich ließ mich von ihm fortziehen. Wir gingen schweigend vorwärts.
Nachdem wir eine Weile gegangen waren, kamen wir an den Rand eines ungeheuren Waldes. Es waren aber nicht Champignons wie beim Gretchenhafen. Hier zeigte sich die tertiäre Vegetation in voller Pracht. Große Palmbäume, heute verschwundene Gattungen von Fichten, Eiben, Zypressen und Lebensbäumen waren netzartig von Lianen durchflochten. Ein Teppich von Moos und Leberkraut bedeckte den Boden. Unter dem schattenlosen Gebüsch rieselten Bäche. An deren Uferrand wuchsen baumhohe Farnkräuter. Nur waren all diese Bäume, Gebüsche und Pflanzen farblos, weil das belebende Sonnenlicht fehlte: alles verschwommen in einförmiger Färbung, bräunlich und wie verblichen. Die Blätter ohne Grün und selbst die zahlreichen Blumen, allerdings farb- und geruchslos, sahen aus wie von Papier gemacht, das durch Einwirkung der Luft seine Farbe verloren hat. Mein Onkel Lidenbrock wagte sich in dieses riesige Gehölz. Ich folgte ihm nicht ohne Angst. Da die Natur hier diese üppige Pflanzenkost wachsen ließ, warum sollten sich da nicht auch die fürchterlichsten Säugetiere finden? Ich bemerkte an den lichten Stellen zahlreiche Sträucher, die die Wiederkäuer aller Gezeiten gern fressen. Hernach zeigten sich Bäume verschiedener Gegenden der Erdoberfläche durcheinander gemischt: die Eiche neben der Palme, der australische Eukalyptus an der Seite der norwegischen Tanne, die Birke des Nordens mit der seeländischen Kaurifichte.

Inzwischen hatten wir den Wald wieder verlassen und lenkten unsere Schritte erneut dem Lidenbrock'schen Meer zu. Da brachte mich ein Gedanke erneut auf praktischere Beobachtungen. Obwohl ich gewiss war, dass wir uns auf völlig unbetretenem Boden befanden, so sah ich bisweilen Felsgruppen, deren Form mich an die vom Gretchenhafen erinnerten. Dies hatten übrigens die Angaben des Kompasses und unsere unwillkürliche Rückkehr auf die Nordseite des Meeres bestätigt. Es war mitunter täuschend ähnlich hier. Bäche und Wasserfälle stürzten zahlreich aus den Felsvorsprüngen. Ich glaubte das Lager von Surtarbrandur, unseren treuen Hansbach und die Grotte zu erkennen, worin ich wieder zur Besinnung gekommen war. Hernach etwas weiter, wurde ich wieder durch die Gestaltung der Berge, durch einen Bach und die überraschende Zeichnung eines Felsens in Zweifel gestürzt.

»Offenbar, sagte ich zu meinem Onkel, »sind wir nicht bei unserem Abfahrtspunkt gelandet, sondern der Sturm hat uns etwas weiter oberhalb hingetrieben, und wenn wir uns längs des Ufers halten, werden wir zum Gretchenhafen gelangen.«

»In diesem Fall«, erwiderte mein Onkel, »ist es unnütz, diese Untersuchungen fortzusetzen, und das Beste wäre zu unserem Floß zurückzukehren. Aber, Axel, irrst du dich nicht?«

»Es ist schwer, ein bestimmtes Urteil darüber zu fällen, lieber Onkel, denn alle diese Felsen gleichen einander. Ich glaube jedoch das Vorgebirge wieder zu erkennen, an dessen Fuß Hans unser Fahrzeug gebaut hat. Wir müssen nahe bei dem kleinen Hafen sein, wenn er nicht schon hier ist.«

»Nein, Axel, wir fänden dann wenigstens unsere eigenen Spuren und ich sehe nichts . . .«

»Aber ich sehe etwas«, rief ich aus und stürzte mich auf einen Gegenstand, der im Sande glänzte.

»Was ist es denn?«

»Dies«, erwiderte ich und zeigte meinem Onkel einen etwas verrosteten Dolch.

»Ach«, sagte er, »du hattest diese Waffe mitgenommen?«

»Ich? Keineswegs. Aber du, Onkel . . .«
»Solchen Gegenstand habe ich noch nie besessen.«
»Das ist aber eigentümlich.«
»Nein, es ist sehr einfach, Axel. Die Isländer haben oft Waffen dieser Art und Hans, dem sie gehört, wird sie hier verloren haben . . .«
Ich schüttelte den Kopf. Hans besaß keinen Dolch.
»Ist es die Waffe eines urweltlichen Kriegers«, rief ich aus, »oder eines lebenden Menschen? Aber nein, es ist kein Gegenstand aus dem Zeitalter des Steins, nicht einmal der Bronze! Diese Klinge ist von Stahl . . .«
Mein Onkel unterbrach mich und erklärte: »Dieser Dolch ist eine Waffe aus dem sechzehnten Jahrhundert, ein wirklicher Dolch, wie ihn die Edelleute am Gürtel trugen. Er ist spanischen Ursprungs. Er gehört weder dir noch mir noch dem Eiderjäger noch auch den menschlichen Wesen, die vielleicht im Schoß der Erde leben! Man hat diesen Dolch nicht durch Menschenhand schartig gemacht. Seine Klinge ist mit einem Rost bedeckt, der älter ist als ein Tag, ein Jahr, ein Jahrhundert!«
Der Professor ließ sich durch seine Einbildungskraft fortreißen.
»Axel«, sagte er, »wir sind einer großen Entdeckung auf der Spur. Diese Klinge liegt hier im Sand seit hundert, zweihundert, dreihundert Jahren und ist an den Felsen dieses unterirdischen Meeres schartig geworden!«
»Aber diese Klinge ist nicht von allein hierher gekommen«, rief ich aus, »es ist jemand vor uns hier gewesen!«
»Ja, ein Mann.«
»Und dieser Mann?«
»Dieser Mann hat mit diesem Dolch irgendwo seinen Namen eingegraben! Dieser Mann hat noch einmal eigenhändig den Weg zum Mittelpunkt der Erde zeigen wollen! Suchen wir nur!«
Und mit erstaunlichem Eifer gingen wir längs der hohen Felswand und forschten nach den geringsten Spalten, die zu einer Galerie werden konnten.

So gelangten wir zu einer Stelle, wo das Gestade enger wurde. Das Meer drang fast bis an den Fuß der Vorberge und ließ nur zwei bis drei Meter als Weg frei. Zwischen zwei Felsenvorsprüngen gewahrte man den Eingang zu einem dunklen Tunnel. Hier zeigten sich auf einer Granitfläche zwei geheimnisvolle, halb verwitterte Buchstaben, die beiden Anfangsbuchstaben des kühnen und abenteuerlichen Reisenden:

»A.S.«, rief mein Onkel. »Arne Saknussemm! Immer Arne Saknussemm!«

Fahrt durch den Vulkan

Seit dem Anfang unserer Reise habe ich viel Erstaunliches erlebt und ich glaubte vor weiteren Überraschungen sicher zu sein. Doch beim Anblick dieser beiden dreihundert Jahre hier eingegrabenen Buchstaben war ich über die Maßen verwundert. Nicht nur die Handschrift des gelehrten Alchimisten stand auf dem Felsen, sondern auch der Dolch, womit er sie eingegraben hat, war in meinen Händen. Ich konnte die Existenz dieses abenteuerlichen Mannes und die Wirklichkeit seiner Reise nicht mehr bezweifeln.

Professor Lidenbrock aber gab sich seiner Begeisterung für den großen Isländer hin, indem er das Vorgebirge, wo er dieses Meer entdeckt hatte, Kap Saknussemm nannte.

»Und nun wollen wir zu Hans zurück und das Floß herbeiholen«, sagte mein Onkel.

Wir fanden auch zu dem Eiderjäger zurück. Alles war zur sofortigen Abfahrt gerüstet, wir bestiegen das Floß, das Segel wurde aufgespannt und Hans steuerte längs der Küste nach dem Kap Saknussemm.

Der Wind war für solches Fahrzeug nicht günstig. Wir mussten daher an manchen Stellen unsere Stöcke zu Hilfe nehmen, um vorwärts zu kommen. Oft waren wir durch Felsen, die bis an die Oberfläche des Wassers ragten, zu einem weiten Umweg gezwungen. Endlich, nach drei Stunden, gegen sechs Uhr abends, kamen wir an einen günstigen Landeplatz. Ich war dafür, dass wir uns unverzüglich auf den Weg machten. Aber da sagte mein Onkel:

»Zuvor müssen wir diese neue Galerie untersuchen, um zu wissen, ob wir unsere Leitern dazu bereitstellen müssen.«

Mein Onkel setzte seinen Ruhmkorff'schen Apparat in Tätigkeit. Das Floß wurde am Ufer festgebunden. Übrigens war der Eingang der Galerie kaum zwanzig Schritte von dort entfernt und wir begaben uns sogleich dahin.

Die fast kreisrunde Öffnung hatte einen Durchmesser von etwa anderthalb Metern. Der dunkle Tunnel war in frisches Gestein gebrochen und geglättet durch ausgeworfene Gegenstände, die ihren Weg durch ihn gefunden hatten. Unten reichte die Öffnung bis an den Boden, sodass man ohne Schwierigkeiten hineinkonnte. Wir gingen erst ganz waagrecht, als uns nach sechs Schritten ein ungeheurer Felsblock den Weg versperrte.

»Verdammter Block!«, rief ich zornig, als ich mich plötzlich durch so ein Hindernis gehemmt sah.

Wir mochten suchen, wie wir wollten, rechts und links, oben und unten, nirgends fand sich ein Zugang. Hans beleuchtete mit der Lampe die Wand allerwärts, aber sie zeigte nirgends eine Lücke. Man musste darauf verzichten, hier weiterzukommen.

»Aber wie ging es denn Saknussemm?«, rief ich.

»Ja«, fragte mein Onkel, »ist er denn durch diesen Felsen gehemmt gewesen?«

»Nein, nein«, fuhr ich lebhaft fort. »Dieses Felsstück hat den Gang plötzlich versperrt, infolge eines Erdbebens oder einer magnetischen Einwirkung. Offenbar hat diese Galerie früher der Lava einen Weg zum Abfluss gegeben und die ausgeworfenen Gegenstände hatten darin Spielraum. Schau nur, da an der Granitdecke sind frische Ritzen. Diese sind durch ungeheure Steine entstanden, die sich durchzwängten, als wenn Riesen daran gearbeitet hätten. Eines Tages hat ein stärkerer Druck diesen Block hineingezwängt und mit ihm wie mit einem Gewölbeverschluss den ganzen Weg versperrt. Dieses Hindernis, das Saknussemm noch nicht vorfand, ist erst später dahin gekommen. Wir müssen es beseitigen, sonst verdienen wir es nicht, das Ziel, den Mittelpunkt der Erde, zu erreichen.«

»Nun«, sagte mein Onkel darauf, »dann wollen wir uns mit Spitzhacke und Steinbrecher Bahn schaffen und die Wand sprengen!«

»Dafür ist sie zu hart und zu dick!«

»Aber . . .«

»Wir haben ja Pulver! Legen wir eine Mine und zersprengen wir den Block!«

»Ja, mit Pulver, das müsste gehen!«

»Es handelte sich nur darum, ein Loch in den Felsen zu hauen.«

»Hans, ans Werk!«, rief mein Onkel.

Der Isländer holte alsbald von dem Floß eine Spitzhacke, womit er das Loch für die Mine aushauen konnte. Das war keine geringe Arbeit. Es handelte sich um eine Öffnung, die fünfzig Pfund Schießbaumwolle fassen konnte, deren Treibkraft viermal so stark ist als die des Schießpulvers für Kanonen.

Ich war sehr aufgeregt. Während Hans seine Arbeit verrichtete, half ich meinem Onkel eine lange Lunte anzufertigen.

»Wir werden schon durchdringen!«, sagte ich.

»Ja, ›durchdringen‹«, wiederholte mein Onkel.

Zu Mitternacht war unsere Mine fertig und die Ladung mit Baumwolle in die Höhlung befördert. Die durch die Galerie laufende Lunte endete außen. Ein Funke war im Stande die fürchterliche Vorrichtung in Tätigkeit zu setzen.

»Auf morgen«, sagte der Professor.

Ich musste mich wohl fügen und noch fünf volle Stunden warten!

Der folgende Tag, der 27. August, war für diese unterirdische Reise von der größten Bedeutung. Ich kann nicht an ihn zurückdenken, ohne dass mir vor Entsetzen das Herz bebt.

Von diesem Augenblick an hatte unsere Vernunft, unser Urteil, unser Erfindungstalent nicht mehr bei der Sache mitzusprechen, wir sollten ein Spielball der in der Erde wirkenden Naturkräfte sein.

Um sechs Uhr waren wir fertig. Der Augenblick war gekommen mittels Pulver uns einen Weg durch die Granitrinde zu bahnen. Ich bat mir die Ehre aus die Mine anzuzünden. Daraufhin sollte ich zu meinen Gefährten auf das nicht abgeladene Floß eilen, um mit ihnen das Weite zu suchen.

Die Lunte musste nach unserer Berechnung zehn Minuten lang brennen, bevor das Feuer zum Pulver kam. Ich hatte also Zeit genug, um wieder auf das Floß zu gelangen.

Nachdem wir rasch ein Mahl eingenommen hatten, begaben sich mein Onkel und der Eiderjäger auf das Floß, während ich am Ufer zurückblieb. Für das Anzünden war ich mit einer brennenden Laterne versehen.

»Geh, lieber Junge«, sagte mein Onkel, »und komm dann gleich wieder zu uns zurück.«

»Nur keine Angst«, antwortete ich, »ich werde mich unterwegs schon nicht aufhalten.«

Alsbald ging ich zur Mündung der Galerie, öffnete die Laterne und fasste das Ende der Lunte.

Der Professor hielt seine Uhr in der Hand.

»Fertig?«, rief er mir zu.

»Fertig!«, war die Antwort.

»Nun denn! Feuer, mein Junge!«

Rasch zündete ich die Lunte an und eilte zum Ufer.

»Einsteigen!«, rief mein Onkel. »Und abfahren!«

Hans stieß uns mit einem kräftigen Ruck vom Ufer ab, das Floß kam in eine Entfernung von vierzig Meter.

Es war ein ängstlicher Augenblick. Der Professor begleitete mit den Augen den Zeiger der Uhr.

»Noch fünf Minuten!«, sprach er. »Noch vier, drei!«

Mein Puls schlug die halben Sekunden.

»Noch zwei, eine . . . Stürz zusammen, Granitbau!«

Was begab sich darauf? Das Donnergetöse vernahm ich gar nicht. Aber die Form der Felsen sah ich plötzlich vor meinen Augen sich ändern, sie ging wie ein Vorhang auseinander. Ich gewahrte eine

unergründliche Schlucht, die am Ufer klaffte. Das Meer, im Wirbel gedreht, türmte sich zu einer ungeheuren Woge, auf deren Rücken sich das Floß senkrecht erhob.
Wir wurden alle drei niedergeworfen. Das Licht wich tiefster Dunkelheit. Ich fühlte, dass der zuverlässige Grund mangelte, nicht meinen Füßen, sondern dem Floß. Ich meinte, es werde untersinken. Doch kam es nicht dazu. Trotz Dunkelheit, Getöse, Überraschung begriff ich, was vorgegangen war.
Hinter dem Felsen, der eben zersprengt worden war, befand sich ein Abgrund. Die Explosion hatte in diesem zerklüfteten Boden eine Art von Erdbeben verursacht, der Schlund hatte sich geöffnet und das in einen reißenden Strom umgewandelte Meer riss uns jetzt mit fort.
Ich hielt uns für verloren.
Eine, zwei Stunden – ich weiß es nicht genau – vergingen so. wir schlossen die Ellenbogen ineinander, reichten uns die Hände, um nicht aus dem Floß geworfen zu werden. Wenn es an eine Wand stieß, gab es die ärgsten Stöße. Doch sie kamen seltener, woraus ich folgerte, dass die Galerie beträchtlich weiter wurde. Dies war ohne Zweifel Saknussemms Weg. Aber anstatt diesen Weg hinabzusteigen hatten wir aus lauter Unvorsichtigkeit ein ganzes Meer zur Begleitung.
Ich war sehr überrascht, als ich in meiner Nähe plötzlich ein Licht aufblinken sah. Dem geschickten Hans war es gelungen die Laterne anzuzünden, und obwohl die Flamme hin- und herflackerte, warf sie doch einige Strahlen in dieses fürchterliche Dunkel. Die Galerie war breit. Das schwache Licht ließ die beiden Wände nicht auf einmal erkennen. Das Gefälle des Wassers, auf dem wir so reißend fuhren, übertraf das der wildesten Ströme Amerikas. Das Floß, von Wirbeln ergriffen, fuhr wie ein Kreisel.
Mein Onkel und ich kauerten mit verstörtem Blick neben dem Stumpf des Mastes, der bei dem Unheil abgebrochen war, und kehrten der Luftströmung den Rücken, um nur atmen zu können. Nach geraumer Fahrt verdoppelte sich die Geschwindigkeit unse-

rer Fahrt. Das Gefälle des Wassers wurde übermäßig; wir glitten nicht mehr, wir fielen hinab. Es war mir, als stürzten wir fast senkrecht. Mein Onkel und Hans, die sich fest an meine Arme klammerten, hielten mich kräftig zurück.

Plötzlich spürte ich einen Stoß. Unser Fahrzeug war nicht an einen harten Körper geraten, sondern hielt plötzlich in seinem Falle inne und ein Wasserwirbel, eine ungeheure Säule stürzte über seine Oberfläche. Ich bekam keine Luft mehr, war überschwemmt.

Doch dauerte diese jähe Überflutung nicht lange. In einigen Sekunden fühlte ich mich in freier Luft und konnte wieder ungehindert atmen. Mein Onkel und Hans hielten mir den Arm fest und das Floß trug uns noch alle drei.

Es mochte damals zehn Uhr abends sein. Als Erstes fiel mir nach dem letzten Stoß auf, dass es in der Galerie still wurde nach dem Tosen und Brausen, das bisher seit langen Stunden mein Ohr erfüllt hatte. Endlich drangen wie ein Gemurmel etliche Worte meines Onkels an mein Ohr:

»Nun geht es aufwärts!«

»Was meinst du damit, Onkel?«, fragte ich.

»Ja, aufwärts, wir fahren zu Berg!«

Ich streckte den Arm aus, um die Wand zu betasten; meine Hand war blutig. Wir fuhren äußerst rasch bergan.

»Die Fackel! Die Fackel!«, rief der Professor.

Nicht ohne Schwierigkeiten gelang es Hans sie anzuzünden und die Flamme, die trotz der aufsteigenden Bewegung aufrecht flackerte, reichte hin die Szene zu beleuchten.

»Das dachte ich mir doch«, sagte mein Onkel. »Wir befinden uns in einem engen Schacht von kaum sieben Metern Durchmesser. Wenn das Wasser auf dem Grund ankommt, trachtet es, sein Niveau wieder zu gewinnen, und hebt uns mit sich empor.«

»Wohin denn?«

»Ich weiß es nicht, aber man muss sich auf alles gefasst machen. Bei dieser Geschwindigkeit kommen wir schön vorwärts.«

»Ja, wenn uns nichts hemmt, wenn dieser Schacht offen ist! Aber wenn er geschlossen ist, wenn die Luft unter dem Druck der Wassersäule sich allmählich verdichtet, wenn wir dann zerdrückt werden!«

»Axel«, erwiderte der Professor mit großer Ruhe, »die Lage ist allerdings zum Verzweifeln, aber es ist doch noch einige Aussicht auf Rettung da und dies fasse ich ins Auge. Können wir jeden Augenblick zu Grunde gehen, so können wir auch jeden Augenblick gerettet werden.«

»Aber was fangen wir an?«

»Stärken wir uns durch eine Mahlzeit.«

Bei diesen Worten sah ich meinen Onkel mit starren Augen an. Was ich ihm nicht gestehen wollte, musste ich nun heraussagen.

»Essen?«

»Ja, sofort.«

Der Professor sprach einige Worte Dänisch. Hans schüttelte den Kopf.

»Was?«, schrie mein Onkel. »Unsere Lebensmittel sind bei der Explosion verloren gegangen?«

»Ja, das hier ist der ganze Rest! Etwas Zwieback und ein Stück getrocknetes Fleisch für uns drei!«

Mein Onkel sah mich an, ohne begreifen zu wollen.

»Nun«, fragte ich, »glaubst du noch, dass wir davonkommen können?«

Keine Antwort auf meine Frage.

Inzwischen kamen wir mit äußerster Schnelligkeit aufwärts. Die Wärme nahm in beunruhigender Weise zu und hatte in diesem Augenblick sicher vierzig Grad.

Da sagte ich zu dem Professor: »Sind wir nicht ertrunken oder zerquetscht, sterben wir nicht Hungers, so bleibt uns immer noch die Aussicht lebendig zu verbrennen.«

Er zuckte nur die Achseln, aber nach einer Weile meinte er, man müsste einen Entschluss fassen.

»Einen Entschluss fassen?«, fragte ich.

»Ja, wir müssen unsere Kräfte erneuern. Wenn wir versuchen durch

Einsparen dieses Restes unser Dasein um einige Stunden zu verlängern, so werden wir bis zum Ende schwach sein.«
»Ja, bis zum Ende, das nicht auf sich warten lässt.«
»Wenn sich nun eine Gelegenheit der Rettung ergibt, dass Handeln im Augenblick notwendig wird, woher nehmen wir dann die Kraft zum Handeln, wenn wir uns durch Nahrungsmangel schwächen lassen?«
»Aber, Onkel, was bleibt uns denn, wenn dieser Rest aufgezehrt ist?«
»Nicht, Axel, nichts. Aber wird es dich mehr nähren, wenn du es mit den Augen verzehrst? Du urteilst wie ein Mensch ohne Willenskraft, ein Geschöpf ohne Energie!«
»Was willst du also tun, Onkel?«
»Diesen letzten Rest von Nahrung bis zur letzten Krume verzehren und damit unsere Kräfte auffrischen. Wird dieses Mahl unser letztes sein, nun gut! Aber zumindest werden wir dann, wenn auch entkräftet, wieder Menschen geworden sein!«
Mein Onkel nahm das Stück Fleisch und den Zwieback, machte daraus drei gleiche Portionen und verteilte sie. Hans hatte noch eine halbe Flasche Wacholderbranntwein aufgefunden und bot uns davon an. Und wir aßen und tranken.
Indessen nahm die Wärme in steigendem Verhältnis zu und wir waren von Schweiß bedeckt inmitten glühender Luft. Wir hatten allmählich unsere Kleider ablegen müssen.
»Fahren wir denn auf einen weiß glühenden Herd zu?«, fragte ich, als die Hitze noch immer zunahm.
»Nein«, erwiderte mein Onkel, »das ist unmöglich, unmöglich.«
»Aber«, sagte ich, die Wand betastend, »diese Wand ist ja brennend heiß!«
In diesem Augenblick geriet meine Hand ins Wasser und ich musste sie rasch wieder herausziehen.
»Das Wasser ist ja siedend«, rief ich aus.
Diesmal antwortete der Professor nur mit einer zornigen Bewegung.

Ich wollte den Kompass befragen, wo wir uns eigentlich befänden. Aber der Kompass war irr. Die Nadel sprang von einem Pol zum andern in jähen Stößen, durchlief die ganze Zeigerscheibe und dann rückwärts, als sei sie vom Schwindel befallen.

»Onkel«, rief ich aus, »wir sind verloren!«

»Was ist denn nun wieder los?«, fragte er mit auffallender Ruhe.

»Sieh doch nur, wie diese Wände wanken, der Grundbau aus den Fugen geht, diese glühende Hitze, dieses kochende Wasser, diese sich verdichtenden Dünste, die irre Magnetnadel, alles Anzeichen eines Erdbebens!«

Mein Onkel schüttelte sanft den Kopf.

»Ein Erdbeben meinst du?«, fragte er.

»Ja.«

»Lieber Junge, ich glaube, du irrst dich. Ich bin auf etwas Besseres gefasst, auf einen Ausbruch, Axel.«

»Einen Ausbruch?«, fragte ich. »Befinden wir uns denn im Schlund eines tätigen Vulkans?

»Ich denke«, sagte der Professor lächelnd, »und das ist ja das Glücklichste, das uns treffen kann.«

»Wie«, rief ich, »wir sind mitten in dem Ausbruch eines Vulkans. Das Verhängnis hat uns zur glühenden Lava verschlagen, zu den Felsen im Feuer, dem siedenden Wasser, allem Auswurfstoff! Wir werden hinausgestoßen, weggeworfen, ausgespien, in die Lüfte geschleudert mit den Felsblöcken, dem Aschenregen, den Schlacken, einem Flammenstrudel, und dies soll das Glücklichste sein, das uns begegnet?«

»Ja«, versetzte der Professor und sah mich durch seine Brille an, »denn es ist die einzige Chance, wieder auf die Oberfläche der Erde zu kommen.«

Gegen acht Uhr morgens ergab sich ein neuer Zwischenfall. Die aufsteigende Bewegung hörte plötzlich auf. Das Floß stand unbeweglich.

»Was ist das?«, fragte ich, durch das jähe Anhalten wie durch einen Stoß gerüttelt.

»Ein Halt«, erklärte mein Onkel.
»Hält der Ausbruch denn inne?«
»Ich hoffe nicht.«
Ich stand auf und versuchte umherzuschauen. Vielleicht verursachte das Floß, indem es durch einen Felsvorsprung aufgehalten wurde, einen vorübergehenden Widerstand gegen die ausbrechende Masse. In diesem Fall musste man sich beeilen es so schnell wie möglich wieder frei zu machen.
Doch nein, die Masse von Asche, Schlacken und Steingeröll hatte selbst zu steigen aufgehört.
»Wird der Ausbruch auch innehalten?«
»Du fürchtest es«, sagte mein Onkel, »aber beruhige dich, diese Pause wird nicht lange dauern; nach kurzer Zeit werden wir unsere Reise zur Mündung des Kraters fortsetzen.«
Der Professor hatte Recht. Bald bewegte sich das Floß ein wenig, zwei Minuten lang. Und zehn Minuten später setzte sich das Fahrzeug wieder richtig in Bewegung.
»Wir haben es mit einem Vulkan zu tun, dessen Ausbrüche mit Unterbrechungen vor sich gehen. Er lässt uns ausruhen.«
Wir wurden von neuem mit äußerster Schnelligkeit weitergestoßen. Wir mussten uns an die Balken festklammern, um nicht vom Floß heruntergeschleudert zu werden. Dann setzte der Stoß wieder aus. Mir schien es klar, dass wir uns nicht im Hauptschlund des Vulkans befanden, sondern in einem Nebengang, wo in der Tat sich ein Gegenschlag fühlbar machte.
Wie oft sich solch ein Ruck wiederholte, kann ich nicht sagen. Nur das kann ich angeben, dass wir bei erneuter Bewegung mit zunehmender Gewalt emporgeschleudert wurden, wie von einem Geschoss fortgerissen. Während der Pausen war es zum Ersticken, während des Fortschiebens machte mir die glühende Luft das Atmen unmöglich. Durch die wiederholten Erschütterungen erschöpft, verlor ich allmählich das Bewusstsein. Ohne die hilfreichen Arme unseres Isländers hätte ich mir mehr als einmal den Schädel an der Granitwand zerschmettert.

Heimkehr

Als ich wieder die Augen aufschlug, fühlte ich mich von der kräftigen Hand unseres Führers am Gürtel gefasst. Mit der anderen stützte er meinen Onkel. Ich war nicht schwer verwundet, sondern mehr am ganzen Körper zerschlagen und wie gelähmt. Ich lag auf dem Abhang des Berges, zwei Schritte von einem Schlund entfernt, in den mich die geringste Bewegung hineingestürzt hätte. Hans hatte mich vom Tode errettet, als ich über die Seitenwand des Kraters gerollt war.

»Wo sind wir?«, fragte mein Onkel.

Der Eiderjäger zuckte mit den Achseln, um kundzutun, dass er es nicht wisse.

»In Island«, sagte ich.

»Nej«, erwiderte Hans.

»Wie? Nein?«, rief der Professor aus.

»Hans irrt«, sagte ich und stand auf.

Ich war darauf gefasst, einen mit ewigem Schnee bedeckten Kegel zu sehen, mitten in den dürren Wüsteneien nördlicher Landschaften, und ganz dem entgegen lagen wir am Abhang eines Berges, der von den glühenden Strahlen einer versengenden Sonne ausgetrocknet war.

Ich wollte meinen Augen nicht trauen; aber der Sonnenbrand an meinem Körper nahm mir allen Zweifel. Wir waren halb nackt aus dem Krater herausgekommen und das strahlende Gestirn, das uns seit zwei Monaten nichts gespendet hatte, zeigte sich jetzt gegen uns freigebig mit Licht und Wärme.

Der Professor ergriff das Wort und sprach: »Wirklich, das sieht nicht aus wie Island, es ist kein Vulkan des Nordens mit einer Schneekappe.«

»Doch . . .«

»Sieh nur, Axel, sieh nur!«

Höchstens hundertfünfzig Meter über unserem Kopf öffnete sich der Krater eines Vulkans, aus dem von Viertelstunde zu Viertelstunde mit starkem Donnergetöse eine hohe Flammensäule hervordrang, vermischt mit Bimsstein, Asche und Lava. Über einen ziemlich steilen Abhang hinunter ergossen sich ausgeworfene Stoffe in Streifen. Der Fuß des Vulkans verlor sich in einem wahren Garten grüner Bäume, von denen ich Ölbäume, Feigen und mit roten Trauben reich beladene Rebstöcke unterscheiden konnte. So sehen keine nordischen Länder aus, das musste man zugeben. Wenn der Blick über diese grüne Umgebung hinausschweifte, verlor er sich in den Gewässern eines wunderschönen Meeres oder Sees, der dieses Zauberland zu einer großen Insel machte. Östlich sah man hinter einigen Häusern einen kleinen Hafen, worin eigentümlich geformte Schiffe auf azurblauen Wogen schaukelten. Weiter hinaus ragten Inselgruppen aus der Wasserfläche hervor, so zahlreich, dass sie wie ein Ameisenhaufen wimmelten. Westlich begrenzte fernes Küstenland den Horizont; auf der einen Insel war in harmonisch geformten Umrissen blaues Gebirge gezeichnet; auf den anderen Inseln, die ferner lagen, sah man einen erstaunlich hohen Bergkegel, aus dessen Spitze eine Rauchsäule aufstieg. Nördlich schimmerte in den Sonnenstrahlen eine unendlich weite Wasserfläche, woraus hier und dort ein Mast oder ein schwellendes Segel hervorglänzte.

»Wo sind wir? Wo sind wir?«, wiederholte ich leise.

Hans schloss gleichgültig die Augen und mein Onkel schaute das zauberhafte Bild, ohne es zu begreifen.

»Wir wollen hinabsteigen«, sagte er endlich. »Da werden wir schon erfahren, wo wir sind. Übrigens habe ich Hunger und Durst wie ein Wolf.«

Der Abhang des Vulkans war sehr steil; wir glitten in Schluchten voll Asche, indem wir den Lavaströmen auswichen.
»Wir sind in Asien«, rief ich aus, »an Indiens Küsten, auf den Malaiischen Inseln, in Ozeanien! Wir sind durch die Hälfte des Erdballs gefahren, um bei den Antipoden Europas herauszukommen.«
»Aber die Magnetnadel?«, fragte mein Onkel.
»Ja, die Magnetnadel!«, sagte ich verlegen. »Sollten wir ihr glauben, sind wir stets nordwärts gefahren.«
»Also hat sie gelogen?«
»Ja, gelogen!«
»Sofern nicht hier der Nordpol liegt.«
Indessen näherten wir uns der grünen Ebene, die einen so freundlichen Anblick gewährte. Hunger und Durst quälten uns. Zum Glück bot sich, nachdem wir zwei Stunden gegangen waren, unseren Blicken ein hübsches Feld, das ganz mit Oliven- und Granatapfelbäumen und Weinstöcken bedeckt war, die aussahen, als seien sie jedermanns Eigentum. Übrigens nahmen wir es in unserem entblößten Zustand damit nicht so genau. Wie erquickten uns da die saftigen Früchte und die roten Trauben! Nicht weit entfernt entdeckte ich im Gras unter herrlichem Baumschatten eine kalte, sprudelnde Quelle, womit wir uns Gesicht und Hände erfrischten.
Da zeigte sich plötzlich ein Junge zwischen dem Olivengebüsch. Als er uns sah, wollte er fliehen. Aber Hans lief ihm nach und brachte ihn trotz allen Schreiens und Sträubens zurück.
Mein Onkel fragte den Jungen in verschiedenen Sprachen: »Wie heißt diese Insel?« Erst als es der Professor mit Italienisch versuchte, gab der Kleine zur Antwort: »Stromboli.« Dann machte er sich von Hans los und lief querfeldein durch den Olivengarten.
Stromboli! Wir befanden uns also in der Mitte des Mittelländischen Meeres, auf der Insel, wo einst Äolus die Winde und Stürme gefesselt hielt. Und diese blauen Berge im Osten waren die Berge

Kalabriens und dieser Vulkan am südlichen Horizont der fürchterliche Ätna.

»Stromboli, Stromboli!«, rief ich wiederholt und stimmte ein Loblied auf unsere ganze Reise an: »Oh wundervolle Reise! Hinabgefahren durch einen Vulkan in den Schoß der Erde, kamen wir durch einen anderen Vulkan wieder heraus und dieser lag über fünftausend Kilometer vom Snäfalls entfernt, von dem öden Island an den Grenzmarken der Erde! Die Wechselfälle dieser Fahrt haben uns unter den lieblichsten Gegenden der Erde hierher geführt. Wir tauschten das Gebiet des ewigen Schnees mit dem des ewigen Grüns und den grauen Nebel der Eiszonen gegen den lasurblauen Himmel Siziliens!«

Nach einem köstlichen Mahl aus Obst und frischem Wasser machten wir uns wieder auf den Weg nach dem Hafen Stromboli. Es erschien uns nicht vorteilhaft, zu sagen, wie wir auf die Insel gekommen waren. Der abergläubische Sinn der Italiener hätte uns für Teufel angesehen, die die Hölle ausgespien hatte. Es war daher geraten, uns für Schiffbrüchige auszugeben.

Unterwegs hörte ich meinen Onkel murmeln: »Aber die Magnetnadel! Die Magnetnadel, die Norden zeigte! Wie ist das zu erklären?«

Eine Stunde nachdem wir das Olivenwäldchen verlassen hatten, kamen wir im Hafen San Vicenzo an, wo Hans seinen Lohn für die dreizehnte Woche forderte, der ihm auch mit wärmstem Dank gegeben wurde. Hans drückte mit leiser Rührung unsere Hände und lächelte.

Die Fischer von Stromboli nahmen uns mit aller Rücksicht und Fürsorge auf, die man Schiffbrüchigen zollt. Sie beschenkten uns mit Kleidung und Lebensmitteln. Nachdem wir achtundvierzig Stunden gewartet hatten, brachte uns eine kleine Barke nach Messina, wo wir uns in einigen Tagen völlig ausruhten und erholten.

Am Freitag, dem 4. September, gingen wir auf der *Volturno,* einem Postpaketboot, unter Segel und landeten nach drei Tagen in

Marseille, ohne weitere Sorgen als über die verdammte Magnetnadel, denn diese unerklärliche Tatsache quälte uns ernstlich. Am 9. September abends kamen wir in Hamburg an. Unbeschreiblich waren das Erstaunen Marthas und Gretchens Jubel.

»Nun, da du ein Held bist«, sagte meine liebe Braut, »brauchst du mich nie mehr zu verlassen, Axel.«

Ich sah ihr ins Auge; sie weinte lächelnd.

Dass des Professor Lidenbrocks Rückkehr nach Hamburg Aufsehen erregte, versteht sich von selbst. Durch Marthas Redseligkeit war die Nachricht von seiner Reise zum Mittelpunkt der Erde überall verbreitet worden. Man glaubte nicht daran, und als man ihn wieder sah, glaubte man es noch weniger. Jedoch durch die Anwesenheit unseres Eiderjägers und einige Nachrichten, die man aus Island erhielt, änderte sich allmählich die öffentliche Meinung. Nun wurde mein Onkel ein großer Mann und ich der Neffe eines großen Mannes, und das ist schon etwas. Hamburg gab uns zu Ehren ein Fest. Im Johanneum fand eine öffentliche Sitzung statt, in der der Professor einen Bericht über sein Unternehmen vortrug. Am selben Tag legte er Saknussemms Dokument im Archiv der Stadt nieder und erklärte sein lebhaftes Bedauern, dass ihm die Umstände nicht erlaubt hätten die Spuren des isländischen Reisenden bis zum Mittelpunkt der Erde weiter zu verfolgen.

In dieser Zeit erlebte mein Onkel noch einen tiefen Kummer. Trotz seiner dringenden Bitten hatte Hans Hamburg verlassen. Der Mann, dem wir so viel Dank schuldeten, hatte zu großes Heimweh nach Island.

»Färval«, sagte er eines Tages und mit diesem schlichten Wort des Abschieds reiste er nach Reykjavik, wo er auch glücklich eintraf.

Wir hatten uns so sehr an den wackeren Eiderjäger gewöhnt. Seine Abwesenheit ließ uns niemals vergessen, dass er uns das Leben gerettet hatte, und gewiss werde ich ihn noch vor meinem Ende besuchen.

Schließlich muss ich noch hinzufügen, dass diese »Reise zum Mittelpunkt der Erde« ungeheures Aufsehen in der ganzen Welt erregte. Der Bericht darüber wurde gedruckt und in alle Sprachen übersetzt; die meistgelesenen Zeitungen brachten daraus die wichtigsten Kapitel und sie wurden dann erläutert, erörtert, angegriffen, verteidigt mit gleicher Überzeugung im Lager der Gläubigen und Ungläubigen. Meinem Onkel wurde die seltene Gunst des Schicksals zuteil, dass er noch bei Lebzeiten seinen vollen Ruhm genoss, sodass sogar Phineas Taylor Barnum, der »König des Humbugs«, ihm den Antrag machte, ihn für einen hohen Preis in den Vereinigten Staaten herumzuzeigen.

Aber mitten in diesem Ruhm beschlich ihn ein Unbehagen, quälte ihn etwas: die unerklärliche Tatsache der irrenden Magnetnadel.

Eines Tages, als ich eine Sammlung Mineralien im Zimmer meines Onkels ordnete, kam mir dieser merkwürdige Kompass unter die Augen und ich beobachtete ihn wieder.

Auf einmal welch Erstaunen! Ich schrie laut auf. Der Professor kam eilig herbei.

»Was gibt es denn?«, fragte er.

»Dieser Kompass!«

»Nun?«

»Seine Nadel weist auf Süden und nicht auf Norden!«

»Was sagst du da?«

»Sieh doch nur, Onkel, die Pole verkehrt.«

»Verkehrt, ist das möglich?«

Mein Onkel schaute, verglich und sprang auf, dass das Haus erzitterte.

»Also«, rief er, sobald er wieder sprechen konnte, »seit unserer Ankunft in Kap Saknussemm zeigte diese verdammte Nadel auf Süden statt auf Norden?«

»Offenbar.«

»Dadurch erklärt sich unsere Irrfahrt. Aber welches Ereignis konnte die Umkehrung der Pole bewirken?«

»Ein sehr einfaches Ereignis.«

»Nun, mein Junge?«

»Während des Sturmes auf dem Lidenbrock'schen Meer hat die

elektrische Kugel, die das Eisen des Floßes magnetisierte, unsere Nadel ganz einfach irr gemacht.«

»So«, rief der Professor lachend, »da hat uns also die liebe Elektrizität einen Streich gespielt?«

Von diesem Tag an war mein Onkel der glücklichste Gelehrte und ich der glücklichste Mensch, denn meine hübsche Vierländerin, mündig geworden, nahm in dem Haus in der Königsstraße die doppelte Stellung ein als Nichte und Ehefrau. Dazu kam sodann, dass ihr und mein Onkel der berühmte Professor Otto Lidenbrock war, korrespondierendes Mitglied aller wissenschaftlichen, geografischen und mineralogischen Gesellschaften der Welt.